FEB   2015

LAS PERLAS DE LA NOVIA

Liz Carlyle

Las Perlas de la Novia

Titania Editores

ARGENTINA - CHILE - COLOMBIA - ESPAÑA
ESTADOS UNIDOS - MÉXICO - PERÚ - URUGUAY - VENEZUELA

Título original: *The Bride Wore Pearls*
Editor original: Avon. An Imprint of HarperCollins*Publishers*, New York
Traducción: Victoria Horrillo Ledezma

1.ª edición Noviembre 2013

Copyright © 2010 by Susan Woodhouse
Published by arrangement with Avon. An imprint of HarperCollins*Publishers*
All Rights Reserved
Copyright © 2013 de la traducción *by* Victoria Horrillo Ledezma
Copyright © 2013 *by* Ediciones Urano, S.A.
Aribau, 142, pral. – 08036 Barcelona
www.titania.org
atencion@titania.org

ISBN: 978-84-92916-51-1
E-ISBN: 978-84-9944-662-2
Depósito legal: B-26.812-2013

Fotocomposición: Montserrat Gómez Lao
Impreso por: Romanyà-Valls, S.A. - Verdaguer, 1 - 08786 Capellades (Barcelona)

Impreso en España - *Printed in Spain*

Prólogo

Si bastara hacerlo, pronto quedara terminado.

William Shakespeare, *Macbeth*

Prisión de Newgate, 1834

*H*acía buen día para un ahorcamiento. En la ciudad de Londres, el aire primaveral encerraba la promesa del bucólico verano aún por llegar y allá arriba, muy por encima del patíbulo, los chapiteles de la iglesia del Santo Sepulcro se derretían como crema caliente entre las nubes del cielo azulado.

El buen tiempo había atraído, naturalmente, a una muchedumbre aún mayor de mirones y buhoneros, todos los cuales se hallaban ahora arremolinados codo con codo para disfrutar del jolgorio de la ejecución. Y eso que el condenado no había sido sacado aún a rastras para que hiciera sus súplicas y sus oraciones y, si el gentío tenía suerte, quizás, hasta para que se orinara encima.

Imponiéndose a la algarabía general se oían los gritos de los vendedores de empanadas y de las naranjeras, junto con el airoso reverbero de una gaita tocada por un marinero de tez oscura que se paseaba entre la multitud con un pequeño mono encaramado al hombro. Por último estaban los vendedores de periódicos, que meneaban en el aire su mercancía mientras gritaban titulares tan truculentos como salaces, pues era el día de airear cada detalle del brutal asesinato de lord Percy Peveril y de sus rocambolescas consecuencias.

Porque, a fin de cuentas, ¿qué más podía pedirse, en cuestión de cuentos edificantes, dignos de espanto y maravilla? El asesinato del hijo de un duque a manos de un conocido y apuesto tahúr, y el consiguiente juramento de venganza por parte del noble progenitor de la víctima. Todo ello seguido por un suicidio, un proceso judicial y una bella prometida que se había desmayado dos veces de aflicción. ¿Acaso alguna vez había llamado la ocasión con más ímpetu a las puertas de los gacetilleros de Fleet Street?

En ese instante, la puerta que daba al estrado, allá arriba, se abrió de golpe y salió renqueando el fornido verdugo. La susodicha prometida profirió un grito y se desmayó, por tercera vez, sobre el hombro de su hermana, dejando escapar un terrible sollozo. La señorita Elinor Colburne llevaba varios meses proclamando valerosamente su intención de mantenerse firme y serena hasta el fin, aunque, a decir verdad, aquél no era *su* fin y con anterioridad a aquel larguísimo melodrama jamás se había mantenido firme y serena ante ninguna desgracia mayor que una cinta de pelo mal anudada.

A su alrededor, el gentío contuvo un gemido colectivo de asombro, y el condenado, el hombre que sí esperaba su fin, levantó la barbilla y salió sin vacilar al estrado, sin chaqueta ni sombrero, con los abundantes rizos oscuros agitándose empujados por la suave brisa. Llevaba las manos atadas a la espalda, tan prietamente que su fino chaleco de brocado se tensaba sobre su amplio torso, exhibiendo el costoso tejido de hilo de una camisa que, antaño blanca como la nieve y almidonada, la mugre de Newgate había vuelto gris hacía tiempo.

Un clérigo vestido de negro que respondía al nombre de Sutherland fue presentado a la multitud. Escocés y de semblante adusto, se acercó al borde del estrado con la Biblia ya abierta sobre su palma y leyó expeditivamente unos pasajes acerca de la muerte y el perdón, después de lo cual lanzó una soflama acerca de la maldad intrínseca del juego.

Luego, como era costumbre, el condenado fue invitado a decir sus últimas palabras.

El joven de ancho torso asintió sucintamente con la cabeza y se adelantó, fijando en Elinor Colburne una mirada azul y cristalina, como si supiera con exactitud milimétrica qué lugar ocuparía la dama entre el gentío silencioso y expectante.

—Señorita Colburne. —Su potente y cultivada voz tenía un dejo del descaro propio de las gentes del Norte—. No hice ningún daño a su Percy, más allá de ganarle limpiamente un par de cientos de libras. Y con el tiempo lo demostraré. Ante usted, ante Dios y ante toda esta infame e inhumana muchedumbre.

Al oír aquello, el verdugo profirió un juramento y con un tirón impaciente apartó al reo del borde del estrado. Acto seguido le puso la negra capucha en la cabeza y tensó el nudo de la soga. El gentío contuvo el aliento colectivamente. Después, con un fuerte tirón, el verdugo accionó la palanca, se abrió la trampilla del patíbulo y el cuerpo del condenado quedó colgando como una marioneta.

La muchedumbre dejó escapar el aire que había estado conteniendo y prorrumpió en una mezcolanza de vítores, lágrimas y broncos aplausos.

Elinor Colburne soltó el brazo de su hermana y a continuación cayó de rodillas, desplomándose con un sollozo estremecedor sobre la suciedad de la calle.

Al parecer, había pasado la hora de mantenerse firme y serena.

—Ea, ea, Ellie. —Su hermana se arrodilló para abrazarla y le murmuró suavemente junto al pelo—: Lord Percy y papá han sido vengados, como nos prometió el señor Napier. Vamos, querida. Se acabó. Este horror ha concluido.

Pero no se había acabado.

Y aquel horror, ingenuos de ellos, distaba mucho de haber concluido.

Capítulo 1

Contra la envidia de países más venturosos, este bendito
terruño, este suelo, este reino, esta Inglaterra.

WILLIAM SHAKESPEARE, *Ricardo II*

Los muelles de Londres, 1848

La aristocracia inglesa se apoyaba en dos principios sagrados: el primero, que sus miembros habían nacido para gobernar por derecho hereditario y, el segundo, que el hogar de un hombre era su castillo. Los escoceses, en cambio, por ser en general más pragmáticos, creían únicamente que la sangre pesaba más que el agua y que el castillo de un hombre era su hogar sólo hasta que algún inglés avaricioso le ponía sitio con intención de robárselo. En cuyo caso era más probable que dicho castillo se convirtiera en una tumba. En la del inglés, era de esperar.

Sin embargo, quienes se aventuraban a salir de aquella isla coronada, de aquella piedra preciosa engarzada en un mar de plata, no tardaban en descubrir que, una vez lejos de ella, la sangre importaba menos que la pura supervivencia y el hogar pasaba a ser algo que uno tenía que acarrear de un lado a otro, metido en un baúl de viaje. Así era, en especial, para los aventureros de la Compañía de las Indias Orientales, que, a despecho de sus esfuerzos por crear una Inglaterra Oriental, jamás lo lograban por completo. El Indostán, en efecto, se negaba a dejarse amansar para convertirse en su hogar. Y a menudo era la India la que acababa por amansarlos a ellos.

Los escoceses, por su parte, acostumbrados a las veleidades del destino, tardaban menos en avenirse a la cruda realidad de su nueva vida en la India y prosperaban admirablemente, pues un escocés o volvía rico a casa o, como un espartano caído en batalla, regresaba tumbado sobre su escudo. Durante los primeros años de la colonización, algunos se habían asimilado enteramente: habían forjado alianzas, habían hecho suyas las costumbres autóctonas y algunos hasta habían tomado por esposas a mujeres nativas que, a su vez, les habían dado hijos sanos y fuertes. De ellos, unos pocos jamás regresaron a su país; prefirieron quedarse en la India y morir allí.

Morir muy inoportunamente, por cierto.

Ésa, al menos, era la aquilatada opinión de lady Anisha Stafford, que una calurosa tarde, en Calcuta, dejó a un lado su labor de aguja y sus pensamientos para abrir el grueso sobre que un criado había puesto en sus manos y descubrió la cruda realidad de su nueva vida. No sólo su acaudalado padre escocés había muerto, sino que su esposo, un inglés sin fortuna, lo había seguido a la tumba con mucha más rapidez de la deseable. La niebla y la arena ensangrentada del campo de batalla de Sobraon habían engullido a aquel hombre lleno de arrogancia, y Anisha se había convertido de un plumazo en la más lastimosa de las criaturas: una mujer sola.

Una mujer sola en un país que en realidad la consideraba una extraña, y con dos hijos huérfanos a los que criar, más un hermano menor, joven y travieso, que se había vuelto casi peligrosamente encantador. Durante las semanas siguientes, que fueron convirtiéndose en largos meses, mientras el cadáver de su marido era trasladado a casa y se arreglaban poco a poco sus asuntos, a Anisha le quedó claro que tenían muy poco que hacer en la India. Que esta vez le tocaba a ella llenar el baúl y forjarse una nueva vida más venturosa, por el bien de su familia.

Pero en Inglaterra también se la consideraría una extraña, pues, como les sucedía a las mujeres que, como ella, procedían de la India, lady Anisha no era ni de un lado ni del otro. Su hermano mayor, sin embargo, había encontrado Londres de su agrado. Había iniciado una nueva vida. Y cuando escribió rogándole que llevara a los niños a Inglaterra, lady Anisha se permitió el lujo de llorar largo y tendido y a continuación se puso a envolver las pertenencias de su familia en paño de holanda y jubiló a la mayoría de sus sirvientes.

Con todo, una insidiosa incertidumbre la siguió por la mitad de los siete mares, o eso le parecieron a ella, y aún seguía infiltrándose en sus sueños inquietos una fría y desangelada mañana cuando la despertó de un sopor espasmódico un sonido bronco y rasposo que sacudió las paredes de su camarote.

Despierta al instante, se agarró a tientas a su litera de madera y parpadeó para acostumbrarse a la luz mortecina de la bujía que, colgada de su gancho, proyectaba sombras frenéticas por las paredes del camarote.

¿Tierra?

Se bajó nerviosa de la litera, se acercó al ventanuco de popa y apartó el visillo de muselina. A través de la bruma y la escarcha cargada de salitre, una hilera aparentemente interminable de luces grasientas y amarillas le guiñaban los ojos como mofándose de ella.

Una línea costera. No, *la ribera de un río.*

Y más allá, en un cielo lúgubre y gris, se atisbaba apenas un asomo de la aurora rosada e invernal aún por llegar. Lady Anisha maldijo en voz baja.

En ese instante la puerta se abrió de golpe y entró Janet con el agreste cabello rojo sobresaliendo por debajo del gorro de dormir.

—¡Ay, señora! —exclamó la criada—. ¿Será esto Londres?

—Como nunca lo he visto, no sabría decirte —refunfuñó Anisha, que ya había empezado a trajinar por el camarote del tamaño de un sello de correos, al tiempo que se enfundaba en su bata—. Pero Calcuta no es, de eso no hay duda. Janet, tenías que despertarme en... ¿Dónde era? ¿En Gravesend?

—Sí, pero ¿cómo iba a despertarla, señora, si nadie ha venido a avisarme? —chilló la muchacha, y, agarrando la maleta de Anisha, la abrió de par en par sobre la cama—. ¡Y eso que anoche le dije a ese zoquete del botones, tres veces y más claro que el agua, que tenía que despertarme en cuanto llegáramos al río!

Comenzó a sacar medias y mudas del cajón que había bajo la cama.

—Y aquí en febrero hace un frío que pela, señora —añadió—, así que haga el favor de ponerse sus pololos de más abrigo. Lo que es yo, estoy tan contenta de salir de este barco del demonio que creo que voy a ponerme a bailar un giga.

—Puede que te acompañe. —Anisha sacó su peine y sus horquillas de su maletín de aseo—. Anda, ve, Janet. Yo puedo arreglármelas sola. Corre a vestirte. ¡Ah, espera! ¿Dónde está Chatterjee? ¿Ha despertado a lord Lucan? ¿Y a los niños?

En el rostro de la criada se dibujó una expresión de alarma.

—Más vale que vaya a ver, ¿no cree usted?

Se marchó tan rápidamente como había llegado, y estuvo a punto de pillarse las faldas con la puerta del camarote al salir.

Lady Anisha tardó menos de diez minutos en lavarse, vestirse y recogerse el pelo. La esposa de un militar sabía moverse deprisa y viajar con poco equipaje. Y sin duda había que apresurarse, porque ya había empezado a oír golpes y rozaduras, el ruido que hacía la carga al ser izada desde la bodega del barco. Además, a pesar de que su hermano mayor tenía múltiples cualidades, buenas y malas, la paciencia y la impuntualidad no se hallaban entre ellas.

Extrañamente, la idea de volver a ver a Raju, su hermano, después de tantos años, la ponía un poco nerviosa. De pronto tenía la impresión de que su correspondencia, a pesar de ser frecuente, no había bastado, y la insidiosa incertidumbre que sentía se convirtió en un desagradable nudo en la boca de su estómago.

¿Qué pensaría Raju de ella ahora? ¿Le parecería demasiado extranjera? ¿Y él a ella demasiado inglés? ¿Acabarían resintiéndose las relaciones con su hermano por haber venido ella a Londres? ¿Habría cambiado en algún sentido después de tantos años de aflicción y vagabundeos por el mundo? ¿Había cambiado ella?

Tom y Teddy habían cambiado, eso sin duda: ya no eran unos bebés. Y en cuanto a Lucan... No, él tampoco era ya aquel adolescente desgarbado.

En fin, quizás ahora tuvieran que madurar todos a una.

Se puso la última horquilla con cierta brusquedad y, tras vacilar un instante, se quitó la pequeña bolita que llevaba sujeta a la aleta izquierda de la nariz. A pesar de la censura de su padre, Anisha había llevado aquel pendiente a lo largo de su primer embarazo a fin de ahuyentar la enfermedad y los dolores del parto. Después de la muerte de su padre, había decidido no quitárselo. Por darse esa satisfacción. Para afirmarse a sí misma, suponía.

¡Ay, pero Calcuta quedaba ya tan lejos...!

Con un suspiro, dejó el pendiente en su joyero de viaje, junto a las perlas y la valiosa gargantilla kundan de su madre. De pronto, sin embargo, se sintió... mal. Fuera de lugar. Y así era, en cierto sentido. Hacía mucho tiempo que sabía que quitándose su *phul* no conseguiría desprenderse de la parte de *rajputra* que había en ella, ni aunque hubiera sentido deseos de hacerlo.

Deseaba, no obstante, asimilarse a su nuevo ambiente, aunque sólo fuera por el bien de los niños. Y, a decir verdad, quería facilitarse a sí misma la llegada a aquel imperio frío y rodeado de agua. Con el paso de los años se había cansado un poco, además, de tener un pie aquí y otro allá; de verse siempre atrapada en aquella agotadora danza entre lo que era y lo que los demás opinaban que debía ser.

El recuerdo del ceño fruncido de John pasó fugazmente por su cabeza. Lo ahuyentó rápidamente, se puso delante del espejo y bajó la mirada por el corpiño de su sencillo vestido inglés para subirla luego de nuevo hasta posarla en su poco británico rostro.

—«Y cuando yo era niño —recitó en voz baja—, hablaba como un niño, razonaba como un niño, juzgaba como un niño.»

Pero había llegado la hora, la hora triste y sobrecogedora, de arrinconar las cosas de la infancia. O, al menos, los consuelos de la niñez. Porque a decir verdad, al igual que su hermano mayor, ella nunca había sido niña. Y suponía que estaba tan preparada para su primera aparición en Inglaterra, para su nueva vida, como podía esperar estarlo.

Exhalando otro suspiro, se puso a guardar las últimas cosas. Un instante después, sin embargo, la asaltó el impulso de ver a sus hijos. Eran un par de monicacos descarados y, para hacerle justicia a Janet, ocuparse de ellos no formaba parte de sus tareas habituales. Pero el viaje había sido duro para todos, los niños habían hecho más trastadas que de costumbre y a la altura de Ciudad del Cabo su preceptor les había dicho adiós después de que Teddy pusiera la gota que colmaba el vaso al colgar sus calzones en el bauprés.

En seis cortos pasos, Anisha llegó a la puerta del camarote. La abrió descuidadamente y chocó de inmediato contra una losa de impenetrable virilidad y anchas espaldas.

—¡Vaya! —dijo la losa, que olía a cuero recalentado y a humo de sándalo. Dos anchas manos sin enguantar la sujetaron—. Lady Anisha Stafford, supongo.

—Eh, ¿cómo dice? —Anisha parpadeó, mirando un par de alegres ojos azules, y sus pensamientos se dispersaron por la cubierta como perdigones disparados al azar—. Disculpe, no era mi intención... Quiero decir que... —Se irguió y dio un paso atrás—. Lo lamento. ¿Nos conocemos?

Era una pregunta absurda, desde luego. Quitando a Raju, no conocía a nadie en aquel frío y grisáceo lugar.

Con una sonrisa tan ancha como sus hombros, el desconocido inclinó la cabeza y se apartó de las sombras para penetrar tras ella en el minúsculo camarote iluminado.

—No, no tengo ese placer —contestó con voz retumbante y honda—, y ahora veo que ha sido un trágico error por mi parte.

—Me temo que no lo entiendo —repuso ella mientras seguía retrocediendo, hasta que chocó con el extremo de la cama.

El hombre, que había entrado sólo a medias en el angosto camarote, apoyó un hombro en el quicio de la puerta como si se hallara completamente a sus anchas.

—Me refiero a que habría ido hasta la India en persona si Ruthveyn se hubiera molestado en decirme lo guapa que era su hermana —dijo con una sonrisa aún más grande—. Aunque, por otro lado, hasta hace poco he estado... Bien, digamos que he sido un *huésped* de la Corona, de modo que mis posibilidades de viajar se han visto muy reducidas.

Le ofreció una mano fuerte y ligeramente encallecida.

—Rance Welham a su servicio, señora.

—Ah. —Anisha miró el ornamentado alfiler de oro que Welham llevaba entre los pliegues de la corbata—. Ah. ¡Sargento Welham! —Tan pronto reconoció aquel nombre, el alivio se apoderó de ella, y estrechó la mano del recién llegado—. Es un placer, sin duda. Pero ¿mi hermano...?

—Los asuntos de la *Fraternitas* lo han retenido. —Al ver la mirada inquisitiva de Anisha, añadió—: Los problemas de siempre en París. A Guizot están a punto de ponerlo de patitas en la calle, y la confederación gala aún no sabe si considerarnos amigos o enemigos. Lamentablemente, lord Ruthveyn es nuestro único diplomático.

—Ah. —Anisha se preguntó si aquellos ojos azules claros dejaban alguna vez de brillar. ¿O se trataba más bien de un destello que auguraba peligro? Costaba saberlo, a decir verdad—. Lo entiendo.

—Lo que equivale a decir que Ruthveyn lo siente mucho —prosiguió Welham—. Yo, por mi parte, no. Y puesto que represento más bien la fuerza bruta que la sesera dentro de la organización, me ha enviado junto con una cuadrilla de lacayos y tres excelentes carruajes para darles la bienvenida y llevarles a casa, a Mayfair.

A casa. A Mayfair.

Dondequiera que estuviera eso.

—Y con cuánta rapidez —murmuró ella.

—Bueno, hacía una semana que teníamos un jinete apostado en Dartford, señora —contestó Welham, apartándose de la puerta—. Creo que Ruthveyn arde en deseos de ver a su hermanita.

El sargento Welham siguió sonriendo con aquel mismo brillo en los ojos. Era casi espantosamente guapo. Anisha sabía algo de él por las cartas de su hermano, pero aquella avalancha de encanto viril la había pillado completamente desprevenida.

Con el elegante sombrero metido bajo el brazo, Welham exhibía una desordenada mata de rizos oscuros y un par de profundos hoyuelos, uno a cada lado de una boca tan carnosa y sensual que saltaba a la vista que pertenecía a un sibarita. Y lo que era peor: era tan alto y tan ancho de espaldas que llenaba literalmente el camarote con su presencia.

—Bueno, mi niña —agregó, entrando de nuevo en el cuartucho y arreglándoselas de algún modo para esbozar una elegante reverencia—, ¿tiene por aquí una doncella?

—N-no, ha sido un viaje muy duro —logró decir Anisha—. La perdí en Lisboa.

Por fin aquel brillo seductor de su mirada se desvaneció en parte.

—Las fiebres, ¿eh? Un peligro trágico de los viajes en barco.

—Oh, no. —Anisha sacudió la cabeza—. Me temo que el tedio afectó a su cerebro y se fugó con el ayuda de cámara de lord Lucan.

La sonrisa de Welham hizo de nuevo acto de aparición.

—¡Vaya, el matrimonio! Eso sí que es una verdadera desgracia.

—Ni que lo diga —repuso Anisha con sorna—. Usted no ha visto al ayuda de cámara de Luc.

—¿Qué ocurre? ¿Tenía mal genio? ¿Empinaba el codo? —Le guiñó un ojo—. Yo también, de vez en cuando.

—No, era calvo, tenía la cara picada de viruelas —contestó Anisha—. Y, además, era sosísimo.

Welham se rió de buena gana.

—Bueno, sobre gustos no hay nada escrito, ¿verdad? Les deseo buena suerte. Y ahora dígame, ¿quiere que le lleve algo? ¿Este pequeño baúl, quizás?

El baúl en cuestión tenía muy poco de pequeño. De hecho, ocupaba por completo el rincón del fondo del camarote.

—Gracias, pero ¿es que aquí no hay mozos?

La sonrisa de Welham se ensanchó.

—Creo, señora, que puedo arreglármelas solo para llevar una maletita.

—Como quiera, pues. —Anisha ya se había vuelto para guardar las últimas cosas en su maleta—. Permítame acabar de...

—¡Vaya! —Welham, que había mirado hacia el suelo, se agachó a recoger algo y su cabeza casi rozó los flecos del chal de Anisha. Cuando volvió a incorporarse, sus mejillas enjutas y de pómulos altos se habían coloreado ligeramente—. Me temo, señora, que se le ha caído una... eh... una prenda de naturaleza íntima. Me resisto a la tentación de cogerla.

Anisha miró hacia abajo y vio su sari de dormir bajo la cama, formando un desordenado montón de seda verde. Un poco avergonzada, lo recogió y lo guardó en la maleta. Welham tragó saliva con cierta dificultad, como si de pronto se le hubiera quedado la boca seca.

—Gracias —logró decir ella, y cerró la maleta—. Bueno, entonces, vayámonos cuanto antes. Aunque primero debería ir a ver si...

Pero se pusieron los dos en marcha al mismo tiempo: ella hacia la puerta y él hacia el baúl, y quedaron encajados entre la cama y una de las grandes vigas de madera que cruzaban la pared.

Se quedaron parados un instante, tan cerca que el vientre de Anisha se apretaba contra la entrepierna de Welham. Tan cerca que Anisha vio el vello negro azulado de su barba bajo la piel y una pequeña cicatriz blanca justo debajo de su ojo izquierdo.

—Vaya. —Anisha dejó caer su maleta—. Qué tropiezo tan...

—¿Violento? —concluyó él. Pero había dejado de sonreír y su mirada transmitía algo más que simple calor.

—Creo, señor... —Intentó moverse hacia la derecha y oyó que una costura de su vestido se rasgaba—. ¡Vaya por Dios! Por favor, si tiene usted la amabilidad de darse la vuelta...

Pero otra vez se giraron al unísono y, de pronto, como parecía ser su costumbre, Welham le sonrió mirándole a los ojos; le sonrió de un modo que el calor de su sonrisa la atravesó hasta llegar directamente al fondo de su vientre. Anisha apartó la mirada.

—Bueno, mírelo así —dijo él—. Algún día seremos viejos amigos y nos reiremos de este momento.

Pero Anisha, cuyos pechos se aplastaban prácticamente contra la sólida muralla de su torso, no tenía muchas ganas de reír. Le parecía estar derritiéndose, como si su sentido común hubiera sucumbido, sofocado por el olor intenso y masculino que exhalaba Welham. Su pulso resonaba tan fuerte dentro de su cabeza que estaba segura de que Welham tenía que oírlo.

Advirtiendo su malestar, el sargento la agarró de los hombros y, con un suave gruñido, se las ingenió para pasar a su lado. El afilado borde de la cama de roble rozó la espalda de Anisha. Pero Welham no la soltó, y sintió el ardor de su mirada fijo en ella.

Como no le quedaba otro remedio, levantó los ojos y se sorprendió al ver en su mirada una expresión de ternura.

—Le pido disculpas —dijo Welham con suavidad—. Olvidaba que no está acostumbrada a nuestras depravadas costumbres londinenses. Soy un coqueto incorregible, lo reconozco, pero con usted no debería coquetear. De hecho, Ruthveyn me matará si se entera.

Pero a Anisha se le había quedado la boca seca.

—¿Estaba coqueteando? —logró preguntar.

Él le guiñó un ojo.

—Bueno, un poco, quizás.

Anisha bajó la mirada, azorada, y así pudo leer la inscripción grabada en el alfiler de oro macizo de su corbata.

F.A.C.

Formaba parte de la *Fraternitas Aureae Crucis*. La Hermandad de la Cruz de Oro. Ya de niña, a Anisha le habían enseñado a recurrir a ellos en momentos de apuro. Y, como mandaban sus votos, Welham había acudido en su auxilio incluso tratándose de una menudencia como aquélla. Quizá fuera incorregible, pero sus intenciones eran buenas.

Aquella certeza la reconfortó y la ayudó a recobrar en parte el dominio de sí misma. Apartándose de él, se echó sobre los hombros su gruesa capa y agarró la maleta con una mano y el maletín de aseo con la otra. Aquel instante de desasosiego había pasado.

—Bien, yo llevo estas dos, milord —dijo con una sonrisa—. Si de veras puede usted con el baúl...

Poco después salieron a cubierta en medio de un gélido amanecer, Welham llevando al hombro sin esfuerzo el voluminoso baúl tachonado de latón. El paisaje que se ofreció a sus ojos estaba formado por altas paredes de ladrillo y por el inconfundible meandro del río, que no era recto, como había dado por sentado Anisha, ni mucho menos.

¿Acaso había imaginado que sería recto como una vara, igual que el Hugli, que discurría junto a su casa? Estaba claro que allí sus suposiciones estaban fuera de lugar.

Miró con nerviosismo a su alrededor y vio a los niños con el cuerpo casi colgando de la borda mientras señalaban río abajo, acompañados por Lucan. A su lado, en una jaula colocada en el suelo, *Milo*, su periquito, se columpiaba en su percha meciéndose hacia delante y hacia atrás mientras contemplaba todo aquel alboroto.

—¡Pauuuk! —protestó al verla acercarse—. ¡Prisionero británico! ¡Déjenme salir! ¡Déjenme salir!

Anisha dejó sus maletas, abrazó a los niños y se arrodilló junto a la jaula.

—Teddy, ¿dónde está la manta de *Milo*? —preguntó con reproche—. El pobrecillo no soporta este frío espantoso.

—Quería echar un vistazo —contestó su hijo a la defensiva.

—¡Mamá! ¡Mamá! —dijo Tom, su hijo de seis años—. ¡Hemos visto a un muerto!

Anisha le quitó la manta en forma de campana y se arrodilló para cubrir la jaula de *Milo*.

—¿Un muerto? —preguntó, y lanzó una mirada nerviosa a su hermano pequeño.

Lord Lucan Forsythe se apartó lánguidamente de la barandilla.

—Sí, parecía un cadáver —dijo con despreocupación—. Ven a babor si quieres y te lo enseñaré.

—Santo cielo, no. —Anisha abrochó el último corchete de la manta de *Milo* y Welham le ofreció la mano para ayudarla a levantarse—. Pero ¿un muerto? ¿De veras? ¿En el agua?

—No, lo han *ahorcao* —contestó Tom alegremente.

—«Ahorcado», merluzo —lo corrigió su hermano, y señaló río abajo—. Está colgando de un madero allí. Y está en una *jaula*.

—Ya basta, Teddy.

Un poco espantada, Anisha hizo rápidamente las presentaciones.

Lord Lucan estrechó la mano de Welham calurosamente, pero no hubo forma de que los niños se olvidaran un momento de la morbosa visión del ahorcado.

—¡Y no tenía ojos, mami! —exclamó Tom, contorsionando grotescamente la cara.

—Porque se los han picoteado los pájaros, tú, *boka chele* —contestó su hermano.

—¡Ya está bien, niños! —les advirtió Anisha levantando una ceja—. Teddy, luego me explicarás dónde has aprendido esa expresión.

—Así es como llama Chatterjee a los *punkah wallah* —repuso Teddy—. Sólo significa...

—Sé lo que significa —lo atajó ella—. Y los caballeros no se insultan entre sí en presencia de una dama. Ni tampoco hablan de cadáveres. Soy muy delicada. Podría desmayarme.

—¡Vamos, mamá! —Teddy puso los ojos en blanco—. Tú nunca te desmayas.

Welham se inclinó para alborotarle el pelo.

—A mí también me parece bastante dura, muchacho —murmuró—. Pero en realidad no es un muerto, sino solo una vieja broma.

—¿Una broma, señor? —dijo el niño y lo miró con asombro.

—Sí, lo llaman Davie el Guapo, el príncipe de los piratas. —Sonrió a los niños—. De vez en cuando, los estibadores empinan demasiado el codo y lo sacan sólo por diversión. Pero el viejo Davie está hecho de lona y algodón, nada más. Es para asustar a los turistas.

—Ah —dijo Tom, visiblemente decepcionado.

Welham pareció darse cuenta de su error y se arrodilló para mirar al chico a los ojos.

—Pero la horca y la jaula son de verdad —dijo casi en tono consolador—. Mirad, ¿veis esa zona pantanosa, más allá del recodo del río? Es Blackwall Point. Allí es donde ahorcaban a los verdaderos piratas y dejaban que se pudrieran sus cadáveres como escarmiento.

Los ojos de Tom se agrandaron.

—¿En serio?

—Bueno, de eso hace mucho tiempo. —Welham guiñó un ojo—. Pero nunca se sabe.

Aquella esperanzadora noticia animó considerablemente a los niños. Pero ¿es que aquel hombre tenía que agasajar a todo el que conocía con su encanto chispeante?

En ese instante, el único criado que les quedaba cruzó la cubierta seguido por Janet.

—Ya está descargado todo el equipaje, señora —anunció Chatterjee con una elegante reverencia.

—Magnífico. Gracias. —Anisha se volvió hacia los niños—. Y ahora se acabó el hablar de horcas, por favor —añadió, incluyendo a Welham en su mirada de enojo—. Y me refiero a *todos*.

Welham se rió.

—Parece que nos han dado un toque de advertencia, muchachos —dijo—. Bien, pongámonos en marcha, entonces. Londres y sus muchas aventuras nos esperan.

Pero los niños, que sabían que era más probable que les esperara un nuevo preceptor, accedieron tan de mala gana como si se dirigieran al patíbulo a hacer compañía a Davie el Guapo. Poco después se pusieron a hablar de decapitaciones y de la Puerta de los Traidores, preguntándose en voz alta si verían la Torre por el camino.

—Le diré al cochero que pase por allí —les aseguró Welham cuando pusieron pie en tierra firme.

—No estoy segura, sargento —masculló Anisha en voz baja—, de que esté usted siendo de gran ayuda.

Aun así, la promesa de Welham pareció apaciguar a los niños, y Anisha pudo pasar los minutos siguientes contemplando su nuevo hogar, o lo que veía de él. A pesar de que las luces parpadeantes de los muelles y la costa se habían fundido con el amanecer, la vastedad de Londres, o al menos de sus lonjas, seguía siendo evidente.

Nunca en su vida había visto Anisha tanto ajetreo como en los muelles de la Compañía de las Indias Orientales al rayar el día. Las gabarras y barcazas se deslizaban de un lado a otro por el río, y una docena de barcos parecían listos para descargar mientras que muchos otros se mecían, con la arboladura desnuda, río arriba y río abajo. Los obreros pululaban como hormigas entre cajones y barriles y las oscuras lonjas se cernían tras ellos en todas direcciones.

El puerto olía, al principio, casi como el de Calcuta: despedía un denso tufo a aguas sucias y podredumbre. Luego, sin embargo, cuando por fin dejó atrás la sombra de una fragata y pudo acercarse a las lonjas, la asaltaron los aromas mucho más gratos de la pimienta, el jengibre y cien cosas más que no alcanzó a identificar: el olor del dinero, habría dicho su difunto padre.

Con paso largo, contoneando ligeramente sus estrechas caderas, Welham atravesó la orilla pantanosa y el gentío se apartó respetuosamente de su camino cuando escoltó a Anisha y a sus acompañantes hasta una calle ancha que discurría por detrás de una hilera de almacenes. Instantes después fueron introducidos en varios carruajes. Chatterjee, que se había visto obligado a aceptar el puesto de ayuda de cámara de su hermano, y Lucan ocuparon el primero. Janet metió a los niños en otro, y tras comprobar que todo se hallaba en orden, Welham abrió el tercero: un bonito landó cerrado con un escudo de armas dorado pintado en la portezuela.

—Después de usted, señora.

Anisha sintió una extraña inquietud al pensar en quedarse de nuevo a solas con Welham, pero el orgullo la hizo estirar el espinazo, recogerse las faldas quizá con ademán algo más altivo que de costumbre y subir al carruaje.

Welham entró tras ella ágilmente, cerró la puerta y arrojó su sombrero de copa sobre el asiento, a su lado. Casi de inmediato, Anisha oyó que el carruaje que abría la marcha se ponía en movimiento con un traqueteo y un tintineo de arneses. Estaba de nuevo a solas con Welham, y la penumbra y la estrechez del landó los envolvían con la misma sensación de intimidad que ella había experimentado un momento antes en su camarote.

Ciñéndose un poco más el manto para defenderse del frío y la humedad, rompió el denso silencio.

—Sargento Welham, quizá le deba una disculpa.

—¿Sí? —murmuró él—. ¿Y por qué? Dígame.

—Tom y Teddy —contestó ella—, toda esa charla acerca del... En fin, del ahorcamiento. Delante de usted, precisamente. No tenían mala intención, y lo ha encajado usted con mucha naturalidad, pero aun así...

Aquel brillo alegre volvió a aparecer en sus ojos.

—Me temo que perdí mi delicada sensibilidad en los campos de batalla del Magreb, señora —respondió—. Sus hijos parecen de armas tomar, por cierto. ¿Cuántos años tienen?

—Tom acaba de cumplir seis —dijo Anisha— y Teddy ocho. Y Luc, que tiene nada menos que dieciocho, se considera todo un hombre.

Welham se puso serio de repente.

—Entonces recemos por que lord Lucan salga pronto de su error. Londres es una escuela muy dura: suele escarmentar a los jóvenes de la forma más severa.

Anisha comprendió que hablaba por experiencia.

Justo entonces doblaron una curva cerrada. A través del ondulado cristal de la ventanilla, Anisha siguió con la mirada el extenso paisaje de mástiles y lonjas. En ese instante estaban pasando bajo el arco de una puerta rematada por una torre con reloj, encastrada en la pared de ladrillo que rodeaba el astillero y el carruaje se zarandeó un poco al girar a la derecha. Unos metros más allá volvió a aminorar su velocidad, esta vez para entrar en una avenida principal.

«Barking Road», decía la señal indicadora.

¡Qué nombres tan extraños tenían aquellos sitios! El landó se alejó de aquella calle en dirección este. Luego, justo cuando acababan de doblar el recodo, Anisha vio de pie junto a una farola a un joven de aspecto sombrío, vestido con un largo gabán. La siguió con la mirada como si no pudiera apartar sus ojos de ella.

Incapaz de refrenarse, Anisha se giró para mirar por la parte de atrás del landó. Justo antes de que lo perdiera de vista, el joven levantó su sombrero como si la saludara en silencio, y al hacerlo dejó al descubierto una mata de llamativo pelo rojo, acompañada de una sonrisa inquisitiva, casi insolente.

Anisha se dio la vuelta y miró de inmediato a Welham, que comenzó a jurar en voz baja. Él también estaba mirando hacia atrás, y sus ojos ya no parecían reír, sino que relucían llenos de amenazas.

—Ese joven —murmuró Anisha—, ¿lo conoce?

Una expresión sombría se dibujó en su antes amable semblante, y Anisha comprendió con estremecedora certeza que el sargento Welham podía ser un enemigo brutal.

—No lo conozco —contestó él entre dientes—, pero parece que no va a quedarme otro remedio.

—No le entiendo.

Welham pareció tensar de pronto todos los músculos, como un felino a punto de saltar.

—Me han dicho que trabaja para un periódico —respondió—. Pero hasta este instante pensaba que su nombre importaba poco.

—Pero mi hermano me escribió que el Lord Canciller había revocado su condena. —Anisha miró inquieta hacia atrás, pero el hombre, como era lógico, había desaparecido hacía rato—. ¿Qué pueden querer ahora de usted los periódicos?

—Según mi experiencia, la mayoría de los males del mundo tienen que ver con el dinero. —Welham tensó la mandíbula—. Concretamente, con su ganancia. Y a costa de otros, por lo general.

—Cierto —reconoció ella—, pero...

El sargento se encogió de hombros.

—Mucha gente cree que mi padre compró a la justicia para liberarme —dijo—. A más de uno le encantaría verme caer. Y calculo que eso vendería gran cantidad de periódicos.

Anisha reflexionó un momento.

—Ésa es una idea espantosa —dijo en voz baja—. Cuán horrible ha de ser para usted.

—¿Horrible? —repitió él con voz peligrosamente suave—. No, señora. Horrible es pudrirse en prisión por un crimen que no has cometido. Horrible es que te pongan una soga al cuello y no saber si al segundo siguiente seguirás respirando. Horrible es ver morir a excelentes soldados en el barro ensangrentado de África porque no tienen otra forma de ganarse la vida. Si uno logra sobrevivir a eso, normalmente no le importa un comino lo que piense la gente. Pero ese individuo ha empezado a hacer preguntas sobre mi padre. Y sobre su hermano. Lo han visto dos veces merodeando por la Sociedad Saint James, intentando colarse dentro.

—¿La Sociedad Saint James? —En los ojos de Anisha brilló un destello de alarma—. Ése es el nuevo nombre con el que se conoce a la *Fraternitas* aquí, en Inglaterra, ¿me equivoco?

—Se trata más bien de un camuflaje. —Welham tenía la mandíbula tensa, la mirada todavía dura—. Una especie de refugio, y un modo de justificar la investigación científica que está llevando a cabo el doctor Von Althausen.

Anisha vaciló, sin saber cómo formular la siguiente pregunta.

—Entonces, ese reportero —dijo—, ¿se ha encontrado usted con él? ¿Lo ha tocado?

Welham forzó una sonrisa.

—Me temo que soy bastante corriente, lady Anisha —respondió—. Carezco de las extrañas facultades de su hermano.

—Eso tengo entendido —agregó ella—. Y me alegro por usted.

Él se encogió de hombros.

—Quizá, si pasara algún tiempo en compañía de ese reportero, lograra atisbar hasta cierto punto su verdadero temperamento —reconoció—. O quizá no. Algunos días dudo de poseer alguna habilidad especial en ese aspecto.

—No sé si creerle.

—Crea lo que quiera, señora, pero hay muchas personas inescrutables para mí. —Su mirada dura seguía fija en la ventanilla, atenta al exterior—. Usted, sin ir más lejos. Apostaría a que así es. Pero también creo que hay algunos individuos para los que el mal es algo tan natural, tan intrínseco, los constituye hasta tal punto, que en ellos no puede percibirse otra cosa. Y ese reportero... está vigilando cada movimiento de la *Fraternitas*, atento a cómo respiramos.

—Santo Dios.

—Y ahora al parecer también se propone vigilarla a usted. Quizá también a sus hijos y al joven Lucan. Pero hay ciertas cosas que ni siquiera yo estoy dispuesto a tolerar. Ese joven está a punto de descubrirlo. Así pues, es hora de que zanje este asunto. —Bajó la voz como si hablara consigo mismo—. Ya va siendo hora de que haga lo que juré hacer.

Su semblante había perdido todo rastro de buen humor. Y por más encanto que pudiera fingir, Anisha ya no se dejaría engañar. «Incorregible» no era el término más adecuado para calificar al sargento Welham. Aunque no hubiera sabido nada de su turbio pasado, se habría dado cuenta de que Rance Welham se conducía con la energía apenas refrenada de un soldado.

Su mirada era tan veloz que resultaba inquietante, y Anisha se hallaba ahora convencida de que podía volverse mortífero en un abrir y cerrar de ojos. Percibía dentro de él una ira velada que había calado hasta el centro mismo de su ser; una amargura que lo devoraba como un cáncer detrás de aquella fachada jovial y aquellos ojos risueños. La inquietaba, pero al mismo tiempo tenía la extraña sensación de que lo humanizaba.

Sabía por las cartas de su hermano que, en su juventud, Welham había sido acusado de asesinato y encarcelado en dos ocasiones. La primera vez se había librado de la horca gracias a su astucia. La segunda, lo había salvado la confesión de un testigo moribundo. Entre medias, había huido de Inglaterra, arribado a París y partido luego hacia África como miembro de la Legión Extranjera, un cuerpo compuesto por delincuentes, matones y mercenarios, y sólo algo menos mortal que el patíbulo.

Siguieron en silencio un rato, pero dentro del landó la atmósfera había cambiado extrañamente. Había en el aire una emoción irresuelta que hasta ella, con sus limitadas facultades, era capaz de percibir.

Como no sabía qué decir, estuvo mirando por la ventanilla mientras su pequeña comitiva circulaba por calles que pasaban de oscuras y estrechas a anchas y elegantes, y viceversa. Nunca en su vida había visto tantas torres de iglesia, y a medida que avanzaban las calles estaban cada vez más congestionadas de gente y tráfico. A cada paso se veían carros y carretas siendo descargados y gradas de portal que alguien barría mientras iban abriendo los bancos y las tiendas de Londres, dispuestos a hacer su negocio diario.

Inexplicablemente, sin embargo, su nuevo hogar no conseguía retener la atención de Anisha, que volvía continuamente la mirada hacia su acompañante. Vestido más para dar un paseo a caballo por el campo que para montar en carruaje, Welham era un hombre grande y de largas piernas, con pocas pretensiones en lo relativo a la hechura de su indumentaria. Llevaba una levita de fino paño negro, ceñida pero no tanto como para requerir la asistencia de un ayuda de cámara. Sus botas altas y sus calzas realzaban admirablemente sus piernas musculosas, aunque Anisha sospechaba que, de haber atendido a los dictados de la moda, debería haberse puesto pantalones.

De hecho, el único asomo de elegancia que había en la persona del sargento consistía en un chaleco de seda gris oscuro con botones de carey, una corbata blanca de un blanco deslumbrante y el sombrero de copa negro que reposaba a su lado. Y cuando retiró la levita un momento para sacar su reloj de bolsillo, Anisha pudo ver la esbelta curva de su cintura y casi sintió la fuerza que se ocultaba bajo la manga de su chaqueta.

Rance Welham era, concluyó Anisha, todo un hombre, lo cual, por desgracia, le hacía aún más interesante.

Tras consultar la hora y guardar de nuevo el reloj, el sargento se recostó en el asiento con un brazo apoyado sobre el respaldo y las piernas muy abiertas, de tal modo que pareció adueñarse de todo el espacio a su alrededor. Ladeó la cabeza hacia la ventanilla y un mechón de cabello oscuro cayó sobre su frente mientras su mirada veloz recorría las calles de más allá del cristal. Su actitud produjo en Anisha la vaga sensación de que había pocas cosas que le pasaran desapercibidas, y aún menos que le intimidaran.

Hizo memoria, intentando recordar lo que su hermano le había contado sobre él. Welham procedía de una familia acaudalada del Norte de Inglaterra, pero su madre había sido una escocesa de la frontera. Raju y Welham se habían conocido hacía cuatro o cinco años, en Marruecos, ¿o había sido en Argel?, pero su hermano había evitado decirle cómo. Sin duda se trataba de un asunto poco apropiado para el oído de una dama, dedujo ella, pues en cierto momento de su azarosa relación Raju se había dado cuenta de que ambos llevaban la marca de los Guardianes.

Y desde entonces se habían vuelto inseparables.

La marca, que solía llevarse en lo alto de la cadera izquierda, indicaba que determinado hombre había sido elegido por su familia, debido a su temperamento, a la tradición y al alineamiento de los astros, como Guardián de la Antigua y Noble Orden de la *Fraternitas Aureae Crucis*. En parte orden religiosa y en parte sociedad secreta, la *Fraternitas* se dedicaba aparentemente al estudio de la filosofía natural y de su relación con los grandes misterios griegos y druídicos.

Los Guardianes eran su brazo armado, los defensores de la sociedad, como soldados cristianos vinculados por juramento a la espada. La marca era simplemente una cruz latina sobre una pluma y una espada cruzadas. A veces, si la familia era de procedencia escocesa, la marca aparecía rodeada por una cartela adornada con el cardo de Escocia. En ambos casos, el símbolo podía hallarse con frecuencia a plena vista, aunque camuflado, en frontispicios, copetes y lápidas de toda Europa, de manera parecida a la flor de lis.

Corría el rumor de que la *Fraternitas* hundía sus raíces en la antigüedad celta y en la tradición cristiana de los templarios, con alguna difusa conexión, quizá, con la masonería. Porque, en lo tocante a la organización, todo podía calificarse de «difuso». El padre de Anisha, no obstante, había pertenecido a ella, al igual que muchas otras generaciones de la familia Forsythe antes que él.

Pero nada de aquello preocupaba en realidad a Anisha. Sus hijos no habían nacido en el Signo del Fuego y la Guerra. Podían ingresar en la F.A.C. ocupando algún cargo de índole intelectual, legal o religioso, si así lo deseaban, podían ser Sabios, Advocati o Priostes, pero jamás serían Guardianes.

Ni, gracias a Dios, pesaría sobre ellos la maldición del Don.

No, a sus hijos nunca les haría falta un Guardián. Y Anisha se sentía profundamente agradecida por aquella pequeña bendición.

Debió de suspirar porque se dio cuenta de que el sargento Welham estaba mirándola desde el fondo del carruaje. Sus ojos, antes chispeantes, tenían ahora una expresión acerada, como si hubiera estado rumiando algo y le desagradara la conclusión a la que había llegado.

—Ese tipo, el de la esquina... —comentó en voz baja y retumbante—. Todo este asunto, en realidad... sin duda hace que se pregunte usted por qué me ha enviado su hermano, precisamente a mí, a buscarla. A decir verdad, le aconsejé que buscara a otra persona, pero...

Casi sin pensar, Anisha alargó el brazo entre las sombras y posó un dedo enguantado sobre los labios de Welham con expresión levemente enojada.

—Pero es usted en quien más confía —repuso con calma—. Y por tanto en quien más confío yo.

El sargento respondió con una sonrisa desganada.

—Creo, sin embargo, que Ruthveyn confía en que cuaje usted aquí, en Londres, lady Anisha —contestó—. Y dudo mucho que dejarse ver en mi compañía la ayude a conseguirlo. Así se lo dije a su hermano.

—¿Cómo dice? ¿Cuajar? ¿En qué sentido?

Welham sonrió de nuevo, pero esta vez la sonrisa no se reflejó en sus ojos.

—Ruthveyn desea que trabe usted las relaciones sociales adecuadas —explicó— y se forje una vida nueva y feliz aquí, en Londres. Deduzco que está decidido a que vuelva a casarse, de modo que mi compañía no es precisamente ideal...

Anisha se quedó de piedra.

—¿Cómo dice?

El semblante de Welham se crispó.

—Discúlpeme, me he expresado como un patán. Como verá, soy demasiado franco, pero me atrevería a decir que oirá esa misma esperanza de boca de su hermano en menos de una semana.

Anisha respiró hondo para calmarse.

—¿De veras? —dijo, crispada—. Y dígame, señor... ¿Mi hermano ya me ha elegido un marido?

Al oír aquello, los ojos de Welham se agrandaron. Después pareció comprender a qué obedecía su enojo, y en ese instante volvió a aparecer su sonrisa y las arrugas que bordeaban sus ojos se fruncieron otra vez.

—Creo, señora, que en efecto tiene uno o dos candidatos en mente —murmuró—. Y ya veo que está usted perfectamente dispuesta a dejar el asunto en sus capaces manos.

—Perfectamente, en efecto —contestó ella con dulzura—. Yo, a mi vez, estaré encantada de ayudarlo a él. Hace cinco años que apenas nos vemos, y aunque no sé nada de su vida aquí, ni de sus deseos, sus esperanzas y sus ilusiones, estoy segura de que la viudedad no puede sentarle bien.

—Perdóneme, lady Anisha. —La mirada de Welham se ensombreció—. No quisiera sugerir...

—No, no, sugiera, sugiera —lo interrumpió con voz chillona—. Eso precisamente me propongo hacer yo. Debe de haber al menos una veintena de rosas inglesas dispuestas a extasiarse con cada perla que suelte mi hermano y a decirle que es un diablillo encantador, todo ello a cambio de la corona de condesa y de su gruesa fortuna. Y créame, sargento Welham, conseguiré congraciarme con todas y cada una de ellas si mi hermano tiene la osadía de arrojarme a su presunta buena sociedad inglesa.

—¿De veras? —preguntó él.

—No lo dude —contestó Anisha—. Y después las llevaré a casa a cenar por turnos hasta que se hiele el infierno. Pero mientras aguardo esa feliz ocasión, centraré mis esfuerzos en las malas costumbres de mi hermano. Su gusto por las mujeres. Por la bebida. Su frecuente uso de los opiáceos... No, sargento Welham, los secretos de Ruthveyn no se me escapan. De hecho, seré implacable en mi empeño de que mejore. ¿Qué le parece? ¿Cree usted que así será su vida más feliz?

Pero el sargento Welham ya no parecía tan relajado, ni tan tranquilo en su asiento.

—¡Santo cielo! —murmuró.

—¿Y qué me dice de usted? —preguntó ella, ladeando la cabeza—. Quizá también pueda beneficiarse de mi ayuda.

—Eh, creo que no —contestó—. Pero gracias por ofrecerse, señora.

—¿Está seguro?

—Segurísimo, sí —respondió—. Y ahora, señora, si mira a su izquierda, verá la Torre de Londres.

—Gracias —repuso Anisha con mordacidad—. Pero no me interesan en absoluto las atracciones turísticas.

—Umm.

Después, Welham se puso el sombrero en la cabeza y se lo echó hacia delante, sobre los ojos.

Anisha se obligó a mirar por la ventanilla y a contemplar las grises y lúgubres paredes que pasaban velozmente ante sus ojos. Siguieron avanzando en silencio un rato entre el laberinto aparentemente inacabable de calles, hasta que él comenzó a roncar en voz baja.

Anisha miró exasperada hacia el otro lado del carruaje. Welham tenía la barbilla clavada en el pecho y los dedos entrelazados sobre el chaleco. Pero ¿cómo podía dormir? ¡Y qué odiosamente grande era Londres! ¿Acaso nunca iban a llegar a donde iban? La impaciencia le picaba la nuca como un tábano.

Entonces, de pronto, se dio cuenta de lo evidente: que había disparado al mensajero y ahora ardía en deseos de clavar sus garras en el arrogante cretino que lo había enviado.

—Sargento Welham —dijo levantando un poco la voz.

—¿Eh...? —Alzó bruscamente la cabeza y el elegante sombrero cayó sobre su regazo—. ¿Ya hemos llegado?

—No, sólo quería pedirle disculpas —respondió—. He sido injusta. Estoy enfadada con mi hermano. Y usted ha sido todo amabilidad. Lo lamento.

—Umm —repitió él, volviendo a ponerse el sombrero.

—Dígame, esta encantadora iglesia antigua por la que estamos pasando —añadió—, ¿cómo se llama?

—No exagere, querida —repuso él, malhumorado—. Si no recuerdo mal, no tiene interés alguno por las atracciones turísticas.

Anisha pestañeó dos veces lentamente.

—Veo que no piensa dejarme salir de ésta fácilmente —comentó—. Me lo merezco, supongo.

—Saint Clement —dijo Welham con voz hosca—. Se llama Saint Clement Danes.

—¿Y es por casualidad su iglesia? —preguntó ella educadamente.

—Santo cielo, no. —Levantó sus cejas oscuras y rasgadas—. Además, en Londres hay mil iglesias, y hace que no piso una... En fin, no sé cuánto tiempo. —De pronto dejó caer los hombros y se rascó la barbilla pensativamente—. Aunque me temo que pronto tendré que hacerlo. Muy pronto, de hecho.

Anisha comprendió de inmediato a qué se refería. Raju le había contado por carta que el padre de Welham se estaba muriendo.

—Lamento mucho lo de su padre —murmuró—. Recibí en Lisboa la última carta de mi hermano. Decía que la salud del conde de Lazonby se había derrumbado.

—Sí, aplastada por años de sufrimiento —comentó Welham con amargura—. Y por sus esfuerzos incansables por revocar mi condena.

—Lo siento muchísimo —agregó Anisha—. Raju me ha dicho que el título pasará a usted. Estoy segura de que no le produce ninguna satisfacción.

—Así es, pero si Dios quiere todavía dispongo de un par de meses —contestó sin sonreír—. No, no me produce satisfacción alguna. Mi padre tiene apenas sesenta años, y ambos vamos a vernos despojados de su vejez. Pero con el tiempo alguien pagará por ello.

Anisha no supo qué responder. Además, no le cabía ninguna duda de que Welham hablaba de corazón. Parecía de esos hombres que hacían promesas, no vanas amenazas.

Fijó la mirada en la ventanilla y contempló el paisaje casi sin verlo. La luz invernal lanzaba una sombra bajo su pómulo limpiamente cincelado, y su perfil poseía una belleza tan dura y definida que apenas reconoció al hombre jovial que había entrado en su camarote esa mañana. Y aquella boca... ¡Ah, aquella boca bellísima y carnal! Era lo único que suavizaba su rostro. Que lo salvaba, quizás.

Anisha se obligó a apartar la mirada al tiempo que una oleada de sofoco se apoderaba de ella. Santo Dios, no era una muchachita ingenua que se dejara embelesar por un hombre, por muy guapo que fuera, y conocía lo suficiente la naturaleza humana como para percibir la amargura y la aflicción cuando las veía hechas carne.

Se volvió hacia la ventana opuesta y procuró pensar en lo que la aguardaba a continuación. Caía una llovizna helada y la promesa de un rosado amanecer se había trocado en un cielo plomizo y un viento que zarandeaba las ramas desnudas de los árboles y se colaba silbando por la portezuela del carruaje. Repentinamente, su vaga nostalgia de la India se convirtió en un anhelo profundo, y la asaltó el espanto de haber cometido un error irrevocable.

Su angustia no se había disipado aún cuando, unos minutos después, el landó aminoró la marcha y, pasando entre dos enormes columnas alumbradas con sendos faroles, enfiló la avenida semicircular de una enorme mansión porticada, algo retirada de la calle. Cogió de mala gana su bolsito de tela y se ciñó un poco más el manto como si de ese modo pudiera defenderse de lo inevitable.

Tres sirvientes vestidos con librea y provistos de sendos paraguas negros bajaron en fila por la amplia escalinata. A Anisha le recordaron un poco a un batallón de fusilamiento. Su nerviosismo debió de reflejarse en su rostro, pues Rance Welham tomó su mano de repente y se la llevó a los labios.

—Valor, querida mía —dijo con suavidad—. Su hermano la espera. Su nueva vida la espera. Y aún dispone de dos meses antes de que empiece la temporada.

Anisha sintió que sus ojos se agrandaban.

—¿La temporada?

—Momento en el cual dejará usted boquiabierta a la alta sociedad de Londres con su belleza —añadió, con su sonrisa de nuevo firmemente en su sitio.

Ella titubeó un instante.

—Sargento Welham —dijo por fin, apartando su mano de la de él—, seamos realistas, aunque mi hermano no pueda serlo. La alta sociedad de Londres me tolerará, sí. Pero demostrará tanto interés por una mestiza viuda de un militar como yo por ella.

—No la creía tan cobarde, lady Anisha —contestó Welham sofocando una sonrisa.

—Yo no soy... —Exhaló enérgicamente y estrujó su bolso con ambas manos sobre su regazo—. Sólo soy... distinta. Eso es todo.

—¿*Sólo* distinta? —repitió él suavemente—. Sí, querida. De eso puede estar segura.

Pero sus brillantes ojos azules habían vuelto a sonreír, ocultando de nuevo su verdadero temperamento.

Capítulo 2

Año por año, las batallas, los asedios,
los azares que he pasado.

WILLIAM SHAKESPEARE, *Otelo*

Como sucede a menudo con los cambios más temidos de la existencia, lo que en principio le pareció un cataclismo casi insoportable se vio rápidamente sofocado por un aguacero de pequeños desastres cotidianos. Había que contratar preceptores, doncellas y profesores de música. Tom y Teddy necesitaban capas, abrigos y toda clase de prendas de lana para defenderse del espantoso frío de Inglaterra. La caja que contenía la colección de hojas prensadas de los niños y la *Enciclopedia Británica* se había esfumado. Y al periquito no le gustaban las gatas de Raju.

A ellas, en cambio, *Milo* les gustaba muchísimo.

Y luego estaban las tercas ideas de Raju respecto a la buena sociedad y el matrimonio, noción, esta última, que Anisha no había atajado ni tan completamente ni con tanta energía como debería haberlo hecho.

Aun así, para bien o para mal, Londres se abatió sobre ella como un ciclón bengalí desde el momento en que Rance Welham la ayudó a apearse del carruaje, sin dejarle apenas tiempo para angustiarse o llorar la pérdida de su amado hogar. Y pronto, aunque no se sintiera del todo a gusto en su nueva vida, al menos se acostumbró a ella, todo ello sin apenas cobrar conciencia del cambio que se estaba operando.

De ese modo, el invierno se convirtió en primavera y el verano en otoño, hasta que un día, al despertar, lady Anisha cayó en la cuenta de que hacía ya más de un año que había llegado a Londres y que en ese tiempo había pasado también la tormenta. Los niños habían adquirido algo parecido a una rutina diaria. Lucan había trabado amistad con un grupo de guapos jovenzuelos de costumbres disolutas. Tras desesperar de redimir a Lucan y darse por vencido, Raju los había sorprendido a todos enamorándose de la institutriz de los niños. Y Anisha, necia como era, se había encaprichado sólo un poquitín de Rance Welham, recién investido conde de Lazonby.

Resultaba tan difícil no enamorarse de él, con aquellos ojos tan provocativos, aquella sonrisa tan enigmática, y aquella intensidad oculta, siempre lejos de su alcance y siempre misteriosa... Y siendo, además, como él mismo confesaba, un coqueto incorregible al menos en apariencia. Anisha había contemplado una docena de veces la idea de ir más allá de un simple coqueteo, pero su intuición femenina siempre acababa por disuadirla.

Y entonces había llegado aquel día, unos meses atrás, en que, al pillarlo desprevenido, se había dado cuenta con repentina claridad de que tal vez su intuición la había disuadido por un buen motivo. De que quizá los coqueteos de Welham eran, en realidad, insignificantes y de que sus deseos íntimos estaban, de hecho, mucho más fuera de su alcance de lo que ella había imaginado.

Lazonby tenía treinta y cinco años y no había ninguna mujer en su vida, ni la había habido, que ella supiera. Y Anisha había empezado a preguntarse si ahora sabía el porqué; si quizá sus pasiones lo impulsaban en una dirección completamente distinta.

En realidad tenía poca importancia, puesto que era el mejor amigo de su hermano... y suyo, también. ¿Algo más que amistad, sin embargo? No. Lord Lazonby era, íntimamente, demasiado hermético; estaba demasiado obsesionado con su loca y furiosa idea de la verdad y la venganza. Y ella era lo bastante perspicaz para distinguir una simple fachada cuando la veía, y lo bastante juiciosa para saber que, en cierto plano, no conocía en absoluto a lord Lazonby y probablemente nunca llegaría a conocerlo.

Así pues, había buscado a su alrededor algo con lo que distraerse de aquellos ojos inquietos y maliciosos. Y como resultado de ello había hecho lo que ahora temía fuera una estupidez: prestar oídos a su hermano.

Había hecho justamente lo que le había dicho a Lazonby que no haría.

Enojada por aquel recuerdo, puso un grueso pegote de mantequilla en medio de su arroz con pescado y huevos. No le gustaba en especial aquel plato, y jamás le añadía mantequilla extra, pero esa mañana parecía no darse cuenta de ello. Comenzó a comérselo con feroz deleite.

Al otro lado de la mesa del desayuno, Lucan bajó la cabeza y la miró extrañado por encima de sus huevos revueltos. Tras lanzarle una mirada cargada de irritación, quizá la tercera o la cuarta de ese mañana, ella comenzó a masticar. Estaba un poco enfadada, no con él, sino con Raju.

Había ido a Londres en gran medida por Lucan, para que su hermano mayor le diera algunos buenos consejos... o, como mínimo, una patada en el trasero. Y ahora allí estaba, en Londres, mirando todavía a Luc por encima de la mesa del desayuno, mientras Raju disfrutaba de un viaje de novios que duraría meses.

No era, pues, el mejor día para que Lucan le pidiera dinero.

Otra vez.

Y, aun así, lo había hecho.

¡Hombres! Había empezado a creer que no eran más que una plaga.

Pero Lucan seguía mirándola desde el otro lado de la mesa, por debajo de sus largas pestañas, casi femeninas. Lady Anisha dejó estrepitosamente su tenedor sobre la mesa.

—Basta ya, Luc —le advirtió—. No te atrevas a mirarme con esa cara de pena. No pienso hacerlo, ya te lo he dicho. Porque Raju se haya ido al extranjero no voy a perder mi temple. Te aseguro que nunca he necesitado que nuestro hermano lo reforzara. Para enfadarme contigo, me basto yo sola.

Lucan bajó un poco más la cabeza.

—Sólo un préstamo, Nish, hasta el día de San Juan —suplicó—. Lo justo para...

—¿Para qué? —replicó ella—. ¿Para pagar a tu corredor de apuestas? ¿A tu sastre? ¿A tu amante? Permíteme recordarte que este año te has gastado hasta el último penique de tu asignación y que una vez hasta acabaste en el calabozo del alguacil por tus deudas. Donde seguramente seguirías aún si no hubiera sido porque me apiadé de ti.

—No, habría ascendido: me habrían llevado a la cárcel, como pretendía Raju —dijo su hermano, malhumorado.

—Soy muy consciente de ello. —Anisha apartó su taza de té con el dorso de la mano—. Por eso te saqué. Y aceptando condiciones de préstamo que rayaban en la extorsión. Además de que tuve que soportar que Raju se encolerizara conmigo por mis esfuerzos. Conque sí, espero de todo corazón que las cosas no lleguen otra vez a ese punto. Y bien, continúa, ¿qué ha sido esta vez?

—El bacarrá —masculló el joven con la vista fija en su plato—. En el Club Quartermaine. Y ya no tiene remedio. He de comportarme como un caballero y tú lo sabes tan bien como yo. El olor a marajá sigue siendo tan fuerte que atrae a las moscas. —Su tono se volvió amargo—. Y no voy a permitir que lo digan, Anisha. Ni de mí, ni mucho menos de ti.

Esta vez fue ella quien desvió la mirada. No se avergonzaba de lo que era; al contrario, se sentía extraordinariamente orgullosa de ello. Y sin embargo le inquietaba pensarlo.

Tiró distraídamente de la seda plisada de sus faldas de color dorado y azul turquesa y, al hacerlo, sus pulseras de oro tintinearon suavemente. Era cierto que algunos podían considerar a su padre un «marajá», pues, como muchos hombres de su clase, había partido hacia la India disfrutando de una posición simplemente acomodada y había regresado nadando en riquezas. Diplomático a medias y dedicado por entero a los negocios, había dejado a sus hijos muy bien situados, pero ése no era motivo para que Lucan viviera como un despilfarrador.

A diferencia de Raju y Anisha, Lucan era fruto del segundo matrimonio de su padre, una boda motivada por el amor, no por intereses políticos, como había sido el caso de la primera. Pamela había sido tan pura como una rosa inglesa. Y también amable y cariñosa. Demasiado, quizá, pues había mimado a Lucan más allá de lo razonable. Y pese a todo ella quería al chico, lo quería tanto como a Raju, en ciertos aspectos, más, pues Pamela había muerto prematuramente y Lucan había necesitado a su hermana como nunca la había necesitado el mayor de los hermanos.

Igual que la necesitaba en ese momento.

Y ella lo ayudaría, desde luego. Pero no estaba dispuesta a ponerle las cosas fáciles. Se mordió el labio y pensó cuál sería el modo más conveniente de proceder.

—Nish. —La voz recelosa de Lucan interrumpió sus cavilaciones—. Nish, otra vez te estás mordiendo el labio. Prométeme que no estás pensando en hablar con Ned Quartermaine. Me moriría de vergüenza, así de sencillo.

Decidiéndose de pronto, Anisha empujó hacia atrás su silla, que emitió un áspero chirrido.

—No puedo volver a prestarte dinero, Luc —dijo con firmeza—. No puedo, porque nunca escarmientas. Tampoco voy a hablar con el señor Quartermaine de tu parte. Pero estoy dispuesta a negociar. Y, te lo advierto, a negociar como una buena escocesa.

—Ya, implacable y correosa, quieres decir. —Lucan suspiró y se pasó una mano por sus rubios rizos, que hasta ese momento había mantenido impecablemente peinados con pomada—. Pero, por favor, Nish, te lo suplico, ¡no me pidas otra vez que haga de niñera! Tom y Teddy son... ¡Santo cielo! ¡Pueden conmigo! Si no se lanzan medio desnudos al Serpentine o no se ponen a corretear entre el tráfico de Piccadilly Circus, el día les parece aburrido.

—No, esta vez no quiero que saldes tu deuda trabajando a mi servicio. —Anisha lo miró con expresión calculadora desde el otro lado de la mesa de caoba. Después se subió pensativamente las pulseras por el brazo—. Así que creo que en esta ocasión no habrá ni préstamo, ni trato.

Lucan exhaló un suspiro y se recostó en su silla.

—No —continuó su hermana, ignorando su suspiro de alivio—, esta vez haremos una transacción limpia y directa.

—¿Una transacción? —Lucan volvió a enderezarse y entornó los ojos, desconfiado—. ¿De qué tipo?

La boca ancha y amigable de Anisha se curvó lentamente en una sonrisa.

—Tu nuevo carrocín —murmuró—. Me refiero al faetón de pescante alto, ése con las ruedas rojas tan bonitas. Confieso que es muy llamativo.

—¿Mi faetón? —Lucan la miró horrorizado—. ¡No lo dirás en serio! ¿Qué vas a hacer tú con...?

—Y los caballos —añadió, impertérrita—. Esos preciosos caballos negros, que saben corvetear. Sí, creo que también me gustaría tenerlos.

Lucan había empezado a tartamudear:

—¿Mis caballos negros? Debes de haberte vuelto loca. ¡Pero si me pasé dos días seguidos jugando a los dados para ganárselos a Frankie Fitzwater! Además, ninguna mujer a la moda se atrevería a manejar ese tiro.

—¿Insinúas que no puedo?

Anisha enarcó una ceja.

—Bueno, no, manejas bien el látigo... para ser mujer, pero...

—¿Y de pronto me consideras una «mujer a la moda»?

—Bueno, lo que quería decir es que...

—Vamos, Lucan. —Anisha se levantó, irguiéndose en toda su estatura: menos de un metro sesenta y cinco—. Creo que los dos sabemos que en los círculos elegantes de Londres nadie se fija en mí.

Los ojos de Lucan brillaron.

—La madre de lord Bessett, sí —advirtió a su hermana.

Anisha, sin embargo, no se arredró.

—Lady Madeleine no tiene nada que ver con esto —contestó, dejando bruscamente su servilleta sobre la mesa—. Es sólo una buena amiga, nada más.

—¡Ja! —Lucan cruzó los brazos—. O sea, que no estás enamorada de él.

—¡Santo cielo, Luc! ¡No seas ridículo!

—Pero vas a casarte con él.

Lucan levantó la barbilla casi con aire desafiante.

—Puede que sí —contestó su hermana con aplomo—. O puede que no. Todavía no he consultado a los astros.

Lucan soltó un gruñido desdeñoso.

—Con astros o sin ellos, Raju se lo dijo a la tía Pernicia justo antes de marcharse de viaje de novios. Concretamente, le dijo que en cuanto lord Bessett regresara del asunto de la *Fraternitas* que lo había llevado a Bruselas, nuestra familia iba a tener un «feliz acontecimiento» que anunciar.

Anisha maldijo para sus adentros su propia estupidez, así como la bocaza de Raju. Pernicia, la tía de Lucan, era la hermana mayor de Pamela, una venerable matrona de la alta sociedad londinense y una cotilla incorregible. Y Bessett era uno de los solteros más codiciados de Londres.

Anisha logró, sin embargo, mantener la compostura.

—Bueno, Raju no está aquí ahora, ¿verdad? —preguntó, apoyando las manos sobre la mesa e inclinándose hacia él—. Así que el único «feliz acontecimiento» que puedes esperar es el pago de tus deudas de juego... antes de que Claytor escriba a Raju o tía Pernicia se lo huela.

Lucan se puso muy colorado.

Su hermana compuso una sonrisa edulcorada.

—Bueno, ¿qué va a ser entonces, querido? ¿Tu deshonra pública? ¿Una azotaina fraternal? ¿O ese reluciente faetón nuevo?

Lucan levantó las manos, pero la entrada del mayordomo atajó el comentario que se disponía a hacer.

Higgenthorpe inclinó tensamente la cabeza.

—Le pido disculpas, milady —dijo—, pero Claytor está en el despacho del señor con unos papeles que requieren su firma.

Claytor, el secretario de su hermano mayor, se ocupaba de los negocios de la familia. Lady Anisha suspiró y miró su atuendo. Como no esperaba visitas, se había vestido para estar en casa y se hallaba cómodamente enfundada en las prendas hindúes que solía preferir.

Se había puesto un viejo *lehenga cholis*, una falda casi transparente y una túnica corta que había pertenecido a su madre, ambas prendas profusamente bordadas con hilo de oro. Pero para defenderse del frío, se había echado sobre los hombros un sencillo chal de cachemira como el que podía llevar cualquier dama inglesa. Al igual que su extraña colección de joyas, la combinación era una metáfora, suponía, de su vida entera.

Cruzó serenamente las manos.

—Debería subir a cambiarme —contestó—. Por favor, dígale que espere.

El mayordomo hizo otra reverencia y dio media vuelta como si se dispusiera a marcharse.

En el último instante, sin embargo, Anisha arrugó el ceño.

—Higgenthorpe, tiene usted ojeras —dijo—. ¿Otra vez le cuesta dormir?

El mayordomo esbozó una sonrisa melancólica.

—Me temo que sí, señora.

—Su *vata dosha* —murmuró ella—. Otra vez tiene un desequilibrio. Le prepararé un ungüento de mostaza para los pies, pero debe darse friegas con él cada noche antes de meterse en la cama, ¿lo hará?

—Por supuesto —se apresuró a contestar el mayordomo—. ¿Y los polvos, señora? ¿Para mi leche?

—¿Se le han acabado? —preguntó ella—. Tiene usted que avisarme, Higgenthorpe.

—Detesto ser una molestia —contestó él suavemente.

Anisha meneó el dedo, mirándolo.

—Usted no es una molestia —dijo—. Dígale a la cocinera que prepare raíz de jengibre en la despensa y luego vaya a comprarle unas vainas de cardamomo a ese extraño hombrecillo de Shepherd's Market. Y que no le venda las verdes, porque no es lo mismo. Lo prepararé esta noche, después de la cena.

Higgenthorpe pareció aliviado.

—Se lo agradezco mucho, señora.

—Y recuerde concentrarse unos instantes en su respiración —sugirió—. ¿Quiere que le enseñe otra vez cómo debe hacerlo?

—No, milady —respondió el mayordomo—. Lo hago todas las noches sin falta.

—Excelente —dijo Anisha—. Por cierto... Tengo previsto ir a la Sociedad Saint James a las dos. ¿Tendría la bondad de ordenar que me traigan el faetón rojo y negro?

—¿El faetón? —La alarma se reflejó un instante en la cara del mayordomo, que se apresuró a disimularla—. Sí, señora.

Anisha se dispuso a seguirlo, pero Lucan la agarró del brazo al pasar.

—¿Me permites un consejo, Nish?

Olvidándose de Higgenthorpe, ella se tensó.

—¿Un consejo? —dijo, volviéndose para mirar a su hermano—. ¿De qué tipo?

Pero, por una vez, Lucan estaba muy serio.

—¿Te parece sensato ir de nuevo a la Sociedad Saint James? —murmuró—. Quizás a Bessett no le haga mucha gracia regresar de Bélgica y descubrir que su futura esposa se pasea por Londres con lord Lazonby. Eso por no hablar de que Lazonby se deja caer por aquí al menos una vez por semana.

—Por el amor de Dios —repuso ella entre dientes—, Rance es como de la familia y tú lo sabes. Además, no estoy prometida, y no voy «paseándome» por ahí. —Era la mala conciencia, quizá, la que la impulsaba a hablar con tanta aspereza—. Llevé a Lazonby al teatro porque me lo pidió la madre de Bessett, aunque eso no es asunto tuyo. Y fui a Whitehall con él a ver al subcomisario Napier porque me lo pidió él. Además, Lazonby viene por aquí porque Raju le pidió que cuidara de nosotros mientras él estaba de viaje. Voy a ir a Saint James a visitar a la señorita Belkadi. ¿Acaso te molesta?

Lucan esbozó una sonrisa escéptica, levantando una comisura de la boca.

—A la pequeña y querida Saffy, ¿eh? —dijo—. Ignoraba que tuviera vida social.

—¿Te molesta? —repitió ella aún más ásperamente.

Pero Lucan se limitó a mirarla con sus ojos sagaces y soñolientos.

Anisha salió del comedor reconcomida por su mala conciencia.

Samir Belkadi era un joven bellísimo y de escasa paciencia. Dueño de unos ojos oscuros de mirada implacable que habían visto muchas cosas y no dejaban traslucir nada, *monsieur* Belkadi poseía además el don del buen gusto innato, herencia de su padre francés. De su madre había heredado, en cambio, un talento mucho más útil: la capacidad de adaptarse y cambiar y de superar incalculables adversidades. En resumidas cuentas, la habilidad de sobrevivir. Era, además, discreto, descreído y, si las circunstancias así lo exigían, completamente carente de escrúpulos.

Se hallaba nominalmente empleado al servicio de la Sociedad Saint James como intendente del club, puesto éste para el que sus variopintas habilidades le hacían singularmente idóneo. La sociedad era, en sí misma, una isla de elegancia en medio de un océano de sofisticación, lo que equivalía a decir que, en aquel abigarrado rincón de Londres, su sede apenas destacaba.

Y eso precisamente habían pretendido sus fundadores, pues el verdadero propósito de la Sociedad Saint James no requería publicidad alguna, más bien al contrario. Sus fines estaban, sin embargo, labrados en el frontispicio de la casa, si uno sabía dónde buscarlos: una cruz latina encima de una pluma y una espada cruzadas. Para quienes entendían el significado de aquel símbolo, la casa ofrecía refugio y ayuda a todos los miembros de la *Fraternitas* que se hallaran de paso por Inglaterra o hubieran huido a ella.

Se alzaba el edificio en un callejón sin salida, cerca del Carlton Club y a un tiro de piedra del White's y el Brook's, los grandes bastiones de los clubes aristocráticos. A simple vista, no se apreciaba diferencia alguna entre ellos: eran grandes caserones con imponentes entradas custodiadas por porteros de librea impecable que se pasaban el día inclinándose ante un flujo constante de visitantes, formado por los más nobles y acaudalados ciudadanos británicos.

Ninguno, sin embargo, se parecía a la Sociedad Saint James. Y ninguno tenía como intendente a un hombre ni la mitad de maquiavélico que Belkadi. Además, en aquel singular establecimiento todos aquellos que formaban parte de su dirección eran también miembros del club, lo que dejaba a Belkadi en la nada envidiable situación de no tener nadie a quien quejarse cuando las cosas salían mal.

Y hoy las cosas estaban saliendo mal.

Ello se debía en parte a que dos de los tres fundadores de la Sociedad, lord Ruthveyn y lord Bessett, se hallaban en el extranjero; el primero, por amor, y el segundo para solventar una situación comprometida en Bruselas. Lo que significaba que sólo se hallaba en casa el muy informal lord Lazonby.

Literalmente, *en casa*.

Y aquello no podía ser.

—Le repito, Lazonby, que sólo tenemos las dos suites —dijo Belkadi, dejando a un lado a su té—. *Herr* doctor Schwartz es un hombre bastante apuesto, pero a menos que me equivoque respecto a sus inclinaciones, dudo mucho que desee dormir con el señor Oakdale.

Al oír aquello, Lazonby trató de sonreír, pero le salió una especie de mueca y se llevó una mano a los ojos para hacerse parasol con ella.

—¿Podrías correr las malditas cortinas? —refunfuñó.

—Beba más café —sugirió Belkadi—. O, mejor, deje de beber y no tendremos que ocuparnos de estas bobadas.

Lazonby lo miró con cierta inquina por encima de la mesa de la cafetería.

—Tú siempre tan comprensivo, ¿eh, Sam?

Belkadi ignoró el comentario.

—¿Quiere saber lo que opino de todo esto? —añadió con un lánguido ademán que abarcó toda la casa.

—No, pero no me cabe duda de que vas a decírmelo —gruñó Lazonby.

—*Oui* —respondió Belkadi—, puesto que es usted quien me trajo aquí y dejó la intendencia de este sitio en mis manos. Y lo que opino es que *ésta* no es su casa, ni ha sido nunca ése su propósito.

—Me compré una casa —repuso el conde hoscamente—. No empieces a darme la lata con eso otra vez.

—Se compró una casa —convino Belkadi—. En Ebury Street. Una casa estupenda con todas las comodidades modernas. Incluso contrató a uno o dos sirvientes. Pero nunca se aloja allí. A partir de ahora, sin embargo, ha de hacerlo. Y lo hará.

—Pareces muy seguro de ti mismo.

—Muy seguro, en efecto. —Belkadi abrió el libro de cuentas que llevaba en las manos al abordar a Lazonby—. En este mismo instante, los lacayos de arriba están haciendo su equipaje, tal y como les ha ordenado Safiyah.

Lazonby pareció dolido.

—¿De veras? ¿Después de todo lo que he hecho por ti, Samir? Esto es como si me clavaras un cuchillo en el corazón, ¿sabes?

—Ahórrese el aliento para soplar sus gachas —contestó Belkadi casi distraídamente—. ¿No es eso lo que suele decirse en Escocia?

—Teniendo en cuenta que antes no hablabas ni una palabra de inglés, te has dado mucha prisa en dominar el repertorio de dichos populares —contestó Lazonby con sorna—. Los más maliciosos, al menos.

—*Oui*, opino que la malicia a veces es muy útil. —Pero Belkadi estaba consultando su libro forrado de paño con total ecuanimidad y marcando una fila de números—. Ahora bien... ¿desea usted que renuncie a mi puesto en esta casa, *sargento comandante en jefe*?

Lazonby sabía que, si había empleado su anterior rango, era con un fin.

—Claro que no —gruñó—. ¿Cómo puedes preguntarlo siquiera?

—Entonces le ruego me permita hacer mi trabajo —replicó Belkadi—. Por fin he logrado desalojar a Ruthveyn y usted debe seguir su admirable ejemplo. A la hora de la cena sus cosas ya estarán en Belgravia. Ahora, he de ponerle al corriente de los asuntos de Sajonia.

Lazonby dio un enorme bostezo.

Belkadi clavó en él sus ojos oscuros y fríos.

—Sajonia —repitió—. El problema es serio. El rey ha permitido la entrada en Dresde de tropas prusianas. Ha habido un baño de sangre y la corte se ha trasladado a Königstein.

Lazonby se espabiló al oír aquello y se irguió en su asiento.

—Malditos continentales, siempre a la gresca —masculló—. ¿Curran consiguió salir?

—Hace tres días —contestó Belkadi—. Ha llevado a *Frau* Meyer y a sus hijos con Van de Velde, en Róterdam. Piensa dejarla allí de momento.

Lazonby se relajó.

—Entonces, con toda seriedad —dijo puntillosamente—, no hay nada que yo pueda hacer en Sajonia, ¿no crees?

Belkadi se encogió de hombros.

—Estando todos los demás fuera, le corresponde estar al tanto de lo que sucede con nuestra organización en el gran mundo —repuso—. Y también ocuparse de las molestas minucias cotidianas. Así que, volviendo al clarete... El Quinsac del cuarenta y cuatro podemos comprarlo más barato que...

—Pregúntale a sir Greville —lo interrumpió Belkadi.

Samir levantó su dura mirada del libro de cuentas.

—¿Ésa es su respuesta? ¿Que se lo pregunte a otro?

—No, que se lo preguntes a sir Greville —repitió Lazonby—. Si quieres mandarme a Sajonia para que obligue a retirarse a los prusianos, estoy dispuesto a intentarlo, y hasta a derramar su sangre en el intento. Pero si quieres saber algo sobre vinos, pregúntale a un abogado. Para los tipos como yo, sólo están el tinto, el blanco y ese aguachirle rosado. Además, todo buen oficial de campo ha de saber delegar. Aunque no te haya enseñado otra cosa en todos estos años, Samir, confío al menos en haberte enseñado eso.

—A mí me parece una evasiva. —Belkadi cerró bruscamente el libro—. *Très bien*. Encargaré el del cuarenta y dos y al diablo con el dinero. Ruthveyn, como tiene buen gusto, lo prefiere, y con un poco de suerte regresará antes de que vuelva a agotarse.

En ese instante, el reloj dio las dos y media. Lazonby se levantó bruscamente de su silla.

—Disculpa —dijo—. Acabo de acordarme de que me necesitan donde Ned Quartermaine, ahí enfrente.

Salió y bajó por la elegante escalera de mármol antes de que a Belkadi se le ocurriera una réplica suficientemente mordaz.

Estaba harto de tomar decisiones. Él sabía *actuar*, maldita sea. Pensar nunca había sido su fuerte. Lo cual, tenía que reconocerlo, le había dado muchos quebraderos de cabeza a lo largo de su vida. Lo que necesitaba en ese instante, se dijo al agarrar el gran pomo metálico de la puerta, era aire puro. Necesitaba los páramos de Westmorland. O el maldito desierto norteafricano. Cualquier sitio donde hubiera espacio. En Londres se asfixiaba. Sólo había una cosa que buscara en aquel odioso lugar.

Recuperar su vida... y su honor.

Sí, creía en la *Fraternitas*: creía en todo lo que defendía, y un par de veces había estado a punto de entregar su vida por ella. Sabía, además, que la casa, la Sociedad Saint James, era la piedra angular de la organización. Sabía que algunas personas poseedoras del verdadero Don necesitaban protección, sobre todo las mujeres y los niños, y más aún cuando la revolución hacía estragos en Europa. Pero encontraba poco sentido a la liturgia y a la ciencia. Y la política le importaba un comino.

Hombre acostumbrado a sentirse a sus anchas durmiendo en una tienda de campaña, con un solo par de sucias botas de montar, las estrechuras de Londres se le hacían insoportables y los ojos inquisitivos de la alta sociedad eran para él un incordio constante. Esa tarde en concreto, el malestar se le había agolpado en la cabeza, tras una noche de borrachera en el salón de naipes. No había querido, pese a todo, tener compañía, pues aunque la *Fraternitas* estuviera consagrada a Dios, ninguno de sus miembros hacía méritos para conseguir la santidad.

Tenía que reconocer, sin embargo, que el fuerte café de Belkadi había despejado las telarañas. Y era hora de volver al asunto de la venganza. Hora de hacer una visita a Quartermaine. Se preguntaba por qué nunca se le había ocurrido, hasta ahora. El dueño del salón de juegos era un fullero de mucho cuidado, pero conocía su oficio como la palma de su mano. Un hombre así, a pesar de su juventud, muy bien podía saber dónde estaban enterrados ciertos cadáveres. Y sin duda conocía a personas capaces de desenterrar unos cuantos.

Aquella idea sirvió para animarlo considerablemente. Iba silbando mientras bajaba la escalinata del club cuando un faetón negro con ruedas de color rubí dobló bruscamente la esquina de Saint Jame's Place. Cruzó salpicando los charcos matutinos que quedaban en la calle y se detuvo sobre el empedrado, a unos pasos de allí.

Los caballos negros, esbeltos y perfectamente emparejados, que tiraban de él patearon el suelo y sacudieron la cabeza con impaciencia, pero la persona que los conducía logró refrenarlos sin esfuerzo.

—Buenas tardes, Rance —dijo lady Anisha Stafford—. ¡Qué agradable sorpresa!

Un tanto atónito, Lazonby la vio descender del carruaje, llena de agilidad y de vibrante energía, y arrojar las riendas al lacayo del club, que había bajado corriendo la escalinata para inclinarse ante ella.

A Lazonby le sorprendió verla, aunque no debería. Las mujeres tenían vedado el ingreso en la *Fraternitas*, si bien una joven especialmente decidida lo había intentado hacía poco y en respuesta a sus esfuerzos había sido enviada a Bruselas acompañada por Bessett, pero pese a ello no era infrecuente que a las señoras con inquietudes científicas se les permitiera utilizar las bibliotecas y las salas de lectura de la Sociedad Saint James.

Además, el hermano de lady Anisha era uno de los miembros fundadores de la Sociedad. De modo que ella tenía todo el derecho a estar allí, por más que a él le resultara incómodo o se le cortara la respiración cada vez que la veía. Eran amigos, y de los buenos.

Lazonby compuso su amplia y jovial sonrisa de siempre.

—¡Vaya, vaya, Nish! —exclamó, apoyándose en su bastón de empuñadura dorada—. Conque ahora te vales sola, ¿eh?

—La vida es dura. —Lady Anisha sonrió y se quitó los guantes de conducir mientras avanzaba por la acera—. ¿Te gusta?

Se refería al faetón, por supuesto.

—Es... magnífico —contestó Lazonby, intentando no quedarse boquiabierto—. Aunque no estoy seguro de que te convenga.

—Bueno, quizá sí —murmuró ella crípticamente.

Lazonby observó con ojo crítico el carruaje, que le pareció admirable. Era alto, pero no hasta el punto de resultar peligroso, y tenía un acabado perfecto. Las ruedas delanteras llegaban a la altura del hombro de lady Anisha y la pintura relucía como ónice engarzado con rubíes. Era un carruaje al que ningún joven a la moda habría renunciado de buen grado... y que muy pocas señoras se habrían atrevido a conducir.

—En cualquier caso —añadió lady Anisha—, sólo se lo he requisado temporalmente, por decirlo así, a mi hermano Lucan.

—Ah —dijo el conde sagazmente—. Conque el cachorro vuelve a estar en apuros, ¿eh?

La sonrisa de lady Anisha se crispó.

—Así es —dijo—. Por culpa del bacarrá, esta vez. Pero ha aprendido por las malas que, si quiere mi ayuda, tiene que pagar un precio. Y esta vez el precio es su faetón. Confieso que me gusta bastante. No estoy segura de que vaya a devolvérselo.

Lazonby apartó la mirada del faetón y volvió a fijarla en aquella mujer exquisitamente bella.

—¿Has venido a visitar otra vez al reverendo señor Sutherland? —preguntó con curiosidad—. Porque sigue en los páramos de Essex.

—Bien, no podía ir hasta Colchester sin pasarse a visitar a su hermana, ¿no? —contestó Anisha—. La verdad es que vengo a buscar a Safiyah. Voy a llevarla a dar una vuelta en coche por el parque.

Lazonby dio un paso atrás. Safiyah Belkadi, la hermana de Samir, ayudaba en la intendencia de la casa y rara vez salía de ella.

—Pues te deseo buena suerte —murmuró.

—Lo sé. —Anisha torció el gesto—. Lo más probable es que se niegue. ¿Y tú? ¿Te atreverías a poner tu vida en mis manos?

—Se me ocurren pocas personas a las que pudiera confiarles mi vida con tanta presteza como a ti —contestó Lazonby sinceramente—, pero no, en este momento me dirigía ahí enfrente, al club Quartermaine.

—¡Rance! —exclamó ella en tono de reproche—. ¿No habrás vuelto a jugar?

Él le sonrió.

—No donde Ned, eso seguro —dijo—. No permite que ningún miembro de la Sociedad Saint James se siente a sus mesas.

—Me pregunto por qué será —murmuró ella—. Mira, por lo menos acompáñame un momento a la biblioteca. Tengo que decirte una cosa y no quiero quedarme aquí, en la calle.

Lazonby inclinó la cabeza con repentina reticencia y le ofreció el brazo mientras cobraba de nuevo conciencia de lo hermosa que era. Pequeña y de fina osamenta, lady Anisha ni siquiera le llegaba al hombro. Su cabello era tan negro y sedoso como el ala de un cuervo, y el pronunciado ángulo de sus cejas únicamente servía para realzar sus delicadas facciones y su cutis de tono cálido e impecable. Sus ojos de ónice parecían encenderse, llenos de diamantes, cuando se enojaba, lo cual sucedía a menudo. Anisha era, en resumen, la cosa más bella y exótica que él había visto nunca.

Pero no se lo dijo. Nunca se lo decía. La acompañó escalera arriba parloteando alegremente, como hacía siempre, sin hablar de nada más serio que el tiempo.

Dos minutos después estaban sentados en los largos sofás de cuero de la biblioteca privada del club, mirándose el uno al otro con cierta incomodidad por encima de la mesa de té. Él confiaba de todo corazón en que lady Anisha hubiera olvidado la última vez que lo había visto en aquella sala.

Se hallaba entonces en un estado de agitación espantoso, poseído por la ira y por otra cosa en la que prefería no pararse a pensar. El hermano de Nish lo había sorprendido en una situación sumamente embarazosa con Jack Coldwater, el terco periodista pelirrojo que se había empeñado en arruinarle la vida.

Pero aquel malnacido de Coldwater llegaba tarde para eso: Él ya se había encargado de arruinar su propia vida hacía tiempo.

Lamentablemente, sin embargo, Nish estaba con Ruthveyn en aquel momento, y Lazonby sólo podía confiar en que no hubiera visto... lo que había pasado, fuera lo que fuese. Su hermano, desde luego, lo había presenciado, y le había echado un buen rapapolvo. No porque Ruthveyn fuera un hombre poco tolerante, que no lo era. No, si le había echado la bronca, había sido por Nish.

Lazonby la observó ahora. Sus ojos oscuros centelleaban, sus pechos pequeños y perfectos se apretaban dentro de su traje de carruaje, de seda negra, y su cuello era largo y elegante como el de un cisne. Lamentó con cierta melancolía habérsela cedido tan prontamente a lord Bessett.

Y no porque Nish fuera propiedad suya, ni de nadie. No lo era. Pero ello poco importaba. Pese a que eran como hermanos, unidos para toda la eternidad, Ruthveyn le había dejado bien claro que él jamás sería suficiente para su hermana. Y bien sabía Dios que le debía mucho a su amigo. Prácticamente, la vida.

Además, en el fondo sabía que Ruthveyn tenía razón.

Podía besar el suelo que pisaban los diminutos y enjoyados pies de lady Anisha, pero había llevado una vida tan libertina y desenfrenada que hasta a él mismo le escandalizaba a veces. Y después de sobrevivir a aquello, había hecho de la venganza su obsesión. No, si alguna vez había tenido una oportunidad con lady Anisha Stafford, la había perdido hacía tiempo.

Como si quisiera romper aquel momento de tensión, lady Anisha levantó el brazo para extraer el largo alfiler que sujetaba su vistoso sombrero y colocó ambas cosas a su lado.

—Ya está —dijo con un suspiro—. Me estaba haciendo daño. Bueno, Rance... Fuiste muy malo al abandonarme en Whitehall el otro día. ¿Cómo se te ocurrió?

Lazonby se levantó de un salto.

—No te abandoné —dijo, enojado—. Te dejé mi carruaje, mi cochero y mis lacayos, con instrucciones de llevarte sana y salva a Upper Grosvenor Street. Me pareció preferible volver a casa andando, porque estaba de mal humor y no era la compañía más adecuada para una dama.

Anisha vio cómo una emoción inescrutable cruzaba la cara de toscas pero bellas facciones de Rance Welham. Así pues, lo había hecho enfadar. No estaba segura de que le importara. Seguían siendo amigos, sí, pero se había cansado de dejar que se escabullera tan fácilmente.

Había ido con él a Whitehall, prácticamente a Scotland Yard, un lugar que la mayoría de las señoras de alcurnia no habrían visitado ni aunque de ello dependiera su vida. Pero había ido a petición de Rance, y en contra de su propio criterio, a pedirle un favor personal al subcomisario, un hombre que parecía odiar a Rance con toda su alma, pero que, por desgracia, le debía a su hermano mayor un inmenso favor.

Por eso había ido. Pero Rance, poseído por su habitual y cerril empeño en buscar una justicia que probablemente nunca encontraría, había presionado a Napier hasta hacerle perder la paciencia. Y con razón, pues le había exigido en tono arrogante que reabriera la investigación emprendida por su difunto padre para esclarecer el asesinato de lord Percy Peveril. Napier, como era de esperar, se había negado alegando que Rance había sido procesado con todas las garantías, después de lo cual él se había marchado hecho una furia y maldiciendo a toda la familia Napier.

—Me dejaste allí —añadió Anisha, siguiéndolo hasta la ventana—. La verdad, Rance, no sé qué te pasa estos últimos meses. Te comportas de un modo muy extraño.

Lazonby estaba mirando la entrada del club Quartermaine, donde Pinkie Ringgold, uno de los matones del club, se acercó a la portezuela abierta de un carruaje que esperaba. Después, se volvió para mirarla.

—Lo siento —dijo con voz rasposa. Sus ojos, repentinamente sombríos, parecieron escudriñar su rostro—. ¿Qué es lo que querías decirme, Nish?

Ella hizo caso omiso de la leve oleada de calor que recorrió su cuerpo y apartó la mirada.

—Dos cosas —dijo—. Primero, ¿qué sabes del pasado de Royden Napier?

Lazonby se encogió de hombros.

—Nada, excepto que ese cerdo de Nick Napier, el Horca, era su padre.

—¡Santo cielo, Rance, qué lenguaje!

Anisha puso los ojos en blanco.

Pero Rance sería siempre, en el fondo, un legionario, y en la legión sólo sobrevivían los más duros. Nick Napier, apodado «el Horca», era uno de los responsables de que hubiera acabado en ella, después de enviarlo al patíbulo por un asesinato que no había cometido. Su hijo Royden no sólo había heredado su puesto, sino que era, quizás, una pieza clave en la venganza de Rance.

—En todo caso —prosiguió ella—, lady Madeleine me contó algo interesante anoche, en la cena.

Lazonby sonrió.

—Parece que haces muy buenas migas con tu futura mamá política, ¿no?

Anisha sintió crecer su enfado.

—Calla y escucha —dijo ásperamente—. Hace unos meses, cuando Napier corrió a visitar a su tío moribundo...

—Sí, a Birgmingham, me dijo alguien —añadió Lazonby—. Algún platero de tres al cuarto, posiblemente. ¿Y qué?

—Pues que no era Birgmingham. —Anisha bajó la voz—. Belkadi entendió mal. Era Burlingame. Es decir, Burlingame Court.

Lazonby la miró atónito un instante.

—¿Donde vivía lord Hepplewood?

—Bueno, Hepplewood ha muerto, ¿no? O eso dice lady Madeleine. —Anisha meneó desdeñosamente la mano—. Confieso que no sé nada de esa gente, pero me extraña que Napier sea sobrino de un aristócrata tan bien relacionado.

—Puede que fuera familia suya por parte de lady Hepplewood —murmuró Lazonby.

—Lady Madeleine dice que no —replicó Anisha—. Me estaba preguntando si no será Napier hijo ilegítimo.

—No, pero puede que el viejo Nick sí lo fuera. —Él se encogió de hombros otra vez—. En todo caso, me importa un bledo la familia de Napier. Lo único que quiero es que mueva el culo y haga su trabajo.

Quería que Napier limpiara su nombre, pero para eso tendría que desacreditar la última y más sonada investigación de su padre. Así pues, pensó Anisha, habría que ver de qué pasta estaba hecho Royden Napier...

Respiró hondo.

—Lo cual me lleva a la segunda cuestión —continuó.

—¿Cuál?

Se mordisqueó un momento el labio.

—He convencido a Napier de que me deje echar un vistazo al expediente del caso Peveril —dijo.

—¿Qué?

La miró con incredulidad.

—Va a dejarme ver el expediente —repitió—. No puedo sacarlo de su despacho, claro. Pero el sumario es de dominio público, más o menos, y va a permitir que lo vea. Las anotaciones de su padre, las declaraciones de los testigos, esas cosas. Así que... ¿qué quieres saber?

Rance no podía apartar los ojos de ella.

—Yo... Santo Dios... ¡Todo! —logró decir—. Todo lo que puedas averiguar. Pero ¿cómo...?

Anisha desvió la mirada.

—Una de cal y otra de arena, Rance —murmuró—. Ya conoces el dicho. Creo que será mejor que a partir de ahora me dejes tratar a mí con Napier, sobre todo teniendo en cuenta que eres incapaz de comportarte civilizadamente.

Rance cerró los ojos y tragó saliva con esfuerzo.

—Gracias, Nish —susurró—. No sé cómo lo has hecho, pero... gracias.

Ella aguardó sólo un instante, que sin embargo pareció alargarse infinitamente. Más allá de la ventana abierta oía el traqueteo de los carruajes al rodar por los adoquines y el zureo de las palomas en las cornisas de los edificios. Cuando Rance abrió los ojos, ella sólo pudo mirarlo fijamente, mirar aquellos ojos hastiados que tan a menudo parecían clavársele en el corazón y en el alma y dejarla sin aliento.

—No hay de qué —logró decir por fin.

Y en aquel instante casi irreal, junto a la ventana abierta, Rance puso sus cálidas manos de largos dedos sobre los hombros de Anisha y la atrajo hacia su pecho despacio, inexorablemente. Ella se acercó con un gemido sofocado y sus labios se encontraron.

La besó con ternura al principio, ladeando la boca sobre la de ella al tiempo que las aletas de su nariz se hinchaban. Y ella le correspondió; le correspondió como había fantaseado a menudo, besándolo y abriéndose para él, invitadora. Tentándolo. Rance respondió ahondando el beso y deslizando la lengua en su boca, y el hilillo de lujuria que la atravesaba se convirtió en un río de deseo, tumultuoso y serpenteante, que amenazó con arramblar con todas sus reservas.

Aquello... oh, sí, *aquello* era con lo que había soñado...

Entonces, repentinamente, casi con violencia, la fantasía llegó a su fin.

Rance apartó la boca de la suya y la alejó de sí. Respiraba agitadamente, tenía una expresión salvaje y bajo el fino estambre de sus pantalones, Anisha vio la clara silueta de su miembro. Un miembro impresionante, a decir verdad.

—Lo siento —dijo él con voz ronca, bajando las manos—. Santo cielo, Nish, perdóname.

Ella dejó caer las manos y se apartó, furiosa de pronto consigo misma. Pero en ese instante distinguió un movimiento por el rabillo del ojo y miró hacia la puerta, alarmada.

Nada.

El alivio se apoderó de ella... acompañado por un asomo de mala conciencia.

Rance le tendió los brazos bruscamente.

—Espera —dijo.

—No —contestó Anisha con calma, y dio otro paso atrás. Curiosamente, empezaba a sentirse embargada por una serena certeza—. No voy a esperar. Esto que hay entre nosotros... nunca llegará a nada, ¿verdad, Rance?

Él negó con la cabeza.

—No —contestó—. Podría hacerte el amor, Nish. Me... me encantaría. Pero Ruthveyn me mataría. Y Bessett... Santo Dios, ¿cómo se me ocurre?

Anisha lo miró por fin a los ojos, sonrojada.

—Sería mejor preguntar cómo se me ocurre a mí.

—Deberías casarte con él, Nish —añadió Lazonby—. Es un buen hombre. Te dará un nombre antiguo, honorable y sin tacha, algo que yo nunca podré hacer. Y será un padre extraordinario para tus hijos. Deberías casarte con él.

—Sí —dijo cerrando los puños—, debería.

—¿Y vas a hacerlo? —preguntó roncamente—. ¿Vas a hacerlo? Espero que sí.

Anisha no pudo sostenerle la mirada.

—Quizá —respondió por fin—. Si me lo pide, y no me lo ha pedido, entonces sí, por el bien de los niños puede que lo haga.

Rance exhaló visiblemente un suspiro de alivio.

—Bien —dijo—. No te arrepentirás.

Ella clavó en él la mirada, decidida finalmente a obtener la respuesta al menos a una de sus preguntas.

—Y tú tampoco, ¿verdad? —dijo.

Rance estiró los labios y apartó la mirada.

—Tú no me amas, Nish —dijo con calma.

Un silencio largo y expectante cayó sobre ellos. Después:

—No, no te amo —contestó por fin con voz extrañamente firme—. De vez en cuando te deseo, Rance. Eres... bien, la clase de hombre que hace salir lo peor de una mujer, supongo. O quizá lo mejor. Pero no, no te amo.

Aquel demonio arrogante la miró con aparente sorpresa.

—¿Alguna otra cosa, entonces? —preguntó ella con aplomo—. ¿Antes de que vuelva a Whitehall? No sé cuántos viajes podré hacer antes de que Napier pierda la paciencia.

El rostro de Rance pareció arder. Pero se mostró, como siempre, perfectamente franco.

—Sí —dijo finalmente—. Una cosa en particular.

Se acercó al pequeño escritorio que había cerca de la puerta y sacó de él una hoja de papel con el membrete del club. Garabateó con impaciencia un nombre y le entregó el papel.

—John Coldwater —leyó Anisha, y lo miró con irritación.

—O Jack —repuso él con voz áspera—. Jack Coldwater.

En ese instante, el corazón de Anisha dio un vuelco. Acababa de recordar la escena de aquel día horrible.

—Sé quien es.

—O cualquier otro nombre del expediente que pueda estar relacionado, aunque sea remotamente, con una persona llamada Coldwater.

—¿Y cómo voy a saber eso? —preguntó ella.

—Para eso iba ahora donde Ned Quartermaine —respondió Rance—. Voy a pagar a uno de sus soplones para que haga averiguaciones sobre ese tipo. Quiero saber de dónde procede y quién es su familia.

—¿Por qué? —Anisha sintió que sus labios se adelgazaban, llenos de censura—. Creía que habías escarmentado, en ese aspecto.

De algún modo logró resistirse al impulso de arrojarle el trozo de papel a la cara. Se preguntó de nuevo qué habían estado haciendo Coldwater y él aquel día aciago, cuando Raju y ella los habían sorprendido juntos. Le había parecido algo muy... *físico*. Y rebosante de ira, como si la rabia contenida, la frustración, e incluso algo semejante a la lujuria hubieran empujado a Rance al borde de la locura.

Pero la ira era una emoción compleja, y los hombres... En fin, Anisha no alcanzaba a entender sus motivaciones. Además, lo que sintiera Rance era problema suyo. Había empezado a cansarse de preocuparse por él.

Entonces él carraspeó con cierto embarazo.

—Coldwater me está acosando por algún motivo, Nish —respondió—. No se trata solamente de que el *Chronicle* esté buscando una historia, porque la mía ya es agua pasada. No, se trata de algo personal.

—*Personal.* —Se guardó el trozo de papel en el bolsillo—. Voy a decirte lo que creo, Rance. Creo que tu obsesión por Jack Coldwater es personal.

—¿Sí? —preguntó, un poco taimadamente.

—Sí —replicó ella—. Y muy, muy insensata.

Él dudó un instante, rechinando los dientes con fuerza. Y Anisha creyó fugazmente que iba a besarla otra vez... y que esta vez no sería tan tierno. Que esta vez no se detendría hasta que ella le suplicara, y quizá ni siquiera entonces.

Aquella idea agitó nuevamente dentro de ella un deseo ardiente y líquido.

Al final, sin embargo, no la besó.

—Tendrás que disculparme —logró decir por fin con voz crispada—. Debo irme.

Giró sobre sus talones y salió, dejándola sola en la biblioteca.

Lazonby cerró de un portazo y salió, cegado por la ira y por un deseo tumultuoso que llevaba refrenando demasiado tiempo. Por Dios, de pronto deseaba besar a Anisha Stafford hasta que se callara de una vez y se rindiera a él... hasta que le entregara lo que sin duda sabía que quería de ella.

Lo que siempre había querido.

Tan ofuscado estaba por aquella idea que chocó de bruces con lord Bessett, que se hallaba unos pasos más allá, con el hombro apoyado en la pared del pasillo y pinzándose con los dedos el puente de la nariz, como si intentara contener una emoción poderosa.

—¡Santo Dios! —exclamó Lazonby levantando los brazos—. ¿De dónde has...?

Se dio cuenta demasiado tarde de que Bessett se había llevado un dedo a los labios.

—Por lo que más quieras, Rance —logró decir, con la voz ahogada por la cólera, o quizá por la risa—, haz que lijen las bisagras de esa maldita puerta si vas a seguir besando a quien no debes detrás de ella.

—¡*Tú!* —dijo Lazonby, cerrando los puños—. ¿Qué demonios estás haciendo aquí?

—Por lo visto, lo mismo debería preguntarte yo, viejo amigo —logró contestar Bessett—. En cuanto a mí... bien, sólo he venido para sacar a alguien de un apuro. Higgenthorpe me ha dicho que encontraría aquí a Nish.

—¿Sacar a alguien de un apuro?

—Sí —contestó Bessett con un destello de regocijo en la mirada—, aunque, francamente, amigo mío, parecía que ya lo estabas haciendo tú por mí.

Lazonby sintió una oleada de náuseas.

Dios. Ay, Dios.

Abrió la boca. Por desgracia, la humilde disculpa que exigía la situación pareció atascársele en la garganta y salió convertida en una especie de sonido ahogado y gutural.

Pero el regocijo de Bessett se estaba tornando poco a poco en exasperación.

—Sólo tenías que haberme dicho que te interesaba la dama, Rance —añadió en voz baja, pero cargada de reproche—. Te lo pregunté, ¿recuerdas?, antes de irme a Bruselas. Te di toda clase de oportunidades.

—Pero yo no he... No...

Se detuvo para tragar saliva y buscó atropelladamente algo que decir. Las palabras adecuadas para deshacer mil pequeñas ofensas. Para salvar su amistad con Bessett y dar a Anisha la vida feliz que merecía, con un hombre honrado y dueño de la riqueza, la educación y el temple de los que era digna.

—Ha sido un momento de locura —dijo finalmente con aspereza—. He perdido la cabeza y la he obligado a besarme. *No me interesa.*

Pero aquello, sorprendentemente, no pareció lo que Bessett quería oír.

—Pues más vale que te interese, viejo amigo. —Su semblante había empezado a ensombrecerse—, porque hay un término para definir a los caballeros que juegan con los afectos de una dama, y no es precisamente «caballero», sino «donjuán». Y por Dios que debería arrojarte un guante a la cara por ello.

Lazonby se echó hacia atrás como si Bessett le hubiera, en efecto, arrojado el guante a la cara.

—Te pido disculpas —dijo en voz baja—. Sí, tienes todo el derecho. A fin de cuentas, Nish es... bien, es casi tu prometida.

Pero lord Bessett pareció palidecer de pronto. El futuro novio se aclaró la garganta, pero no dijo nada. La dolorosa estampa de Nish y Bessett ante un sacerdote dejó de atormentar el cerebro de Lazonby, y una gélida sensación de fatalidad comenzó a apoderarse de él.

—Geoff... —dijo alargando la palabra para que Bessett tuviera oportunidad de interrumpirlo—. Ese beso ha sido del todo culpa mía. Desafíame. Hiéreme con el florete. No me quejaré. Pero Anisha es prácticamente tu *prometida.* Y se merece... en fin, a alguien como *tú.*

Los músculos de la garganta de Bessett subieron y bajaron.

—Le pregunté a Ruthveyn si podía cortejarla, es cierto —murmuró finalmente.

—Bueno, has hecho algo más que eso —contestó Lazonby, irritado—. Tu madre ha estado paseándose con ella por toda la ciudad, Geoff, hinchada como una gallina clueca y dejando caer insinuaciones como si pusiera huevos. La gente ha empezado a hablar.

Bessett se quedó allí plantado, manoseando el ala de su sombrero y dándole vueltas sin cesar.

—¿Y bien? —preguntó Lazonby por fin.

El sombrero se detuvo. Hasta el mismo aire pareció detenerse.

—Las cosas han cambiado —dijo pasado un momento.

Lazonby se puso alerta con todos sus sentidos.

—¿Qué cosas?

—Cosas —respondió Bessett con voz baja y crispada—. Mis afectos. Se han... fijado en otra. —Se movió como si se dispusiera a pasar por su lado—. Mira, apártate, Rance. He venido a hablar con lady Anisha. Tú puedes irte al infierno.

—¿Que se han fijado en otra?

Agarró a Bessett por la solapa y lo empujó hacia atrás al tiempo que una mezcla incomprensible de rabia y alegría estallaba dentro de su cabeza.

—¿Qué demonios quieres decir con...? ¡Ah, espera! ¡Ya veo por dónde sopla el viento! Prácticamente te comprometiste en matrimonio con Anisha y luego te fuiste pitando a Bruselas con esa muchacha morena de la Toscana, ¿y ahora, de pronto, has cambiado de idea? ¿Y tienes la cara dura de llamarme donjuán a mí?

—La señorita De Rohan. —Bessett se desasió de un tirón y arrojó a un lado su sombrero—. Se llama señorita De Rohan, como ya deberías saber, puesto que fuiste tú quien la trajo aquí en uno de tus absurdos impulsos de borracho. Y no es una muchacha. Ni es de Toscana, precisamente. Es una dama, Rance, y no respondo de mí si la ofendes.

—¿Que no respondes de ti? ¡Yo sí que no respondo de mí, maldito llorón! —Lazonby se puso de puntillas—. ¿Te atreves a despreciar a ese don del cielo como si no fuera *nada*? ¿Como si no tuviera sentimientos? ¿Y por qué? ¿Por Anaïs de Rohan? Esa especie de amazona armada con un hacha jamás será ni la mitad de mujer que es Nish. Debería ser yo quien te arrojara un guante a la cara, cerdo infiel. Pero dado que no soy un caballero, quizá me limite a hacer que te tragues los dientes.

Bessett se subió las mangas de la levita para abalanzarse sobre él, pero de pronto oyeron un lento y solitario aplauso.

Mascullando una maldición, Lazonby se volvió y vio a lady Anisha salir de entre las sombras del pasillo.

—¡Bravo! —exclamó ella mientras caminaba parsimoniosamente hacia ellos sin dejar de aplaudir—. Una actuación magnífica, caballeros.

—Lady Anisha. —Bessett se inclinó ante ella, muy colorado—. Le ruego nos disculpe.

Lazonby, que se había quedado sin habla, sólo alcanzó a preguntarse si aquel día espantoso podía torcerse aún más. Pero cuando Anisha por fin llegó a su lado, con los ojos negros despidiendo fuego y tan parecida al demonio de su hermano que le hizo estremecerse, comenzó a preguntarse a qué velocidad podría huir.

Anisha dejó de mirar a Bessett y miró a Lazonby de arriba abajo casi con desdén.

—No sé cuál de los dos me ofende más —afirmó pensativamente—. Tú, Geoffrey, por dar por sentado que quería que me cortejaras y luego intentar desesperadamente arrojarme en brazos de otro. O tú, Rance, por intentar forzar a Geoff sólo para ahorrarte... lo que sea que quieras ahorrarte.

—Pero Nish... —dijeron los dos al mismo tiempo.

—¡Callaos los dos! —La ira de Anisha casi parecía chisporrotear en medio del pasillo—. Lord Bessett, tengo veintiocho años, hace tiempo que enviudé, me encuentro en situación desahogada y, aunque esté mal que yo lo diga, soy razonablemente atractiva. Aunque mi sangre no sea tan pura como algunos puedan desear, no me cabe duda de que podré encontrar un marido *en alguna parte...* si así lo deseo y cuando yo lo decida.

Bessett había perdido el resto de su color.

—Pero sin duda alguna...

—*Si así lo deseo y cuando yo lo decida* —repitió ella, atajándolo—. Pero se me ocurre ahora, señor, que sólo un cobarde se dirige al hermano de una viuda sin que ella lo sepa. Si de verdad hubiera sentido algún afecto por mí, habría venido a hablar conmigo, me habría declarado sus intenciones y me habría besado apasionadamente. Quizás incluso me habría invitado a su cama para *demostrarme*, digamos, lo que tenía que ofrecer.

Bessett se había quedado tieso como un palo.

—¡*Anisha*, por favor!

—Santo Dios —murmuró Lazonby.

—Pero no hiciste nada de eso, ¿verdad? —añadió ella—. Antepusiste tu amistad con mi hermano a la pasión que sentías por mí, si es que sentías alguna. Y eso, señor mío, no es pasión ni es nada.

—Tiene razón —comentó Lazonby—. *Eso* estuvo muy mal.

—¡Y tú! —Anisha se giró hacia él con un centelleo de furia en la mirada—. Tú eres aún más cobarde que Bessett. Él, simplemente, carece de pasión... al menos en lo que a mí respecta. Pero uted, señor... usted no tiene agallas.

—¡Y un cuerno! —Lazonby se sintió extrañamente dolido—. Yo... ¡yo por ti caminaría sobre ascuas ardiendo, Nish! Tú lo sabes.

—No es eso lo que yo deseaba que hiciera, señor mío. —Anisha había cruzado los brazos y daba golpecitos con el pie sobre la alfombra—. ¿Sabes, Rance? Antes fantaseaba con *invitarte* a *mi* cama. Lo deseaba con todas mis fuerzas, de hecho, necia de mí, aun sabiendo que eres un bribón con una sola idea en la cabeza. Ahora me alegro de no haber cedido nunca a ese estúpido capricho. Estoy segura de que me habrías decepcionado... igual que hoy.

Rance sólo pudo mirarla boquiabierto.

Bessett, en cambio, carraspeó y dio un paso adelante, decidido.

—Tienes razón, Anisha —dijo con calma—. Te estimo enormemente. Te adoro, de hecho. Y eres probablemente la mujer más bella que he conocido. Pero nunca he sentido más que un interés pasajero por ti o, francamente, por cualquier otra mujer.

—*Adulador* —masculló Lazonby con inquina.

Anisha no le hizo caso.

—¿Y ahora? —preguntó ella, haciendo un amplio ademán.

—Y ahora... es distinto —repuso Bessett, que parecía de pronto perplejo—. He conocido a la mujer que me conviene, y no he vacilado un instante. No pedí permiso a nadie. Ni siquiera a ella. Tampoco, lamentablemente, a su padre. Una circunstancia que ahora tengo intención de rectificar, con tus bendiciones.

Anisha dejó de mover el pie.

—Bien, Geoffrey —dijo en voz baja—. Eso está muy, pero que muy bien. Confío en que te haga feliz. Estoy segura de que sí. Pareces completamente enamorado.

—En fin... —Bessett, siempre un poco vergonzoso, se aclaró la garganta y recogió su sombrero—. Yo diría que sí. Pero primero, señora, con su permiso...

—¡Por el amor de Dios, vete de una vez! —La irritación se pintó en el rostro de Anisha—. No necesitas pedirme permiso, Bessett. Me alegro muchísimo de librarme de ti. Y, como decía, nunca me preguntaste si podías cortejarme, ni yo tenía intención alguna de dejarme cortejar por ti. Así que sí, ve a pedir en matrimonio a esa dama misteriosa, a esa señorita De Rohan. Espero que te diga que sí. Aunque confío en que primero te haga hincarte de rodillas y balbucear como un tonto.

Dicho esto, Geoff declaró su admiración eterna por Anisha, agarró su mano para besársela y bajó a toda prisa la escalera.

Lazonby lo miró de reojo mientras se alejaba.

—Santo Dios —repitió cuando oyeron cerrarse la puerta del vestíbulo—, menuda sorpresa.

—Para ti, quizá —replicó ella.

Él intentó revestirse de simpatía y le mostró su sonrisa más seductora.

—Bueno —dijo suavemente—, ¿y ahora qué, encanto?

—Ahora, *encanto* —contestó Anisha, rechinando un poco los dientes—, yo diría que seguimos como siempre. O sea, en ninguna parte.

Capítulo 3

Digo, señor, por mi parte, que el caballero bebió
hasta perder los cinco juicios.

WILLIAM SHAKESPEARE,
Las alegres comadres de Windsor

*E*sa tarde, lord Lazonby se fue a casa. A su casa en Belgravia, pues Samir no le había dejado elección. Una vez encerrado en sus habitaciones de la planta de arriba, se desvistió, se puso una bata de seda y, tras descorchar una botella, pasó el resto de la noche haciendo el amor con «el hada verde».

Era una mala costumbre, una costumbre que, como muchas otras, se había traído consigo al regresar del ejército francés. Pero también fue un terrible error, dado su estado de ánimo. La absenta magnificaba siempre la ira, la frustración y también la lujuria. Y mientras estaba sentado a solas frente a la chimenea apagada, mirando casi absorto cómo el agua se filtraba gota a gota entre el azúcar y la plata y caía al verde vacío de debajo, pensó en Anisha y comenzó a hacerse preguntas.

¿Era un cobarde?

Bien, tenía miedo, lo cual equivalía a decir que era un cobarde, suponía.

Pensó de nuevo en la estampa que había presentado ella esa tarde, tan elegante, bella y furiosa. Nish, en cuyos ojos veía a veces una insinuación de que podía entregarle sus favores a poco que se los pidiera. Y su beso... *Santo cielo*. Había sido pequeñísimo. Y, sin embargo, también había sido completamente distinto.

No se atrevía a pensar en lo que podía ser esa *otra cosa* tan distinta.

¡Además, sería un disparate! Eso por no hablar de que incumpliría la promesa que le había hecho a su hermano. Y, aun así, al volver a pensar en ella, se preguntó qué clase de hombre con sangre en las venas no la desearía hasta el punto de olvidarse de todo lo demás, incluso de su honor. Su deber para con Ruthveyn, el odio que sentía hacia Coldwater, la venganza que ansiaba tan ardientemente... Todo ello había palidecido comparado con aquel único y sencillo beso.

O casi.

Así sería, si él lo permitía.

Y eso era, quizá, lo que más le asustaba.

Entre Anisha y él siempre había habido algo vago y etéreo. Y había tenido suficientes amantes como para reconocer la ardiente mirada de soslayo que las mujeres dedicaban a los hombres cuando, por así decirlo, calibraban su virilidad. Unas cuantas damas de la alta sociedad incluso se habían sentido tan seducidas por su tosquedad y su mala fama que lo habían invitado a compartir su cama... aunque nunca, desde luego, a una de sus cenas de gala.

Anisha, en cambio, sentía verdadera simpatía por él... o así había sido hasta ese día. Él, sin embargo, no era libre de amarla incluso de haber podido hacerlo.

No estaba prisionero, naturalmente, ni era probable que volviera a estarlo. La influencia de la *Fraternitas* en Gran Bretaña se había vuelto de nuevo demasiado fuerte y, gracias a la habilidad de Ruthveyn, demasiado útil para la Corona. A menos que *de veras* matara a alguien, y enseguida pensó en Bessett, y lo sorprendieran con las manos ensangrentadas, Royden Napier no se atrevería a tocarlo.

Era extraño lo poco que le consolaba pensarlo esa noche.

No sería verdaderamente libre hasta que su nombre estuviera de nuevo limpio de sospecha y se devolviera el honor a su familia. *A su padre*. Y Coldwater poseía de algún modo la clave. Sin embargo, después de más de un año de obstinada búsqueda, se sentía tan lejos de su meta como el día en que salió de la prisión de Newgate. Estaba suspendido en el tiempo. Encadenado por su propio odio. No podía moverse ni hacia delante, ni hacia atrás.

Se reclinó como un pachá indolente en un diván adornado con flecos, junto a la ventana, un mueble casi femenino que el administrador de sus bienes había comprado hacía tiempo, junto con todo lo que había en la casa, y sintió que el letargo comenzaba a ablandarle los huesos.

Podía ir, suponía, a casa de la señora Ferndale a pasar la noche, a ver a sus chicas retozar, reír y fingir un interés que no sentían. Pero costaba extraer algún placer de ello cuando sentía con todas las fibras de su ser que el deseo no era más que un simulacro en venta. Que, en realidad, aquellas mujeres estaban tan estragadas, tan rebosantes de *ennui*, como él mismo. Hacía falta una gran cantidad de alcohol, o de alguna otra cosa, para sofocar esa certeza y obtener de ellas un placer físico que apenas lo era.

Ya rara vez se molestaba. Esa noche, no se molestó. En lugar de visitar la casa de la señora Ferndale, vio salir el sol por entre los tejados de enfrente. Inclinándose hacia el cristal de la ventana, se deleitó en la frescura que irradiaba. Allá abajo, a uno y otro lado de la calle, vio cómo sus vecinos, banqueros o abogados, se apeaban de sus carruajes y subían las escaleras de sus casas para dar un beso a sus hijos o tomar una copa de vino con sus esposas.

Pronto, sin embargo, las puertas y los carruajes quedarían en silencio. Una hora después, se cerraría la sesión de la Cámara de los Comunes para la cena y llegaría una segunda oleada. Era la clase media alta británica en su manifestación más industriosa, o séase, no mucho, y Lazonby se sentía tan ajeno a ella como a su propia clase.

Había vivido demasiado tiempo en otro mundo, alejado del confort y de la mezquina banalidad de la vida cotidiana en Londres, y había llegado a sentirse más a gusto allí que aquí. Su lugar estaba entre gente más parecida a él, a la identidad que había adquirido tras pasar largos años en el desierto, tanto literalmente como en lo tocante a los sentimientos. Había estado en la cárcel dos veces, y entre esos años se había enfangando en sangre y libertinaje. No era digno de una mujer como Anisha, ni de sus hijos, dos niños tan impresionables.

Así pues, era más fácil no pensar, sencillamente, en lo que podría haber ocurrido y conformarse con lo que *había*. Con lo que debía hacer. Y mientras mecía lo que quedaba del brumoso líquido verde de su copa, se obligó a concentrarse en el hecho de que finalmente no había ido al club de Quartermaine.

Pensó por un momento en vestirse y regresar al club cruzando Westminster para pasar allí la velada. No era ya el célebre jugador que había sido antaño; Nick Napier, el Horca, le había curado de ese hábito, pero aún se sentía atraído por los casinos. Por su atmósfera elegante. Por la esperanza y la desesperación. Por las caras febriles y emocionadas, o angustiadas y mortalmente pálidas. Y luego estaban las mujeres, tan bellamente empenachadas y adornadas, entrenadas para instar a los hombres a seguir apostando, para animarlos a desprenderse de otro escudo, porque ése, *ése*, sería el de la buena suerte.

No fue, sin embargo. *L'heure verte*, junto con su inevitable languidez, se habían apoderado de él, y no podía pensar en otra cosa que no fuera lady Anisha Stafford. O en lo absurdo que era todo.

Apuró la copa, la cuarta, quizá, cogió otro terrón de azúcar del cuenco de plata y lo colocó delicadamente sobre la cucharilla agujereada para dar de nuevo comienzo al proceso. Contempló cómo las líquidas esmeraldas lo atravesaban gota a gota para ir a acumularse como un dulce veneno en la panza de la copa. Añadió agua y la agitada nebulosa del licor le recordó a la vida misma: tan diáfana y cristalina ahora y tan absolutamente turbia un instante después, sus muchas verdades escondidas en una neblina lechosa y verdeazulada.

Se bebió la copa de un trago, sabedor de que la absenta había surtido ya su efecto y de que lo que parecía una reflexión brillante era poco más que el divagar incoherente de la mente de un loco. Poco le importaba, sin embargo. A su debido tiempo, la botella quedó medio vacía, lo mismo que la jarra de agua, y ya no guardó recuerdo de la siguiente copa, ni de la que le siguió.

Como no bajó a cenar, un sirviente le trajo una bandeja, que quedó olvidada. Recordaba vagamente haber oído el reloj dando las doce. Después debió de irse a la cama, porque en algún momento comenzó a aflorar de una oscuridad negra como un pozo, atrapado en los tentáculos de un sueño que conocía bien.

Estaba de nuevo en el patíbulo, el nudo de la soga cada vez más apretado. Y esta vez no llevaba un vendaje bajo el cuello de la camisa. No había nudo falso que detuviera su avance. Comprendió, aterrorizado, que Sutherland no estaba allí. Que el sacerdote llevaba, en cambio, un manto con capucha y que sus ojos ardían como las ascuas del infierno. Luchó por obligar a sus pulmones a funcionar y fracasó. Sintió la muerte muy próxima.

Y entonces se aflojó el nudo, se deshizo y se convirtió en otra cosa, y se descubrió flotando en el aire, contemplándose desde lo alto. Yacía desnudo sobre una cama, enredado en una maraña de sábanas, acariciándose. La áspera soga se había transformado en un cordón de seda. Coldwater yacía desnudo a su lado, su mano apretaba lentamente el nudo mientras observaba casi con amor su rostro, asfixiándolo. Y, sin embargo, no sentía dolor alguno, sólo un placer extremo y deslumbrante. Un placer semejante al de la descarga sexual y que flameaba a su alrededor mientras su vista comenzaba a oscurecerse.

Era la petite mort *en su manifestación más literal.*

En su forma más exquisita.

Después ya no pudo respirar y la verdadera muerte se abatió sobre él. Comprendió entonces que lo habían engañado. Que había caído víctima de un fraude. Que Jack lo había seducido por fin y había cumplido su venganza...

Se incorporó bruscamente en la caja, dejando escapar un gemido gutural, y se llevó las manos al cuello, frenético.

Tenía la verga tan dura y la habitación estaba tan a oscuras que por un instante creyó que de verdad había muerto; que esta vez Jack había encontrado lo que llevaba tanto tiempo buscando. Pero cuando apartó la mano de su garganta, sólo agarraba en ella el cinturón de seda de su bata. La rigidez propia de la muerte no era más que una erección corriente, y tenía la bata enredada en las rodillas.

Muere estrangulado mientras se masturbaba.

Y con el cinturón de su propia bata, nada menos. Una muerte ridícula como pocas.

Pero no estaba muerto. El sonido hueco del aire entrando y saliendo de su pecho lo confirmaba. Apartando la bata y las sábanas, se apoyó en los codos y paseó la mirada por la oscuridad. Las ventanas. Las sombras. Todo estaba como debía.

Sí, había engañado al verdugo una noche más.

Aun así, estaba preocupado por sí mismo. Verdaderamente preocupado. Ni en un millón de años habría imaginado que una vida de libertinaje y penalidades pudiera estragar hasta tal punto a un hombre. Soñar aquellas cosas. A veces, noche tras noche...

¿Y por qué siempre aparecía Jack Coldwater en aquellas pesadillas en las que se mezclaban la muerte en la horca y el erotismo? Santo Dios, estaba asqueado de pensar en él. ¿Qué tenía aquel hombre que tanto le obsesionaba? Sentía cómo irradiaba malicia por cada uno de sus poros, sobre eso no le cabía ninguna duda, y sin embargo, cuando estaba a su lado, caía víctima de una excitación enfermiza, retorcida, de naturaleza casi sensual.

Y temía que los demás lo notaran. Que lo notara *Anisha*. Y que la asqueara.

De pronto chirriaron las bisagras y una luz intensa y oscilante cayó sobre su cara.

—¿Señor? —susurró su nuevo ayuda de cámara—. Señor, ¿se encuentra bien?

Tiró bruscamente de la sábana para cubrir su erección, ya mortecina, y levantó un brazo para defenderse de la luz.

Santo Dios, debía de parecer un loco así sentado en la oscuridad.

—Sí —logró decir finalmente—. Gracias... Horsham, ¿verdad? Perfectamente. Sólo ha sido una pesadilla.

Horsham carraspeó enérgicamente.

—Es por la absenta, señor, con perdón —dijo—. Esa botella verde tiene dentro al diablo.

—Sí. —Su respiración había empezado a calmarse—. Sí, creo que esta noche me he topado con él.

El criado siguió con la lámpara levantada.

—Gracias, Horsham —dijo Lazonby con voz rasposa—. Puede irse.

Hubo un momento de vacilación.

—Señor...

—¿Sí? —contestó Lazonby con cierta impaciencia.

Para su desaliento, el ayuda de cámara entró en la habitación y dejó la lámpara sobre la mesilla de noche. Lazonby vio su expresión consternada entre las sombras parpadeantes. Horsham alargó el brazo como si fuera a tocarlo.

Lazonby se apartó.

—Maldita sea, Horsham, no me venga con blandenguerías —dijo hoscamente—. Soy un hombre de malas costumbres, ya se lo dije cuando lo contraté. Váyase al infierno y vuelva a su cama.

Horsham le sorprendió agarrándole la muñeca y levantando su mano del lío de sábanas.

—Pero, señor, tiene sangre en la mano.

—¡Diablos!

Lazonby bajó la mirada. Horsham le había obligado a girar la mano para dejar al descubierto un desgarrón que llegaba desde el arranque de su dedo anular hasta la palma de su mano. Al volverse, vio en la blanca funda de la almohada, recién almidonada, una mancha de sangre que empezaba a volverse parduzca.

—Caray, que el diablo me lleve —masculló.

—Seguramente, señor. —Horsham soltó su mano—. Y no tardará mucho, si se desangra.

—Umm —dijo Lazonby—. Es usted un hombre sincero. Cada vez me cae mejor, Horsham.

Pero el ayuda de cámara había desaparecido por debajo del borde de la cama. Lazonby se inclinó y lo vio de rodillas, recogiendo trozos de cristal de la alfombra turca.

—Ha aplastado la copa, señor —dijo, con la voz un poco sofocada por la gruesa lana de la alfombra—. Se habrá dormido con ella en la mano y ha tenido una pesadilla.

—Diablos —repitió Lazonby.

Pero Horsham tenía razón. La botella vacía yacía de lado sobre su mesita de noche. El azucarero de plata estaba volcado, y la tapa y la cucharilla habían desaparecido. Sólo el pie de la copa permanecía intacto.

Horsham lo recogió y el resplandor de la lámpara lo hizo brillar, lanzando esquirlas de luz por toda la habitación. Era *cristallo* antiguo de Venecia, otro de los caprichos de su administrador, y lo había hecho pedazos. Lo había destrozado, igual que destrozaba todo lo bello que había en su vida.

Estoy segura de que me decepcionarías...

Gracias a Dios, pensó. Gracias a Dios que Anisha había tenido suficiente sentido común para darse cuenta.

El terror del sueño había empezado a disiparse y el recuerdo de la mirada negra y ardiente de Anisha volvió a hacerse presente a medida que el sopor volvía a apoderarse de su cuerpo.

No recordó nada más hasta que se despertó y vio un rayo de sol matutino entrando entre las cortinas y oyó el molesto y alegre parloteo de un pájaro más allá de su ventana. Tumbado boca abajo, se pasó una mano por la cara y se dio cuenta de que la tenía vendada con gasa.

Horsham.

Mascullando un juramento, se dio la vuelta y se tapó los ojos con el brazo para defenderse de la espada de luz que amenazaba con hender su cerebro embotado por la absenta.

En ese instante, alguien carraspeó al fondo de la habitación.

Lazonby se incorporó apoyándose en un codo y levantó la mano vendada para hacerse parasol sobre los ojos. Había un hombre sentado junto a la ventana, entre las sombras, con un platillo en una mano y una taza de té delicadamente sujeta con dos dedos.

—¡Ah, buenos días, Rance! —La taza tintineó suavemente sobre el platillo cuando la dejó a un lado con precipitación—. Veo que has resucitado.

Lazonby obligó a sus ojos a enfocarse y bajó la mano. El contraste entre la lana negra de la sotana y el alzacuellos blanco le reveló de inmediato la identidad de su inesperado visitante.

—Una dama peligrosa, ésta. —El reverendo señor Sutherland cogió la botella vacía por el cuello como si fuera una serpiente dispuesta a atacar, y quizá lo fuera—. «El hada verde», la llaman en París. Dicen que causa la locura.

—Tonterías —consiguió decir Lazonby, incorporándose a medias, con las sábanas arrolladas alrededor de la cintura—. Mantiene a raya a la malaria.

—Umm. —Sutherland dejó la botella sobre la mesa con un ruido que sonó a hueco—. Pero la absenta no es un licor cualquiera, hijo mío. El doctor Von Althausen tiene la teoría de que el ajenjo la asemeja químicamente al cannabis. Es alucinógena.

Lazonby se rascó el pecho distraídamente, sin decir nada. Después de los sueños que había tenido esa noche, empezaba a preguntarse si no debía acabar de una vez con *Madame la Fée*.

—Te echamos de menos anoche, por cierto. —Sutherland se había acercado a las cortinas y estaba descorriéndolas. Sus anillas chirriaron estrepitosamente—. Von Althausen nos mostró sus últimos experimentos sobre la galvanización y sus efectos sobre los sentidos.

Lazonby gruñó.

—No me agrada ver cómo se convulsionan los anfibios de Dieter —comentó con voz ronca—. ¿Quién le ha dejado entrar, por cierto?

—El nuevo criado. Horsham. —Sutherland subió la hoja de la ventana, se asomó a la calle y respiró hondo—. Creo que temía que estuvieras muerto. ¿Y quién mejor para lidiar con esa eventualidad que un clérigo? Siempre se acuerdan de nosotros cuando ya es demasiado tarde, ¿sabes?

Lazonby se sentó y esperó a que la cabeza dejara de darle vueltas. El aire fresco de la primavera había inundado la habitación. Se pasó las manos por el pelo revuelto y resistió el impulso de echar a patadas a su invitado.

Sutherland era un viejo amigo de su padre y hacía mucho tiempo que era un eminente Prioste, un sumo sacerdote, de la *Fraternitas*. Había desempeñado un papel importante a la hora de resucitar la hermandad y dotarla de una nueva organización, y había asumido la responsabilidad de reconstruir las antiguas genealogías para asegurarse de que nadie que poseyera el Don les pasara desapercibido o quedara indefenso.

Sutherland conocía quizá mejor que nadie la larga y turbia historia de la organización. Además, Lazonby lo respetaba. Lo quería, de hecho.

—¿Queda algo de té, padre? —preguntó más amablemente—. Si queda, apiádese de mí y tráigame una taza.

El Prioste hizo algo mejor: llevó la bandeja entera a la mesilla de noche.

—He recibido carta de Ruthveyn —comentó mientras inclinaba la tetera sobre la taza vacía.

Lazonby pestañeó.

—¿Sí? ¿Carta de dónde?

—De Mallorca —contestó Sutherland.

—Avanza despacio, ¿eh? —Lazonby tomó la taza, que tintineó peligrosamente sobre el platillo—. Yo pensaba que a estas alturas ya estaría casi en Gibraltar.

—Se entretuvieron en París, creo —dijo Sutherland, acercando una silla—. Lady Ruthveyn quería que su flamante marido conociera a su tío, el hermano del comandante Gauthier.

Henri Gauthier había sido el oficial superior de Lazonby en el Magreb y uno de los mejores hombres que había conocido. Y Grace, su única hija, era una de las pocas amistades de Lazonby fuera de la *Fraternitas*. Ahora, por un extraño giro del destino, era además la esposa de Ruthveyn.

—Así que ha venido a decirme qué dice en su carta —masculló.

Sutherland se rió.

—Eres muy astuto, Rance, incluso cuando apenas estás sobrio.

—Es una deducción bastante sencilla —repuso Lazonby—. Ruthveyn no es muy aficionado a escribir. Y usted nunca viene de visita, a no ser que quiera echarme una reprimenda o mandarme a alguna misión. Así que ¿qué dice la carta?

El Prioste pareció hundirse un poco en su silla.

—Me temo que lord Ruthveyn ha oído hablar de las peripecias de Bessett en Bruselas.

—Pero si estaba en la mesa cuando lo planeamos todo —arguyó Lazonby—. Fue en parte idea suya.

El clérigo levantó una mirada cansina.

—Me refiero a lo de la hija de Vendenheim.

—Pero eso también lo sabía. Estuvo de acuerdo en que la señorita De Rohan lo acompañara.

Sutherland se limitó a acariciarse la barba gris con el pulgar y el índice.

—Sin embargo, algo pasó entre ellos en Bruselas —comentó vagamente.

—Ah, *eso*. —Lazonby levantó las manos—. Sí, Bessett se cree enamorado de la muchacha. Ya conozco toda la historia.

—Yo también. —Cogió su taza de té casi con distracción—. Me los encontré en Harwich, ¿sabes?, a su regreso. Y, a decir verdad, son perfectos el uno para el otro. Pero ¿qué hay de lady Anisha? Me preocupa, Rance.

—Oh, ella lo sabe. —Lazonby resopló con fastidio—. Bessett, siempre tan caballeroso, se lo contó enseguida. Y, francamente, creo que para ella fue un alivio.

Sutherland levantó la vista con cierta incredulidad. Luego él también suspiró.

—Bueno, puede que para lady Anisha sea un alivio, pero dudo que lo sea para su hermano. Ya sospecha, a decir verdad. Intuye algo, o ha visto algo. Ya conoces a Ruthveyn: en él el Don es muy fuerte. Este giro de los acontecimientos no va a hacerle ninguna gracia. Bessett se la jugó sólo con pedirle permiso para cortejar a la dama. Y si ahora la rechaza...

—Sí, es muy posible que le dé una buena tunda cuando regrese a casa —reconoció Lazonby.

Sutherland pareció meditarlo.

—No, creo que no. Ruthveyn no es tan impulsivo como tú, muchacho. Quiere mantener esta nueva tapadera, la Sociedad Saint James, a toda costa.

—¿Aun a costa de la felicidad de su hermana?

—Quizá. Tal vez haya que sacrificar la felicidad de una sola persona en aras del bien que hacemos. En realidad, ¿no hemos hecho sacrificios todos nosotros?

Lazonby soltó una áspera carcajada.

—Yo he hecho muy pocos —reconoció—. Este asunto de la Sociedad Saint James, la reorganización formal de la *Fraternitas* en toda Europa... Fue todo idea de Ruthveyn y Bessett; lo tramaron mientras yo estaba entre rejas, esperando la horca.

—Por segunda vez —comentó Sutherland con sorna.

Lazonby esbozó una sonrisa amarga.

—Sí, y si hubiera subido de nuevo al patíbulo, no habría habido truco capaz de salvarme el pellejo —dijo—. Desde el momento en que esos gendarmes me arrestaron en Marruecos, me convencí de que iba a morir. —Se detuvo y se pasó una mano por la cara—. Les estoy muy agradecido, Sutherland, a usted y a mi padre, por haber persuadido a Henry East de que se retractara en su lecho de muerte. De no haber sido así...

—La *Fraternitas* vela por los suyos, hijo mío —repuso el Prioste—.

No pienses más en eso. Se acabó. Y, por cierto, tú te sacrificas, a veces más que cualquiera de nosotros. Si no recuerdo mal, fuiste tú quien se ofreció para despistar a Jack Coldwater la noche en que planeamos esa misión en Bruselas. Y he de añadir que le hiciste seguirte por tugurios muy peligrosos, simplemente para mantenerlo alejado de nuestros asuntos.

—Pero a Coldwater sólo le intereso *yo* —protestó Lazonby—. Aunque sus razones se me escapan. Aun así, es innegable que mi historia ha hecho que el *Chronicle* fije de lleno sus miras en la Sociedad Saint James. Eso es culpa mía... y me corresponde a mí arreglarlo. Apartarlo de nuestro rastro.

Al oír aquello, Sutherland estiró el brazo y puso su mano sobre la de Lazonby.

—Sospecho que el joven Coldwater no es más que un joven radical muy entrometido. Algunos odian a la aristocracia. Es posible que esto tenga menos que ver contigo que con la orientación política del *Chronicle*.

Lazonby cerró el puño.

—En parte estoy convencido de que, si consigo desenmascarar al asesino de Peveril, si logro limpiar el buen nombre de mi familia, todo esto se acabará —dijo—. Y, sin embargo, me encuentro con obstáculos a cada paso. Nadie sabe nada. La mayoría ni siquiera me recibe. Scotland Yard se niega a hacer públicos sus archivos. Soy libre, y me siento profundamente agradecido por ello, y a pesar de todo sigo siendo un condenado.

—En cuanto a eso, hijo mío, rezo por que la verdad salga a la luz. Con el tiempo, conseguirás aclararlo.

—Ojalá pudiera creerlo —gruñó Lazonby—. En todo caso, ¿qué va a decirle a Ruthveyn sobre ese pequeño idilio?

—Nada, creo. —El reverendo se relajó de nuevo en su silla—. No me corresponde a mí hacerlo, ¿no crees? Es cosa de Bessett. Y, como tú dices, él siempre se comporta como un caballero. Es muy probable que ya le haya escrito.

Lazonby refunfuñó por lo bajo, bebió un largo trago de té, dejó la taza y se giró para sentarse en el borde de la cama, tirando de la sábana para cubrirse pudorosamente.

—Con todo el jaleo de ayer —comentó, apoyando los codos sobre las rodillas—, olvidé preguntar si Bessett y la señorita De Rohan consiguieron sacar el Don de Bruselas sano y salvo.

—En efecto, la niña se encuentra ya con su abuelo, cerca de Colchester. Le he asignado un nuevo Guardián.

—¿Sí? ¿Quién?

—El señor Henfield.

—Ah.

Lazonby había coincidido con Henfield en una ocasión, cuando había acudido a Londres para participar en los experimentos que el doctor Von Althausen llevaba a cabo en su laboratorio del sótano. Von Althausen había confirmado que Henfield no poseía ni un ápice del Don, pero procedía de una antigua familia de la *Fraternitas* y era un caballero rural serio, sensato y de buen temple. Henfield velaría por la familia y se aseguraría de que las facultades especiales de la niña permanecieran ocultas... por su propio bien.

Sutherland se levantó y se acercó a la ventana, junto al ropero de Lazonby, donde Horsham, llevado por su optimismo, había dejado ropa limpia preparada sobre una silla.

—Horsham no te había dado del todo por perdido —comentó, mirando la ropa—, a no ser que pensara enterrarte con esto.

—«Y he aquí a la dulce alondra, cansada del reposo...» —citó Lazonby, sonriendo—. Más vale que me largue antes de que mande a alguien al Strand en busca del enterrador. —Se levantó, envolviéndose en la sábana—. Tire de la campanilla, ¿quiere? Necesito un baño urgentemente.

Sutherland hizo lo que le pedía y añadió:

—Voy a ir a comer al Traveler's Club. Te espero, si te apetece acompañarme.

—No, gracias —contestó Lazonby—. Tengo planes para esta tarde.

—¿Sí? ¿De qué tipo?

—Tengo que hacer una visita en Upper Grosvenor Street.

—¿A lady Anisha?

—Sí, vuelvo a estar en su lista negra.

La expresión de Sutherland se tornó solemne.

—Hubo un tiempo, Rance, en que tuve la esperanza de que os casarais —dijo—. ¿Debo olvidarme de ello por completo?

Lazonby sintió que algo se paraba dentro de él. Su corazón, quizá.

—Por completo, señor —contestó por fin—. Lo lamento. Y le ruego que no vuelva a hablar de ello.

—Pero lady Anisha es una joven maravillosa —añadió el Prioste mientras se acariciaba pensativamente la barba—. Y sé que le tienes mucho cariño.

—Mucho, sí —respondió Lazonby con voz crispada—. Demasiado, señor, como para cargarles a ella y a sus hijos con mi reputación. Y usted sabe que tengo razón.

Sutherland pareció entristecido.

—Sí, Rance, pero ella también te tiene cariño. Y tú conseguirás resolver este asunto. Tengo fe en ello. Quizás... quizás ella te espere.

—No puedo pedírselo —repuso mientras se dirigía al cuarto de baño—. No pienso hacerlo. Pero le debo otra disculpa por portarme como un patán. Después iré al club Quartermaine.

—Rance, confío en que no cometas la insensatez de ponerte a jugar. —La voz severa del Prioste resonó a través de la puerta abierta—. El establecimiento de Quartermaine no es sitio para un hombre de tu... bien, de tu mala fortuna, por llamarla de algún modo.

Lazonby ya estaba sacudiendo el bote de los polvos dentífricos.

—¡Ah, es usted un maestro del eufemismo, padre!

Mientras Sutherland se lanzaba al inevitable sermón, Lazonby siguió cepillándose los dientes sin apenas prestarle oídos. No dijo nada. Sutherland tenía derecho a reprenderle. El pobre hombre se había preocupado mucho por él.

La regañina acabó bruscamente, sin embargo, cuando entró Horsham con tres lacayos cargados con grandes calderos de agua caliente. El nuevo ayuda de cámara parecía tener el don de la clarividencia: o eso, o un sentido de la oportunidad excelente.

Lazonby los miró verter el agua, después dejó caer la sábana y se metió en la bañera, disfrutando un instante del calor del agua al agitarse a su alrededor.

Pero aquella paz no podía durar. Nunca duraba.

—¡Puede entrar! —gritó al Prioste a través de la puerta—. No voy a privarlo del placer de echarme una buena reprimenda.

Sutherland apareció en el umbral.

—No te lo tomes a broma, muchacho —dijo, apoyando un hombro en el quicio de la puerta mientras veía a Lazonby quitarse la venda de la mano—. Tú eres más que un Guardián. Tienes el Don. Y has de tener mucho cuidado con él. La *Fraternitas* no puede permitirse esconderte otra vez en África cuando quizá te necesite aquí.

Lazonby refrenó una réplica acerba cogiendo agua entre las manos y echándosela por la cabeza.

—El mayor don que tengo —dijo por fin— es el de disponer de buenos amigos que se preocupan por mí. Se lo agradezco, pero hemos tenido esta discusión mil veces, y por Dios que no pienso tenerla otra vez.

—Rance... —comenzó a decir el Prioste.

Lazonby cogió más agua entre las manos y lo miró por entre los mechones húmedos de su pelo.

—No soy mi madre, Sutherland —dijo—. Ni remotamente. Y no estoy loco. Al menos, todavía.

—No estás loco, no —contestó Sutherland con calma—. Ni lo estarás nunca. Y la pobre Moria tampoco estaba loca. Sencillamente... se fue consumiendo.

—Por culpa del Don —afirmó Lazonby, tajante—. Admítalo. La fue agotando poco a poco, y yo la rematé. Y todo ello acabó con la vida de mi padre.

Sutherland estuvo un rato callado. Luego soltó un soplido y dijo:

—Sí, en cierto modo. Pero tu padre era un Guardián, Rance, igual que lo eres tú. Conocía su deber para con Moria. Y eligió casarse con ella. No sólo para protegerla, sino porque la quería.

Él, sin embargo, no estaba dispuesto a hablar de la tragedia del matrimonio de sus padres.

—Además, yo no juego. —Agarró el jabón y comenzó a restregarse con más ímpetu del necesario—. Ni siquiera a juegos de azar, de pura y simple casualidad. Ni siquiera apuesto a que volverá a salir el sol. Y no porque no sepa cosas, sino porque no quiero que vuelvan a llamarme tramposo.

—Saber lo que oculta el corazón de un hombre no es hacer trampas, Rance —respondió Sutherland suavemente—. Percibir lo que siente o teme una persona en lo más profundo de su alma. Pero es cierto que te da ventaja en la mesa de juego, hijo mío.

—Una ventaja injusta, quiere decir.

—No la hay de otra clase. —La voz del Prioste sonó firme, pero cariñosa—. Y si no te hubieras pasado media vida negando que tienes el Don, aunque sea de esa manera sutil y casi imperceptible, habrían podido evitarse años y años de desgracias.

Habían tenido aquella discusión tantas veces que al final había perdido la cuenta. ¡Qué demonios! Ni siquiera era una discusión. Dejó caer la pastilla de jabón con un fuerte *plop* y se hundió en el agua caliente hasta que le llegó a las orejas.

Sutherland tenía razón... al menos en parte. Ahora por fin lo entendía, a la edad, aparentemente provecta, de treinta y cinco años. Quizá lo hubiera negado ante Anisha en el carruaje, meses antes, pero en el fondo lo sabía. Sabía que no era como los otros hombres. Como la mayoría, al menos.

¿Tenía el Don? No un Don semejante al de Ruthveyn o Geoff, ni remotamente parecido, por suerte, a aquella cosa infernal que se había apoderado de su madre.

Pero al igual que sus ancestros escoceses por línea materna a lo largo de doce generaciones, lo llevaba en la sangre. Y como la mayoría de los Welham nacidos bajo el Signo del Fuego y la Guerra, había jurado protegerlo y proteger a todos aquellos que lo poseyeran. A la edad de quince años había recibido la marca que así lo probaba y había asumido su deber.

Podía haberse negado a asumir esa responsabilidad. Pero en cuanto al Don, si lo tenía... A eso nadie podía negarse. Procedía de Dios. O del diablo.

¿Lo tenía él?

Se lo había preguntado un millón de veces. Y un millón de veces se había dicho a sí mismo que sólo tenía una fina intuición. Que podía oler la ira, el miedo y la doblez en la piel de una persona. O que podía ver esas mismas emociones en el leve destello de los ojos de un hombre, o en cómo torcía la boca o temblaba su mejilla.

¿Lo tenía?

Tenía algo. Carecía por completo de clarividencia, pero a veces podía intuir las intenciones de ciertas personas. De algunas manaban las emociones como la sangre de una herida abierta. Otras, en cambio, sólo rezumaban suavemente sus emociones, o no dejaban traslucir nada.

De joven, había creído que todo el mundo lo sabía. Pero no era así. Y aquella diferencia había hecho de él un extraordinario jugador de naipes: el mejor, quizá, que habían conocido los tugurios de Londres. Y era aún mejor soldado, sobre todo en el combate cuerpo a cuerpo. Gauthier había comentado a menudo que poseía los reflejos de un gato y la velocidad en el ataque de una cobra, pues sabía instintivamente cuál sería el siguiente movimiento de su enemigo. Lo sabía no de manera calculada, sino de un modo que le permitía reaccionar antes incluso de saber a qué debía reaccionar.

Le serpent de la mort.

O así lo había llamado con frecuencia Henri Gauthier. Y esa capacidad lo había mantenido con vida, incluso en ocasiones en las que preferiría haber muerto. Pero el impulso de luchar y sobrevivir y hasta de prosperar era tan fuerte en su ser que ni siquiera él mismo podía sofocarlo. Era el Signo del Fuego y la Guerra. Por eso era como era. Y, al igual que en el caso de sus reacciones instintivas, en ello no intervenían ni la razón ni la capacidad de elegir. Era un impulso primigenio.

Se sentó en la bañera con un fuerte chapoteo y dejó caer los hombros.

—Bien —dijo Sutherland, apartándose por fin del marco de la puerta—, me marcho ya. ¿Te veré en Saint James esta noche? Safiyah le ha encargado al chef que ase un costillar.

—No lo sé. —Lazonby pescó el jabón en el agua y miró a su viejo amigo—. Lo siento, Sutherland. Tengo un dolor de cabeza espantoso.

Sutherland sonrió con desgana.

—No hace falta que te disculpes.

—Sí, claro que hace falta —repuso él—. Pero descuide: a estas horas no se juega donde Ned, y yo no jugaría aunque me dejara, que no va a dejarme, porque ya sospecha de todos nosotros.

—Entonces, ¿a qué vas? Porque imagino que no es una visita de cortesía.

Lazonby logró reírse.

—No, es sólo que he pensado que tal vez Ned sepa algo acerca de la muerte de Peveril, o de la partida en casa de Leeton, aquella noche. Puede que haya oído algo en estos años. Algo a lo que no le dio importancia, quizás, o cuya trascendencia no entendió.

—Quartermaine está bien relacionado, eso es cierto. —El Prioste levantó la vista como si sopesara alguna idea—. Pero no puede ser mayor que tú.

—Es bastante más joven —convino Lazonby—. Pero también quiero preguntarle por Coldwater. A veces lo veo merodeando por la entrada del club con ese perro escrofuloso del portero.

—¿Pinkie Ringgold?

—Sí, Pinkie Ringgold. —Lazonby resopló—. Y sabemos que se deja comprar, así que tal vez deba ofrecerle algo. O al menos darle un incentivo para que me diga lo que sabe de Coldwater y el *Chronicle*.

Sutherland reflexionó un momento mientras jugueteaba distraídamente con su leontina.

—¿Y el propio Leeton? —sugirió, dubitativo—. ¿Crees que te recibiría?

—Yo diría que sí, pero ¿qué podría decirme que no dijera ya entonces? —repuso Lazonby—. Hizo su declaración y tanto a mí como a la Corona nos sirvió de poco. Además, ahora es un honrado hombre de negocios. Dudo que quiera remover su turbio pasado como dueño de un garito de juego clandestino.

—Pero ¿es de verdad honrado? —preguntó Sutherland.

—Santo cielo, no —dijo Lazonby—. Es traicionero como el mismo diablo. ¿Cómo iba a ser de otro modo, dedicándose a eso? Pero nunca he percibido mucha emoción en él.

—Sí, ya me lo has dicho.

—En todo caso, fue una partida privada entre Peveril y yo, y fue pura casualidad que jugáramos donde Leeton. Además, fue Leeton quien me avisó de que había llegado la policía. No, creo que ha hecho todo lo que podía.

—Sí, tienes razón. —Sutherland sonrió distraídamente y se volvió como si se dispusiera a marcharse—. Bien, buena suerte con Quartermaine, hijo mío. Espero verte en la cena.

—Ya veremos —contestó él desde la bañera.

Con los párpados cerrados para que el jabón no se le metiera en los ojos, oyó los pesados pasos de Sutherland camino de la puerta. Después, el reverendo dio media vuelta y regresó.

—Rance... —dijo desde el umbral.

Lazonby se puso en guardia al instante. Había sabido desde el principio que no era únicamente la carta de Ruthveyn lo que preocupaba al Prioste.

—¿Qué ocurre?

—He instaurado un pequeño cambio en la Sociedad Saint James —dijo el reverendo—. Un cambio para el que voy a necesitar tu ayuda.

Entonces se quitó el jabón de los ojos y los abrió.

—¿Mi ayuda? —preguntó, desconfiado—. ¿Para qué?

Sutherland esbozó una tensa sonrisa.

—He iniciado a la señorita De Rohan.

Lazonby lo miró pasmado.

—¿Qué?

—Ayer, en la estación de tren de Colchester —explicó el Prioste—. Concluí nuestra ceremonia. La iniciación. Ahora es de los nuestros.

Lazonby sólo pudo mirarlo fijamente durante unos instantes.

—Venga ya —logró decir por fin.

Pero el semblante de Sutherland había adquirido una expresión obstinada.

—Hablo en serio —contestó—. Desde hace... veintinueve horas, la señorita Anaïs de Rohan es un Guardián y un miembro de pleno derecho de la *Fraternitas Aureae Crucis*, igual que sus ancestros desde hace generaciones.

Lazonby le lanzó una mirada de advertencia.

—Ay, Sutherland —dijo lentamente—. Esto traerá problemas.

El Prioste se encogió de hombros.

—No me importa —contestó—. Conozco el trabajo de esa joven y puedo reconocer la voluntad de Dios cuando la veo. Sí, los muchachos van a protestar un poco, no hay duda. Pero tú eres uno de los fundadores, así que tienes el deber de capear el temporal y obligarles a hacerse a la idea.

—¿Yo? ¿Por qué?

—Porque fuiste tú quien la apadrinó —contestó Sutherland enérgicamente—. Y resulta que diste en el clavo. Pero para ti no fue más que una calaverada, ¿no es cierto? Pues el tiro te ha salido por la culata, hijo mío. La envió nuestro mejor espadachín en Toscana, el mismo que la entrenó. Nos trajo su documentación y dijo todo lo que tenía que decir. Y ahora ha pasado su prueba de fuego en Bélgica. Sólo un Prioste puede iniciar a un nuevo miembro, y yo lo he hecho.

—Sí, pero Sutherland... van a...

—No, la señorita De Rohan ha ingresado en la hermandad y va a seguir en ella —lo interrumpió el reverendo— o responderéis todos ante mí. Y ante Bessett, diría yo.

—¡Diablos! —repitió Lazonby, pues le pareció lo único que podía responder.

—Esto no tiene nada que ver con el diablo, muchacho —contestó el Prioste adustamente—, sino con el buen Dios. Hágase siempre Su voluntad.

Lazonby seguía sentado en la bañera, con los ojos como platos, cuando la puerta de su dormitorio se cerró con estrépito. Casi al instante volvió a abrirse para dejar entrar al muy eficiente Horsham, que retiró la bandeja con la cena intacta y regresó con los trastos de afeitar.

Bien. Anaïs de Rohan había logrado lo que quería. Era un Guardián. Un *hermano*, nada menos.

Entonces se encogió de hombros para sus adentros. ¿Qué más le daba a él, a fin de cuentas? Admiraba enormemente el temple de aquella dama, a pesar de los comentarios insidiosos que le había hecho a Bessett. Había sido pura casualidad que el expediente de la señorita De Rohan llegara a sus manos para su aprobación, y pura perversidad que lo hubiera aprobado y dado el visto bueno para proceder a su iniciación.

Al parecer, sin embargo, la ceremonia de iniciación no se había efectuado hasta el día anterior. Pero Sutherland tenía razón: Anaïs de Rohan reunía, indudablemente, todos los requisitos.

Pero era una *mujer*...

Aquella idea sólo sirvió para recordarle su problema más acuciante.

—¡Horsham! —gritó a través de la puerta—. ¿Qué sabe de flores?

El ayuda de cámara levantó la cabeza de su tarea.

—Algo, señor.

—¿Qué clase de flores le manda uno a una amiga? —preguntó—. A una amiga a la que ha... en fin, ofendido sin querer.

Horsham se acercó a la puerta.

—Con unas rosas amarillas bastará, señor. Tanto para la amistad como para el arrepentimiento.

Amistad y arrepentimiento.

Eso resumía a las mil maravillas aquel espantoso embrollo.

Además, le gustaban las rosas. Y a las señoras también. Se puso en manos de Horsham.

—Excelente —dijo—. Tráigame algunas, ¿quiere?

Horsham hizo una leve reverencia.

—Desde luego, señor —contestó—. ¿Va a necesitar muchas?

—Pues sí, un montón. —Lazonby agarró su toalla y se levantó del agua chorreando—. ¿Cómo lo sabe?

Un levísimo destello de humor brilló en el semblante del ayuda de cámara y al instante quedó velado de nuevo.

—Oh, una simple conjetura, señor.

Capítulo 4

No os enamoréis de mí, os lo ruego, pues soy más
falsa que las promesas salidas del vino.

WILLIAM SHAKESPEARE, *Como gustéis*

*L*a tarde se había vuelto calurosa cuando Lazonby acabó de vestirse, redactó una nota de disculpa y mandó que le trajeran su cabriolé. A pesar de la leve inquietud que se agitaba dentro de él, condujo hasta Mayfair a buen paso, disfrutando de la brisa primaveral que le daba en la cara. Hacía tiempo que, estando en prisión, había aprendido a no desdeñar nunca aquellos pequeños placeres.

Pero al tomar Park Lane comenzó a reconsiderar su estrategia con respecto a lady Anisha. Tal vez habría sido preferible enviar a uno de sus lacayos. Se había dicho que la casa de Ruthveyn quedaba prácticamente de camino a Saint James, lo cual era cierto, imaginaba, si uno prefería dar un largo rodeo. Pero en el instante en que aquel extraño desasosiego se convertía en decidida resistencia, tuvo la buena fortuna de ver a Higgenthorpe, el mayordomo de Ruthveyn, caminando por la acera cargado con una cesta llena de lo que parecían ser pequeñas y deformes chirivías.

¡Ah, allí estaba su salida!

Acercándose de inmediato a la acera, se apeó de un salto, y su mozo hizo lo propio, bajándose de la parte de atrás del carruaje con un ramo de flores en el hueco del brazo.

—Dé la vuelta hasta Adams Mews, Jacobs —ordenó, cogiendo el ramo—. Sólo tardaré un momento.

Higgenthorpe ya había cruzado Mount Street y doblado la esquina. Lazonby echó a andar a toda prisa por Park Lane esquivando a los transeúntes, en su mayoría señoras provistas de sombrillas que caminaban charlando cogidas del brazo, alejándose de Mayfair en dirección a Oxford Street, sin duda con intención de pasar la tarde de compras.

Parecía ridículo correr detrás de un mayordomo, pero el cuarto de estar de Anisha daba justo encima de la puerta principal y ella tenía la mala costumbre de asomarse a observar quién iba y venía. No hacía falta que la viera; de hecho, no deseaba verla. ¿Qué más tenían que decirse, aparte de que él le presentara sus más humildes disculpas? Su desdén del día anterior había dejado muy clara la posición de Anisha. Y Higgenthorpe, se dijo Lazonby, parecía tener intención de entrar en la casa por la puerta de servicio.

El mayordomo, no obstante, le llevaba una manzana de ventaja y tenía las piernas casi tan largas como él. Cruzó Park Street y desapareció luego doblando la esquina del callejón. Unos metros más allá, Lazonby oyó lo que sólo podía ser el ruido de la verja trasera al cerrarse.

Pero, si no recordaba mal, el jardín de Ruthveyn era grande y el camino largo. Llegó a la verja en el instante en que Higgenthorpe comenzaba a subir los escalones de la puerta trasera, abrió la boca para llamarlo y en ese momento un destello de movimiento llamó su atención.

Anisha.

Se quedó muy quieto.

Estaba sentada en el pequeño cenador del lado este del jardín, ligeramente vuelta hacia un lado, con la cabeza inclinada sobre alguna labor. A través de las ramas de genistas amarillas que se mecían suavemente alrededor de la celosía, distinguió sin dificultad su suave y lustrosa mata de pelo negro, pues Anisha rara vez llevaba sombrero. Los odiaba, de hecho, y le parecían una ridícula impostura propia de los ingleses.

Era una de las cosas que más le gustaban de ella, se dijo Lazonby. No su desprecio por los sombreros, sino el sereno desdén que mostraba por las convenciones que consideraba estúpidas.

Y cuando levantó la mano para echarse hacia atrás un mechón suelto de pelo, deseó de pronto, intensamente, ser un hombre distinto. Que su vida hubiera transcurrido de otro modo. O no haber salido nunca de Westmorland siendo un joven necio y fogoso, rumbo a los alicientes que ofrecía la gran ciudad.

En aquel entonces tenía dieciocho años y aún no se había dado cuenta de que las equivocaciones que uno cometía podían perseguirlo el resto de su vida. A pesar de las espantosas visiones del mal que habían atormentado a su madre y de su riguroso entrenamiento como Guardián, había querido escapar, borrar sus miedos íntimos mediante el exceso. Joven, rico y encantador, había creído que el mundo era una ostra de la que podía adueñarse, y en su busca se había adentrado en aguas peligrosas con una ingenuidad que ahora, siendo mayor y más sabio, lo llenaba de asombro.

En ese instante Anisha levantó la barbilla y se rió. Su risa ligera siempre le hacía pensar en campanillas. Minúsculas y elegantes campanillas.

Se dio cuenta entonces de que seguía de pie junto a la verja como un pasmarote, mirándola... y de que ella no estaba sola. En ese preciso instante se levantó y se volvió como si se dispusiera a tomar el sinuoso sendero del jardín. Y cuando se quedó paralizada, él comprendió que lo había visto.

—¿Lazonby?

Su voz resonó en el jardín, diáfana en medio del aire primaveral.

Era una lástima que no hubiera subido por la escalinata delantera y hubiera llamado al timbre, como hacía un caballero.

Era una lástima que fuera tan tonto.

Pero ya no había nada que hacer, salvo apechugar.

—¡Lady Anisha! —Se inclinó sobre la verja—. Disculpe la intromisión. Me ha parecido oír su voz desde la otra calle.

Era una mentira evidente, pues la casa era enorme y el viento soplaba del Norte, pero ella no pareció darle importancia y bajó los peldaños tirando de la mano de otra persona.

—Levanta la aldaba y entra —gritó—. Mira, tengo una visita. Creo que ya la conoces.

Otra dama salió del cenador... y a pesar de la distancia Lazonby la reconoció al instante.

Santo Dios.

—¡Lazonby! ¡Qué casualidad!

Anaïs de Rohan llevaba uno de sus vestidos oscuros y llamativos y el pelo recogido sobre la coronilla, como al desgaire.

No le quedó más remedio que abrir la verja y echar a andar por el sendero, atento ahora a dos frentes. La señorita De Rohan bajó por el camino del jardín junto a Anisha, a la que le sacaba una cabeza, pertrechada con una sonrisa digna de una *madonna*. El camino describía numerosas curvas, y hubo tiempo de sobra para que la inquietud se apoderara firmemente de Lazonby.

«Una amazona armada con un hacha», la había llamado una vez. Había sido un comentario muy poco caritativo... además de incierto.

Pero al llegar a su lado, la señorita De Rohan tomó su mano desocupada casi con afecto y luego vaciló.

—Ay, cielos —dijo frunciendo el entrecejo—. ¿Debería haber puesto la mano sobre su hombro derecho y haberme dirigido a usted en latín?

Aquel era el saludo formal propio de la *Fraternitas*, pero Lazonby nunca había sido muy respetuoso con la tradición.

—No se preocupe —dijo mientras se inclinaba sobre su mano—. Veo que ha hecho una nueva amiga. Le alabo el gusto.

La señorita De Rohan se sonrojó y dio un paso atrás.

—Ha sido idea mía venir de visita —explicó, dando el brazo a Anisha—. Qué atrevida, ¿verdad?

Lazonby dejó que su mirada se deslizara hasta la de Anisha, sondeándola suavemente. Le daban ciertas ganas de colocar a la señorita De Rohan sobre sus rodillas para darle una azotaina... y, como padrino suyo dentro de la *Fraternitas*, seguramente podría haberlo hecho.

Pero el semblante de Anisha se veía tan sereno y adorable como siempre. Si la visita inesperada del nuevo amor de su antiguo pretendiente la había turbado de algún modo, no se notaba lo más mínimo. Claro que Anisha era toda una dama y llevaba toda una vida, sospechaba él, camuflando sus heridas y disimulando su malestar en público.

—Me alegro de que hayas venido, porque tenemos buenas noticias —dijo Anisha, y miró a su nueva amiga con lo que parecía auténtica simpatía—. Has de darle la enhorabuena, Lazonby. La señorita De Rohan va a casarse muy pronto.

—Enhorabuena, pues —dijo con cierta frialdad—. Es su segundo triunfo en otros tantos días.

—Gracias. —Ella hizo una leve genuflexión y lanzó una mirada tímida a su anfitriona—. Bien, será mejor que me vaya —dijo—. Mi prima Maria dice que debemos tener alfombras nuevas antes del gran día, así que debo reunirme con ella en el Strand. Le agradezco su amabilidad, lady Anisha, no sabe usted cuánto. Y especialmente por la cena... si de veras está segura.

—Nada nos gustaría más —repuso ella.

—¿Una cena? —murmuró Rance.

—Para celebrar el compromiso. —Anisha le sonrió—. Lucan y yo vamos a dar una cena en honor de la feliz pareja. Me atrevería a decir que será mi único golpe de efecto entre la aristocracia londinense. Y sí, lord Lazonby, se espera de usted que se ponga su mejor chaqueta y haga acto de presencia. El sábado, a las seis.

—No me lo perdería por nada del mundo —contestó con suavidad.

Anisha se volvió hacia la señorita De Rohan.

—Haré el borrador de la lista de invitados —dijo— y la acabaremos mañana, tomando el té.

La señorita De Rohan sonrió.

—Es usted muy amable, de veras —dijo—. ¡Y además preparar la cena con tan poca antelación! Ahora me temo que he de marcharme a toda prisa. Pero gracias de nuevo, lady Anisha, por hablarme de la India. Y por sus... bien, por sus buenos consejos.

—Consejos de boda, ¿eh? —preguntó Lazonby.

—No exactamente.

La señorita De Rohan miró a Anisha de soslayo y sus mejillas se sonrojaron ligeramente.

Anisha esbozó una de sus serenas sonrisas.

—*Hasta Samudrika*, Lazonby —dijo, juntando las manos con gesto apacible—. He visto su palma.

La señorita De Rohan levantó una mano ya enguantada.

—Creo que lady Anisha se ha tranquilizado respecto a mi carácter y ha tenido la amabilidad de explicarme cómo manejar a Geoff de la mejor manera posible —dijo, y su voz sonó enteramente sincera—. Será todo un reto, puesto que los dos nacimos en *Mesha*, el Carnero. Pero aun así tengo su bendición para casarme con él. Además, estoy sana, voy a vivir muchos años y soy extremadamente fértil. Respecto a eso último debería advertir a mi futuro marido inmediatamente, ¿no le parece, Lazonby?

Lazonby sintió que sus ojos se agrandaban, pero no atinó a darle una respuesta adecuada. Al parecer la señorita De Rohan no esperaba ninguna, juntó las manos imitando el gesto de Anisha y a continuación se inclinó ante su anfitriona.

—*Namasté*, lady Anisha —dijo—. Ha sido un inmenso honor. ¿Puedo salir por detrás?

—Sí —dijo Anisha—, por supuesto.

Pero en el último instante la señorita De Rohan se volvió hacia él.

—Ah, por cierto, Lazonby —dijo despreocupadamente—, mis padres van a regresar precipitadamente del Continente. Imagino que no conoce usted a mi padre.

—He oído hablar de él —contestó él con reticencia—, pero no, no tengo el placer de conocerlo.

La joven dama sonrió con cierta melancolía.

—Es difícil llegar a conocerlo —reconoció—. Pero gracias a su trabajo en Whitehall tiene contactos. De hecho, yo misma conozco a algunos. Me refiero a la clase de personas que podrían serle de utilidad en su... bien, en su búsqueda, digamos. Éste no es momento, claro, pero confío en que más adelante recuerde mi ofrecimiento.

Lazonby se inclinó enérgicamente y le dio las gracias.

La vio alejarse, no del todo seguro de lo que acababa de dar a entender. ¿Le había brindado, quizá, la ayuda de su padre a cambio de que él apoyara su matrimonio? Quizá no supiera que su apoyo no podía servirle absolutamente de nada.

Pero no había duda en cuanto a la influencia de su padre: De Vendenheim era una especie de *eminencia gris* dentro del Ministerio del Interior, y si bien oficialmente nunca había formado parte de él ni había sido elegido, oficialmente, nunca había sido nada, en lo tocante a cuestiones policiales dentro y fuera de Londres, era una autoridad innegable.

De hecho, era probable que tuviera a Royden Napier bien cogido por los huevos...

Pero ¿qué había querido decir la señorita De Rohan exactamente?

Era cierto, dentro de la *Fraternitas* imperaba un vínculo semejante al de la masonería. Juraban protegerse unos a otros. De ahí que Sutherland lo hubiera ayudado a sobrevivir a la horca, que Bessett y Ruthveyn hubieran abandonado Marruecos tras él, y que la hermandad gala hubiera mandado a Geoff a Bélgica. Tal vez la señorita De Rohan sólo pretendía cumplir con su deber, como todos ellos.

Por primera vez desde hacía mucho tiempo, sintió un atisbo de esperanza.

Pero la joven dama ya había llegado a la verja y se había vuelto hacia ellos para despedirse agitando la mano, con su sonrisa de *madonna* firmemente en su sitio.

Entonces se levantó el sombrero y la señorita De Rohan se alejó apresuradamente. Anisha y él se quedaron de pie en el sendero del jardín, a menos de un metro de distancia. La miró y de pronto, por razones que no se le escapaban, se sintió incapaz de respirar.

Anisha tenía los ojos oscuros muy abiertos, el semblante tan franco y serio como siempre. Por un instante, le pareció que todo su mundo había cambiado de algún modo, como si el negro pudiera ser un poco más gris de lo que había creído anteriormente y todas sus convicciones pudieran, sólo *pudieran*, estar equivocadas.

Rayos y centellas.

Había permitido que Sutherland le metiera en la cabeza ideas disparatadas.

Entonces ella rompió el hechizo echándose a reír y llevándose sus finos y elegantes dedos a la boca.

—Lo siento —dijo con un gorjeo—, pero parece que acabas de saquear un invernadero.

Lanzonby bajó la mirada y se dio cuenta de que seguía llevando en el hueco del codo el enorme ramo de rosas: una arroba, calculaba él que pesaba.

—Son para ti —dijo, resistiéndose al impulso de ponerle el ramo en los brazos sin ceremonias—. ¿Quieres que las lleve dentro?

—¿Para mí? —Miró las flores y su garganta subió y bajó extrañamente—. Vaya, qué raro.

—¿Raro?

Levantó la mirada hacia él.

—Creo que es la primera vez que me traen flores.

Su marido, pensó Lazonby, *había sido tonto de remate*.

Deseó fugazmente decírselo. Pero pasó aquel instante y Anisha recuperó su tono pragmático:

—Déjalas ahí, Chatterjee se encargará de ponerlas en agua. —Se volvió y señaló un banquito de piedra a la sombra—. Gracias. Es precioso. Y enorme. Ahora ven a sentarte conmigo en el cenador. Quiero hablar contigo.

Lazonby la agarró del brazo, obligándola a volverse para mirarlo.

—Anisha, yo...

Sus ojos se agrandaron.

—¿Sí?

—Dime, ¿estás bien?

—¿Bien? —Levantó sus cejas delicadas—. ¿En qué sentido?

No quería facilitarle las cosas. Y él no merecía que lo hiciera.

—La señorita De Rohan —dijo, señalando con la cabeza la verja por la que acababa de marcharse la joven—. Ha sido una gran osadía por su parte venir aquí, ¿no es cierto?

—Me da la impresión de ser una joven bastante osada —repuso Anisha—. Tengo entendido que se fue hasta Bruselas con Bessett y que prácticamente atravesó a un malvado francés con su espada para salvar a esa pobre criatura. Y Rance... Si esas flores pretenden ser un gesto de piedad, harías mejor en llevártelas. No quiero que nadie se apiade de mí.

Había echado a andar de nuevo... y a llamarlo por su nombre de pila, como hacía tan a menudo en privado. Lazonby dejó las rosas y fue tras ella, agarrándola de nuevo del brazo.

Anisha se detuvo y miró sus dedos, que asían su brazo desnudo. Lazonby sintió su calor; casi pudo sentir cómo circulaba su sangre, y sus emociones, bajo su piel. Sintió que no estaba enfadada, pero sus ojos encerraban un mensaje. Inseguro de cuál era, retiró la mano y extrajo la nota de dentro de su chaqueta.

—Esas flores son un acto de contrición —afirmó—. Junto con esta humilde disculpa. Ayer me porté de manera abominable, cuando te besé y peor aún cuando...

—¡Basta, Rance! —lo interrumpió ella—. Te juro que, últimamente, cada vez que abres la boca empeoras las cosas.

—¿Qué...? —preguntó él.

Pero ella parecía exasperada.

—Estoy harta de que los hombres me traten como si no supiera pensar por mí misma —masculló—. Ese beso... Lo deseaba, tonta de mí. Y si no lo hubiera deseado, créeme, te habría dado una buena bofetada por tu atrevimiento.

Lazonby dio un paso atrás, un poco sorprendido por la vehemencia de su mirada.

—Rance, tú... —Se detuvo, cerró los ojos y apretó los puños como si se refrenara para no golpearlo—. Tú tienes lo que le falta a Bessett: pasión pura. Es lo que atrae a todo el mundo hacia tu órbita. Lo que te hace tan temerario en el campo de batalla, y lo que hace que ardas por dentro. Lo que te mantiene en vela por las noches, me atrevería a decir. Pero no es algo por lo que tengas que disculparte.

—Vamos, Anisha, no me hagas pasar por lo que...

—¡Yo no te hago pasar por nada! —replicó ella, abriendo los ojos de par en par—. Eres tú quien se hace pasar tan pronto por un golfo encantador como por un ángel vengador y misántropo, y no eres ninguna de las dos cosas. —Le arrancó la nota de las manos—. Gracias. Acepto tus disculpas. Te portaste como un bruto con Bessett y me sacaste de mis casillas.

Él bajó la cabeza.

—Lo sé.

—Pero no te disculpes por el beso —añadió mientras cerraba el puño sobre la nota, estrujándola sin leerla—. Somos los dos unos idiotas. Pero somos adultos, y si queremos ser idiotas, estamos en nuestro derecho.

—Está bien —repuso él al fin—, procuraré recordarlo. —Agachó la cabeza, como avergonzado—. Procuraré recordar que no eres una niña, Anisha...

—Gracias —refunfuñó ella.

—Y que tú misma has reconocido que eres una idiota.

Por un instante, el jardín quedó en silencio. Hasta los pájaros parecieron callarse. Lazonby sintió que Anisha se estremecía, poseída por una emoción refrenada, pero no se atrevió a mirarla. Cuando al fin levantó la cabeza y abrió un ojo, ella estaba temblando.

Rompieron los dos a reír a carcajadas al mismo tiempo.

—¡Granuja! —exclamó ella, dándole un fuerte golpe en el pecho.

—Tú te lo has buscado, Nish —declaró Lazonby, y la agarró del brazo antes de que pudiera golpearlo de nuevo—. Ahora vamos, ven conmigo, mi niña. Íbamos a sentarnos en el cenador. Y tú ibas a contarme algo.

—Creo que iba a decirte que tuvieras cuidado al salir, no fueras a golpearte con la verja en el trasero —rezongó ella.

Lazonby echó la cabeza hacia atrás y rió de nuevo.

—No, estoy seguro de que no era eso.

Anisha se apartó, se levantó las faldas con gesto un tanto desdeñoso, y pasó a su lado con la espalda muy tiesa.

Pero no estaba enfadada. Nada de eso. Y Lazonby se había angustiado en vano.

A fin de cuentas, seguían siendo amigos.

No se había dado cuenta hasta ese momento del miedo que le daba perder su amistad.

Podía soportar muchas cosas, había soportado muchas, de hecho: la pérdida de su buen nombre, sus amigos, su libertad y la familia a la que tanto quería, pero no estaba seguro de haber podido soportar perderla a ella. De pronto se convenció de que habría sido la gota que colmara un vaso ya a punto de rebosar.

Así pues, se habían reconciliado.

Entonces sintió una especie de picor en los ojos y parpadeó, reacio a pensar qué podía ser aquello. Poco importaba. Sencillamente, tendría más cuidado en el futuro: procuraría mantener siempre cierta distancia entre ellos y que su relación discurriera por cauces amables y jocosos. Retomaría sus ligeros flirteos, seguro en su convencimiento de que ninguno de los dos necesitaba algo más. Sus deseos más bajos podía satisfacerlos en cualquier parte. Pero la amistad... Eso era muy raro de encontrar.

Y sin embargo no pudo evitar fijarse en lo tentadoramente que se movían sus faldas de seda sobre sus caderas esbeltas. Sintió, como otras veces antes, que el deseo se agitaba en sus entrañas, un deseo primitivo y descarnado, y con amarga certeza se dio cuenta de lo fácil que sería precipitarse desde el filo del afecto sincero al abismo de la pasión desatada.

Pero no le haría eso a Anisha: no haría nada que pudiera poner en entredicho su reputación. Bastantes dificultades tenía ya en ese aspecto, bien lo sabía Dios. Ruthveyn podía sobreponerse a su procedencia angloindia gracias a su título y a su riqueza, pero Anisha carecía de esa ventaja. No necesitaba ver su nombre arrastrado por el fango, donde ya se revolcaba el de él.

Se obligó a levantar la vista hacia su elegante moño, recogido hoy con cintas de seda azul celeste a juego con el vívido color de sus ojos y con su vestido blanco a rayas. Su atuendo era sencillo y elegante, y no especialmente a la moda, pero Anisha tenía un don especial para elegir los colores y las telas que realzaban su refinada estructura ósea y su tez morena.

Y aunque aborrecía los sombreros, Lazonby la había visto una vez llevando un velo diáfano sobre el cabello, un velo que le colgaba casi hasta las caderas, junto con una de las faldas de tonos vivos y de aquellas prendas semejantes a chales que había traído consigo de la India.

Aquella indumentaria le había parecido a un tiempo sensual, cómoda y elegante. Eran casi todas cosas de Sarah, su madre, le había explicado Ruthveyn, pues hasta la muerte de aquélla habían sido inseparables. Después de morir Sarah, sin embargo, el padre de ambos no había sabido qué hacer con una hija y Anisha había quedado al cuidado de sus escasos sirvientes rajastaníes y de una tía materna, enviada a Calcuta para ocuparse de ella.

Era ley de vida, suponía Lazonby. Pero ahora, mientras la observaba, se preguntó si alguien había apreciado alguna vez a Anisha Stafford sencillamente por lo que era. Sus hijos, naturalmente, la querían, como su madre que era, y Lucan sin duda sentía algo parecido. En otras palabras, la querían por lo que les daba. Su marido, según le había explicado Ruthveyn en confianza, se había enamorado principalmente de su dote. Ruthveyn la adoraba, pero también la consideraba una obligación y procuraba tenerla siempre entre algodones.

Anisha, por su parte, era consciente de todo ello. Se notaba en la infinita tristeza que a veces suavizaba su mirada.

Se detuvo junto al banco del cenador, se alisó elegantemente las faldas por la parte de atrás y se sentó, indicándole con una seña que tomara asiento a su lado.

—Bien, esta mañana fui a ver al señor Napier —dijo, yendo derecha al grano—. Pero por desgracia había vuelto a salir.

—¿Lo esperaste?

—Habría tenido que esperar mucho —repuso ella—. Está otra vez en Burlingame, y si sus ayudantes saben por qué se ha ido o cuánto tardará en volver, no estaban dispuestos a decírmelo.

Rance masculló un juramento.

—Tardará al menos una semana, ¿no crees?

—Sí —contestó con cierta amargura—. En todo caso, al parecer vamos a estar muy atareados con una boda. Esa cena sólo será el principio. —Se detuvo y suspiró—. ¡Ay, cómo me gustaría que Raju y Grace no se hubieran ido de viaje!

Lazonby apoyó un brazo sobre el respaldo del banco, con cuidado de no tocarla.

—Sé que los echas de menos, amiga mía —dijo con ligereza—, pero tú y el joven Lucan podéis organizar una cena tanto como el que más.

Anisha lo miró y sonrió.

—Yo diría que sí.

—Aunque confieso que estoy sorprendido. —Dejó que su mirada vagara por la cara de Anisha, buscando aún algún indicio de tristeza o rencor—. No tienes por qué hacerlo, Nish. Nadie espera que lo hagas.

—No, esperan que esté destrozada —afirmó ella—. O furiosa. No estoy ni una cosa ni otra, y no permitiré que nadie piense lo contrario. Hasta yo tengo un poco de orgullo.

—No creo que las intenciones de Bessett fueran de dominio público —le aseguró Lazonby—. Aunque tanto él como Ruthveyn me habían hablado del asunto.

Anisha se encogió de hombros con gesto resignado.

—Habría preferido ahorrarme incluso eso —dijo—. Pero en cualquier caso esto es lo que desearía mi hermano. Querría que diéramos la bienvenida a la señorita De Rohan en la *Fraternitas* y en el seno de nuestra familia.

Lazonby no estaba del todo seguro de lo primero.

—¿Sabes, entonces —preguntó con suavidad—, que Sutherland la ha iniciado?

—Y lo estimo aún más por haberlo hecho —contestó Anisha—. Pero me alegro enormemente de no ser ella.

Lazonby le sonrió.

—Creo que a tu manera discreta tú también eres muy osada, Nish.

Se encogió de hombros.

—Esa vida no es para mí —dijo con calma—. Mi vida son mis hijos, Rance. Y me alegra haber nacido cuando las estrellas estaban alineadas de otro modo..., aunque mi padre jamás habría accedido a tal cosa.

—No estoy seguro de que el suyo esté de acuerdo —contestó Lazonby con sorna, deslizando la mirada por un largo arriate de narcisos—. En todo caso, hoy le has leído la mano. Asegura que no posee el Don. ¿Tú la crees?

Anisha levantó sus estrechos hombros.

—¿Cómo se define esa palabra? —se preguntó en voz alta—. Nunca lo he entendido. ¿Tengo yo el Don? ¿Lo tienes tú? La señorita De Rohan dice que sabe leer el tarot. ¿Es eso el Don? No lo sé.

—Tú sabes leer las palmas de las manos y el firmamento, así que ¿qué diferencia ha...?

—Eso son ciencias, Rance —afirmó en tono exasperado—. Yo he estudiado muchos años, primero con mi madre y luego con mi tía, para obtener ese conocimiento. No desdeñes mi esfuerzo diciendo que me fue *concedido*. En cuanto a la señorita De Rohan, tiene... intuición. Pero nada atormenta sus sueños, ni despierta ni dormida.

—Ah —murmuró él—. Pero tus facultades van un poco más allá del simple estudio, Nish. Tú lo sabes.

Anisha prefirió no hacer caso.

—La señorita De Rohan se parece más a ti que a Geoffrey —añadió—. Intuye cosas... pero no *ve* nada. Además, es una facultad que todavía no comprende del todo.

—Y todo eso lo has visto en su mano, ¿no? —comentó él.

No dudaba ni por un momento de que así era.

Era su extraña mezcla de sangre escocesa y rajastaní, le había explicado Ruthveyn una vez. El linaje de su padre formaba parte de la *Fraternitas* desde tiempos de los sacerdotes druidas, y su madre había sido una *rishika*: una especie de mística, culta y proclive a las visiones extraordinarias, visiones que habían impulsado a su padre, un príncipe *rajput*, a casarla con el primero que había pedido su mano, pues semejante facultad, aunque tenida en alta estima, era poco deseable en una esposa.

Al parecer, el padre de Anisha no había entendido del todo el significado de su alianza política anglo-india. Saraswati Singh podía haber sido bautizada con el nombre de Sarah Forsythe, pero la verdad se había hecho patente en sus hijos. Anisha no tenía las mismas facultades que su madre, ni siquiera que su hermano mayor, pero al igual que Sarah había estudiado las antiguas escrituras hindúes y entendía de medicina, de quiromancia o del movimiento de los astros de un modo accesible a muy pocos ingleses.

Lazonby también sabía qué quería decir Anisha al afirmar que la señorita De Rohan aún no entendía del todo sus capacidades. Él casi había alcanzado la edad adulta antes de entender verdaderamente que percibía cosas que a los demás les estaban vedadas. Y hasta entonces se había negado a creerlo.

Su padre lo había comparado con la historia de Clackham, su antiguo herrero, al que, siendo un aprendiz, le habían encargado que fuera a buscar el carruaje verde de cierto señorito rico a la posada del pueblo para hacerle unas reparaciones. Pero, como no había encontrado nada que arreglar, Clackham se había limitado a quitar un poco de herrumbre de los estribos del eje y a devolver el carruaje a la cuadra de la posada, pues como sabía cualquier trabajador, los caprichos de los ricos no tenían fin.

Al joven señorito no le había hecho ninguna gracia: se le había roto el eje y se había perdido la Carrera de las Dos Mil Guineas de Newmarket. Y después nadie había sido capaz de explicarle a Clackham que se había llevado un carruaje rojo, ni siquiera cuando su airado propietario había aparcado los dos carruajes uno junto al otro, lo había obligado a mirar debajo y le había puesto la cara delante del eje roto.

El pobre Clackham no había entendido que era, en parte, daltónico. Pero su engreído cliente también había demostrado su ceguera al no darse cuenta de que unos hombres podían distinguir ciertas cosas que a otros se les escapaban por completo.

Lazonby entendía ahora que esa suerte de ignorancia podía resultar mortífera.

—Un penique por tus pensamientos —murmuró Anisha.

—Bah, nada que merezca la pena mencionar. —Se volvió un poco en el banco y apartó el brazo—. Escucha, Nish, me alegro de que hayas sacado a colación a Napier. Quería hablarte de él.

—¿De Napier? —dijo con excesiva presteza—. ¿Por qué?

Él apoyó los codos en las rodillas, juntó flojamente las manos y observó el musgo que crecía en las grietas de las baldosas.

—Quizá sea preferible que se haya ido —dijo, dando voz a una duda insidiosa—. Hay algo en su ofrecimiento que me preocupa. Y no estoy seguro de que quiera que te mezcles en esto.

Un dedo de Anisha, ligero y frío, tocó su mejilla, haciéndole volver la cara hacia ella.

—Es demasiado tarde, Rance —afirmó mientras sus inteligentes ojos marrones escudriñaban los suyos—. Ya estoy mezclada en esto. Y Napier está en deuda con mi hermano. Deberías aprovecharte de mí.

A Lazonby no le gustó su forma de expresarlo, pero sus palabras acertaron de lleno en lo que había empezado a inquietarlo.

—No, es mejor que se haya ido —repuso con más firmeza—. No hay razón para que Napier esté dispuesto a ayudarte. Está en deuda con Ruthveyn, sí, pero le tiene un odio mortal. No, creo que ese tipo se trae algo entre manos.

Sintió por un instante que Anisha dudaba y se mantuvo en suspenso. Ella desvió la mirada y la fijó en algún lugar al fondo del jardín.

—Rance, creo que Napier tiene sus propios motivos para cooperar conmigo —dijo con calma.

—¿Sí? —Ladeó un poco la cabeza para mirarla—. ¿Cuáles?

—Creo que está... bien, un poco intrigado. Por mí, quiero decir.

—¿Intrigado? —Con movimientos tensos y medidos, Lazonby se levantó del banco y se giró lentamente para mirarla—. ¿Qué quieres decir? ¿En qué sentido?

—Rance...

Cruzó las manos sobre el regazo y levantó sus cejas negrísimas.

Él apoyó la mano en el poste del emparrado y esperó.

—¿Sí? —dijo.

—¿Vas a obligarme a decirlo? —Sus mejillas se tiñeron de un lindo tono de rosa—. Creo que los dos sabemos que, si un hombre se siente intrigado por una mujer, sólo puede ser por un motivo. Además, tú mismo lo diste a entender cuando me persuadiste para que fuera a verlo.

—¡Y un cuerno! —exclamó él—. ¡Yo no hice tal cosa!

—Sí, lo hiciste. —Sus ardientes ojos de color chocolate se estaban endureciendo, volviéndose de un negro brillante mientras lo miraba con fijeza—. Dijiste que Napier me había estado mirando en el banquete de boda de Raju.

—¿Qué? ¡Ah, eso! Sólo me refería a...

—No, no, recuerdo lo que dijiste —lo atajó Anisha—. Dijiste, y cito: «Ese tipo no te quitaba los ojos de encima. Le gustas. O eso, o creía que ibas a robarle a Ruthveyn la cubertería de plata».

Lazonby no pudo hacer otra cosa que mirarla fijamente. ¿Había dicho eso? ¿Y desde cuándo tenía la impresión de que el mundo estaba del revés?

—Así que, ¿qué me dices? —insistió Anisha en tono peligrosamente suave—. ¿Sospechaba Napier que era una ladrona, o me estaba imaginando desnuda en su cama? No pueden ser las dos cosas, y si creyeras que era lo primero, por de pronto no me habrías pedido que fuera a Whitehall.

Lazonby sintió que sus puños se cerraban con fuerza.

—Anisha...

Pero ella había empezado a temblar un poco... y no por culpa de los nervios.

—Comprendo que no soy del gusto de todos los hombres —dijo con aspereza—. Eso ha quedado bastante claro. Pero ¿tanto te extraña que pueda haber al menos un hombre apuesto que me desee?

—¿Qué? ¡No! ¡Santo cielo, claro que no! —La miró con el estómago casi revuelto—. Pero ¿apuesto? Napier es... Por Dios santo, Nish, ese hombre tiene la nariz como un hacha y los ojos como dos cuchillos de cocina.

—Lo sé —respondió ella tranquilamente—. Es... irresistible, creo yo, de un modo un tanto letal.

—¿Irresistible? ¿Estás loca? ¡Napier no es digno ni de limpiarte los zapatos! ¡Es... es un policía, por el amor de Dios!

—Desde luego que no —respondió ella, tajante—. Es un funcionario respetable, aunque sea de clase media, y no es que me importe la posición social. Además, como le dije a mi hermano desde el principio, no quiero volver a casarme. Una decisión, por cierto, a la que debería haberme ceñido. Puede que lo que esté buscando sea otra cosa.

Lazonby contuvo la respiración un momento.

—¿Otra *cosa*?

—No es que esto sea asunto tuyo —prosiguió ella, interrumpiéndolo—. Además, si hay que dar crédito a los rumores, Napier está emparentado de algún modo con lord Hepplewood. Y ese parentesco bastaría para satisfacer a cualquiera... aunque a mí, insisto, poco me importa.

—Quizás, Anisha, tengas la bondad de decirme qué es lo que sí te importa —dijo Lazonby entre dientes—. ¿Te importa acaso que ese hombre haya intentado arruinarme la vida?

—Lo que me importa es que Napier me encuentra atractiva e interesante —repuso ella—. Y fue su padre quien intentó arruinarte la vida. El hecho de que Royden ocupe ahora su puesto e intente defender la reputación de su padre no convierte a la malevolencia en contagiosa, ni en hereditaria.

—¿Royden? —dijo Lazonby en voz baja—. Así que ¿ahora lo llamas «Royden»?

Ella suspiró enérgicamente.

—Únicamente para diferenciarlo de Nicholas, su padre.

—No te creo.

—¿Ah, no? —Se levantó majestuosamente y sus faldas susurraron sobre las baldosas cubiertas de musgo—. Muy bien, entonces piensa lo peor —añadió—. Aquel día, cuando te marchaste hecho una furia de su despacho, me levantó las enaguas, me tumbó sobre su mesa y me dio un buen revolcón allí mismo, en pleno Whitehall. Y como me porté tan bien, me juró devoción eterna y prometió concederme cualquier cosa que le pidiera. Así que pedí ver los archivos. Para entonces él ya se había olvidado completamente de ti, de todos modos, y me suplicó que lo llamara «Royden». Así que, ahí lo tienes. ¿Te gusta más esa explicación?

Lazonby pensó que iba a estallarle la cabeza.

—Maldita sea, Nish, vas a obligarme, ¿verdad? —gruñó—. Vas a obligarme a escribir a tu hermano para que te ordene... ¡mostrar un poco de sentido común!

—¿Para que me *ordene*? —Anisha soltó una carcajada—. ¿Y adónde le escribirías, Rance? ¿Al océano Índico? Y, dime, ¿qué le dirías? ¿Que me llevaste a rastras a Scotland Yard y me plantaste delante de Napier y ahora quieres dar marcha atrás?

Dicho así, sonaba fatal.

La frustración alimentó los celos que se agitaban dentro de su corazón.

—¡Rayos, Anisha! —dijo rechinando los dientes, y dio un puñetazo al poste del cenador, tan fuerte que la enredadera se estremeció—. ¿Es que has perdido el juicio, maldita sea?

—Deja de soltar maldiciones —replicó ella—. ¡Yo no soy uno de tus soldados!

—Pero estás a mi cargo, por Dios —dijo él en voz baja y ronca—. Y esto no puede ser. No voy a permitirlo, ¿me oyes?

—¿Que no vas a permitirlo? —Contuvo la respiración, trémula—. Más vale que te des cuenta de una vez de que no eres omnipotente, Rance Welham. Y si estoy a tu cargo, es la primera noticia que tengo.

Un estallido de celos, furiosos e incandescentes, se apoderó de él. Volvió a golpear el poste, de lleno, esta vez, y sintió que la piel de su nudillo se rasgaba. A su alrededor cayó un puñado de hojas secas. Lazonby apenas se dio cuenta de que Anisha le había agarrado de la muñeca.

Ella estaba temblando y tenía una expresión extrañamente afligida.

—Para, Rance —dijo con calma—. Para.

—Anisha, por el amor de Dios...

Cerró los ojos, sin saber qué había querido decirle.

Ella lo obligó a abrir la mano, la que no estaba ya vendada.

—Rance, somos amigos —prosiguió—. Esto no puede seguir así. No puede seguir así. ¿Desde cuándo discutimos tú y yo como verduleras? ¿Desde cuándo nos decimos cosas tan feas?

Él deseó saber la respuesta.

Pero, en realidad, la sabía. Lo cierto era que llevaban meses así. Desde que ella había bajado de aquel dichoso barco y había hecho acto de aparición en su vida.

Y luego Ruthveyn se había marchado y había dejado al zorro a cargo del gallinero, a sabiendas de lo que hacía.

Había pensado, suponía, que bastaba con echarle un severo sermón acerca de la virtud de su hermana. Y él también lo había creído así. La advertencia de Ruthveyn y el presunto compromiso matrimonial de Anisha habían bastado para mantenerlo a raya, y al mismo tiempo para aumentar su frustración y ahondar aquel doloroso sentimiento de pérdida. Y también para hacer que se cuestionara a sí mismo por lo que había hecho con su vida, hasta el punto de que casi había llegado a odiarse.

Y ahora esto. Anisha no iba a casarse con Bessett. Era libre. Libre para tener un *affaire de coeur*. Con Royden Napier. Y no era asunto suyo, maldición, como tampoco era asunto de Ruthveyn.

—Tienes razón —dijo con calma—. Cuando me comprometí a protegerte, le hice a tu hermano una promesa que no podía cumplir. Está claro que, si quieres cometer un disparate, no puedo impedírtelo. Y te pido disculpas por mi lenguaje.

—Rance, por favor, no... —dijo ella suavemente.

¿No qué? ¿Que no la deseara? ¿Que no temiera por ella?

Ambas cosas eran ciertas, comprendió. La deseaba y temía por ella constantemente. Respiró hondo, estremecido.

Anisha se había sacado un pañuelo del bolsillo y estaba envolviéndole con él los nudillos. Le dolía la mano... y también el orgullo, y el corazón.

—Déjalo —dijo roncamente—. No importa.

Ella no apartó la vista de la sangre que estaba limpiando.

—Rance —dijo muy suavemente—, todo importa. El cosmos entero: todo el amor y la furia, cada estrella y cada brizna de hierba, todo lo que somos y todo lo que hacemos. Los Vedas nos enseñan que todo tiene importancia. Sí, importa. Importamos. Pero si quieres tener algo que decir sobre mi vida, sólo hay una manera de que lo consigas.

Un largo y pesado silencio descendió sobre ellos.

—Anisha, no puedo... —Se detuvo y tomó aire otra vez—. Amor mío, me honras, pero tú sabes que no puede ser.

—Podría ser si de verdad fuera tu amor —contestó ella, aparentemente concentrada en su tarea—. Pero no lo soy, lo sé.

—Y tú no me quieres, ¿recuerdas? —murmuró él, mirando más allá de ella, hacia la maraña de enredaderas verdes—. Ya hemos tenido esta discusión.

Notó que remetía la última punta del pañuelo y bajó la mirada de mala gana.

—Ya está —dijo ella, y lo miró a los ojos—. Sí, Rance, recuerdo que tuvimos una discusión, pero pareces sentir... No sé qué es lo que sientes. Algo más que simple responsabilidad hacia mí. Tienes demasiada rabia dentro para que no sea así.

—Nish...

Cerró los ojos... para pedir fuerzas, supuso. Pero en contra de su voluntad, tomó su cara entre las manos y deslizó los dedos entre el cabello suave y sedoso de sus sienes. Abrió los ojos y la besó de nuevo, esta vez con exquisita ternura, deslizando juguetonamente la boca sobre la suya y rozando apenas con ella su párpado y su mejilla.

La apretó con fuerza contra sí, oculto únicamente por el velo de la enredadera. Anisha se apretó contra él exhalando un suspiro, y algo dentro de Lazonby pareció retorcerse. Su corazón, sin duda. Palmo a palmo, se pegó a ella.

Sí, todo importaba. *Ella* importaba.

Acercó de nuevo la boca a sus labios y la besó profundamente, deslizó la lengua dentro de su boca y se sintió zozobrar al sentir su tacto aterciopelado. El olor exótico y denso de Anisha y su calidez femenina lo envolvieron, embriagándolo. Deslizó las manos alrededor de su cintura, sintió el ardor de su sexo pegado a su entrepierna y notó que el suelo cedía bajo sus pies.

Como si se moviera por el agua, la siguió hasta el banco, sin dejar de besar. Anisha lo hizo sentarse a su lado, y Lazonby recorrió con las manos las esbeltas y dulces curvas de su cuerpo. Apretándola contra el respaldo del banco, depositó leves besos en su garganta, deslizándose hacia abajo hasta llegar a sus pechos.

Perfecto. Exquisito. Y una insensatez absoluta...

Anisha se movió y él deslizó un dedo bajo el borde de su escote. La oyó respirar; oyó los suaves jadeos que delataban su deseo. Enganchando el dedo en la tela, la bajó hasta dejar al descubierto uno de sus pezones. Acercó la boca a él y lo chupó con ansia. Anisha se arqueó, apretándose contra su cuerpo, y dejó escapar un gemido.

Entonces pasó la lengua una y otra vez alrededor de la punta del pezón y a continuación volvió a chuparlo con fuerza, deleitándose en su dulce e irresistible inocencia. El calor de su piel saturaba sus fosas nasales. Anisha lo sujetó metiendo los dedos entre su pelo y su respiración adquirió un ritmo ancestral. Lazonby se sintió recorrido por una oleada de deseo tan intenso y puro que su mente comenzó a traicionarlo, haciendo desfilar absurdas fantasías por su cabeza.

En África había llevado una vida tan licenciosa que le avergonzaba recordar gran parte de lo que había hecho. Había caído tan a menudo en un estupor inducido por las drogas en compañía de sabía Dios quién, que había dejado de ser un hombre para convertirse en una especie de animal. Sin embargo, en aquel momento de perfecta inocencia bajo el emparrado, sintió que el deseo de Anisha lo embargaba, inundándolo como una cosa pura y limpia. Creyó por un momento que era otro. Olvidó por un instante las acusaciones que habían arruinado su vida.

La razón, no obstante, volvió a tomar las riendas, recordándole qué era. Quién era. Se detuvo y ella dejó escapar un suspiro de desilusión.

—Anisha —susurró, apoyando la mejilla en su pecho—, esto es una locura.

—¿Sí? —Posó su mano pequeña y cálida sobre su cara, apretándolo contra sí—. Te estoy pidiendo que seas mi amante, Rance. ¿Vas a mentirme y a decirme que no me deseas?

Él se irguió y ella hizo lo mismo, enderezándose la ropa con un solo tirón bien medido.

—Te deseo, Anisha —dijo Lazonby, incapaz de volverse y mirarla a los ojos—. Te... te adoro. Tú lo sabes. Pero al mismo tiempo es una locura.

—Entonces nos encontramos otra vez en un callejón sin salida, ¿no crees? —repuso ella con calma—. Quieres decirme lo que he de hacer, pero no quieres compartir mi vida en ese sentido tan importante.

Tenía razón, comprendió él. Era así de feo, y de sencillo. Había entre ellos una raya que no debía cruzarse. Un camino ya trazado. Promesas ya formuladas. Nada había cambiado, salvo por aquel turbio y sobrecogedor abismo de deseo, lleno de oportunidades desperdiciadas, que parecía hacerse más hondo cada día que pasaba.

No supo cuánto tiempo estuvo allí sentado, en el cenador, con la mano de Anisha sobre su cara, sin que ninguno de los dos se moviera.

—Tengo que irme —dijo por fin.

Ella apartó la mano.

—¿Adónde? —preguntó—. ¿Adónde *tienes* que ir?

—A donde Quartermaine —contestó al tiempo que se enderezaba—. Iba camino de allí. Tengo que hablar con él. Sobre la muerte de Peveril.

—¿Crees que sabe algo?

Rance negó con la cabeza y se quedó mirando los narcisos.

—No sé. Ya no sé nada.

—Espera —dijo ella, y se levantó para alisarse las faldas—. Voy a llevar las flores dentro y te acompaño.

Lazonby profirió un sonido a medio camino entre una risa y un quejido.

—¿Al Club Quartermaine? —preguntó—. A tu hermano le va a encantar.

—Creía que ya habíamos dejado claro que lo que a mi hermano le encante o deje de encantarle no es problema mío —repuso ella y, volviéndose, echó a andar por el sendero—. Y que mi vida no es asunto de su incumbencia.

Lazonby se levantó y salió de debajo del verde dosel del cenador, incapaz de hacer otra cosa que mirarla. Mientras bajaba por el sendero del jardín, Anisha recogió su ramo de flores y se encaminó a la casa. Poco a poco, Lazonby fue cobrando de nuevo conciencia de la realidad; sintió el denso calor que se alzaba de los prados, a su espalda, y el olor a heno y a estiércol de caballo. Oyó el traqueteo del tráfico en Park Street. Vio a una criada de la casa detrás del invernadero, sacudiendo una pequeña alfombra con la escoba.

Anisha quería ir al club de Quartermaine.

Y él estaba cansado de llevarle la contraria.

Había creído que Bessett iba a salvarla de él. Pero no.

Cuando había avanzado unos metros, ella se volvió y le lanzó una mirada impaciente.

—¿Y bien? —dijo con los brazos ocupados por las rosas—. ¿Vienes o no?

Lazonby se guardó su pañuelo en el bolsillo de la chaqueta y se apartó del cenador de Ruthveyn.

El Strand, a mediodía, no era lugar para quienes deseaban hacer sus compras con calma. A diferencia de las calles apacibles y elegantes que surtían al distrito de Mayfair, Bond Street, Burlington Arcade, y Savile Row, aquel paraíso del caballero en ciernes, el Strand era todo estrépito, codazos y griterío.

Ese día el ajetreo era mayor que de costumbre: los compradores de mediodía se habían echado a la calle impetuosamente y se empujaban unos a otros entre el vocerío de los vendedores de periódicos y los mercachifles. Anaïs de Rohan, sin embargo, sabía emplear los codos como el que más. Usó ambos con decisión para apartar de su camino a un vendedor de empanadas particularmente agresivo y, simultáneamente, sostuvo con una mano una sombrerera y empujó la puerta de la tienda para que entrara su anciana prima.

Maria Vittorio se quedó clavada en la acera, con el ceño fruncido.

—Ésta no, *cara.*

Anaïs resopló, exasperada.

—Aquí tendrán alfombras, Maria —insistió—. Las mejores... y para nosotras, a buen precio.

Maria miró el único indicador de la tienda, una discreta placa de bronce:

M. Jean-Claude Lefèvre
Proveedor de rarezas elegantes y caprichos finos

—¿Lo ves? —dijo Anaïs—. Ha cambiado de dueño.

Maria puso los ojos en blanco, masculló algo en italiano y pasó a su lado.

Una vez dentro de la tienda, Anaïs sofocó un gemido de sorpresa. Como siempre, las elegantes vitrinas de cristal bordeaban dos de las paredes, reflejando la luz de la tarde temprana, que hacía fulgurar filas y filas de piezas de cristalería antigua y alhajas engarzadas con piedras preciosas. En un rincón del fondo se alzaba en vertical un sarcófago egipcio de aspecto misterioso, abierto pero sin momia. Una panoplia de lámparas de araña brillaba sobre horrendas máscaras con plumas procedentes de tierras salvajes y estatuillas griegas que habían sobrevivido a las vicisitudes de la historia. Los suelos y las paredes estaban cubiertos de refinadas alfombras y tapices, estos últimos intercalados con filas y filas de paisajes holandeses.

Aunque sabía poco de antigüedades, Anaïs había visitado ocasionalmente aquella tienda de niña, con su padre, y siempre había salido de ella impresionada. No estaba del todo segura de qué había llevado a De Vendenheim a aquel lugar; algo relacionado con ganancias ilícitas y asuntos policiales, suponía, pues el anterior propietario había vivido siempre al filo de la ilegalidad.

Pero, a pesar de su turbio pasado, la tienda seguía siendo un lugar impresionante.

Y estaba, además, desierta.

Pasó junto a una mesa en la que se habían dispuesto con esmero numerosos jarrones de porcelana blanca y azul de la dinastía Yuan, los más raros de todos, y más caros que una casita en el East End, de todo lo cual se enteró Anaïs únicamente porque así lo afirmaba la gruesa tarjeta blanca apoyada sobre la mesa.

—Aquí no hay nadie —dijo Maria ásperamente—. Rápido, guárdate uno en la sombrerera.

—¡Lo he oído!

El tintineo de las cuentas de una cortina rompió el silencio.

Anaïs se giró. Un hombre menudo y elegantemente vestido, provisto de un monóculo negro, apareció en medio de las tiras de color verde botella de la cortina, que temblaban aún por la fuerza con que las había apartado.

—*Il figlio del diavolo* —rezongó Maria en voz baja.

—¡Señor Kemble! —exclamó Anaïs—. ¿Qué hace usted aquí?

—Visitar los bajos fondos, querida mía. Y de qué manera. —George Kemble se quitó el monóculo del ojo y mientras se acercaba a ellas lo meció ociosamente, agarrándolo por el cordón de seda negra—. ¿Cómo está, señorita De Rohan? ¡Y fíjese! ¡Ha traído otra vez a Catalina de Médici!

—Señor Kemble —dijo Anaïs en tono de censura—, creo que ya conoce a mi prima.

—En efecto —repuso él, y describió un pequeño círculo en torno a Maria al acercarse—. Y aunque mi italiano está un pelín oxidado, deduzco que acaba de llamarme «hijo de Satanás».

—No —mintió Anaïs, asiéndolo del brazo y dirigiéndose con él hacia las vitrinas—. Ha dicho que tiene usted un gusto delicioso en cuestión de interiores.

—Mi querida niña, uno sabe reconocer el ojo del diablo cuando lo ve. —Kemble lanzó un vistazo hacia atrás—. ¿Por qué será que tengo siempre la inquietante sospecha de que esa mujer me está lanzando no sé qué extraña maldición toscana?

—*Sì* —dijo Maria ladinamente—. Sobre su primogénito. ¿Cuándo cree usted que lo tendrá? ¿Eh?

Kemble soltó una risotada chillona.

—Ah, es usted muy astuta, señora *uve* —dijo.

Anaïs se puso a la defensiva tomando las riendas de la conversación y apoderándose del brazo de Kemble.

—Dios mío, qué escupidera tan preciosa —dijo, señalando una vitrina para distraerlo—. ¿Cuánto cuesta?

Kemble la miró con cierto desdén.

—Ah, es usted de veras digna hija de su padre. Eso es un tiesto de jade labrado a mano, de la dinastía Qing, montado en plata maciza. Y no tiene precio.

—Bien, si no tiene precio, no puedo permitírmelo. —Anaïs lo alejó más aún de Maria—. Y sí, papá siempre lo consideró a usted valiosísimo. Pero, dígame, ¿qué hace aquí? Mi padre me dijo que había vendido el negocio.

—¡Por lo visto ni siquiera puedo regalarlo! —resopló Kemble, meneando airosamente la cabeza—. Jean-Claude está de viaje, en Provenza. Otra abuela moribunda. Los cementerios de Francia deben de estar atestados de ellas, porque es la quinta o la sexta, no estoy seguro. Así que aquí estoy, de plantón, en medio de la gentuza del Strand, mientras los pulgones se disponen a darse un festín con mis rosas.

No parecía, sin embargo, especialmente molesto, pensó Anaïs, mirándolo de arriba abajo. Aunque había envejecido, George Kemble seguía siendo esbelto y ágil y teniendo un aspecto levemente predatorio. Sus sienes plateadas sólo habían servido para darle una prestancia de la que nunca había carecido, y el tono gris de su cabello armonizaba a la perfección con las finas rayas de sus elegantísimos pantalones.

Anaïs no dudaba de que había elegido la tela con ese solo propósito. Maurice Giroux, el amigo íntimo de Kemble, era dueño de algunas de las mejores sastrerías y camiserías de Londres.

—Lamento mucho lo de la abuela de Jean-Claude —dijo Anaïs solemnemente.

—¿Y lo de mis rosas? —preguntó él puntillosamente, deteniéndose para sacar brillo al monóculo con su pañuelo de seda.

—Bueno —dijo Anaïs con una sonrisa—, creo que me darán más lástima los pulgones cuando haga recaer sobre ellos toda su ira.

El señor Kemble suspiró y dejó caer un poco los hombros mientras se guardaba el monóculo.

—Bien, supongo que lo cierto es —dijo sin mirarla— que la vida en Buckhurst Hill ha sido un poco tediosa desde que el viejo Dickie Turpin estiró la pata.

Anaïs vaciló.

—Pero... ¿eso no fue hace un siglo?

—Precisamente a eso me refería —contestó Kemble con un soplido de desdén—. Desde entonces el pueblo entero es más aburrido que un deshielo. Si Turpin viviera todavía, se moriría de aburrimiento. Pero a

Maurice no le bastaba con pasar allí unas vacaciones de vez en cuando. Quería un verdadero jardín. Una cocina más grande. Un *invernadero*, por el amor de Dios. «George, ¿cuánto dinero hace falta para ser feliz?», me decía a menudo. Y la respuesta es «a espuertas». Pero nosotros lo tenemos a toneladas. Y sin embargo a veces no se...

Su voz se apagó.

—A veces no se trata de dinero —concluyó ella, agarrándolo de nuevo del brazo.

—¡Exacto! Se trata de la emoción de la cosa, de la caza, por decirlo así. —Kemble agitó la mano libre teatralmente mientras se paseaban por la tienda—. Del oscuro y brillante filo de... Bien, de la *intriga*, llamémoslo así.

Anaïs sabía muy bien a qué se refería. Ella también lo sentía a menudo. Y Kemble no se estaba refiriendo a la adquisición de antigüedades raras. A lo largo de los años, George Kemble había metido mano en muchos asuntos, algunos de ellos mucho menos recomendables que otros. Y sus tratos comerciales no se habían limitado a vender bonitas piezas de porcelana a las insípidas viudas de Mayfair.

Su relación con el padre de Anaïs también había sido compleja. A veces adversarios, a veces aliados, habían forjado una extraña e impía alianza en la que su padre hacía a menudo la vista gorda, pues su necesidad ocasional de los extensos conocimientos de Kemble pesaba más que las estrictas exigencias de la ley.

—Bueno —dijo Anaïs para consolarlo—, al menos ahora tiene rosas.

Kemble esbozó una sonrisa forzada.

—Sí, en efecto —dijo—. Pero, en fin, mis cuitas íntimas no pueden ser de interés para usted, niña. ¿Qué la trae por aquí?

—¡Ah, sí! —Anaïs recordó la misión que tenían entre manos—. Maria cree que debería comprar alfombras nuevas para los salones. Y he pensado que Jean-Claude tendría sólo lo mejor.

—Y así es —contestó Kemble en tono confidencial—. A fin de cuentas ha aprendido del mejor árbitro de la elegancia y el buen gusto: *moi*.

—En efecto. Entonces, ¿me ayudará a elegir algo? —preguntó ella, y sacó una muestra de tapicería de su sombrerera.

Kemble volvió a suspirar.

—Alguien habrá de hacerlo, puesto que sus padres carecen por completo de lustre, garbo, *éclat* o cualquier otra expresión francesa a la moda —respondió, apoderándose de la muestra de tela—. Acompáñeme a la trastienda.

Anaïs miró a su alrededor. Maria se había quedado dormida en un sillón, junto a la puerta.

—Pero aquí hay muchas alfombras bonitas —dijo, fijando la mirada en una con reborde dorado que había bajo el sarcófago.

Kemble se volvió y meneó un dedo delante de su cara.

—No, no, mi querida niña —dijo—. Éstas son de lo más vulgar que quepa imaginar. Voy a mostrarle nuestra colección privada.

—¿De veras? —Anaïs lo siguió a través de las cortinas verdes—. Es un honor.

—Desde luego que lo es. —Kemble pasó entre bancos de trabajo y aparadores, hasta llegar a un montón de abigarradas alfombras turcas de seis o siete metros de alto—. Pero sólo hemos de buscar lo mejor, puesto que tengo entendido que estas alfombras son para una ocasión sumamente especial.

—Ah, ¿ya se ha enterado, entonces?

Anaïs sonrió.

Kemble comenzó a echar hacia atrás las esquinas de las alfombras como si buscara algo en especial.

—Así es, y también me he enterado de que ha ingresado usted en la *Fraternitas*. Siempre he sabido que las mujeres de su familia eran magas. Ahora dígame, ¿luz matinal? ¿O vespertina?

Anaïs se quedó de piedra un instante.

—Eh, matinal, en su mayor parte —contestó—. ¿Y la... *Fraternitas*? No sé si le entiendo.

Kemble levantó la vista de las alfombras y la miró con incredulidad.

—No, no, no, no, no —dijo, descartando las siguientes cinco al-fombras—. *Monsieur* Belkadi... ¡Qué joven tan de mi agrado! Y el apuesto Lazonby, el apuesto tahúr asesino es sencillamente demasiado guapo para... ¡Ah, aquí está!

—¿Aquí está qué?

—Una *bidjar* persa —contestó Kemble, agarrando su muestra de tela—. Y tengo un par.

—¿Un par? Entonces, ¿me hará descuento en una?

Kemble la miró exasperado.

—¿Tiene usted alguna idea de lo raro que es encontrar un par de *bidjars* a juego? —preguntó mientras colocaba la muestra encima de la alfombra—. ¡Lo dice como si estuviéramos hablando de mantequilla o huevos, cuando...! ¡Oh, Dios mío!

Anaïs bajó la mirada y contuvo el aliento al ver lo perfectamente que contrastaba la muestra de tapicería con la alfombra. Hasta para su mirada de profana, el resultado era espléndido.

—Es asombroso —dijo en voz baja.

—Sí, sí, ¡exacto! —gorjeó Kemble, agarrando la muestra contra su pecho al tiempo que levantaba la mirada hacia el cielo—. ¡Ah, George! ¡Sigues siendo el mejor de los mejores!

Capítulo 5

No hay vicio, ni aún el más simple, que con el signo de la virtud no cubra sus vergüenzas.

WILLIAM SHAKESPEARE, *El mercader de Venecia*

Anisha apenas dijo nada mientras Rance conducía de Mayfair a Saint James. Sentía por primera vez una profunda fisura entre ellos. Él iba derecho como un palo en el asiento del cabriolé, atravesando el tráfico de la tarde con los ojos fijos hacia delante y los dientes apretados. Su mandíbula, sin embargo, ya no vibraba de rabia.

A ella le sorprendió no haberlo visto nunca tan enfadado, o tan atormentado, como en el jardín. No veía razón para insistir: había dejado bien clara su opinión. Pero aun así le asombraba que se estuviera comportando como el proverbial perro del hortelano. No la quería, pero al parecer tampoco quería que fuera de otro.

¿Era eso? ¿O acaso sí la quería?

Anisha suspiró para sus adentros. Claro que la deseaba, pero a veces la lujuria no era más que eso: lujuria. Era más probable que hubiera sido sincero al decir que se sentía responsable ante su hermano. Y por lo visto el hecho de que ella contemplara siquiera la posibilidad de trabar amistad con Napier le parecía una traición pura y dura.

Con todo, a ella Royden Napier le parecía un hombre sumamente interesante. Y ardía en deseos de ver qué había escrito años atrás su difunto padre acerca de Rance. No, no cambiaría de planes únicamente para tranquilizarlo a él. Estaba cansada de intentar complacer a los hombres que la rodeaban y tenía el firme propósito de hacer sólo lo que se le antojara.

Sin embargo, el hecho de que estuviera persiguiendo a Napier con el fin de ayudar a Rance...

En fin. Prefería no pensar en ello.

Llegaron a los alrededores de Saint James's Place y, al ver acercarse el carruaje, un lacayo bajó corriendo la escalinata de la Sociedad Saint James para coger las riendas. Al otro lado de la calle no había ni rastro del señor Ringgold, el portero habitual del club, cuya entrada estaba desierta. Era, supuso Anisha, demasiado temprano para que acudieran los jugadores empedernidos, aunque a menudo había visto salir del local a caballeros desaliñados y con aire cansado a una hora más propia del desayuno que de la cena.

Salió a abrirles un corpulento criado que parecía acabar de levantarse de la mesa del almuerzo, pues tenía un trocito de berro entre los dientes. Anisha recorrió con la vista el elegante vestíbulo, muy parecido al del otro lado de la calle, con su ancha escalera de mármol y sus techos abovedados que se elevaban hasta una altura de dos pisos. La casa, de hecho, estaba decorada casi con el mismo buen gusto que la Sociedad Saint James, con tapices de seda y una colección de excelentes paisajes franceses a lo largo de la escalera.

A pesar de su belleza, sin embargo, el edificio le pareció enorme como una caverna y enteramente vacío. *Sin alma*, pensó, eso era.

Rance explicó qué le había llevado allí y el criado, tras lanzar una mirada curiosa a Anisha, los condujo al piso inferior. En la escalera, el aire olía a humo de tabaco y, por debajo, a un perfume almizclado y cítrico, indudablemente masculino. Allí la decoración era menos ostentosa, y Anisha vio que el pasillo estaba flanqueado por diversas puertas: sin duda, los despachos donde contaban sus ganancias ilícitas.

En algún lugar del corredor una puerta se abrió con un suave chirrido de bisagras y volvió a cerrarse suavemente, pero no vieron a nadie. Entonces se sintió de pronto inquieta por razones que no pudo explicarse, y se alegró de haber ido con Rance.

Como si percibiera su desasosiego, éste se arrimó a ella y, casi con gesto posesivo, puso una mano sobre sus riñones mientras caminaban. Anisha notó el peso y el calor de su palma atravesando la tela de su vestido, y se sintió extrañamente reconfortada. Siempre era así cuando estaba con él, se dijo. Incluso cuando discutían se sentía... a salvo, de algún modo. Más en paz. Y deseó, como otras veces anteriormente, comprender el porqué.

En el extremo mismo del pasillo les hicieron entrar en una habitación privada que podía haber sido el despacho de un caballero. Decorada en tonos de verde oscuro y marfil, era una sala grande, de techos altos, cómoda sin ser ostentosa. Tres ventanas francesas daban a un pequeño pero frondoso jardín trasero, y dos de las paredes estaban cubiertas de libros.

Delante de las ventanas había un gran escritorio de nogal y, detrás, un arcón a juego: un mueble enorme, con anchos cajones tapados por dos grandes puertas. Anisha pudo ver todo esto porque las puertas del arcón estaban abiertas de par en par y de él sobresalía una especie de bandeja forrada de cuero. De espaldas a ellos, de pie ante el arcón, un hombre con aspecto de empleado se entretenía contando altos fajos de billetes sobre la bandeja.

El criado corpulento carraspeó.

El hombre miró hacia atrás mientras guardaba el último fajo de billetes.

—Buenas tardes —dijo al cerrar la bandeja corredera.

—Peters, estas personas han venido a ver al señor Quartermaine —repuso el criado.

El empleado pareció levemente sorprendido.

—Claro. —Cerró las puertas del arcón y echó la llave que colgaba como un reloj de una leontina, a la altura de su cintura—. Iré a ver si está.

Una extraña sonrisa apareció en la boca de Rance.

—Puede decirle que Lazonby está aquí —dijo—. Aunque imagino que ya sabe quien soy.

El hombre hizo una reverencia.

—Gracias, señor. Sí, es mi deber saberlo.

Con un ademán educado, pero rígido, les señaló dos sillones de cuero repujado colocados frente al escritorio y desapareció luego por un estrecho pasillo abierto entre los paneles de madera, junto al enorme arcón. Anisha se dio cuenta de que, de no haberla visto abierta, la puerta les habría resultado casi invisible.

Miró a Rance, indecisa.

—¿Eso es un pasadizo secreto? —preguntó.

—Algo así —contestó él—. Seguramente comunica entre sí algunas de las salas de juego. De ese modo Ned puede moverse por el local y ver sin ser visto.

—Aquí nada es como me lo había imaginado —comentó ella mientras recorría la sala con la mirada.

—Te esperabas algo más chabacano, ¿eh? —Rance le guiñó un ojo—. Sólo es un casino, Nish, no un burdel. Y para la clase de clientela a la que atrae Ned, el juego es un asunto muy serio. No les gustan las distracciones.

—Pero aquí vienen mujeres, ¿verdad? —preguntó ella—. ¿Mujeres de las más elegantes?

Rance estiró un brazo y puso una mano sobre la suya.

—Por favor, Nish —dijo en voz baja—, ni lo pienses siquiera. Ahora, no. Ya me has dado suficientes sobresaltos por un día.

Ella, que no tenía ningún interés en pasar una velada en un casino, lo miró con enojo.

—De veras, Rance —masculló—, a veces me pregunto si me conoces o...

El resto de su réplica enmudeció en sus labios. Se abrió la puerta cubierta con paneles y entró Ned Quartermaine.

De unos treinta años, Quartermaine se movía con elegancia e irradiaba sofisticación... además de otra cosa un poco más siniestra, pensó

Anisha. Lo había visto de lejos alguna vez, pero cuando se acercó pudo ver que tenía los ojos verdes y una mirada muy penetrante.

Su cabello era castaño muy claro y, para sorpresa de Anisha, llevaba gafas. Curiosamente, se descubrió preguntándose si tal vez se las ponía para desconcertar a sus interlocutores.

—Lazonby.

Le ofreció la mano, a pesar de que su malestar era evidente.

Rance se la estrechó.

—Quartermaine, creo que no conoce a lady Anisha Stafford.

—No, pero conozco a sus hermanos. —Con una tensa sonrisa, Quartermaine se inclinó sobre su mano—. ¿Cómo está, señora?

Tras una breve conversación acerca del tiempo, volvieron a acomodarse en sus asientos y Quartermaine ofreció té a Anisha.

—No, gracias —respondió ella.

A pesar de las gafas, podía ver el recelo y la sospecha que encerraban sus ojos mientras se movían de un lado a otro, entre ellos.

—Sin duda se estará preguntando qué nos trae por aquí —añadió Rance.

—Hay muy pocas cosas que me sorprendan a estas alturas —dijo Quartermaine, juntando los dedos con gesto casi meditativo—. No, estando Ruthveyn en el extranjero y ustedes dos sentados aquí, sólo puedo concluir que su visita está relacionada con cierta suma de dinero que lord Lucan Forsythe debe a este establecimiento.

—No es mala deducción —dijo Rance casi con admiración—, pero no.

Anisha logró sonreír.

—Da la casualidad de que mi hermano le pagará lo que le debe esta misma noche.

—Ah. —Con gesto casi delicado, Quartermaine se tocó los labios con las yemas de los índices—. Entonces desea que le dé mi palabra de que no volveré a permitirle que se siente a una de mis mesas.

—Eso ha de decidirlo usted —contestó Anisha—, y él, si es lo bastante necio para volver a jugar.

Quartermaine bajó las manos y enarcó una ceja.

—Entonces, ¿quiere que lo disponga todo para que pierda? —murmuró en tono vagamente amenazador—. Es decir, ¿para que pierda tanto que no vuelva a atreverse a entrar en un salón de juego? Porque puedo asegurarle, señora, que ése no es mi trabajo. Ni es lo que más me conviene.

Anisha levantó un poco la barbilla y se negó a dejarse intimidar.

—Creo que no necesitamos molestarlo a usted encomendándole la tutela de Lucan —contestó—. Sé por experiencia, señor, que los jóvenes acaban por escarmentar de un modo u otro. Mi hermano ya ha pasado unas horas en el calabozo por sus deudas. Habrá que ver si es necesario que pase también una temporada en la cárcel por ese mismo motivo.

Quartermaine se echó a reír al oírla, y sus ojos perdieron en parte su expresión de desconfianza.

—Bien, no es mal jugador, si eso le sirve de consuelo.

—Ni remotamente. —Anisha esbozó una sonrisa acerba—. En cualquier caso, estoy aquí únicamente como representante de Ruthveyn, no de Luc. Son los asuntos de Lazonby los que nos traen a su establecimiento.

Era una excusa muy endeble, pensó, pero mejor eso que nada. Y Quartermaine no pareció ponerla en duda.

—Lord Lazonby no es bienvenido en mis mesas bajo ninguna circunstancia —dijo tranquilamente—. Pero creo que él ya lo sabe.

Rance levantó una mano.

—Tranquilo, Ned, yo ya no juego —dijo—. Aprendí la lección.

—Igual que quienes se atrevieron a jugar con usted, o eso he oído —repuso Quartermaine. Luego abrió las manos con gesto expansivo—. Pero, en fin, somos vecinos. Portémonos como tales. ¿En qué puedo serles de ayuda?

Rance se removió en su silla, incómodo.

—Llegó usted a Londres hace unos años, según creo. Procedente del ejército, ¿no es así?

—Llegué de alguna parte, sí, en algún momento. —Quartermaine esbozó una sonrisa tenue—. No creo que importen mucho el dónde ni el cuándo.

—No especialmente. —Rance miró a Anisha—. Pero me estaba preguntando qué oyó contar sobre mí en la ciudad cuando se metió en este negocio. Sobre mi pasado.

Quartermaine miró inquieto a Anisha y luego volvió a fijar la mirada en él.

—Leía los periódicos, milord —dijo bajando la voz—. ¿Qué más quiere que le diga?

—Lo que quiera —respondió Rance—. No tengo secretos para lady Anisha, ni para su hermano mayor. Y lo que le estoy preguntando es qué sabe, desde un punto de vista profesional, acerca de mi caso. ¿Qué rumores oyó acerca de cómo y por qué me acusaron de asesinato?

Quartermaine se quitó las gafas y las arrojó sobre su mesa.

—Tampoco creo que eso importe —dijo por fin.

Anisha se inclinó un poco hacia delante.

—A veces, señor Quartermaine, el pasado se ve mejor a través de ojos más imparciales —explicó—. Creo que lo que Lazonby quiere decir es que tal vez llegó usted a Londres después de que lo encarcelaran y que luego pasó esos primeros años edificando su negocio. Sin duda, dada su dedicación, oyó usted rumores procedentes de otros colegas. Y sin duda recibió usted algún tipo de advertencia cuando regresó del Norte de África y fue exonerado.

Quartermaine posó ambas manos sobre la bruñida superficie de su escritorio.

—Muy bien, ya que quieren saberlo —dijo finalmente—. Lo cierto es que me hallaba cerca de Londres cuando lo juzgaron. Se contaba que había llegado usted a la ciudad unos meses antes, que se pavoneaba por los salones de juego y los burdeles, con perdón, señora, y que era prácticamente imposible vencerlo jugando a cualquier juego de naipes en el que entrara la estrategia, pero que sus posibilidades eran las de cualquiera en lo tocante a juego de puro azar. Aun así, hubo quienes concluyeron, incluso antes del juicio, que era usted una especie de fullero, y bastante bueno, por cierto. Así que digamos simplemente que los salones de juego de esta ciudad se alegraron de verlo marchar y se afligieron cuando volvió.

—Dicho sea de paso —repuso Lazonby tranquilamente—, yo nunca he hecho trampas.

—Entonces es que tiene una buena suerte fuera de lo común —dijo Quartermaine—. Es posible, aunque raro. Por eso no lo quiero aquí, Lazonby. Esa extraordinaria buena suerte parece ser un rasgo bastante corriente al otro lado de la calle, por cierto. Y no puedo evitar preguntarme a qué se debe.

—No sé adónde quiere ir a parar —contestó Rance secamente.

Quartermaine se encogió de hombros con excesiva tranquilidad.

—He oído decir, ya que hablamos de ello, que su buen doctor está colaborando con el hospital de Saint Thomas —añadió bajando la voz— y que está llevando a cabo experimentos muy interesantes relacionados con la memoria y con la influencia de la electricidad sobre el cerebro.

—Me halaga que se interese usted por nuestra pequeña sociedad científica y por el trabajo del doctor Von Althausen —dijo Rance sin perder el aplomo—. En cuanto a las cartas y los dados, ahora sólo jugamos entre nosotros. Creo que ésa ha de ser su única preocupación.

Era hora de dirigir la conversación hacia otros derroteros. Anisha se inclinó de nuevo hacia delante.

—Continúe, por favor, señor Quartermaine —dijo—. Estaba hablando de los rumores.

Quartermaine se volvió hacia ella como si acabara de recordar que estaba presente.

—Desde luego. ¿Por dónde iba? —dijo, y su mirada se suavizó—. Ah, sí. A otros jóvenes caballeros les sabía muy mal su extraordinaria buena suerte. En particular, a lord Percy Peveril.

—A Peveril le supo muy mal que su futura prometida se cayera sobre mis rodillas en el teatro de Haymarket —contestó Rance adustamente— y esperó el momento para cobrarse venganza. Y como no tenía motivos para retarme en duelo, decidió acusarme de hacer trampas.

—¡Cielos! —Anisha levantó ligeramente una ceja—. Creo que es la primera vez que oigo hablar de ese asunto.

Rance se removió en la silla, incómodo.

—Porque no hay nada que saber —dijo—. Wilfred Leeton me invitó a sentarme en su palco una noche, y la chica estaba allí con su padre. Leeton solía agasajar así a sus clientes asiduos antes de convertirse en el respetable dueño de un teatro.

—En nuestro oficio —murmuró Quartermaine—, conviene tener contentos a nuestros mejores clientes.

Rance profirió un soplido de desdén.

—Es más bien como ese viejo refrán que dice «ten cerca a tus amigos, y a tus enemigos más cerca aún» —contestó—. No me engaño al respecto, pero en cualquier caso yo no sabía que sir Arthur Colburne estaría allí, exhibiendo a su hija mayor con la frenética esperanza de agenciarse un título. La chica era una trampa con cebo, eso lo sabíamos todos, y toda una belleza. Intenté mantener las distancias.

—¿Pero ella lo hizo imposible? —sugirió Quartermaine—. ¿Coqueteó con usted?

Rance levantó una mano con gesto impotente y brusco.

—Supongo que sí —contestó casi cansinamente—. Así lo creyó Peveril, en cualquier caso.

—¿Lo supones? —murmuró Anisha.

—Sí, entonces: coqueteó conmigo. —Su voz sonó tensa—. Fue por la riqueza y el título de mi padre, imagino. Se puso tan solícita que me hizo sentirme sumamente violento. Literalmente, en cierto momento tropezó y estuvo a punto de caer sobre mis rodillas. Tuve que sujetarla, con su risita falsa, su escote y todo lo demás, mientras nos contemplaba medio teatro.

—¿Y después? —insistió Anisha.

—Después, no sé qué mentiras susurró la chica al oído de Peveril, porque no me interesaba lo más mínimo —repuso Rance—. En cambio, al bueno de Percy el asunto lo trajo de cabeza y desde entonces me la tuvo jurada. Era sólo el segundo hijo de un duque, pero al final sir Arthur salió bien parado, pues según se decía el duque había sido muy generoso con el acuerdo de esponsales para conseguirle al chico lo que quería. Lo cierto es que Peveril no era mal tipo; sólo caprichoso y un poco vehemente.

—La mayoría de los jóvenes lo son —dijo Quartermaine pausadamente—. De hecho, son mi pan de cada día. Pero ¿dice usted que, después del compromiso, los celos impulsaron a Peveril a beber más de la cuenta y a desafiarlo a una partida?

—Sí, y yo también era muy vehemente en lo referente a las cartas —reconoció Rance—. En aquellos tiempos, no dejaba pasar una sola partida.

—¿Y estaba en casa de Leeton? —murmuró Quartermaine—. Dirigía un establecimiento bastante peligroso y muy discreto, según tengo entendido.

—Sí, en su casa de Bloomsbury. —Rance sonrió, divertido—. Había que ir con invitación, y sólo invitaba a caballeros. Se jugaba estrictamente a las cartas, nada de dados, y con apuestas muy altas. Y Leeton jamás llevaba libros de cuentas. Habría parecido una vulgaridad.

—Así pues, fingía que lo suyo no era un casino.

Quartermaine también parecía divertido.

—Oh, era un casino, desde luego —dijo Rance con una risa áspera—. Para unos pocos, era un auténtico tugurio. Pero todo se hacía educadamente. Si le debías dinero, lo dejabas en un jarrón de cristal, encima del piano, al salir, o te arrancaba las entrañas. Y viceversa.

—Bien, dudo mucho que hubiera tal *viceversa* —murmuró Quartermaine—. ¿Y en esa ocasión en concreto? Me gustaría oír su versión de lo ocurrido.

Rance se encogió de hombros.

—Esa noche estaba en vena y eso pareció provocar la ira de Peveril. Me desafío a una partida privada y Leeton accedió. Sacó una baraja nueva por insistencia de Peveril, pero como aun así lo gané, se montó una buena bronca y Peveril se empeñó en que las cartas estaban marcadas.

—¿Y lo estaban? —preguntó Quartermaine con énfasis.

—Por mí, no. —La mandíbula tensa de Rance denotaba obstinación—. En el juicio, Leeton declaró que no lo estaban. Y él era quien menos motivos tenía para mentir. No ganó ni un solo penique con la partida y aquel embrollo dio demasiada publicidad a sus negocios. Pienso a menudo que eso fue en parte lo que lo impulsó a fundar su emporio teatral y a dejar el negocio del juego.

Quartermaine tensó los labios.

—En fin, creo que no es necesario compadecer al bueno de Will —dijo con cierta acritud—. Se las arregla bastante bien. Y en todo caso fue Peveril quien lo acusó de hacer trampas. Y quien luego, según tengo entendido, se negó a pagar lo que le debía.

—Bueno, finalmente me hizo un pagaré. Leeton insistió. Luego Peveril se marchó y empezaron los rumores.

—Y a la mañana siguiente —prosiguió Quartermaine—, Peveril fue hallado muerto en sus habitaciones de Albany, con el cuchillo aún clavado en la espalda. Un cuchillo que, casualmente, le pertenecía a usted. Después el portero, el señor West...

—East —puntualizó Rance, crispado—. Se llamaba Henry East.

—Ah, tomo nota. —Quartermaine levantó las manos del escritorio—. El caso es que East juró haberlo visto, o haber visto a alguien que dijo ser usted, subiendo a las habitaciones de Peveril a eso de las tres de la madrugada.

—Y me acusaron de asesinato sin apenas más pruebas que ésa —repuso Rance—. Aunque, como se demostró posteriormente, East era tan corto de vista como un viejo tejón.

Quartermaine sonrió.

—Un rasgo muy poco conveniente en un portero —comentó—.

Especialmente, en el encargado de un establecimiento tan selecto como el Albany.

—Pero el padre de Peveril era duque —dijo Anisha pensativamente—. Supongo que quería que colgaran a alguien por el asesinato de su hijo.

—Sí, y estuvo a punto de conseguirlo. —Rance se llevó la mano al cuello espontáneamente—. El cuchillo pudieron llevárselo de mis habitaciones distintas personas. Pero el testimonio de East... estuvo a punto de llevarme a la tumba.

—Y después —dijo Quartermaine tranquilamente— empeoraron las cosas cuando se suicidó sir Arthur Colburne. O eso oí.

Anisha puso cara de sorpresa. Empezaba a darse cuenta de lo sórdida que era la historia de Rance... y de lo poco que sabía de ella en realidad.

Rance se había quedado con la mirada fija en las ventanas.

—Sí, Arthur se voló la tapa de los sesos dos días después —reconoció en voz baja.

—Pero ¿por qué? —susurró Anisha.

—Estaba arruinado —repuso Rance—. Llevaba meses arruinado. Esa chica, Elinor, creo que se llamaba... Dios mío, su belleza equivalía a dinero en el banco. Pero cuando estalló el escándalo, la Temporada había terminado, los solteros más interesantes de Londres se habían trasladado a sus casas de campo y los acreedores de Arthur empezaron a ponerse exigentes. Así que Colburne tomó la salida más expeditiva.

Anisha se inclinó hacia delante en su asiento.

—¿Cabe la posibilidad de que sir Arthur matara a Peveril? —sugirió—. ¿Y que luego se suicidara, abrumado por los remordimientos?

Rance sacudió la cabeza.

—¿Matar a la gallina de los huevos de oro? Sir Arthur necesitaba el dinero.

—Pero ¿y si...? —Anisha abrió las manos con gesto suplicante—. En fin, no sé. ¿Y si Peveril quería deshacer el compromiso? Tal vez cambió de idea y sir Arthur perdió los nervios.

Quartermaine se rió suavemente.

—Creo que todos sabemos que un caballero inglés no se atreve a deshacer un compromiso matrimonial, señora —afirmó—. Su presunto honor es lo único que tienen algunos de esos tipos para arroparse por las noches... y le tienen mucho apego.

—Sí, tiene razón —dijo Rance amargamente—. Y mi cuchillo... No, eso indica una fría premeditación. Alguien quería que me mandaran a la horca. O necesitaba un chivo expiatorio.

—¿*Cui bono?* —preguntó Quartermaine suavemente—. ¿Quién le debía dinero?

Rance levantó la mirada y la fijó en él.

—Todo el mundo —contestó—, en un momento u otro. Jugaba en todos los clubes de la ciudad. Hasta en el de Brooks. Pero en ninguna parte me debían una suma desorbitada. Nada por lo que mereciera la pena matar.

El silencio se extendió por la habitación durante unos instantes, roto únicamente por el tictac del reloj de la chimenea. Finalmente, Quartermaine se aclaró la garganta.

—Bien, en todo caso con el tiempo su padre consiguió persuadir a East para que se retractara de su testimonio.

—Sí. —Los ojos de Rance tenían una expresión sombría—. Justo antes de morir, East llamó a un sacerdote y a un juez y confesó que era casi ciego.

—Y se dice también que el marqués de Ruthveyn, con perdón de usted, lady Anisha, se sirvió de su influencia en el gobierno para arrojar dudas acerca del asunto del cuchillo —añadió Quartermaine—. El *Chronicle* publicó un artículo muy virulento al respecto después de la decisión del Lord Canciller de no volver a juzgarlo.

—Sí, East declaró que había tenido miedo de que sus jefes se dieran cuenta de que no veía —agregó Rance con un deje de amargura—. Dijo que creía que perdería su trabajo, pero reconoció que el individuo que se hizo pasar por mí podría haber sido su tía Agatha y él no se habría dado cuenta.

—El miedo a perder el empleo parece una razón lógica —murmuró Quartermaine—. Pero sin duda no es excusa para mandar a un hombre al patíbulo.

La mirada de Rance se volvió ardiente.

—Sí, pero lo curioso es que, después del juicio, East no volvió a trabajar ni un solo día de su vida. ¿Cómo cree usted que lo logró?

Quartermaine soltó una risa estridente y amarga.

—Puede que él también tuviera un don especial para el juego.

Rance soltó un bufido.

—O puede que desarrollara un talento especial para el chantaje.

—Sí —dijo Quartermaine con calma—, puede que fuera eso.

—Imagino que el señor East quiso descargar su conciencia antes de morir —dijo Anisha suavemente—. Pero fue una pena que esperara tanto para hablar.

—El viejo duque murió unos meses antes —repuso Rance—. Puede que con él se acabara la fuente de ingresos de East. ¿Quizá... quizá pagara a East un estipendio por gratitud? Es la razón más benévola que se me ocurre.

Pasaron unos instantes sin que hubiera respuesta. Un nubarrón se había posado sobre la estancia y los tres parecían sentirlo. Hasta Ned Quartermaine, tan duro de roer, parecía desanimado. La cara de Rance había perdido gran parte de su color, su vivacidad de costumbre, y ahora permanecía un poco encorvado en la silla, mirando a través de las ventanas, hacia el jardín, como si la clave de todo aquel absurdo, de toda aquella sordidez, pudiera estar escondida entre los pulcros setos de Quartermaine.

Anisha comenzó a comprender no sólo el infierno que había padecido Rance, sino el baldón que una cosa así arrojaba sobre la vida de un hombre. Dos muertes y una vida arruinada. Pero ¿por obra de quién? ¿Y por qué? Pues no cabía duda de que había sido un acto premeditado.

Aquella certeza la dejó helada. ¿Se había convencido de algún modo de que aquello no había sido más que un error de la justicia? ¿Una racha de mala suerte?

No.

Había sido maldad, pura y simple maldad. Maldad dirigida contra Rance. De pronto deseó apartarlo de todo aquello. Llevarlo a Mayfair, servirle un vaso de whisky y decirle que no le importaba lo que hubiera hecho, o lo que pensara la presunta «buena sociedad».

Pero a Rance sí le importaba.

Era, tal y como había dicho Quartermaine, una cuestión de honor. No sólo suyo, sino de su padre. De toda su familia.

Quartermaine interrumpió el sombrío silencio aclarándose la garganta y levantando la mirada. Habían empezado a oírse golpes y ruido de arrastrar muebles en el piso de arriba. Alguien estaba moviendo sillas, pensó Anisha. Estaban barriendo las salas de juego, o recolocándolas, quizá.

Entonces apartó su silla del escritorio, como si tuviera prisa por irse.

—Bien, eso es lo poco que sé, Lazonby —dijo—. Los rumores, tal y como me los contaron. Aparte de eso, no tengo datos concretos, salvo lo que he ido coligiendo de los periódicos.

—Del *Chronicle*, sobre todo, quiere decir.

—Desde luego, parecen tenerle a usted mucha antipatía.

—Es sólo un reportero en particular —dijo Rance—. Ese tipo pelirrojo que suele colgarse de los faldones de Pinkie Ringgold. ¿Sabe a quién me refiero?

—Creo que sí —respondió Quartermaine—. Le dije a Pinkie que tuviera una larga charla con él, al principio. Para asegurarnos de que no tenía intención de meterse en los asuntos del club.

—¿Ah, sí? Y cuando les dijo que era en mis asuntos en los que quería meterse, ¿no le pusieron ninguna objeción?

Quartermaine arrugó el entrecejo.

—No dijo tal cosa —contestó—. Y nunca se me ha ocurrido indagar más.

—Pues a Coldwater sí —replicó Rance—. Hace pocas semanas lo sorprendí en el cementerio de Saint Bride interrogando a mi segundo lacayo. Y por lo visto no era la primera vez. Ese tipejo ha estado pagando a mis criados para espiarme. Despedí al lacayo en el acto, pero no hay nada que impida a Coldwater volver a intentarlo.

—Umm —dijo Quartermaine—. ¿Quiere que haga venir a Pinkie? En interés de la buena convivencia entre vecinos, naturalmente.

—Sí —dijo Rance, irguiéndose en su silla—. Sí, me gustaría. Le he preguntado otras veces por Coldwater, pero quizás en su presencia se le afloje un poco la lengua.

La mirada de Quartermaine se endureció hasta volverse casi amenazadora.

—Ojo, es un buen empleado y no voy a permitir que lo maltrate —dijo—. Pero puede preguntarle lo que quiera. Pinkie no tiene motivos para mentir.

Pero Quartermaine pareció arrepentirse de su generosidad ya antes de acercarse al timbre para llamar.

El empleado de la leontina regresó, asintió con la cabeza y, a su debido tiempo, apareció el señor Ringgold. Al parecer él también, como el criado que les había abierto la puerta, estaba almorzando, pues tenía el chaleco salpicado de mostaza.

De complexión recia y cabello castaño y áspero, semejante a las cerdas de un puercoespín, Pinkie Ringgold parecía un pugilista, pues tenía una oreja ligeramente bulbosa y la nariz rota al menos en dos sitios. Al entrar en la habitación los miró de soslayo, como si calibrara la situación y tratara de decidir si iban a causarle problemas.

Quartermaine no lo invitó a sentarse.

—Pinkie, Lazonby quiere saber qué sabes sobre ese reportero del *Chronicle* —dijo—. Y confieso que yo también tengo curiosidad.

—¿Que qué sé *d'él?* —preguntó Ringgold a la defensiva—. No somos precisamente uña y carne. Pasa por aquí de vez en cuando, cuando va de Fleet Street a Whitehall. Es periodista, ¿no? A veces escribe sobre delitos y robos. Y *pa'ece* muy servicial.

Anisha se preguntó exactamente qué diferencia establecía Ringgold entre delitos y robos.

Pero Quartermaine se limitó a relajarse en su sillón y abrir las manos.

—Pero esto no queda de camino a Whitehall, ¿verdad, Pinkie? —dijo pensativo—. Esta calle es prácticamente un callejón sin salida, así que algo tiene que traer a ese tipo aquí. Y si no es tu encanto y tu ingenio, tendrá que ser... En fin, ¿qué?

Ringgold sacó un poco el labio inferior.

—Bueno, yo tengo lo que se dice muchos contactos, señor —dijo casi a la defensiva—. *Usté* lo sabe. Por eso me contrató. Coldwater también lo sabe. De vez en cuando le gusta pedirme información. Sobre quien es cada quien y a qué se dedican éste o aquél. Desde ladrones de tres al cuarto a señoritingos y damas.

Quartermaine se echó un poco hacia atrás en su silla e hizo oscilar entre sus dedos una pluma mientras contemplaba a Ringgold por encima del ancho escritorio de nogal.

—¿Y qué interés tiene en Lazonby? —preguntó con calma—. ¿Qué te ha preguntado? Y haz el favor de ser exacto.

Ringgold volvió a adelantar el labio inferir y entornó los ojos. Pero no dijo nada.

—Pinkie...

Esta vez, el tono de Quartermaine no admitía discusión.

—Dice que cree que aquí Lazonby se fue de rositas después del asesinato —contestó por fin Ringgold, enseñando dos caninos amarillentos—. Y que los tipos de la Sociedad Saint James le echaron un cable. Una secta, dice que son. Como los masones, pero peores. Dice que se cubren las espaldas unos a otros, que mienten y engañan, y que, como hacen buenos servicios a Su *Majestá* la reina, por eso están por encima de la ley.

—Si estuviera por encima de la ley —gruñó Rance—, ya habría estrangulado a ese canalla embustero.

—Lazonby, por favor —murmuró Quartermaine, señalando con la cabeza a Anisha.

Rance la miró y palideció.

—Te pido perdón —dijo—, otra vez.

—Lo mismo te digo a ti, Pinkie —añadió Quartermaine—. Refrena tu lengua. Bien, ¿qué sabes de ese individuo? ¿De dónde es? ¿Tiene familia?

Ringgold se encogió de hombros.

—Hay quien dice *qu'es* americano —respondió—. Yo no se lo he *preguntao* nunca. Pero tiene una hermana en Hackney.

—¿Cómo lo sabes? —preguntó Rance.

Ringgold lo miró entornando un ojo.

—Porque me he *molestao* en averiguarlo —dijo ásperamente—. ¿Es que tengo pinta de tonto? Uno *tié* que asegurarse de con quien se las ve, así que una noche lo seguí cuando salió de Fleet Street. Pero en *realidá* no vive allí. *Tié* unas habitaciones de soltero en Shoe Lane.

—Conque americano, ¿eh? —Quartermaine pareció meditar sobre ello—. Un revolucionario de pura cepa, entonces. No me extraña que trabaje para el *Chronicle*.

—Sí, puede que sea americano —dijo Rance pensativamente—. Hay algo extraño en él. Algo que no soy capaz de definir.

Anisha suspiró para sus adentros. ¿Cómo era posible que la conversación se hubiera centrado hasta ese punto en Jack Coldwater? ¿Qué hacía ella allí? Rance no la necesitaba: era muy capaz de alimentar su obsesión por Coldwater sin ayuda de nadie.

—Esas habitaciones cerca de Shoe Lane —dijo Quartermaine—, ¿has estado allí?

Ringgold pareció intranquilo.

—Una o dos veces —reconoció—. Coldwater sabe cómo untarle a uno la mano a cambio de cierta clase de información.

Quartermaine lo miró con enfado.

—Más te vale no darle información sobre nadie de esta calle —gruñó—. Y eso incluye la Sociedad Saint James, Pinkie. Tenemos un acuerdo con los caballeros de enfrente: ellos no nos causan problemas y, a cambio, nosotros no se los causamos a ellos.

Ringgold no dijo nada, pero la mala conciencia se reflejó en su semblante.

Quartermaine se inclinó sobre el escritorio.

—Confío en haberme expresado con claridad —dijo en tono de advertencia. Luego, sin esperar respuesta, sacó un trozo de papel del cajón de su mesa, lo cerró con un golpe y le pasó el papel a Ringgold—. Ahora anota la dirección de las habitaciones de Coldwater y de su hermana.

Mirando de nuevo a Rance de reojo, el portero escribió las señas con sorprendente buena letra mientras Anisha lo observaba.

—Gracias —dijo su jefe, arrancándole el papel, y comenzó a sacudirlo para que se secara—. Y a partir de ahora, dile a Coldwater que deje de rondar por aquí. No sé qué pendencia tiene en Lazonby, pero que se vaya con ella a otra parte. Que se vayan los dos. Estoy cansado de oír que han estado a punto de liarse a puñetazos en mi puerta. A ninguno —dijo, lanzando a Rance una mirada de advertencia— nos conviene que las autoridades pongan más interés del debido en nuestra callecita. ¿Verdad, lord Lazonby?

Rance se levantó y Anisha hizo lo mismo.

—No, yo diría que no —contestó mientras tomaba el papel—. Gracias, Quartermaine, por su ayuda. Y a ti también, Pinkie. No tengo nada en tu contra. Soy inocente y estoy harto de que Coldwater me persiga.

Ringgold se encogió de hombros.

—Bah, esos chupatintas, ya se sabe —dijo tranquilamente—. Están *obsesionaos* con sacar a relucir la *verdá*.

—Si tanto le obsesiona la verdad —repuso Rance—, dile que averigüe quién mató a lord Percy Peveril, porque bien sabe Dios que no fui yo.

Ringgold volvió a enseñar sus dientes amarillos.

—Si *quié* resolver ese pequeño misterio —dijo—, me *pa'ece* a mí que está a punto de meterse en el bolsillo a un pez gordo.

Rance lo miró con perplejidad.

—¿Y eso?

La sonrisa de Ringgold se hizo más ancha.

—¿Qué pasa? ¿Es que no se oyen campanas de boda ahí enfrente? —dijo—. *Pa'* mí que su sociedad científica está a punto de agarrar a ese truhán de Napier por... —Miró a Anisha y palideció—. Por las napias, digamos. La hija de De Vendenheim, ésa sí que es buena prenda.

Rance dejó escapar un gruñido de desdén.

—Es poco probable que De Vendenheim interceda a mi favor ante Royden Napier —dijo—. No me conoce. Además, ha vuelto a Inglaterra por poco tiempo. Sólo para la boda.

Ringgold se encogió de hombros.

—*Pué* que sí, pero a veces lo que cuentan son las apariencias, Lazonby. Yo diría que Napier no volverá a molestarlo. Y De Vendenheim... ése sí que conoce a gente. Gente que conoce a gente, y con mucha mano. *Usté* ya me entiende.

Anisha lo entendía a la perfección. Al igual que en Calcuta, en Londres había un submundo furtivo y desesperado, una esfera en la que el imperio de la ley importaba muy poco y la vida de un hombre aún menos. Proxenetas, carteristas y prostitutas rivalizaban con ladrones y timadores por ver quien despojaba antes de su dinero, o de su moral, a quienes ocupaban el otro lado de la sociedad. Pero lo que resultaba aún más interesante era que, en dos horas, otras tantas personas hubieran dado a entender que la futura esposa de Geoff no era sólo una cara bonita.

No había, sin embargo, nada más que añadir. Quartermaine quería seguir con sus quehaceres y ya estaba estrechando la mano de Rance.

Unos instantes después, Anisha se descubrió subiendo las escaleras del brazo de Rance hasta llegar al amplio y soleado vestíbulo.

—Bien, ha sido interesante —dijo él al abrirle la puerta, y de nuevo posó la mano casi con gesto protector sobre su espalda.

Una vez fuera, en la acera, Anisha se volvió para mirarlo, pero él tardó unos instantes en retirar la mano.

—Bueno, ¿qué conclusiones has sacado? —murmuró ella, ladeando la cabeza—. ¿Quartermaine es sincero? ¿Y Pinkie?

Rance negó con la cabeza.

—Quartermaine siempre ha sido difícil de conocer —confesó—. Como todos los de su oficio. Si no, no pueden sobrevivir.

—¿Crees que es malvado? —preguntó Anisha.

Él se encogió de hombros.

—Define «malvado» —dijo, volviéndose para ofrecerle el brazo—. Es peligroso, sí. Pero también es un hombre de negocios. Pinkie, en cambio, sólo es sincero hasta donde tiene que serlo. Nada de lo que ha dicho hoy es mentira... ni del todo verdad.

—¿Sigues teniendo intención de contratar a alguien para que haga averiguaciones?

Rance sacudió la cabeza, la atrajo hacia sí y puso la mano sobre la suya con gesto protector.

—No —dijo cuando echaron a andar—. No, creo que no me fío de ellos.

Al menos la tensión que había entre ambos se había esfumado, y Anisha se alegró de que volvieran a estar en paz.

—En fin —dijo—, por mi parte me ha parecido todo muy emocionante. A fin de cuentas, era un local de mala fama.

Pero Rance no contestó. Había fijado la vista calle abajo, más allá de ella, en dirección a Saint James's Street.

—¿Qué ocurre? —preguntó Anisha, siguiendo su mirada.

Dentro de ella, algo se quedó perfectamente inmóvil.

Jack Coldwater estaba llamando a un ómnibus en la esquina de la calle, levantando su paraguas negro, de espaldas a ellos. Su figura delgada y su impermeable de color apagado eran inconfundibles hasta para ella.

Anisha se detuvo bruscamente.

—Supongo que habrá estado husmeando otra vez.

—Sí, buscando a Pinkie, diría yo. —Rance rechinó los dientes implacablemente—. Debería seguirlo. Por Dios, debería seguirlo, arrinconarlo y decirle lo que pienso de él... o darle un puñetazo.

Anisha miró hacia la Sociedad Saint James. El mozo de Rance ya había acercado su caballo hasta el extremo de la calle y girado el carruaje. Y ella ya había tenido suficiente.

—Ve, entonces —dijo enérgicamente—. Corre tras él, compórtate como un bruto... o lo que sea que te propongas, y vuelve a hacer el ridículo.

El conductor del ómnibus había arreado a sus caballos y el vagón empezaba a alejarse. Rance se quedó mirándolo, aparentemente absorto, mientras Coldwater avanzaba de costado, arrastrando los pies, hacia una mujer delgada cargada con una gran cesta de la compra. Una de las ruedas chocó con algo, el vagón se zarandeó y Coldwater cayó aparatosamente en su asiento.

Rance maldijo en voz baja. Su caballo se había detenido y estaba junto a Anisha, mordiendo su bocado y bufando con impaciencia.

Ella se sentía casi como el caballo.

—Mira —dijo con menos aspereza—, un simón va a parar junto al Carlton Club. Ve a cogerlo. Yo puedo volver sola a Mayfair.

Vio que Rance ardía en deseos de aceptar su sugerencia, casi temblaba de impaciencia, como un sabueso esperando a que lo soltaran.

—Por el amor de Dios, he dicho que te vayas —repitió ella.

Su tono enérgico hizo reaccionar a Rance. Se volvió en la acera para mirarla, de espaldas a la calle, y agarró sus brazos bruscamente como si fuera a zarandearla.

—Anisha, por favor, yo...

Su voz se apagó y recorrió su cara con ojos tristes y sombríos.

Ella lo apartó casi con violencia y retrocedió hacia las sombras del portal de Quartermaine. Estaba *celosa*. Celosa de su obsesión por Jack Coldwater. Y saberlo la ponía enferma.

—¿Qué pasa? —susurró—. Vete, Rance. No voy a detenerte. No me debes nada.

Él tragó saliva con esfuerzo, su garganta subió y bajó.

—Anisha, a veces creo que te debo... En fin, mucho más de lo que puedo pagarte. Y tengo miedo... tengo miedo de que no lo sepas nunca.

No estaban hablando del hecho de que la hubiera acompañado a Saint James y estuviera obligado a escoltarla de vuelta a casa. No, de algún modo, repentinamente, la conversación había tomado un rumbo completamente distinto.

Pero Anisha no quería ni oír hablar de ello.

—Lo único que sé es que sigues obsesionado con Jack Coldwater —contestó con voz baja y trémula—. Lo odias, y sin embargo piensas en él constantemente. Piensas... Dios mío, Rance, no sé lo que piensas. Pero Coldwater no puede ayudarte a limpiar tu buen nombre. Quiere que te envíen a la horca, ¿es que no lo ves?

—Pero sabe algo —repuso Rance—. ¿Verdad? Tiene... tiene que saber algo.

—Sabe cómo sacarte de tus casillas, desde luego —replicó ella—. Bien, yo cojo a Jacobs y me vuelvo sola a Mayfair. ¿Quieres que te envíe el coche a casa? ¿O irás a buscarlo?

—Nish, no puedo permitir que hagas eso —dijo él.

—¿Por qué? Me invité yo sola, ¿no es cierto? —Se volvió y subió sola al cabriolé; luego chasqueó los dedos para que le entregaran las riendas—. Suba atrás, Jacobs, haga el favor.

Sin mirar siquiera a su amo, Jacobs se apresuró a obedecer.

—Anisha, por favor —dijo Rance, pero apenas sin energías.

—Por el amor de Dios, si puedo conducir el faetón de Luc, puedo arreglármelas con esto —contestó ella con impaciencia—. Mira, has perdido tu simón y ese ómnibus estará ya a medio camino del Strand. Corre a la esquina del palacio a parar otro.

Y con ésas, agarró el látigo, lo hizo restallar limpiamente y partió.

Capítulo 6

Pongamos en marcha nuestro plan, que si prospera,
será pérfido engaño en acto de ley.

WILLIAM SHAKESPEARE,
Bien está lo que bien acaba

*P*asó el resto de la semana sin que Anisha hiciera un nuevo intento de ver a Royden Napier. Fueron días lúgubres y deprimentes, llenos de fríos chaparrones primaverales y copiosa autoflagelación. En efecto, el primer día, trémula aún de rabia, prometió no ir a ver a Napier nunca más, diciéndose que Rance apenas merecía sus esfuerzos.

La señorita De Rohan volvió a media mañana para planear la cena. Anisha se sintió como una impostora por aspirar siquiera a ser una anfitriona londinense, pero su nueva amiga no pareció notarlo. Por el contrario, la señorita De Rohan se mostró infinitamente agradecida por su ayuda. Anisha llegó a la conclusión de que la pobre chica estaba, en efecto, desesperada.

Con todo, descubrió que le agradaba Anaïs de Rohan y que ella también le estaba agradecida, pues la había salvado de tener que tomar una decisión difícil: si hacer lo que era mejor para Tom y Teddy, siempre su principal preocupación, o hacer lo que era mejor para ella, aunque respecto a esto último no tuviera del todo las cosas claras. En todo caso, Bessett habría sido un padrastro ideal, de eso no le cabía ninguna duda. Era el único motivo por el que había permitido que las cosas llegaran tan lejos.

Esa noche, Lucan decidió cenar en el White's antes de salir por la ciudad con Frankie Fitzwater, su sempiterno compañero de jaranas, y Anisha se quedó sola, rumiando sus peleas con Rance como quien se empeñaba en arrancarse la costra de una herida. Al final, resolvió que no se trataba únicamente de que Rance no fuera digno de sus esfuerzos, sino que ella misma no se merecía las inevitables cicatrices que le dejaría su actitud.

Ése no fue, sin embargo, el final. El segundo día, se despertó dándose cuenta de pronto de que, si no iba a ver a Napier, le daría una satisfacción a Rance. Y de que tal vez incluso, ¡horror de los horrores!, sacaría la conclusión de que se había acobardado. Mandó de inmediato una nota a Scotland Yard preguntando si el señor Napier había regresado de su viaje.

Al día siguiente, pese a todo, se vio obligada a dejar de debatirse entre la duda y la indignación cuando Tom regresó de un paseo por Green Park con una fiebre repentina y preocupante y su mente se cerró por completo a todo lo que no fuera la enfermedad de su hijo. Llamó enseguida a Chatterjee, que ordenó a los lacayos sacar la cama de Tom del dormitorio.

Una vez que el niño estuvo bien arropado, se quedaron revoloteando a su alrededor.

—¿Qué quiere que haga, señora? —preguntó el sirviente.

Anisha posó los dedos sobre la frente de su hijo.

—Ve al invernadero, a las macetas que hay detrás de la jaula de *Milo* —murmuró—. Vamos a necesitar *tulsi* en gran cantidad. Llévala a la despensa y saca mis semillas: cilantro, comino e hinojo, para empezar.

Así pues, pasó los días siguientes recordando lo que había aprendido de los textos antiguos del *Charaka Samhita Sutra* mientras picaba, molía y ponía en infusión lo necesario para mantener la fiebre a raya y permitir al mismo tiempo la lasitud precisa para que la enfermedad se consumiera por completo.

Como de costumbre, cuando la fiebre subía demasiado, empapaba paños en agua de mar y los ponía sobre la frente y la tripa del niño hasta que le bajaba la temperatura. Cuando el pequeño se alteraba en exceso, se sentaban juntos en la cama y ella le enseñaba a realizar un sencillo *kapalabhati pranayama* para ayudar a purgar la enfermedad con la respiración. Cada seis horas le hacía un masaje en los pies presionando en los puntos precisos para liberar su energía curativa.

Tom se portó como un valiente. Y mientras duró su enfermedad, Anisha apenas dedicó tiempo a pensar en Rance y en su venganza. Con todo, el niño pasó casi dos días pálido y sudando copiosamente, y entre tanto los criados ingleses observaron con curiosidad cómo lo cuidaba su madre. En las raras horas en las que Anisha se permitía dormir, Chatterjee y Janet se turnaban para sentarse junto a la cama de Tom, de modo que no lo dejaron solo ni un momento hasta que, en la madrugada del tercer día, por fin remitió la calentura y sus ojos perdieron su brillo febril.

—Dios mío —murmuró Higgenthorpe al asomarse a la habitación una hora después, vestido con su bata y su gorro de dormir—. El muchacho parece otra vez el de siempre.

Anisha levantó hacia él una mirada fatigada.

—Higgenthorpe, debería estar en la cama.

—Me ha despertado no sé qué —murmuró el mayordomo—. Y me alegro, porque ahora dormiré mucho mejor.

—Higgenthorpe —dijo Tom desde la cama con voz ronca—, ¿de qué era el pudín de la cena?

Anisha logró reírse suavemente.

—Ah, todavía no, amor mío.

Pero en ese momento entró Chaterjee, mandó salir a Higgenthorpe y ordenó a Anisha que se fuera a la cama. Ella obedeció. Y sólo entonces se relajó por completo, retiró la colcha y se sumió en el sueño profundo y plácido de una madre que respira tranquila.

Poco después de que amaneciera se levantó, sin embargo, y encontró vacía la cama de Tom. Tras un momento de pánico, halló a su hijo en la cocina, sentado como un bebé sobre las rodillas de Janet, con una sonrisa de oreja a oreja y los carrillos hinchados como los de una ardilla, llenos de trozos de pan tostado mojado en melaza.

—Puede que no esté en su *Ayurveda*, señora —dijo Janet en su defensa—, pero mi madre decía siempre que la melaza negra fortalecía la sangre. Y yo no sé nada de respiraciones raras y energías, pero está muy débil, pobre chiquitín mío.

Saltaba a la vista, en todo caso, que Tom ya no estaba enfermo, al menos gravemente, y que a la grandiosa edad de siete años ya no era un «chiquitín», por más que a su madre le doliera reconocerlo. Además, Janet tenía razón: era hora de que empezara a comer. Así que cuando una hora después sonó el timbre de la puerta principal trayendo un mensaje de Whitehall en el que se la avisaba de que el subcomisario estaría encantado de recibirla cuando a ella le viniera bien, no tuvo excusa para desentenderse de lo que había prometido hacer, ni pudo seguir refrenando su curiosidad.

En todo caso, se dijo para tranquilizarse, por lo que sentía curiosidad era por la acusación de asesinato de Rance. La emoción ardiente y penetrante que veía en los ojos de Royden Napier cuando la recorría con la mirada no le interesaba lo más mínimo.

Era, no obstante, un pequeño bálsamo para su alma herida.

Así pues, dejando a Tom en las capaces manos de Janet, se puso su traje de paseo favorito, de color ámbar, se envolvió el pelo y los hombros con un chal de cachemira negro y oro, llenó de papel en blanco un maletín de Raju, y ordenó que le llevaran el carruaje grande de viaje.

El edificio al que se conocía popularmente como «el Número Cuatro» no había cambiado desde su primera visita: seguía desprendiendo un olor rancio a repollo recocido, a libros mohosos y a cuerpos sucios. Pero esta vez, al menos, el oficial de la entrada estaba en su puesto.

Tras echar una ojeada a su atuendo, evidentemente caro aunque algo extravagante, pareció considerarla digna de confianza y le indicó que subiera por la escalera chirriante y mal iluminada hasta la segunda planta. Allí, Anisha se dirigió hacia el fondo del edificio y se dispuso a esperar en una de las rígidas sillas de roble mientras los ayudantes de Napier la miraban de reojo como un grupo de cuervos posados sobre los postes de una verja.

La espera se le hizo interminable, aunque en realidad duró menos de una hora, pues oyó las campanadas, ligeramente lúgubres, del reloj de Saint Martin in the Fields, llevadas por la recia brisa primaveral.

De tanto en tanto, uno de los cuervos se bajaba de su alto taburete para revolotear por la oficina, picoteando esto y aquello antes de volver a encaramarse a su percha. A través de las ventanas abiertas, en el Gran Scotland Yard, detrás del Número Cuatro, Anisha oía de vez en cuando el traqueteo de un coche que llegaba cargado con sospechosos, quizá, que habían de presentarse ante el juez, pues en dos ocasiones oyó un leve revuelo y un grito, seguido por el tintineo de las cadenas en el patio de abajo.

Pasado un rato, hizo oídos sordos a todos aquellos ruidos, cerró los ojos y se concentró en relajar la tensión que atenazaba su cuerpo. Era una habilidad que había aprendido, una habilidad que la ayudaba a conservar el equilibrio y el orden en medio de las tribulaciones cotidianas. Con el tiempo, como sucedía siempre, la tensión desapareció, impelida por su aliento, y una paz sigilosa inundó su cuerpo.

Apenas unos instantes después, sin embargo, chirriaron las bisagras de la puerta de Napier y la paz se esfumó de nuevo.

Salió un caballero apuesto, vestido de oscuro y provisto de un maletín negro, un joven abogado, quizá, y, tras dedicar a Anisha una larga mirada de pasada, abandonó la sala y enfiló el oscuro pasillo.

Ella se volvió y vio a Napier mirándola con enojo, al menos esa fue su primera impresión, de pie, con las piernas separadas en el umbral de la puerta.

—Lady Anisha Stafford. —Su voz, siempre grave, sonó más grave aún—. Deseaba usted verme.

Anisha se levantó y agarró su maletín.

—En efecto, si tiene tiempo.

Una sonrisa amarga se dibujó en los labios de Napier.

—¿Para la hermana de lord Ruthveyn? —murmuró mientras se apartaba para sostenerle la puerta—. Si pudiera preguntarle a Su Majestad la reina, sin duda me diría que para semejante tarea dispongo de todo el tiempo del mundo.

Anisha sintió que su ira se agitaba de nuevo, pero refrenó su lengua y pasó a su lado. Tan pronto se cerró la puerta, sin embargo, dejó el maletín en el borde de la mesa de Napier y se volvió para mirarlo.

—Dejemos clara una cosa —dijo con toda la dulzura de que fue capaz—. Yo no soy una «tarea». No le he pedido un favor a la reina. Y le aseguro que mi hermano tampoco. Fue usted solo quien prometió dejarme leer el expediente del asesinato de Peveril.

—En efecto, «tarea» es una palabra del todo inadecuada para usted, lady Anisha —repuso él con calma—. En eso tiene usted razón. Pero, disculpe, deduzco que he interrumpido su diatriba. Continúe, se lo ruego.

Napier parecía tener las manos sujetas tras la espalda. Su postura era rígida y sus ojos, oscuros y rebosantes de algo que parecía ira refrenada, parecían observarla con todo detenimiento.

Apartándose el chal de cachemira del pelo, Anisha se separó de él y se acercó a la ventana abierta. De pronto necesitaba aire.

—Lo único que digo —respondió, apoyando una mano en el poyete— es que si ahora pretende desdecirse de lo que me ofreció, tenga la bondad de decírmelo. No necesito otro sermón, y menos de usted, acerca de la influencia de mi hermano o de la culpabilidad de Lazonby. Nadie en su sano juicio lo consideraría un ángel.

No se dio cuenta de que Napier la había seguido a la ventana hasta que posó su mano sobre la suya.

—Le pido disculpas, lady Anisha —dijo con voz suave—, pero me cuesta verla obsesionada por este feo asunto. Sobre todo teniendo en cuenta que Lazonby, me temo, no es digno de su afecto.

Anisha se volvió y le clavó una mirada ardiente.

—Está usted en lo cierto: siento un gran afecto por Lazonby —replicó—, pero eso no me hace más ciega a sus defectos que a los de usted.

El subcomisario retiró la mano de inmediato. Esbozó una sonrisa casi indolente.

—¿Tengo, pues, mucho defectos, milady? —preguntó—. ¿Le importaría enumerármelos?

—Sería una conversación corta, pero solemne, señor.

—Se lo ruego —murmuró él, recorriendo su rostro con la mirada—, hágame ese favor.

Anisha se quedó pensando sólo un momento.

—Los Vedas, las Sagradas Escrituras hindúes, nos enseñan la historia de Yajnavalka, que estaba tan absorto en sus propias certezas que se atrevió a desafiar el conocimiento de su gurú, de su maestro, y fue expulsado de la congregación de los iniciados —dijo—. Es, supongo, el modo hindú de decir que el orgullo precede a la destrucción y la soberbia a la caída.

—Ah, así que soy orgulloso. —La voz de Napier sonó suave—. ¿O más bien soberbio?

—¿Hay alguna diferencia? —preguntó ella—. Confieso que mi inglés no es siempre tan sutil en matices como sería deseable.

Napier la sorprendió echándose a reír: una sonora y profunda carcajada muy poco digna de un hombre que, hasta donde ella podía ver, era la encarnación misma de la dignidad.

—Vamos, vamos, lady Anisha —dijo—. Su inglés, aunque tenga un ligerísimo acento, es tan impreciso como el bisturí de un cirujano. Pero continúe, se lo ruego. Me estaba usted fustigando, según creo.

—Y usted parecía estar extrayendo de ello una especie de placer perverso —replicó ella, mirándolo de arriba abajo—. Me han dicho que hay hombres así, aunque no lo habría tomado a usted por uno de ellos.

Napier levantó una de sus cejas rasgadas y oscuras.

—No, en efecto, milady —contestó—. Mis placeres siguen otros derroteros muy distintos, pero como cualquier hombre que se gana la vida sirviendo al Estado, estoy acostumbrado a las críticas. Dispare a discreción.

Anisha levantó la barbilla.

—Muy bien, si así lo quiere, sí, es usted orgulloso —dijo—. Y si no tiene cuidado, su orgullo será su ruina. La humildad, aunque sea en pequeñas dosis, puede fortalecernos, pero el orgullo sólo puede hacernos ciegos, especialmente a nuestros propios defectos. Al igual que Yajnavalka, posee usted grandes conocimientos, pero poca sabiduría aún. No ve más allá de sus propias certezas.

Napier pareció meditar seriamente sobre la cuestión, al menos durante un instante.

—¿Y qué me recomendaría usted que hiciera?

—Abrirme su conocimiento —contestó ella, señalando el escritorio con la mano—. Cumplir su promesa. A fin de cuentas, ése que está abierto sobre su mesa es el expediente de Peveril, ¿no es cierto? Verá, lo he visto al dejar mi maletín.

Napier se quedó callado un momento, ensimismado.

—Creo que es usted tan lista como su hermano Ruthveyn, lady Anisha —murmuró—, pero mucho más sutil.

En vista de que ella no contestaba, se quedó mirándola un rato, y el ambiente de la habitación cambió sutilmente.

—Está enamorada de él, ¿verdad? —preguntó finalmente—. De lord Lazonby.

Durante unos segundos Anisha no pudo sostenerle la mirada.

Napier había dado a entender lo mismo, si bien con menos descaro, cuando había visitado su despacho por vez primera, con Rance. Y ella le había preguntado, con bastante descaro, después de marcharse Rance, por qué nunca dejaba de observarla.

Napier no había respondido, pero Anisha estaba segura de que no tenía nada que ver con su preocupación por la cubertería de plata de su hermano. Napier la deseaba. Y en aquel momento ella había querido obligarle a decirlo por motivos que no alcanzaba a entender del todo.

Tal vez había buscado un bálsamo para su orgullo femenino herido. O quizás había jugueteado fugazmente con la idea de tener un *affaire*. Ya no estaba segura. Sí lo estaba, en cambio, de cuál sería la respuesta si él se lo pedía. Su corazón, aquel órgano traicionero, había volado, y era inútil intentar imaginarse a sí misma con un hombre que no fuera Rance.

Debería haberle entusiasmado el interés de Napier. De hecho, era una idiota por no alentarlo. El subcomisario era un hombre cautivador. Y ella... En fin, hacía mucho tiempo que estaba sola y más tiempo aún que se sentía sola.

Creía que Napier estaba equivocado y que Rance era muy terco, pero también cabía la remota posibilidad de que Napier la hubiera engañado por completo respecto a todo aquello, a su deseo, a su sinceridad y a sus intenciones de ayudarla, y lo hubiera hecho tan astutamente que ella no se hubiera dado cuenta. No creía que fuera así, pero sólo una necia dejaría de cuestionarse los motivos de un hombre como él.

El subcomisario rompió el silencio con un largo suspiro. Con la barbilla baja y las manos profundamente metidas en los bolsillos de los pantalones, casi parecía haberse olvidado de su presencia. El sol de la tarde caía sobre él a través de la alta ventana que daba al patio, haciendo brillar su cabello oscuro y limpio y arrancando destellos de fuego a la cadena de oro de su reloj. Su nariz era, en efecto, indudablemente ganchuda y sus ojos más penetrantes que cálidos. Y, sin embargo, no dejaba de ser atractivo.

Anisha se aclaró la garganta, sacándolo de su aparente ensimismamiento.

Napier volvió a fijar en ella su dura mirada, un tanto suavizada esta vez.

—Después de nuestra última conversación, oí que iba usted a casarse —comentó con voz extrañamente baja.

—¿Sí? —preguntó ella enérgicamente—. ¿Con quién?

Sabía, sin embargo, la respuesta.

—Con lord Bessett —repondió Napier—. Y francamente, de todos los miembros de la Sociedad Saint James, pese a lo mucho que sospecho de todos ellos, el más admirable es Bessett. Habría sido en cierto modo más... más fácil.

—¿Más fácil? —Avanzó lentamente hacia él—. ¿Más fácil en qué sentido?

Tuvo la satisfacción de ver que se sonrojaba ligeramente.

—¿Va a hacerme contestar a esa pregunta, lady Anisha? —preguntó en voz baja—. Creo que ya sabe que la tengo en gran estima... y sin duda también opina que he puesto muy altas mis miras.

—¿Por qué los ingleses dicen «sin duda» con tanta frecuencia y de manera tan tajante? —murmuró ella—. Sobre todo, cuando hay dudas de todas clases. Usted no puede saber lo que pienso.

—Puede que no —reconoció él—. Pero me atrevería a decir que usted sí sabe lo que pienso yo... y con toda exactitud, me temo.

Anisha sólo fue capaz de mirarlo fijamente un momento, pues su suposición no era en modo alguno retórica.

—¿A eso se debe su franqueza? —murmuró—. ¿Cree que yo... bien, que soy como lord Ruthveyn? ¿Qué sé cosas aunque nadie las diga?

—Encuentro inquietante a su hermano —confesó Napier—. Para serle sincero, me pone los pelos de punta.

—Para mí, mi hermano es casi siempre un misterio —dijo ella con sinceridad—. Pero yo soy perfectamente corriente, se lo aseguro.

—¡Oh, nada de eso! —repuso Napier.

—Y si sé lo que está pensando —prosiguió Anisha— es por intuición femenina, nada más. Dice usted que debo pensar que pone sus miras demasiado alto, y yo le contesto que me hace un gran cumplido al mirar. Dice que me estima, pero yo le diría que apenas me conoce.

Napier esbozó una tenue sonrisa.

—Cierto, pero eso parece importar poco —contestó—. Y me atrevería a decir que está usted sirviéndose de ello para conseguir lo que quiere. Usted, o Lazonby. Pero, curiosamente, casi no me molesta. Me avergüenza un poco admitir que pueda ser tan débil.

Anisha sólo pudo responder honestamente.

—Puede que lo esté utilizando —reconoció—, pero a pesar de su arrogancia, su compañía me resulta extrañamente estimulante. Si decide desdecirse de su ofrecimiento, señor Napier, nos despediremos como amigos.

—¿Sí? —preguntó él con una sonrisa incrédula.

—Sí —respondió ella con más firmeza—. Y no, como sin duda habrá concluido ya, no voy a casarme. Pero lord Bessett sí. Puede que mi hermano haya tenido el anhelo de vernos unidos en matrimonio, pero fue una ilusión vana por su parte.

—Así pues, volvemos a lord Lazonby —repuso Napier suavemente.

—Supongo que sí —respondió ella.

—¿Tiene... algún tipo de acuerdo con él?

—No es asunto de su incumbencia —dijo Anisha—, pero no, no lo tengo.

—¿Y aun así desea ver el expediente de su caso?

—Deseo ver el expediente del asesinato de lord Percy Peveril —puntualizó ella—, como acordamos hace días. Dígame, ¿puedo verlo?

Los ojos de Napier brillaron un poco peligrosamente.

—Sí —contestó—. Por un precio.

—¿Qué clase de precio?

—Una velada en su compañía.

Anisha entornó los párpados.

—¿Lo hace para poner celoso a Lazonby? Porque no dará resultado, para que lo sepa. Muchos días me pregunto si sabe siquiera que existo.

Napier se encogió de hombros.

—Entonces es que son los dos unos necios —dijo—. Pero no, lo hago porque siento curiosidad por usted. Porque me gustaría pasar una velada en su compañía.

—¿Una velada? —preguntó ella con cautela—. ¿O una noche? Porque, si es eso último, le aseguro que no será posible.

El brillo de sus ojos se hizo más intenso, rayano casi en el regocijo.

—¿Una *noche*? —murmuró—. Bien, eso sí que sería apuntar muy alto, milady.

Anisha sintió que se sonrojaba.

—Muy bien, sólo pide una velada —dijo—. ¿Puede ser la noche que yo elija? ¿Sin cortapisas ni condiciones?

Esta vez, Napier vaciló.

—Sí —respondió lentamente.

—Entonces ¿accederá a cenar conmigo? —preguntó ella—. ¿En mi casa, mañana por la noche?

Napier pestañeó una vez antes de responder.

—Sí, muy bien. Ahí lo tiene, ¿satisfecha, lady Anisha? Por lo visto estoy a sus órdenes.

—Qué maravilla —respondió ella—. Venga a las seis. Creo que ya conoce la dirección. Y ahora, ¿puedo disponer de dos horas para ver esa gruesa carpeta que tiene sobre la mesa?

—Póngase cómoda, se lo ruego. —Napier señaló el escritorio con un ademán—. Sir George me espera en el Ministerio del Interior para una reunión. Diré a mis ayudantes que no la molesten entre tanto.

—Se lo agradezco.

Con ésas, Anisha se acercó al escritorio y comenzó a quitarse el chal de cachemira.

Napier, sin embargo, la siguió.

—Y lady Anisha... —Alargó de pronto la mano para agarrarla de la muñeca, suavemente pero con firmeza—. Puede copiar todo lo que quiera de ese expediente, pero si se atreve a llevarse algo, lo que sea, me daré cuenta. Y me reservo el derecho a registrarla antes de que se marche.

Anisha sólo pudo mirarlo fijamente y asentir con un gesto.

Apoyado contra el tosco banco de la taberna, Lazonby engulló de un trago los primeros dos centímetros de una jarra de cerveza oscura y fuerte, junto con su espuma, sin apartar la mirada de la ventana delantera. Había arrumbado hasta los confines de su mente la algarabía circundante y mantenía su atención fija en una casa de piedra, a unos treinta metros calle abajo.

Era grande para ser una casa de pueblo, con seis ventanas arriba y dos ventanales con saledizo abajo, la puerta principal pintada de azul brillante y una ancha verja de jardín rematada por un arco tupido de rosas trepadoras. Situados directamente al sol como estaban, y siendo ya casi finales de mayo, los rosales estaban salpicados de yemas prietas y verdes, tan pequeñas que había que forzar la vista para verlas.

Serían rosas blancas, se dijo Lazonby, cuando se abrieran.

Blancas como el friso que rodeaba las ventanas de la casa y como la pequeña pérgola cubierta de enredaderas que había en la parte de atrás. Había visto la pérgola unos días antes, cuando siguió a Coldwater hasta la aldea y se había agazapado junto a los rosales hasta que, ya anochecido, decidió saltar la alta tapia del jardín. La pintura blanca estaba entonces tan fresca que aún podía sentir su penetrante olor en las fosas nasales.

Eso era lo que tenía el blanco: era un color engañoso. El color de los sacerdotes y de la pureza, y de esa nueva moda, los vestidos de novia. Y, sin embargo, era también el color de los sudarios, de los cúmulos de nubes cargadas de lluvia y de las banderas de rendición, cobardes y trémulas.

Él, por su parte, nunca había agitado la bandera blanca. Ni en la batalla, ni en la vida. ¿Y el sudario? También había conseguido esquivarlo de algún modo, a pesar de que le habían llovido los golpes, literales y metafóricos.

Ese mismo día le había caído un buen chaparrón, de hecho, a eso de las cuatro de la mañana, cuando volvía a casa no de pasar la noche de juerga, sino de forzar la cerradura del despacho de Coldwater en el tercer piso de un edificio. Había sido un asunto peliagudo. Y no le había reportado nada. La mesa de Coldwater en el *Chronicle* era la de un espectro: no había nada en ella que diera indicios sobre la personalidad de su ocupante.

—¡Salchichas con puré de patatas!

Este anuncio fue acompañado del estrépito de un grueso plato de loza al chocar contra el tablero de roble de la mesa.

Lazonby levantó los ojos y descubrió mirándolo a la joven tabernera, el rostro insulso inmovilizado en una expresión igualmente anodina. Un grueso paño colgaba de una de sus manos.

—Gracias —dijo él con una amplia sonrisa—. Huele de maravilla.

Una suave sonrisa curvó por fin la boca de la muchacha.

—Está muy rico, señor —afirmó, mirando con la cabeza ladeada su jarra casi llena—. ¿Le traigo otra?

—Si me tomo otra empezará a darme vueltas la cabeza —repuso él, y le hizo un pequeño guiño—. Y para eso me bastan tus lindos ojos azules.

—¡Qué cosas tiene! —Le golpeó el hombro con el trapo doblado—. ¿Nada más, entonces?

—De momento, no —respondió Lazonby—. Pero quizá se me ocurra algo, si vuelves.

Ella se rió, aunque los dos sabían que no iba a ocurrírsele nada. Nada comprometedor.

Aun así, para él era un gesto insignificante, un esfuerzo muy pequeño alegrarle un poco la vida a una muchacha insulsa coqueteando un poco con ella. Además, la chica tenía una figura encantadora, aunque ligeramente gruesa, y unos ojos que irradiaban sinceridad. De hecho, no percibía en ella ni un ápice de malicia. Y quizás «insulsa» no fuera la palabra más adecuada. Lo cierto era que la mayoría de las mujeres de buen corazón eran bonitas en un sentido u otro, si uno se tomaba el tiempo necesario para mirarlas. Así pues, Lazonby miraba. Y coqueteaba. Por nada en especial. Porque sí.

Pensando en todo aquello, sin que acertara a explicarse por qué, anheló de pronto a la única mujer con la que no podía coquetear.

¡Qué absurdo! ¡Qué patético!

La sonrisa de la muchacha, sin embargo, se había convertido en una risa franca.

—¡Ea, entonces! —dijo, y se volvió para alejarse con paso y ánimo más alegres—. Que pase buena tarde.

Pero en el último momento a Lazonby se le ocurrió algo y la agarró de la muñeca con más brusquedad de la que pretendía. La muchacha debió de proferir un gemido de sorpresa, porque en la taberna se hizo el silencio y todas las miradas se volvieron hacia él, llenas de recelo.

—Perdón —dijo, y la soltó.

La joven lanzó a su alrededor una mirada despreocupada. Pasados unos segundos, los clientes de la taberna retomaron sus conversaciones.

Aquello también era un gesto cotidiano e insignificante, cosa de pueblo, velar los unos por los otros. Él no era más que un forastero, desconocido para todos ellos, pues aunque Hackney quedaba a las afueras de Londres, seguía siendo una aldea.

La chica lo miró inquisitivamente.

—¿Puedes sentarte un momento? —le preguntó él.

—Supongo que sí —contestó mientras se deslizaba en el banco de enfrente—. El suyo era el último pedido que había en la cocina.

Lazonby hurgó en su bolsillo y puso sobre la mesa un reluciente florín nuevo.

—¡Caray! —exclamó la muchacha al recogerlo—. ¿Qué es esto?

—Dos chelines —dijo—. Recién acuñados.

Ella giró el reverso de la moneda para verlo a la luz.

—¡Hala! —dijo—. Es tan bonita que puede hacerse un collar con ella.

—¿Te gustaría? —preguntó Lazonby—. ¿Hacerte un collar con ella? Puedo hacer que le taladren un agujero y le pongan un cordel de seda.

La sonrisa de la muchacha decayó.

—¿Qué tendría que hacer a cambio?

—Nada malo —contestó él con suavidad, percibiendo su nerviosismo—. Es sólo que no soy de aquí y necesito una casa.

—¿Una casa? —Sus ojos se abrieron de par en par—. No sé cómo voy a ayudarlo yo con eso.

—Sólo quería un poco de información sobre el pueblo —explicó Lazonby—. Parece muy bonito. Y amistoso. Y está lo bastante cerca de Londres como para ir en tren o en ómnibus, ¿verdad?

—Casi, casi —respondió ella, y señaló hacia atrás, por encima de su hombro—. El ómnibus llega hasta Bethnal Green Road. Y el año que viene habrá dos estaciones nuevas. Kingsland y... ¡Qué cabeza la mía! Se me ha olvidado.

—Hackney —dijo el único ocupante de una mesa cercana—. ¿Cómo es posible que te olvides de ésa, Min?

La chica se rió.

—Tiene razón, señor Fawcett. La estación de Hackney.

Fawcett se inclinó hacia ellos.

—¿Qué clase de casa está buscando, señor? —preguntó en tono más amable—. ¿Algo para alquilar? ¿O para comprar?

Lazonby se encogió de hombros.

—Es igual, con tal de que sea idónea —dijo mientras trataba de calibrar a su interlocutor—. Es para una tía mía soltera. Le gusta vivir en un pueblo, pero tiene ya una edad que me obliga a sacarla de Shropshire y traerla más cerca de Londres... aunque no demasiado, usted ya me entiende.

—Ah, sí —dijo el hombre moviendo las cejas—. Mi suegra vive en Croydon. Y por mí puede quedarse allí.

Min volvió a reírse. Y el hombre, Fawcett, sonrió. Lazonby intuyó que quería sugerirle algo, algo ventajoso para él. Así que insistió, señalando a través de la ventana:

—Le diré lo que quiero —dijo—. Me gusta esa casa. ¿Ha estado en venta alguna vez?

Fawcett dejó caer los hombros casi imperceptiblemente.

—Es curioso que lo pregunte —dijo y, apartando su jarra de cerveza vacía, extrajo una pipa del bolsillo de su chaqueta—. Cambió de manos hará dos años.

—¿Se le ocurre... alguna otra? —preguntó Lazonby.

Fawcett pareció sorprendido.

—Pues sí, la verdad —reconoció—. Tengo un hermano que alquila una casa. Pero está a un par de millas al Norte, lejos del pueblo.

—Ah —dijo Lazonby—. Gracias, pero dudo que a mi tía le interese.

—Bueno... —Fawcett se encogió de hombros—. Pero ésa de ahí, la de la puerta azul, está alquilada ahora mismo.

—¿Alquilada, eh? —dijo Lazonby—. ¿Para mucho tiempo, sabe usted?

—No sabría decirle. —Fawcett estaba llenando la cazoleta de la pipa con el tabaco que iba extrayendo de un saquito—. Sólo hay dos hermanos, un hombre y una mujer. Casi no se dejan ver por aquí.

—La cocinera dice que son americanos —explicó Min—. Pero no sé. A mí me parecen gente normal.

—¿Los has visto, entonces? —inquirió Lazonby mientras cortaba un trozo de salchicha.

—La señora Ashton va a la iglesia casi todos los domingos —respondió ella—. Está muy metida en obras de caridad: escuelas, orfanatos y esas cosas. El hermano, en cambio... A ése casi nunca lo veo.

—Se queda casi siempre en Londres, creo —agregó Fawcett, aplastando el tabaco con el pulgar—. Trabaja de no sé qué en el centro.

—Pero no se llama Ashton —dijo Min pensativamente—. Se llama Water... no sé qué.

—¿Waterston? —sugirió Lazonby.

—No, Coldwater —terció Fawcett como si acabara de recordarlo.

—Umm —dijo Lazonby—. La tía Aggie no se moverá si no le ofrezco un buen jardín y una casa cerca de la iglesia.

—No tan cerca, si no pertenece a la rama inconformista —le advirtió Min bajando la voz—. Seguro que su tía querrá ir a la de Saint John, que está un poquito más allá.

—Bueno —dijo Lazonby—, mi tía es una mujer muy activa. Sí, esa casa es realmente perfecta. ¿Imagino que esa tal Coldwater no se dejará persuadir para dejar el alquiler?

Fawcett, sin embargo, ya no irradiaba interés. Se levantó, concentrado en fumarse su pipa.

—Lo dudo —dijo al echar unas monedas sobre la mesa—. Bueno, más vale que vuelva a la tienda, Min. Buenos días a los dos, y buena suerte, señor.

Min se encogió de hombros cuando Fawcett se marchó.

—Hay gente capaz de hacer casi cualquier cosa por dinero —comentó con cierta tristeza—. Podría hacerle usted una oferta por el alquiler.

—Pero la hermana... —contestó Lazonby pensativamente—. Parece viuda, y no me gustaría echarla de su casa si es feliz aquí.

—Puede que no lo sea —dijo Min, esperanzada.

—Ojalá lo supiera —repuso Lazonby en aquel mismo tono pensativo—. No tengo mucha prisa. Y valdría la pena esperar por tener esa casa. Quizá tengan intención de volver a América algún día. Si es que son de allí.

Min se inclinó sobre la mesa y bajó la voz.

—Yo podría preguntar por ahí —sugirió—. Mi madre conoce a la señora que les lava la ropa.

Lazonby masticó otro trozo de salchicha.

—¿Y eso no pondría sobre aviso a ese tal Coldwater? —preguntó cuando hubo tragado—. Podría pedirme un precio desorbitado.

Los ojos de Min se abrieron de par en par.

—¡Nada de eso, señor! Yo no diría ni palabra —dijo, muy seria—. Sólo charlaría con ella un rato la próxima vez que venga por aquí. Y averiguaría todo lo posible sobre ellos.

Lazonby sonrió.

—Vaya, eres muy amable —dijo—. ¿Sabes qué te digo? Quédate con ese florín, por las molestias, y te traeré otro para el collar.

—¡Hala! —exclamó Min de nuevo.

—¿Dentro de un par de días, digamos? —sugirió él—. Pero no te molestes mucho, ni te metas en líos. Sólo abre bien los oídos, por si oyes algún rumor. ¿Prometido?

Ella se guardó la moneda tímidamente.

—Descuide, señor —dijo—. Yo podría hacer hablar a un muerto, y nadie se enteraría.

Lazonby posó la mirada sobre ella, deleitándose un momento en la inocencia y la sinceridad que irradiaba. Pocas veces extraía placer de su Don; pocas veces veía algo más que malicia, doblez o avaricia en el interior de las personas. Con el paso de los años había aprendido que era preferible desentenderse de todo aquello; ignorarlo, como uno podía ignorar un pitido en los oídos.

Era una pena que no hubiera más gente como Min, que quisiera sencillamente ayudarlo, y ni siquiera por la moneda, sino por pura amabilidad. Aquel dulce instante se interrumpió bruscamente, sin embargo, cuando la muchacha miró su jarra y se levantó de un salto.

—Señor, se ha quedado usted más seco que un hueso, y yo aquí, hablando por los codos.

—Estabas ayudándome —repuso él.

Ella miró con nerviosismo hacia la puerta de la cocina.

—Puede que no todo el mundo piense lo mismo.

Lazonby la miró con calma desde el otro lado de la desvencijada mesa.

—Estabas ayudándome, Min —repitió con firmeza—. Si alguien te dice algo, dile que se pase por aquí. Me llamo Smith.

—Gracias, señor Smith. —Su sonrisa volvió a llenarse de calor cuando se inclinó ante él—. Pero aun así será mejor que le traiga otra pinta.

Cuando el reloj de Saint Martin dio la una y media, Anisha estaba cerrando el expediente situado sobre la mesa de Napier. Había pasado allí más de dos horas sin que nadie la interrumpiera y sin embargo se sentía extrañamente frustrada. Tal y como aparecía expuesto en el archivo, en orden metódico e impecable, el caso no difería de lo que le había contado Rance.

Era perfecto.

Demasiado perfecto.

No había nada en el asesinato de Peveril, al menos nada que hubiera sido documentado, que indicara que alguna otra persona, aparte de Rance, tuviera motivos para desear su muerte.

Impulsada por un arrebato de frustración, se levantó de la silla y se acercó a la ventana para mirar pensativamente el patio de abajo, o lo que se veía de él. El trasiego de mediodía se hacía notar en la oscilante marea de burócratas cubiertos con sombreros de copa negros que discurría hacia Westminster. Sólo un hombre permanecía inmóvil y apartado de la multitud: un joven delgado, oculto entre las sombras y apoyado contra una tapia de ladrillo, con un maletín oscuro bajo el brazo.

Anisha contuvo la respiración.

¿Jack Coldwater?

Aunque se había despojado de su impermeable de costumbre, había algo en el arrogante ángulo de su mentón que le hacía inconfundible hasta desde aquella altura. En ese instante, el joven levantó los ojos hacia la ventana y clavó en ella una mirada penetrante.

Anisha se echó hacia atrás bruscamente, como si el poyete le hubiera quemado los dedos.

Regresó a la mesa de Napier y procuró ordenar sus ideas. Era una tontería, desde luego. Coldwater no estaba vigilándola. Ella había entrado por el Número Cuatro, en la calle de al lado. Además, Coldwater no podía saber cuál era la ventana de Napier... o que ella había ido a ver al subcomisario. Y, dejando a un lado los temores de Rance, no podía tener interés alguno en ella. Era reportero de un periódico. ¿Y qué mejor lugar que Scotland Yard para encontrar algo escandaloso sobre lo que escribir?

Era eso, desde luego. Coldwater estaba sencillamente de guardia, con la esperanza de desenterrar algún turbio despojo que sirviera para vender periódicos al día siguiente.

Anisha se dio cuenta de que estaba otra vez mordiéndose la uña del pulgar. Apartó el dedo, se dejó caer en la silla de Napier y, fijando su atención en lo que de verdad le urgía, comenzó a hojear de nuevo el expediente.

Todas las hojas que formaban parte del archivo, excepto dos, estaban cuidadosamente numeradas y registradas. Había declaraciones de sir Arthur Colburne, y hasta de su hija, la señorita Elinor Colburne, que databan de antes del juicio. Seis caballeros que habían presenciado la disputa entre Rance y Peveril, así como otros tres que ocupaban habitaciones contiguas a las de Peveril en el Albany, también habían sido interrogados, y la mayoría de ellos parecía haber declarado en el juicio.

Un hombre llamado Wilfred Leeton había sido interrogado en tres ocasiones. Era, recordó Anisha, el dueño del salón de juegos, aunque como la mayoría de los de su calaña había declarado que aquella noche sólo se había celebrado en su casa una reunión entre amigos y que, si había habido alguna partida de cartas, había sido por casualidad. Con todo, Anisha comprobó por las numerosas anotaciones del difunto señor Napier que Leeton había dejado el negocio poco después del asesinato para dedicarse a otras empresas de índole financiera.

Entonces copió metódicamente todos los nombres y anotó el meollo de sus testimonios y declaraciones. De ese modo fue reconstruyendo poco a poco no sólo el viejo caso de Nicholas Napier, sino una suerte de eje cronológico de los hechos.

Había dos documentos, sin embargo, que no encajaban en ninguna de esas categorías. Guardadas en la parte de atrás del expediente, como si a alguien se le hubiera ocurrido ponerlas allí en el último momento, había dos hojas de papel de unos cuarenta y cinco centímetros cuadrados que habían sido claramente arrancadas del dietario personal de Leeton. Eran entradas relativas al juego, o, más concretamente, anotaciones informales, una de ellas fechada la noche del asesinato de Peveril y la otra dos días antes. La última indicaba que el señor Leeton, o, mejor dicho, la banca, debía novecientas libras a Rance Welham. Dicha nota había sido doblada muchas veces, como los trozos de papel que Rance siempre se estaba guardando en los bolsillos.

La más reciente, plegada una sola vez, afirmaba que lord Percy Peveril debía al señor Welham la suma de mil trescientas cincuenta libras. Curiosamente, alguien había rodeado con un círculo el membrete con el nombre de Leeton y el número de la casa, y escrito a lápiz a un lado: «¿Sindicato C. N.?» Anisha reconoció la letra del difunto señor Napier, aunque no supo qué significaba la nota.

Miró de nuevo las cantidades. Eran sumas bastante abultadas. Y ambas, desde luego, legalmente imposibles de exigir en caso de que pudiera demostrarse que eran deudas de juego. Hasta ella llevaba el suficiente tiempo en Inglaterra para saber eso. Pero para los caballeros de la aristocracia, y para Leeton, que aspiraba a hacer negocios con ellos, tales compromisos eran más vinculantes que las leyes de Inglaterra. Más sagrados que los Diez Mandamientos. Un caballero podía dar largas a su sastre, a su vinatero o incluso a su amante. Pero Anisha sabía por los muchos infortunios de Lucan, que o pagaba sus deudas de juego en el plazo de una semana, si no antes, o se exponía al oprobio eterno.

Cerró la carpeta y se quedó pensando un rato. Según la argumentación de la Corona, Rance había matado a un hombre que le debía dinero. Peveril se había visto forzado por las circunstancias a darle un pagaré, pero, fuera como fuese, se lo había dado. Nicholas Napier, sin embargo, había construido su caso alegando que los dos hombres habían discutido por el dinero, o quizá por la afrenta. Había algo, no obstante, que no cuadraba.

Un instante después, oyó unos pasos fuertes y decididos al otro lado de las viejas puertas de roble y comprendió que Napier había vuelto.

Llevada por un impulso, abrió la carpeta por la parte de atrás y agarró las notas. Más adelante no estaría segura de por qué lo había hecho, pero en aquel momento de confusión le pareció importante. Además, las notas no estaban consignadas en el registro del expediente.

Se las guardó rápidamente en una manga, deslizándolas por su muñeca para que quedaran ocultas bajo el puño del vestido. Cuando Napier cruzó la puerta, se había levantado y estaba echándose el chal sobre el pelo.

—Ah, veo que ha escrito mucho.

Anisha sonrió.

—Me duele tanto la mano que creo que he copiado el expediente entero.

Napier la miró un momento a los ojos; luego rodeó la mesa y abrió la carpeta.

—Habrá de perdonarme, milady —dijo mientras revisaba la hoja del registro— si no me fío del todo de usted.

—Bien, no puedo decir que no me lo advirtiera.

Sintiéndose sólo un poco culpable, se acercó a un lado del escritorio y comenzó a colocar sus pulcros papeles, fingiendo que los ordenaba. Napier no se sentó, no podía, pues ella no estaba sentada. Se quedó de pie y revisó meticulosamente el expediente, cotejando cada documento con el inventario sujeto a la portada de la carpeta.

Cuando por fin llegó a la parte de atrás, Anisha contuvo el aliento y se puso a rezar.

Napier vaciló un instante y frunció el ceño.

—Bien, eso es todo, entonces. —Cerró enérgicamente la carpeta y la miró—. ¿Hay algo más que la Policía Metropolitana pueda hacer por usted, lady Anisha?

—Hoy, no. —Sonrió alegremente—. Pero mañana, cena a las seis. No lo olvide.

La reunión de Napier en el Ministerio del Interior debía de haber sido muy aburrida, sin embargo, porque parecía haberle dado ocasión de empezar a sospechar.

—Confieso —dijo— que me desconcierta un poco la ilusión que parece hacerle esa cena.

—Me hace ilusión, en efecto —dijo—. Disfruto de su compañía. Además, necesito otro caballero para que me salgan las cuentas. Usted me vendrá como anillo al dedo.

—¿Cómo dice? —Su semblante se crispó un momento; luego, se ensombreció—. ¿Las... cuentas?

Ella se tocó ligeramente la sien.

—Ah, sí, ¿no se lo he dicho? —contestó—. Voy a dar una cena.

—¿Una cena? —preguntó, visiblemente contrariado.

—En efecto, pero a ésta querrá asistir —dijo Anisha en tono conspirativo—. Es en honor de lord Bessett y de la señorita Anaïs de Rohan.

—¿Cómo dice? —repitió él—. ¿En honor de Bessett y de... quién?

—De la señorita De Rohan —contestó ella ladinamente—. La prometida de Bessett. Seguro que la conoce. Es, creo, la hija mayor del vizconde de Vendenheim-Sélestat. Deduzco que no se ha enterado aún de la buena nueva.

—¿Lord Bessett...? —El rostro de Napier se oscureció como una nube de tormenta—. ¿Lord Bessett va a casarse con la hija de De Vendenheim?

—Maravilloso, ¿verdad?

—¿Maravilloso? —vociferó él—. Dígame, señora, ¿hay alguna artimaña a la que no sea capaz de recurrir esa gente para...?

—¿Qué gente? —lo atajó ella.

—¡La Sociedad Saint James! —contestó Napier entre dientes—. ¿No le bastaba a su hermano con meterse a la reina en el bolsillo? ¿También tenía que casar a Bessett por la causa?

Anisha se irguió en todo su metro cincuenta de estatura.

—Señor Napier, mi hermano se ganó la lealtad de la reina arriesgando su vida por Inglaterra —dijo enérgicamente—. Y en estos momentos está en un barco con destino a Calcuta. Ignora por completo ese compromiso. Además, hace apenas dos horas creía usted que lo había dispuesto todo para casarme a mí con Bessett.

Napier vaciló un momento, entornando los ojos.

—Esto no puede ser una coincidencia —afirmó agriamente—. El hecho de que uno de los hombres más poderosos del Ministerio del Interior, un hombre que se halla muy por encima de mí, vaya a convertirse en un peón de la Sociedad Saint James es algo que escapa a la comprensión de los simples mortales, señora. Es inconcebible.

Anisha lo miró fijamente a los ojos.

—Bien, reconozco que soy nueva en Londres —dijo—. Pero tengo entendido que ese tal De Vendenheim es un hombre singularmente independiente e íntegro. La personificación misma del bien que triunfa sobre el mal, etcétera. Así que la idea de que vaya a convertirse en un peón de otras personas es... en fin, muy esclarecedora.

Napier se dio cuenta de lo que acababa de decir. Se sonrojó y guardó completo silencio. Después abrió de un tirón el cajón de arriba de su escritorio, dejó caer dentro el expediente de Peveril y lo cerró de golpe. Saltaba a la vista que quería que se fuera.

Pero Anisha no se fue.

—Señor Napier —dijo, suavizando su tono de voz—, reconozco que no soy la más elegante de las anfitrionas de la aristocracia, pero lo estoy invitando a nuestra casa con toda mi buena voluntad. Es más, le estoy ofreciendo una oportunidad increíble de codearse con personas influyentes.

—Ah, ¿conque de nuevo estoy apuntando muy alto? —Se volvió para mirar por la ventana, negándose a sostenerle la mirada—. ¿Cree usted que estoy deseando tener la oportunidad de codearme con la aristocracia? Pues se equivoca usted, señora.

—Oh, por el amor de Dios, ¿a quién le importa un bledo la aristocracia? —contestó ella enérgicamente—. No, le estoy ofreciendo la oportunidad de trabar amistad con la hija de De Vendenheim y con su futuro marido, un hombre por el que, según usted mismo ha reconocido, ya siente cierta estima. De hecho, no ha sido invitado nadie más del Ministerio del Interior. Ni siquiera el propio ministro.

El subcomisario le lanzó una larga mirada de reojo.

—Sólo yo, ¿eh?

—Sólo usted —contestó—. Y vendrá como amigo de la anfitriona.

—A mí también me importa un bledo la política —gruñó él.

—Nunca he pensado lo contrario —dijo Anisha—. Pero yo diría que le importa mucho granjearse el favor de De Vendenheim. Contarlo entre sus conocidos... En fin, creo que podría serle muy útil en el curso de sus investigaciones.

—Umm —masculló Napier, pero era evidente que estaba meditando su argumento—. Conozco ligeramente a De Vendenheim, y muy bien su reputación. Me he precipitado al emplear el término «peón». Es más bien un ariete. Y no tiene ni un pelo de tonto.

—Ni usted, diría yo —repuso Anisha tranquilamente.

—Me ha engañado —dijo Napier.

—Nada de eso —respondió ella—. Dijo usted una velada, no una noche, a la hora que yo escogiera y sin condiciones.

—Me refería... En fin, a algo más íntimo que una cena multitudinaria —contestó él.

—Bueno, no fue muy concreto —dijo Anisha con ligereza—. Así que, ¿vendrá?

Napier entornó los ojos de nuevo y Anisha comprendió que tal vez lo había subestimado.

El subcomisario tardó un rato en volver a hablar.

—Vino aquí con intención de persuadirme para que asistiera a esa cena, ¿no es cierto? —dijo con voz baja y acusadora—. Estaba muy segura de sí misma. Necesitaba otro caballero y pensó que me apresuraría a aceptar.

—Parece usted empeñado en convertir esto en algo deplorable —respondió Anisha con una calma que no sentía—, cuando en realidad sólo lo estoy invitando a cenar.

—Pero ha esperado hasta muy tarde —señaló él—. Demasiado, de hecho, para invitar a otra persona si yo me negara.

—No tendría sentido que se negara —dijo Anisha.

—Tendría mucho sentido si quisiera dejar clara una cosa.

—¿Qué cosa?

—Que no soy un juguete con el que jugar, señora, cuando le convenga —replicó Napier, apoyando las manos sobre su mesa e inclinándose hacia ella con gesto casi amenazador—. No, creo que voy a replantear nuestro trato de un modo más conveniente para mí.

Anisha no vaciló.

—Muy bien. Estoy dispuesta a negociar.

—Entonces iré a su cena —dijo él en tono crispado—, me pondré mis mejores galas, haré lo posible por no poner los codos sobre la mesa de lord Ruthveyn y procuraré no tartamudear...

—¡Qué tontería! —exclamó Anisha—. Es usted tan educado como cualquier caballero, señor Napier. Continúe, por favor.

—Todo a su debido tiempo —contestó—. Estoy pensando.

—No, está maquinando —repuso ella.

—Nadie mejor que usted para saberlo —rezongó él—. Es usted muy astuta, lady Anisha. Pilla a la gente desprevenida a propósito. Como una hermosa joya, es delicada y radiante, de modo que uno no se fija al principio en todas esas facetas tan afiladas.

—Si se refiere a que no soy una especie de felpudo, tiene mucha razón —respondió ella—. Lo fui una vez. Y no lo recomiendo. Ahora, quiere usted algo de mí. ¿Qué es?

—Quiero que vaya al teatro conmigo —respondió Napier—. Tengo un palco en préstamo.

Anisha levantó las cejas, sorprendida.

—¿Al teatro? —murmuró—. Vaya, es usted muy amable.

Pero no era del todo amabilidad. Napier pretendía, sencillamente, como la mayoría de los hombres, salirse con la suya. Anisha, sin embargo, no era tonta. En caso de apuro, tenía a Frankie Fitzwater para que le salieran las cuentas de la cena. Aun así, por razones que no alcanzaba a explicarse, quería que Napier asistiera al evento.

Ten cerca a tus amigos, había dicho Rance, *y aún más cerca a tus enemigos.*

Pero ¿cuál de las dos cosas era Royden Napier?

Anisha no lo sabía. Y como no lo sabía, sólo podía hacer una cosa.

—Si podemos ir como amigos —dijo por fin—, y si puedo llevar a mi hermano, lord Lucan Forsythe...

—Sí, sí, por supuesto —dijo Napier.

—Entonces, sí, me encantaría. ¿Qué iremos a ver?

—*Les Huguenots.*

—¿*Les Huguenots?* —Anisha sintió que sus ojos se agrandaban—. Creía que ya no estaba en cartel.

—Van a volver a estrenarla en el Covent Garden. —Su mirada se suavizó de pronto—. ¿Es usted muy aficionada a la ópera?

Anisha se sonrojó.

—Bueno, en Calcuta no veíamos muchas —contestó, riendo—. Pero sí, me he aficionado mucho a ella. De hecho, acabo de ver *L'Elisir d'amore* de Donizetti con... En fin, es igual.

—Sí, la vi allí —dijo Napier—. Con Lazonby y lady Madeleine MacLachlan, la madre de lord Bessett.

¿La había visto allí?

Una súbita frialdad se apoderó de la habitación. ¿De veras lo que estaba en juego era el interés de Napier por ella?

Menos segura que antes, Anisha siguió adelante:

—Así que nos vio —dijo con ligereza, preguntándose si había estado allí por casualidad o con algún otro propósito—. Entonces sin duda también notaría que Lazonby se pasó la función entera durmiendo.

—Como he dicho antes —murmuró Napier—, ese hombre es un patán, entre otras cosas menos agradables.

Anisha se quedó muy callada.

—Mucho me temo, señor Napier —dijo por fin— que usted y yo nos diremos adiós muy pronto si insiste en insultar a un caballero al que considero mi amigo... por muy incultos que puedan ser sus gustos.

Napier hizo una tensa reverencia.

—Veo que he de tener paciencia —dijo con aspereza— y permitir que Lazonby demuestre lo que es... lo cual acabará por hacer, inevitablemente.

—Sé muy bien cómo es Lazonby —repuso ella con la mano ya en el pomo de la puerta—. Y mis sentimientos hacia él, sean cuales sean, no van a cambiar. Bien, ¿sigue usted queriendo cenar conmigo? ¿Sigue queriendo que vayamos al teatro como amigos? Siéntase libre de decir sí o no.

Napier guardó silencio unos instantes.

—Sí a ambas cosas, entonces —respondió por fin, aunque no parecía contento—. Y ahora más vale que le desee buenos días, señora. La veré en la cena, mañana. Y en el teatro la semana que viene.

Pocos minutos después, Anisha se descubrió saliendo de entre la neblina formada por el sudor y el olor a verduras recocidas al aire todavía frío de un día primaveral. Al echar a andar, se ciñó el chal de cachemira alrededor de los hombros. Vio el carruaje al otro extremo de Whitehall Street y a Brogden, su fornido cochero, esperando en la acera, cerca del Almirantazgo, con actitud casi recelosa.

Apretó el paso calle arriba, pero justo cuando se acercaba a la acera alguien le cortó el paso prácticamente de un salto. Levantó la mirada bruscamente y se topó con los ojos gélidos y verdeazulados de Jack Coldwater.

Éste alargó una mano como si se dispusiera a impedirle avanzar.

—Le pido disculpas —dijo—, pero no puede usted ayudarlo viniendo aquí, ¿sabe? No puede cambiar la verdad.

Anisha se irguió.

—Lo lamento, señor, pero no nos han pre...

—Confiaba, señora —la interrumpió él con una mirada ardiente— que un asunto tan grave como el asesinato de un hombre inocente volviera inútiles esas pequeñas formalidades.

—Pues se equivocaba usted. —Anisha se levantó las faldas para pasar a su lado—. No pienso conversar en la calle con un desconocido. Haga el favor de apartarse.

Pero Coldwater no sólo le cortó el paso, sino que la agarró del brazo casi a la altura del codo y tiró de ella. Al otro lado de Whitehall Place, dos hombres se detuvieron, indecisos. Anisha vio por el rabillo del ojo que Brogden se apresuraba a cruzar la calle.

Enfurecida, se revolvió contra Coldwater.

—Suélteme, señor.

Pero él no la soltó.

—No sé a qué está jugando, lady Anisha —gruñó, apretándola aún más fuerte—, pero sí que Lazonby es un asesino a sangre fría.

—Está usted loco —replicó ella tajantemente—. ¡Cómo se atreve!

—¡Pero usted lo vio! —Las palabras de Coldwater sonaron sofocadas por la rabia—. ¡Por Dios, usted vio cómo me atacaba en la biblioteca aquel día! ¡El loco es él, no...!

Se interrumpió cuando Brogden lo agarró por el cuello de la chaqueta y lo apartó de un tirón, como si no pesara nada. El joven se estrelló contra la barandilla que discurría junto al Número Cuatro y, al caérsele el sombrero, quedó a descubierto su mata de brillante pelo rojo.

El cochero blandió su grueso puño.

—¡Levántate, enano! —bramó—. ¡Levántate, que voy a darte a probar de esto!

Coldwater respondió con un exabrupto mientras se levantaba, tambaleándose. Al otro lado de la calle, dos caballeros más, éstos de uniforme, se habían unido a los anteriores.

—Gracias, Brogden. —Un poco trémula, Anisha se inclinó y le puso la mano sobre el brazo—. Venga, déjelo. Marchémonos.

Brogden se volvió hacia ella y su semblante se suavizó.

—Sí —dijo, y añadió mirando hacia atrás—. Ahí te quedas.

Coldwater, sin embargo, no había terminado.

—¡Sí, váyase, lady Anisha! —gritó al recoger su sombrero—. ¡Vuelva a ese nido de herejes de su hermano! ¿Cree que no sé lo que son? ¡Deberían quemarlos por brujos a todos!

—No le haga caso, señora —le aconsejó Brogden adustamente mientras la acompañaba calle arriba.

Pero el joven siguió gritando a su espalda.

—¡No ha hecho más que dejarse engañar por las mentiras de Lazonby! —vociferó—. ¡Es un asesino! ¡Y todos ustedes lo saben!

Anisha se detuvo al borde de Whitehall Street, temblando de rabia.

—Espere aquí —ordenó, soltando el brazo de Brogden.

Dio media vuelta y regresó con paso firme para encararse con Coldwater, que tenía un aspecto ridículo con la chaqueta de lana torcida. Se había callado, sin embargo, y la miraba con los ojos abiertos de par en par.

—Tengo entendido que es usted periodista, señor Coldwater —dijo Anisha con aspereza.

—¿Y qué?

Entornó los ojos, receloso.

—Lo que quiero decir, señor, es que no puede ser usted del todo imbécil —prosiguió ella—, sino más bien un lunático al que alguien ha inducido a error. Porque sin duda un periodista conoce las leyes contra la difamación. El riesgo económico, si quiere, que entraña llamar asesinos y brujos a ciudadanos inocentes en plena vía pública.

—Ocúpese de sus asuntos —replicó Coldwater.

Anisha señaló su cara con un dedo.

—Es usted quien ha hecho de esto un asunto de mi incumbencia —respondió—, cuando me ha agarrado del brazo y me lo ha magullado. Y cuando me ha calumniado delante de toda esa gente. ¿Quiere que vuelva a entrar en el Número Cuatro y le enseñe al oficial de guardia las marcas que tengo en el brazo? ¿Quiere que le diga que acaba usted de difamar a un par del reino en pleno Whitehall?

—Yo no he hecho tal cosa —contestó Coldwater entre dientes, pero comenzó a apartarse de ella.

Anisha se volvió para mirar a los cuatro caballeros, que ahora eran cinco, y dijo con voz clara y firme:

—Soy lady Anisha Stafford, viuda del capitán John Stafford, de la Caballería de Bengala. Este perturbado acaba de agredirme y calumniarme delante de todos. ¿Quién de ustedes tendría la bondad de entrar para dar su nombre al oficial de guardia como testigo?

Apenas pasó un instante antes de que un hombre de grandes patillas, vestido con el uniforme negro y rojo del Onceavo Regimiento de Húsares se quitara el morrión y cruzara la calle.

—Mi hermano estuvo en Sobraon y en Ferozeshah con el Noveno de Infantería —dijo—. Iré encantado. Pero primero, señora, si podemos deshacernos de este sinvergüenza en su nombre...

Coldwater, sin embargo, ya había recogido su maletín y se alejaba calle abajo en dirección al río. En un rincón de su mente Anisha comenzó a preguntarse qué demonios iba a decirle a Rance.

La respuesta le llegó de inmediato. *Nada.*

Coldwater estaba, de hecho, medio loco, tal y como había mantenido siempre Rance. Y no tenía sentido alimentar más aún la ira de Lazonby. Ni escribir a Raju. Ni contárselo a nadie, en realidad.

Se volvió hacia el húsar y sonrió.

—Bien, creo que ha ahuyentado usted a ese sujeto —dijo—. Se lo agradezco, señor, y le deseo muy buenos días.

De vuelta al otro lado de la avenida, esperó a que Brogden bajara los peldaños del carruaje. Luego, cuando el cochero se irguió, se llevó un dedo a los labios y le lanzó una mirada de advertencia.

El rostro cordial de Brogden se ensombreció. Luego pareció transigir y asintió con la cabeza con aire conspirativo.

—Sí, señora —dijo—. Como quiera.

Anisha subió al carruaje.

—A Saint James's Place —ordenó—, aunque por poco rato.

Tal y como esperaba, enfrente de la Sociedad Saint James el señor Ringgold estaba ya en la puerta del club Quartermaine a pesar de que sólo era media tarde. Anisha se apeó y ordenó a Brogden que diera la vuelta al final de la calle.

—Señor Ringgold —dijo al cruzar la calle—, haga el favor de bajar a preguntarle al señor Quartermaine si puede hablar conmigo un momento. Pero ahí enfrente, si es tan amable.

—Umm —rezongó Pinkie, lanzando una mirada de desdén hacia el edificio de la Sociedad. Pero entró y, después de verlo bajar las escaleras a través del cristal, Anisha cruzó aprisa la estrecha calle y pidió que le subieran el té a la biblioteca privada.

Seguía de pie junto a la ventana, sopesando lo que iba a decir, cuando llegó el té. Quartermaine entró poco después que el lacayo, con el sombrero en la mano. Tenía una mirada desconfiada y una sonrisa irónica.

—Bien, lady Anisha —dijo—. ¿A qué debo el extraordinario placer de ser convocado al otro lado de la calle en medio de mi jornada de trabajo?

Ella sintió que se sonrojaba.

—Le pido disculpas por ello —dijo—. He hecho mal, pero he pensado que tal vez no querría que fuera a visitarlo una dama sin escolta.

Quartermaine la miró de arriba abajo.

—Lo cierto es que no se me ocurre nada más agradable —murmuró— que una dama sin escolta... sobre todo si es bonita.

Anisha sintió que su espalda se enderezaba.

—Señor Quartermaine, no es preciso que coquetee conmigo.

Él se encogió de hombros casi con indolencia.

—La mayoría de las mujeres de la buena sociedad parecen esperarlo de mí —respondió, y su sonrisa irónica se convirtió en otra cosa más siniestra—. Y odio decepcionarlas. Pero deduzco que se trata de un asunto de negocios.

—En cierto modo, sí —contestó ella con aspereza—. Quiero que me dé su opinión sobre una cosa. ¿Quiere sentarse y tomar una taza de té?

—Con todo el respeto, señora, ya tengo negocios de sobra al otro lado de la calle. —Quartermaine apoyó un hombro en el marco de la puerta. Apenas había entrado en la sala—. La mayoría de los días, no doy abasto.

—Sí —dijo ella con energía—, sí, olvidaba que hay un montón de jóvenes a los que tiene que desplumar.

—Así es —contestó inexpresivamente. Sus ojos habían perdido por completo su mirada seductora—. Pero puede usted preguntarme lo que le plazca, siempre y cuando sea rápido. La ayudaré si está en mi mano.

Resignada, Anisha sacó las notas que había extraído de la carpeta de Napier.

—Quiero que eche un vistazo a esto —dijo, poniéndoselas delante.

Quartermaine miró las notas, las observó cuidadosamente y dejó escapar un suave silbido.

—Creo que prefiero no saber de dónde las ha sacado.

—Más vale así —convino ella—. Dígame sólo qué opina de ellas. ¿Son auténticas? ¿Sería alguien capaz de matar por esas sumas?

—He visto morir a hombres por dos chelines —repuso él al devolverle las notas—. Y sí, a mí me parecen auténticas. ¿Por qué no le pregunta a Lazonby?

Ella se mordisqueó el labio.

—Seguramente tendré que hacerlo —confesó.

—Ah —dijo Quartermaine—, entonces ¿no se las ha dado él?

Anisha comprendió que estaba sondeándola.

—Evidentemente, no —contestó, y señaló la palabra rodeada con un círculo—. ¿Y esta anotación? «¿Sindicato C. N.?» ¿Tiene idea de qué significa?

Quartermaine echó otra ojeada al papel, fijándose en la palabra.

—¿Y bien? —preguntó ella.

—No me dice nada —respondió por fin, y recogió su sombrero.

Saltaba a la vista que la conversación había concluido.

—Gracias —dijo Anisha mientras guardaba las notas en su bolso—. Lamento mucho haberlo molestado, pero no sabía a qué otra persona preguntar.

Quartermaine se apartó lánguidamente de la puerta.

—Bien, me atrevería a sugerirle —dijo— que tal vez no deba preguntar a nadie en absoluto.

Anisha se acercó a él.

—¿Qué quiere decir?

Quartermaine señaló con el sombrero el bolso que ella había dejado sobre uno de los sofás de piel.

—Si quiere que le dé mi opinión sincera, señora, esas notas me hacen temer que se está usted metiendo en cosas que no son de su incumbencia y que tal vez sean peligrosas —dijo—. Lazonby, por desgraciado que se considere, al menos está libre... y sigue respirando. Quizá vaya siendo hora de dejar correr el asunto.

Anisha se sintió temblar de indignación.

—¿Eso es una especie de amenaza, señor?

Los ojos de Quartermaine se suavizaron. Sinceramente, pensó Anisha.

—Desde luego que no, señora —dijo, y se puso el sombrero al salir—. Pero es lo que en el negocio del juego llamaríamos un muy buen consejo.

Capítulo 7

De pálidas perlas y rubíes rojos como la sangre.

WILLIAM SHAKESPEARE, *Queja de una amante.*

*A*y, señora, está usted guapísima!

Janet retrocedió para admirar el reflejo esplendoroso de la larga sarta de perlas que acababa de colocar alrededor del cuello de Anisha dándole dos vueltas y luego una tercera.

—No sé, Janet. —Anisha se quedó mirando el espejo del tocador y acercó la mano al cierre, adornado con un rubí—. Parecen tan... ostentosas.

Janet ladeó la cabeza.

—Pues sí, señora, hay que reconocer que son un espectáculo.

Anisha se levantó, se acercó al espejo de cuerpo entero y se giró un poco.

—¿Cuántas habrá? —murmuró.

—Doscientas noventa y tres —contestó Janet con aplomo—. Las conté una vez.

La vuelta de más abajo colgaba justo por debajo de los pechos de Anisha, y apenas cubría el amplio escote de su vestido de noche. Sobre la seda verde esmeralda del vestido y sobre su piel de color miel, las perlas se veían blancas como la leche. Casi deslumbrantes, en realidad.

El valiosísimo collar había pertenecido a su abuela escocesa, una mujer alta y enérgica que, incluso encorvada por la edad, casi le llegaba al hombro a Raju. Como no le había gustado especialmente la esposa que había elegido su hijo, la buena señora sólo había pasado un año en la India con intención de ver a sus nietos. Pese a todo, al morir había dejado el elegante collar de perlas a Anisha, su única nieta.

Y a Anisha le encantaban las perlas. Incluso había sentido un afecto pasajero por su abuela, pues ahora entendía lo duro que era fundir dos culturas en una. Hacerlo había sido el mayor reto de su vida y le había ocasionado más pesares aún que su matrimonio, el cual había sido más bien una lenta deriva hacia la decepción.

Pero, dejando a un lado su lucha, valoraba su mitad escocesa tanto como su mitad india. Las perlas, sin embargo, ensartadas para que las luciera una mujer mucho más alta, resultaban abrumadoras sobre su pequeña figura.

Y, sencillamente, no iban con ella.

Comprendió de pronto que, por más que se esforzara, jamás parecería, ni se sentiría, especialmente británica. Y esa noche, sin saber por qué, se sentía cansada de intentarlo. Movida por un impulso, abrió el broche de rubí y dejó caer las perlas con estrépito sobre la bandeja de porcelana que había en su mesilla de noche.

—Bien —dijo al levantar la mirada—, así está mejor.

Janet ladeó la cabeza hacia el otro lado.

—No sé, señora —dijo por fin la doncella—. Ahora parece... en fin, muy *descocada*.

Anisha regresó al taburete del tocador. Tuvo que darle la razón a su doncella. A falta de las perlas, el vestido de color esmeralda parecía desnudar su carne de un hombro a otro y casi hasta los pezones. Era nuevo, lo había confeccionado una de las modistas más en boga en Londres y era el último grito, mucho más que cualquier otro de los que tenía.

Pero no. Tampoco así servía.

Una idea loca e impulsiva se apoderó de ella. Pero, cuanto más pensaba en ello, más brillante y menos necia le parecía.

—La gargantilla *kundan* de mi madre —dijo por fin—. Eso es lo que necesito. Y tráeme también su sari verde y azul. El de cachemir.

Janet hizo una mueca.

—Ay, señora, no creo que las damas inglesas se pongan esa clase de cosas —dijo—. Y menos para una cena de gala.

Pero Anisha volvió a mirar sus hombros desnudos y tomó una decisión.

—Ésta, sí —dijo—. Al menos, hasta cierto punto. ¡Ah, y el broche y los pendientes! También voy a necesitarlos. Además, Janet, es mi fiesta. Creo que he de hacer lo que se me antoje.

Janet puso los brazos en jarras y sonrió.

—Muy bien dicho, señora —dijo—. Ahora mismo se lo traigo.

La doncella salió del tocador con un trotecillo alegre. Anisha abrió su joyero y sacó una de las piezas que quería ponerse. Los largos pendientes colgantes eran fáciles de poner. Luego, con ayuda de Janet, se abrochó la gargantilla. La sintió pesada y fresca alrededor de su garganta como una ancha collera de oro cuyo metal, finamente labrado, refulgía entre las hileras alternas de diamantes cortados en forma de rosa y gemas de diversos colores. La última fila, cuyos cortos colgantes estaban engarzados alternativamente de esmeraldas y zafiros, serviría para distraer las miradas de su escote.

Realzó aquel efecto al plegar el sari y sujetárselo cerca de la cadera derecha con el broche. Luego, envolviéndose con él la espalda, lo pasó por su hombro izquierdo y separó un poco los pliegues, dejando que colgara casi hasta su rodilla, como un largo y elegante chal.

—¡Ahora —exclamó Janet con cierta euforia— las plumas de pavo real!

—¿Por qué no? —dijo Anisha.

En un abrir y cerrar de ojos, Janet encontró las plumas y se las sujetó al cabello con horquillas. Las largas y elegantes plumas, más parecidas a un tocado que a un sombrero, la hacían parecer alta... relativamente hablando, al menos.

Apartándose del tocador, regresó frente al espejo de cuerpo entero y se recorrió críticamente con la mirada. El conjunto era armonioso, aunque un poco exótico. El sari no estaba hecho para llevarse así, claro, pero se sentía cómoda con él. Así era su vida, ahora más que nunca: una mezcolanza de mundos distintos.

Janet estaba tirando de uno de los pliegues para enderezarlo.

—Me gusta —dijo—. Es un poco como lo que su excelencia llamaba un mantón, sólo que de seda.

«Su excelencia», Anisha lo sabía, era como llamaba el servicio a su abuela, y muy rara vez a su madre.

—¿Un mantón? —repitió—. ¿Qué es eso?

—Un chal largo —contestó Janet—. Pero seguro que usted no se acuerda. ¡Qué caray, casi ni me acuerdo yo! Pero en cuanto refrescaba un poco, su excelencia se echaba el mantón sobre el hombro y se lo sujetaba con un broche grande de plata. A veces se ponía un cinturón. Era muy raro.

Anisha escudriñó su memoria y rescató de ella un vaguísimo recuerdo que volvió a esfumarse en cuanto oyó que fuera frenaba un carruaje y cruzaba traqueteando la verja.

—¡Cielos, Janet! —Se llevó la mano a la gargantilla como si tocarla le diera fuerzas—. ¿Ya ha llegado algún invitado?

Cruzaron a toda prisa el cuarto de estar, Anisha apartó el visillo de la ventana con un dedo y miró hacia abajo. El carruaje, un elegante landó negro, se estaba deteniendo en la glorieta semicircular. Era fácil reconocerlo, pues lucía las armas del conde de Lazonby y era el mismo que había llevado a Anisha a casa desde el puerto, el día ya lejano de su llegada. Desde entonces, sin embargo, lo había visto muy rara vez, pues Rance, siempre tan independiente, prefería conducir él mismo o sencillamente ir a pie.

Los dos lacayos bajaron la escalinata, pero Rance, como de costumbre, se les adelantó y Anisha pudo ver lo guapo que estaba; demasiado guapo, de hecho, para su gusto.

Abrió la puerta del carruaje y saltó de él sin ayuda con el bastón con cabeza dorada y el sombrero de copa en una mano. Su capa negra de noche se agitó tras él, dejando al descubierto su reluciente forro de color peltre. Bajo la capa, llevaba chaqueta de frac y pantalones negros con una elegante corbata blanca. Salvo por sus rizos rebeldes, que el viento había agitado, parecía un hombre a la moda de la cabeza a los pies.

De cerca, sin embargo, Anisha sabría que sería distinto. Ningún traje podría jamás revestir a Rance Welham con una apariencia de civilización: su naturaleza de mercenario curtido siempre se dejaba entrever, por elegantes que fueran las capas con que se cubriera.

Janet dejó escapar un murmullo de admiración.

—Madre mía, señora, Lazonby se ha puesto de punta en blanco —murmuró—. Y menudo espécimen de hombre es, señora.

—Sí, y él lo sabe —masculló Anisha, acordándose de su última despedida—. Además, llega con cuarenta minutos de antelación.

—¿Quiere que le diga a Higgenthorpe que lo lleve a esperar al salón?

—No. —Anisha dejó caer el visillo—. No, Janet, voy a bajar. ¿Qué tal estoy?

La doncella la miró con ojo crítico.

—Pues no muy inglesa —contestó.

Lazonby subió la escalinata sintiéndose extrañamente fuera de lugar, por motivos que no alcanzaba a explicarse. ¿No había entrado en aquella casa al menos cien veces? Doscientas, más bien. Esa noche, sin embargo, algo pesaba sobre él, algo inefable y prodigioso... aparte de la infrecuente incursión en los ambientes de la buena sociedad.

O quizá fuera el complicado lazo que Horsham le había hecho en la corbata hasta casi ahorcarlo con él. Quizá fuera que a su cerebro le faltaba el aire, el «oxígeno», lo llamaba el doctor Von Althausen.

En el suntuoso vestíbulo de Ruthveyn, todo estaba como de costumbre: los excelentes cuadros a lo largo de las paredes, el olor a cera en el aire y la gruesa alfombra turca de color verde desplegada sobre el suelo de mármol como una franja de mullido césped.

Higgenthorpe lo saludó calurosamente, se echó con cuidado su capa sobre el brazo y recogió su sombrero y su bastón mientras se entregaban a su rutina habitual, preguntándose el uno al otro por su salud y comentando el tiempo.

Esta vez, sin embargo, Anisha los interrumpió desde el descansillo.

—Hola, Rance —dijo tranquilamente—. Llegas temprano.

Lazonby se volvió y al verla contuvo el aliento. En su pecho pareció agitarse algo muy hondo mientras ella bajaba elegantemente la escalera, atrayendo su mirada como el Norte a una brújula.

Él, no obstante, logró reponerse y sonreír.

—Se me había acabado el whisky —bromeó—. Y sabía que te compadecerías de mí.

Ella le lanzó una extraña mirada cuando se acercó.

—Esa vieja sierra que antes era tan de fiar está perdiendo sus dientes a velocidad prodigiosa, querido —comentó.

Lazonby no se atrevió a preguntarle qué quería decir, pero aun así cogió sus manos y la besó en la mejilla.

—Anisha —murmuró, echándose hacia atrás para mirarla de arriba abajo—, estás... Dios mío, estás arrebatadora.

Ella apartó las manos y lo miró con censura.

—Vamos, no coquetees conmigo, Rance —dijo, y pasó a su lado, dirigiéndose hacia el salón—. En serio, ¿quieres un jerez? ¿O algo más fuerte?

—Algo más fuerte —contestó—, si no te importa.

Mientras la seguía, vio relucir tras ella su largo chal de cachemir como una catarata de seda. Esa noche se había recogido el pelo hacia arriba en un moño, dejando al descubierto su cuello de cisne, y se había puesto un tocado de plumas de pavo real a juego con sus largos pendientes de esmeraldas y zafiros. Entonces la alcanzó nada más entrar en el salón, y aunque su instinto parecía embotarse cuando estaba con Anisha, percibió su descontento.

Aquello era, pues, lo que pesaba sobre él. Tenía que serlo. Anisha seguía enfadada por que la hubiera dejado en Saint James. Aunque en realidad era ella quien lo había dejado a él. Por muchas ganas que tuviera de seguir a Coldwater, jamás habría abandonado a una dama en plena calle.

Con una copa vacía en la mano, Anisha le lanzó una extraña mirada de reojo y esbozó una sonrisa.

—Por lo menos has venido esta noche —dijo mientras quitaba el tapón a la botella de whisky de Ruthveyn—. Temía que no lo hicieras, ¿sabes?

—¿Quieres decir que no estabas segura de que pudieras contar conmigo? —preguntó en tono engañosamente ligero—. Porque, si no me engaña la memoria, yo nunca te he fallado, Anisha. Nunca te he hecho una promesa que haya incumplido. Ni lo haré nunca.

Ella vaciló, con la botella ladeada sobre la copa.

—¿Sabes?, creo que tienes razón —reconoció en voz baja—. Y dime, ¿has conseguido atrapar a tu presa esta última semana?

—¿A Coldwater? —preguntó mientras observaba sus manos delicadas y hábiles sobre el cristal—. Pues sí. Lo seguí hasta Hackney. Tiene una casa allí. Y una hermana, como dijo Pinkie.

Anisha se sirvió un jerez y lo condujo hacia el sofá que había enfrente de la chimenea. Esa noche, en espera de los invitados, la sala comunicaba con el salón más formal a través de dos puertas de doble hoja abiertas de par en par.

Lazonby deseó de pronto que volviera a ser el saloncito íntimo al que estaba acostumbrado. Pero se sentó y bebió un trago de whisky mientras procuraba no mirar a Anisha. Pese a todo, siguió sintiendo su cálida mirada castaña fija en él, fuerte y firme. Una mirada en la que un hombre podía zozobrar si no tenía cuidado.

Le sorprendió, como muchas veces antes, ser capaz de mantenerse alejado de ella. Quizá fuera lo más sencillo. De hecho, debería haberle rogado a Ruthveyn, muchas semanas antes, que le pidiera a Geoff que se encargara de velar por su familia. Pero estaba previsto que éste se fuera a Bélgica, nadie sabía por cuánto tiempo, y Ruthveyn... En fin, estaba en deuda con él. Le debía la vida, en realidad. Era lo menos que podía hacer, impedir que Luc cayera en la completa ruina y soportar la compañía de Anisha en ausencia de su hermano.

El hecho de que empezara a sentir un cuchillo que se le clavaba en el corazón cada vez que la veía era sencillamente una molestia que tendría que soportar. Y podía soportarla. Los largos años en prisión lo habían endurecido para sobrevivir en cualquier situación, incluso perdida toda esperanza.

—Bien —insistió Anisha, sacándolo de su ensoñación—, ¿qué clase de casa tienen?

—Una grande y bonita —contestó tranquilamente—. Con un jardín trasero muy amplio. También pude echarle un vistazo a la hermana.

—¿Sí? ¿Cómo?

Él le lanzó una sonrisa.

—Como cualquier fisgón —contestó—. Esperé a que oscureciera, salté la valla del jardín y la vi a través de la ventana.

—¡Rance! —exclamó, escandalizada—. Y bien, ¿cómo es?

Lazonby se encogió de hombros.

—Guapa, con una gran melena castaña —dijo—. De unos treinta años, calculo yo.

—Y bien sabe Dios que eres toda una autoridad en tales asuntos —comentó Anisha con una nota de sarcasmo—. ¿Viste a Coldwater?

—No, pero estaba arriba, porque había una lámpara encendida —repuso—. Seguramente ese chupatintas estaría quemándose las cejas, ocupado en arruinar la reputación de su siguiente víctima.

Anisha se rió y, si su risa sonó un tanto forzada, ambos prefirieron ignorarlo. Así pues, se pasó los siguientes minutos contándole lo poco que había averiguado en las tabernas y tiendas que había visitado durante sus incursiones en Hackney, y mientras lo repasaba se dio cuenta de lo mucho que le hacía falta hablarlo con ella.

Coldwater y su hermana habían llegado de Boston hacía un año o dos. El periodista parecía ser algo más joven que ella y estaba soltero. No se sabía nada del marido de la hermana, excepto que al morir había dejado a su esposa sin hijos y en una situación lo bastante desahogada para poder permitirse una casa bonita, un carruaje y dos sirvientes que vivían con ellos.

Cuando acabó, Anisha bebió pensativamente un sorbo de su jerez.

—¿Y eso es todo?

—Sí.

Lazonby se devanó los sesos, pero no parecía haber nada más que decir.

Un plácido silencio cayó sobre la habitación, interrumpido únicamente por el tictac del reloj de la chimenea y el tintineo de la plata y la porcelana de la mesa del comedor, que los criados estaban poniendo al otro lado del pasillo. Lazonby apuró su whisky y pensó en servirse otro, allí siempre se sentía como en casa, pero al echar un vistazo al reloj comprendió que no le convenía.

Cometió, en cambio, el error de decir lo que estaba pensando.

—Anisha, esta noche estás cambiada —dijo—. Y no sólo por tu exótico atuendo. Pareces... distante.

—¿Sí? —murmuró, mirándolo por encima de su copa—. Creía que tu legendaria intuición no servía de nada conmigo.

—Ni mi legendario encanto —repuso él con una sonrisa forzada—. Siempre has sido inmune a ambos.

Anisha bajó la copa y con ella la mirada.

—Creo que sí, en efecto —dijo serenamente—. Lo que siento por ti... En fin, no tiene nada que ver con el encanto.

—Nish... —Alargó el brazo y acarició su mejilla con el dorso de los dedos—. Tú y yo estamos por encima de algo tan trivial, ¿verdad?

Ella desvió la mirada.

—Estamos por encima de muchas cosas, supongo —contestó—. Nos hemos convertido, como tú predijiste una vez, en viejos amigos.

Lazonby se puso serio.

—Sí, y creo que cualquier hombre que se precie intuye cuándo una mujer a la que aprecia no está del todo contenta —dijo—. Desearía que tu ánimo fuera tan resplandeciente como tu apariencia. Nunca te había visto más encantadora.

Ella dejó su copa sobre la mesa con un súbito tintineo.

—Por favor, Rance, te lo pido otra vez —dijo, fijando la mirada en la ventana—. No coquetees conmigo. Estoy cansada de eso.

—No coqueteo, Nish —repuso él, y tocó ligeramente su hombro.

—¡Rance, por favor! —Se rió con un gorjeo, pero cuando se volvió hacia él sus ojos no reflejaban alegría—. Eres el peor mujeriego de toda la Cristiandad. Tú mismo lo has reconocido.

Rance bajó la mano.

—Contigo, no —dijo—. Contigo no flirteo, Anisha. Al menos, desde aquel primer día.

—Entonces ahórrate el esfuerzo ahora —respondió ella con aspereza, cogiendo de nuevo su jerez—. Dentro de poco habrá aquí cerca de una docena de señoras. Seguro que alguna te conviene.

—Anisha —murmuró él—, si es por lo que pasó en el jardín...

—Mira, es igual —dijo, y se levantó bruscamente—. Quiero hablar contigo de algo importante.

Lazonby deseó decirle que ella era importante; que en modo alguno deseaba que fuera infeliz. Pero esa noche algo se interponía entre ellos. Era como si estuvieran bailando una danza que ambos conocían a la perfección y en la que sin embargo se trastabillaran ligeramente. Así pues, refrenó su lengua y la vio acercarse al pequeño escritorio que había junto a la puerta, bajar la tapa y sacar una cartera.

—Ayer fui a ver a Napier —dijo al regresar a su asiento.

—En contra de mis deseos —repuso Lazonby hoscamente.

—Sí, pero de acuerdo con los míos —replicó—. No encontré ninguna relación con Coldwater, pero tomé muchas notas que quiero que leas. Creo que no hay nada que no sepas ya, pero puede que algún nombre o algún detalle te haga recordar algo importante.

Rance suspiró y tendió la mano.

—Muy bien. Y gracias.

Pero ella abrió la cartera y sacó dos hojas de papel.

—Esto lo robé —dijo, pasándole los papeles.

Él la miró con estupor.

—¿Lo robaste? ¿De los archivos de Napier?

—En realidad, me reapropié de ellos —contestó Anisha—, porque, o mucho me equivoco o según las leyes de Inglaterra son de tu propiedad, no de la Corona. Deberían habértelos devuelto después de tu exculpación.

Lazonby miró los dos papeles, ligeramente sorprendido.

—Creo que tienes razón —dijo—. Son, al menos aparentemente, reconocimientos de deuda legales.

—Sí, siempre y cuando nadie demuestre que se trata de deudas de juego —añadió ella secamente—. Me consuela saber que mis quebraderos de cabeza con Luc me han reportado al menos ciertos conocimientos. Así que, ¿crees que pueden tener alguna importancia para el caso?

—No, seguramente se los llevó la policía al registrar mis habitaciones. —Volvió a dejarlos entre el resto de los papeles—. Agua pasada, a estas alturas.

—Aun así, es mucho dinero —comentó Anisha con el tono de una buena escocesa.

—Sí, bueno, en aquellos tiempos yo jugaba en serio, Nish —dijo él de mala gana—. Esas deudas son poca cosa comparadas con algunas que cobré en las mesas de juego... y nada comparadas con lo que perdí una o dos veces.

—De todos modos, dejando a un lado tus poco frecuentes pérdidas, tuvo que haber mucha gente que se alegró de que te encerraran en Newgate.

—Oh, sí —contestó él tranquilamente.

—¿Y estos pagarés?

Él se encogió de hombros.

—Sospecho que no sirven de nada —dijo—. En cuanto al resto de mis ganancias, me gasté eso y mucho más en abogados y sobornos. Sólo pagar al maldito verdugo para que hiciera la vista gorda me costó trescientas guineas.

—¿Cómo lo conseguiste? —murmuró ella—. Me lo he preguntado a menudo.

Lazonby le lanzó una larga mirada por encima de su whisky.

—Fue Sutherland —dijo con calma—. Sutherland y mi padre. Se ocuparon de todo porque, como dice siempre el reverendo padre, la *Fraternitas* vela por los suyos.

—No lo hicieron todo ellos —repuso ella con aspereza—. No soportaron esos años espantosos en la Legión Extranjera francesa, luchando por sus vidas en el Norte de África. Ni padecieron el horror de pasar dos veces por la cárcel.

Estaba defendiéndolo de nuevo; defendiéndolo a pesar de que estaba enfadada con él, quizá con razón. El denso silencio volvió a inundar la habitación.

—Escucha, Nish —dijo por fin Lazonby, hundiéndose un poco en el sillón—. Te debo una disculpa por lo de la semana pasada. Por lo que pasó entre nosotros. Y por permitir que te fueras sola aquel día, en Saint James's.

—Como si pudieras habérmelo impedido —murmuró ella con cierta altivez.

—Claro que podría habértelo impedido, mi niña —repuso él adustamente—. Créeme. Y la próxima vez lo haré.

Una expresión terca y sombría cruzó el rostro de Anisha, como si se dispusiera a replicarle. Luego, súbitamente, se levantó de su asiento impulsada por una especie de energía nerviosa, y al pasar a su lado lo envolvió en su exótica fragancia. Lazonby pensaba a veces que de buen grado se ahogaría en aquel perfume, una variedad de magnolias de la India, le había dicho ella una vez, mezcladas con un toque de sándalo. El resultado era una fragancia cremosa, penetrante, casi erótica, la quintaesencia de la personalidad de Anisha.

—No quiero seguir discutiendo contigo —dijo mientras se paseaba por la habitación—. Lo hecho, hecho está.

—Nish...

Hizo amago de seguirla, pero ella levantó una mano para detenerlo.

—Quédate sentado, por favor —ordenó—. Es sólo que... estoy nerviosa. Necesito moverme.

Fue entonces, al volverse, cuando resbaló su chal, dejando al descubierto los tres tenues moratones de encima de su codo.

—Anisha... —murmuró él, alargando el brazo para tocarla.

Ella se apartó y desvió la mirada.

—No es nada —dijo—. Supongo que me lo hice jugando con los niños.

Y no era nada, en efecto, pero la súbita efusión de ternura que sintió Rance sólo sirvió para aumentar su desconcierto. Procuró olvidarlo y al mirar el reloj vio que eran casi las seis. Obligándose a relajarse, dio vueltas y más vueltas a su vaso de whisky mientras se resistía al impulso de reconfortarla. Hasta él era capaz de ver que esa noche no quería su consuelo. Y sabía que debía alegrarse de ello.

—Odias todo esto, ¿verdad? —preguntó—. Recibir en casa, codearte con la alta sociedad... Dios mío, pero si hasta te has cubierto la cabeza. Bueno, o al menos te has puesto unas plumas.

Anisha se encogió de hombros y se detuvo para coger una figurilla de Meissen que representaba a una mujer de mejillas sonrosadas con un perrillo adornado con cintas en el regazo.

—No lo odio, exactamente —dijo con aire pensativo, volviendo la figurilla hacia la luz—. Pero, ¿sabes?, a veces me siento como este perrillo. Parece muy mimado, ¿verdad? Todas sus necesidades están cubiertas. Descansa literalmente en el seno del lujo.

Lazonby resopló.

—Sí, bueno, el lujo está sobrevalorado.

—Puede ser, incluso para este perrillo —repuso Anisha—. A veces creo que eres una de las pocas personas que conozco que de verdad lo entiende. Tú y yo nos damos cuenta de que la cinta que rodea su cuello es de hecho una correa que va hasta la mano de su ama. Está atado a ella. Ligado a su deber.

—¿Y crees que dar esta cena es un deber?

Anisha lo miró con cierta melancolía.

—Me siento atada por la sociedad inglesa —dijo—. A veces.

Lazonby dejó bruscamente a un lado su vaso y cruzó la sala, olvidando su promesa. Cogió su mano desocupada, se la llevó a los labios y le dio un fuerte beso en el dorso.

—Nish —susurró—. Eres la mejor persona que conozco. Limítate a... a ser tú misma. Compórtate con naturalidad esta noche, con las sedas de tu madre y sus joyas. Lleva esa... esa cosa en la que te envuelves...

—Un sari —dijo ella.

—Sí, eso. —Acarició distraídamente su mano con el pulgar—. Llévalo como quieras y, si te apetece, vuelve a ponerte esa cuenta en la nariz para...

Ella se puso rígida.

—Tú nunca la has visto.

—Nish, hay un agujerito —replicó él suavemente—, si uno se fija bien. Lo sé. Lo vi el día que te conocí.

—¿Sí? —murmuró ella—. En fin... Se pone sobre todo después de un parto, ¿sabes? Pero a mi padre le horrorizó... cuando reparó en él, tres meses después de ponérmelo.

Rance sintió que su sonrisa se torcía.

—Nish, tu padre está muerto —dijo—, y ahora a nadie que te quiera le importa un carajo que...

—No hables mal —lo interrumpió ella suavemente—. Además, tú no lo entiendes. No se trata de lo que yo quiera. Si fuera eso, no me habría marchado de la India. Se trata de Tom y Teddy. Éste es su mundo. El mundo que yo elegí para ellos, Rance, el día en que me casé con un inglés. En eso, papá tuvo razón al reprenderme.

Él vaciló. La entendía muy bien. Los ingleses eran una panda de timoratos.

—Sí, eso es cierto —repuso de mala gana—. Pero deja de pensar en términos de lo que deberías y no deberías hacer, excepto en lo que ataña a ayudar a tus hijos a salir adelante. Después de esta noche, sé como eres. No le debes nada a nadie, y menos a mí.

—Algunos días te comportas como si te debiera obediencia ciega —replicó ella bajando la mirada—. Pero sí te debo mi lealtad y... En fin, mi amistad, Rance. Para mí siempre has sido un buen amigo. Para todos nosotros, en realidad.

Lazonby se dio cuenta de que Anisha tenía los ojos fijos en sus dedos entrelazados. Hasta ese momento, apenas había reparado en que seguía agarrándola y en que ella no había hecho intento de apartarse.

Por el contrario, sus dedos pequeños y frescos permanecían entrelazados con los suyos, y el suave olor a sándalo y flores se agitaba aún a su alrededor. Anisha tenía la cabeza ligeramente vuelta hacia un lado, dejando ver el cálido marfil de su cuello y la vena que palpitaba tenuemente bajo su oreja, una dulce y cremosa concavidad de su piel que exigía que posara los labios sobre ella y aspirara profundamente su aroma.

Cerró los ojos y comprendió lo ardientemente que deseaba estrecharla entre sus brazos. Que apoyara la cabeza bajo su barbilla y pudiera abrazarla. No con sensualidad, aunque tal vez pronto llegara a eso, pero sí como abrazaría un preciado tesoro.

Incapaz de resistirse, y olvidando que los criados estaban cerca, posó la mano sobre su mejilla, le levantó la cara y la hizo mirarlo. Pero esa noche sus ojos marrones y cálidos parecían llenos de pesar.

¡Ah, él no quería que así fuera! Ella no, aquella mujer que valía más que los rubíes. Para ella sólo deseaba felicidad, y allanarle el camino de la vida.

—Anisha —susurró—, ojalá...

En ese instante el ruido de la aldaba resonó en la planta de abajo. Lazonby miró hacia la puerta con impaciencia. Tenía la extraña sensación de que estaba a punto de ocurrir algo entre ellos. Pero Anisha había guardado silencio, con una mano posada sobre la suya y la otra sujetando aún la figurilla de Meissen.

—Bien —dijo él, retrocediendo—. Supongo que el deber te llama.

Ella dejó apresuradamente la figurilla en su sitio.

—Rance, hay algo... alguien contra quien debo advertirte.

Pero casi de inmediato lord Lucan Forsythe bajó brincando las escaleras y entró en la sala con los rizos rubios todavía húmedos y una sonrisa radiante.

—¡Rance! ¡Bienvenido, viejo amigo!

—Buenas noches, Luc —contestó—. Pareces de muy buen humor.

Tan pronto aquellas palabras salieron de su boca, el reloj de péndulo que había al pie de la escalera dio las seis y un instante después las grandes puertas de la calle se abrieron y Lazonby oyó el eco de una risa femenina en el pasillo.

—Ahí está lady Madeleine —dijo, empujando suavemente a Anisha hacia Luc—. Vamos, ve a ver a tus invitados. Yo seguiré aquí cuando se hayan ido todos.

Ella recorrió su cara con la mirada una última vez.

—No estoy del todo segura de eso —contestó.

Y salió de la habitación con el chal de seda flotando a su espalda, dejando tras ella una nube de olor a sándalo.

Era demasiado tarde para preguntarle qué había querido decir.

Lucan asió del brazo a Anisha cuando ésta salió de la sala.

—¡Venga, hermanita! —dijo con una sonrisa—. ¡Que se alce el telón!

Ella respondió lanzándole una mirada de reprobación. Pero aquel no era momento para enfadarse. Era hora, en cambio, de dejar de mirar a los ojos a Rance, de no comportarse más como una chiquilla. Sentía aún, sin embargo, en la cara el calor reconfortante de su mano.

Pero era muy probable que Rance volviera a enfurecerse con ella antes de que acabara la noche. De pronto, algo parecido a las lágrimas se le agolpó en los ojos. ¡Qué necia era! Parpadeando con fuerza, siguió adelante.

En el vestíbulo de entrada, lady Madeleine, la madre de Geoff, y su marido, el señor Merrick MacLachlan, se estaban despojando ya de sus mantos. Los hermanos de Geoff, mucho más jóvenes, no se hallaban presentes: su hermano estaba en la universidad, en Escocia, y su hermana aún iba al colegio.

El señor MachLachlan era un hombre muy alto y moreno, imponente y de mirada dura, con una espantosa cicatriz en la mejilla que se curvaba como la hoja de una cimitarra. Su esposa, por el contrario, era como la luz del sol, clara y pálida, con el rubio cabello recogido en un moño en lo alto de la cabeza y un vaporoso vestido de seda amarilla.

Antes de partir hacia Bélgica, y de enamorarse locamente, Geoff había pedido a su madre que hiciera compañía a Anisha, y lady Madeleine lo había hecho de buen grado; eso, y mucho más. Besó a Anisha cariñosamente y ella comprendió de nuevo cuánto se alegraba de no haber tenido que lastimar a su nueva amiga rechazando a su hijo.

Su salvación en ese aspecto, Anaïs de Rohan, cuyos padres no habían regresado aún de sus viajes, se estaba apeando en ese instante de otro coche junto con su anciana prima, Maria Vittorio. El hermano de la señorita De Rohan, Nate Corcoran, descendió a continuación seguido por su gemelo, Armand, y aunque era la primera vez que los veía, comprobó que era fácil distinguirlos, pues Armand se parecía mucho a su hermana, también de cabello oscuro.

Llegaron seguidamente tres carruajes más, y las compuertas parecieron abrirse por completo: pronto hubo gente por todas partes, en su mayoría de la familia de la novia, que procedía de Gloucestershire. Hablaban todos a la vez y eran cordiales y simpáticos, pero ella apenas alcanzó a retener sus nombres antes de que llegara una segunda tanda de gemelos, Chip y Lucy Rutledge, tan parlanchines y vitalistas como su primo mayor, acompañados por su madre, Frederica Rutledge.

Los invitados se despojaron rápidamente de sus prendas de abrigo y comenzaron a saludarse con la mano a través del vestíbulo mientras Higgenthorpe se afanaba por conducir al salón, donde iba a servirse el vino, a aquellos que habían terminado de besarse y abrazarse.

Mientras avanzaba por el pasillo, lady Madeleine se detuvo y agarró a Anisha de las manos.

—¡Ay, querida mía, qué buena eres! —dijo, y le dio sendos besos en las mejillas—. Pero confío en que no vayas a prescindir de mí cuando haya acabado todo esto.

Anisha se echó hacia atrás, sorprendida.

—¿Qué quieres decir?

Lady Madeleine le apretó las manos con fuerza y luego se las soltó.

—Que confío en que sigamos siendo amigas, sólo eso —contestó—. Espero que, cuando Geoff esté bien instalado, tú y yo podamos seguir como antes.

Anisha sintió una oleada de alivio.

—Me encantaría —dijo—. Muchísimo.

Lady Madeleine le dio el brazo y siguió andando.

—¿Sabías que soy amiga desde hace mucho tiempo de lady Treyhern, la tía de la señorita De Rohan? —preguntó—. Te va a encantar, Anisha. Tiene una comprensión maravillosa de... en fin, de las cosas.

Anisha arrugó el ceño.

—¿Qué clase de cosas?

—Pues de la gente, supongo —repuso lady Madeleine vagamente—. Se formó para ser un tipo especial de institutriz. Cuando Geoff era pequeño, le pedí consejo. Y ella... Bien, ella entiende a mi hijo, creo. ¡Ay, Anisha, esta familia va a ser perfecta para él! Casi tanto como... En fin, me siento muy reconfortada, eso es todo.

Anisha comprendía lo que su amiga no había querido decir en voz alta. Geoff se parecía mucho a Raju, su hermano mayor: a veces apenas podían dominar su conexión con lo metafísico. Era por eso, en parte, por lo que Geoff había pedido a Raju permiso para casarse con ella. A ella, a Anisha, no habría tenido que explicarle sus extrañas facultades, ni sus bruscos accesos de melancolía.

La comprensión, sin embargo, era un cimiento muy estrecho sobre el que sustentar un matrimonio apasionado. Un matrimonio cómodo y agradable sí, quizá. Y uno mediocre, desde luego. Pero ella ya había padecido esa mediocridad. La próxima vez, se dijo, si es que había una próxima vez, tendría pasión; esa pasión selvática y desesperada sobre la que escribían los poetas y de la que hablaba el *Kamasutra*.

El rostro de Rance cruzó fugazmente su cabeza como un fogonazo, y al instante cerró los ojos y deseó que desapareciera.

Lady Madeleine estaba comentando el vestido de la señora Rutledge, que pasó a su lado camino del gran salón, pero ella ya había perdido el hilo de la conversación. Rance se hallaba con el señor MachLachlan junto al piano, y el fuego azul de su mirada la seguía inconfundiblemente. Volviéndose un poco, Anisha lo miró y sus ojos se encontraron un momento. Fue como si, en una fracción de segundo, vislumbrara en sus ojos una verdad pura: un anhelo tan profundo como insoslayable.

¿O estaba siendo, acaso, una tonta?

Porque, si se trataba de eso, ¿cómo era posible que él no se diera cuenta de lo que sentía?

Ella lo conocía.

Y Rance la conocía a ella.

Eran íntimos en todos los sentidos, salvo en uno. Ella lo deseaba; lo deseaba sobre todas las cosas. Estaba cansada de aquel juego. Cansada de fingir que podía conformarse con otra cosa, con otra persona.

Pero lady Madeleine seguía hablando y alabando su exótico atuendo. Así que apretó el paso e intentó prestarle atención.

—No había visto a estas chicas de Gloucestershire ya crecidas —comentó lady Madeleine, cambiando de tema cuando se reunieron con los demás en el salón—. ¿Verdad que son guapas? Y simpáticas, además.

Obligándose a volver al presente, Anisha observó a los grupos de invitados que charlaban animadamente y tuvo que darle la razón. Aunque la señorita De Rohan poseía una vivacidad incomparable, Geoff no había puesto sus miras, ni mucho menos, en la joven más bella de la familia. La palma se la llevaba sin duda una de sus primas más jóvenes.

Anisha había sido advertida de antemano de que los invitados de la señorita De Rohan serían en su mayoría mujeres, pues la novia le había explicado que la suya era una auténtica familia de campo y que la época de siembra primaveral tenía prioridad sobre la Temporada de Londres: sus tíos visitarían la ciudad el tiempo justo para asistir a la boda.

A Anisha le venía bien que así fuera, pues los invitados de la *Fraternitas* decantaban el fiel de la balanza hacia el lado opuesto. Con excepción de su hermano mayor, no había ni un solo miembro de la hermandad que estuviera casado, quizá con razón. El señor Sutherland había traído a su hermana viuda, y sir Greville Saint Giles iba acompañado de su madre, que conocía a lady Madeleine por sus muchas obras de caridad.

Tan pronto estuvieron todos reunidos en el salón, Anisha vio que Lucan se había puesto a flirtear con Lucy Rutledge. Pero la madre de la joven también se percató de ello y corrió a ponerse a su lado. Lucan se limitó a sonreír ante aquella contrariedad y fijó su atención en otra prima, lady Emelyn Rutledge, que parecía ser de la misma edad que Lucy y aún más bella, si cabía.

Anisha suspiró y trabó conversación con el reverendo señor Sutherland y su hermana, la señora Hathaway. Las señoras de Gloucestershire, se dijo, tendrían que valerse solas.

Pero un instante después se dio cuenta de que faltaba aún un invitado por llegar. La recorrió un escalofrío y, como si el destino hubiera medido el instante preciso, en ese momento Higgenthorpe apareció en la puerta del salón y anunció:

—El señor Royden Napier.

Un completo silencio descendió sobre los invitados.

Atrapada al otro lado del salón, Anisha no pudo apresurarse hacia la puerta.

Rance, que segundos antes había estado bromeando con una de las tías de la novia, había fruncido el ceño y, tras mirar a Napier, recorrió el salón con la mirada en busca de Anisha. Sus ojos se encontraron de nuevo, pero esta vez los de él tenían una mirada de reproche.

De pie en el umbral, Napier pareció sentirse sumamente incómodo.

Pero en el último instante la señorita De Rohan se apartó de la aglomeración de invitados y le tendió la mano.

—¡Subcomisario! —exclamó alegremente—. ¡Qué bien que haya venido! Mi padre le envía sus más cordiales saludos.

El hecho de que el padre de la señorita De Rohan apenas pudiera tener noticia de la cena, y mucho menos de quienes acudirían a ella, importó poco a Anisha. Los demás invitados, excepto Rance, retomaron de inmediato sus conversaciones. Y ella respiró tranquila. Había sido sólo una fracción de segundo, pero le había parecido una eternidad.

Cuando por fin consiguió excusarse y abrirse paso entre el gentío, la señorita De Rohan y Napier habían trabado conservación y él parecía hallarse perfectamente a sus anchas.

Anisha indicó a un lacayo que le llevara champán. Luego se detuvo un momento a saludarlo y los dejó hablando mientras seguía recorriendo el salón para conversar unos instantes con cada invitado. Pese a todo, siguió sintiendo los ojos de Rance clavados en ella el resto de la velada, incluso mientras cenaban.

La cena se sirvió a las siete en punto y tuvo un éxito arrollador. Sentado a la cabecera de la mesa, Lucan logró encandilar a todos, y especialmente a las señoritas más jóvenes... y también, por lo visto, a algunas de las mayores. Cuando llegó la hora de servir el postre, la señora Hathaway estaba arrebolada y la señorita De Rohan y lady Madeleine, sentada una a cada lado de Lucan, habían empezado a mirarlo casi con embelesamiento.

Por fin su encanto sirve para algo, pensó Anisha con sorna.

Ella, por su parte, se las arreglaba bastante bien. Geoff estaba sentado a su derecha, y de inmediato habían vuelto a sentirse tan a gusto como antaño. A su izquierda, Rance prestaba toda su atención a la tía de la novia, Frederica Rutledge: otra belleza morena y rebosante de vitalidad. La señora, sin embargo, vigilaba prudentemente a su hija Lucy, que seguía cruzando miradas de soslayo con Lucan.

Después de la cena, Anisha sirvió café a las señoras en la sala de estar y se descubrió un tanto desconcertada. Teniendo en cuenta sus orígenes rurales, había esperado que las damas se pusieran a charlar de cosas inofensivas: los mejores métodos para hacer conservas y encurtidos, o la moda en el vestir que hacía furor en la ciudad. Pero la conversación giró hacia la política y se convirtió en una animada discusión acerca de la guerra que estaba dando sus últimos coletazos en España y si se concedería o no la amnistía a los carlistas.

—Mi padre dice que importa poco —declaró la señorita De Rohan—. Que no importa a qué Borbón apoye uno, que son unos metepatas, todos ellos.

—Y lo dice un hombre que perdió a su padre y la mitad de sus tierras por culpa de Napoleón —comentó sagazmente Frederica Rutledge.

—Bueno, ¿quién mejor que tú para saberlo, tía? —repuso lady Emelyn—. Tu padre murió en la campaña peninsular, ¿verdad?

Poco a poco, mientras avanzaba la conversación, Anisha comenzó a darse cuenta de que aquellas mujeres no eran lo que había supuesto: que la señorita Rutledge era, por lo visto, portuguesa, y que los padres de la señorita De Rohan no estaban de vacaciones en el extranjero, sino en Cataluña, con el fin de impedir que los carlistas prendieran fuego a los viñedos de su bisabuela. En cierto momento salió a relucir que lady Treyhern era francesa, se había educado en Suiza y había vivido un tiempo en Viena.

Todas ellas, además, incluso las más jóvenes, tenían opiniones bien fundamentadas, aunque no todas estuvieran de acuerdo, y Anisha se percató de pronto de que era *ella* quien había abrigado más prejuicios. Seguramente, sus invitados no habían dedicado ni un segundo a pensar en su extraña procedencia.

Todas ellas, notó también, se habían mostrado extremadamente cariñosas con Rance a lo largo de la velada. Y ella sabía que eso sucedía raramente fuera del círculo de la *Fraternitas*. Y le rompía el corazón que así fuera.

No tuvo mucho tiempo para reflexionar sobre ello, sin embargo, pues los caballeros pasaron menos de media hora tomando su oporto. Cuando cruzaron la puerta de la sala de estar, Rance y el señor Napier iban todo lo alejados el uno del otro que era posible.

Anisha refrenó las ganas de reír. Les estaba bien empleado, por ser tan arrogantes.

Napier se acomodó en uno de los sofás y aceptó una taza de café. Cuando el señor MachLachlan trabó conversación con él acerca de los hurtos en las obras del puerto, ella se excusó y fue en busca de Lucan. Lucy Rutledge también había desaparecido. Anisha se inquietó de pronto.

Pero al salir de la sala de estar y entrar en el salón, ahora vacío, alguien la agarró del codo. Al volverse vio a Rance mirándola con enojo.

—¿Esto es lo que tú llamas una broma? —preguntó él, señalando con la cabeza hacia los sofás de la sala.

—Desde luego que no. —Anisha lanzó una mirada a su mano—. Pero es el modo de llegar a conocer al señor Napier.

—¿De veras? —refunfuñó Rance—. ¿Y con qué fin?

—¿Quién sabe? —Se encogió de hombros despreocupadamente—. Puede que sea, como tú pareces creer, el hombre más taimado de toda la Cristiandad. O puede que sólo esté equivocado y que tenga fuertes escrúpulos, aunque poco atinados. O puede que simplemente sea un mujeriego.

—Y mi opinión no te importa en absoluto.

—Me importa muchísimo —repuso ella, crispada—, pero ¿acaso no se me permite formarme una propia? ¿Y no sería mejor que al menos uno de los dos se lleve bien con él? ¿Por tu bien?

Rance soltó una risa suave y amarga.

—Así que todo esto lo estás haciendo por mi bien —dijo—. Congraciarte con un hombre que ya está enamorado de ti y permitir que piense que tal vez...

—Basta, Rance —lo interrumpió—. Si quieres ofenderme y que te premie con una bofetada por tus molestias, vuelve mañana. Ahora mismo no tengo tiempo.

Rance no dijo nada, pero miró con dureza hacia la sala de estar mientras un pequeño músculo de su mandíbula vibraba amenazadoramente. Su inquina hacia Napier saltaba a la vista. Y quizá tuviera razón; quizás ella fuera una ingenua. Recordaba el escalofrío que se había apoderado de su cuerpo al darse cuenta de que Napier la había estado observando en el teatro. Pero aun así el orgullo le hizo enderezar la espalda.

—¿Y si no sólo es taimado sino algo peor, Nish? —preguntó Rance finalmente—. ¿Y si es peligroso?

—No soy del todo idiota —susurró ella, confiando en que fuera cierto—. Estoy teniendo cuidado. Pero en un par de semanas he conseguido más llevándome bien con Napier que tú en el año y pico que hace que saliste de prisión. No es gran cosa, lo reconozco. Pero dejaré que seas tú quien decida por quien estoy haciendo todo esto.

Con ésas, se desasió de un tirón.

—Anisha, *espera* —dijo Rance a su espalda.

Ella, sin embargo, siguió caminando. De pronto temblaba de rabia. Por desgracia, cuando dobló la siguiente esquina Higgenthorpe se acercó a ella con una capa de color violeta colgada del brazo.

—Ha empezado a lloviznar, milady —le informó—. La señora Hathaway ha pedido su carruaje y creo que los Smythe piensan seguir su ejemplo.

Anisha dio media vuelta y pasó los minutos siguientes despidiéndose de varios invitados. En el vestíbulo, Napier se quedó rezagado y después, cuando los demás bajaron la escalinata en medio de la llovizna, se inclinó cortésmente sobre su mano.

—Bien, señor Napier —dijo Anisha enérgicamente—, confío en que la velada no se le haya hecho en exceso aburrida.

Pero cuando él levantó la cabeza, Anisha vio brillar en sus ojos algo que no logró identificar.

—Oh, guardaré siempre el recuerdo de esta velada en mi pecho como un tesoro —respondió—. ¡Un humilde funcionario del Estado, codeándose con *la crème de la crème*! ¿Quién podía imaginarlo?

Anisha retiró la mano.

—Creo, subcomisario, que se burla usted de mí —dijo con cierta acritud— y que no es tan humilde como aparenta.

Napier vaciló; después levantó la vista para mirar más allá de ella y esbozó una sonrisa irónica.

—Y yo creo —respondió— que disfrutaré muchísimo compartiendo con usted una velada mucho más íntima, señora. En el teatro, dentro de unos días.

—Ah, eso. —Anisha inclinó la cabeza majestuosamente, y al oír tras ella los pasos de alguien que se alejaba, comprendió al instante de quien se trataba—. Sí, bueno. Estoy impaciente. Buenas noches, Napier.

—Buenas noches, lady Anisha. —Se inclinó cortésmente ante ella—. Por cierto, ese atuendo tan exótico le favorece. El sari y las plumas de pavo real me parecen un toque de lo más elegante.

Dicho esto, Napier dio media vuelta y bajó rápidamente la escalinata con la capa negra ondulando alrededor de sus pies y el paraguas negro, cerrado, a su lado. No había ningún carruaje aguardándolo. Echó a andar bajo la lluvia y desapareció en la oscuridad.

Cuando Anisha regresó, la mayoría de los invitados que quedaban se había congregado en el salón. Lady Emelyn estaba allí, tocando una alegre tonada al piano mientras la señora Rutledge, su tía, pasaba rápidamente las páginas de la partitura. Una pequeña multitud se había reunido a su alrededor, embelesada por la música.

Al tomar asiento, Anisha sintió que la señorita De Rohan posaba en ella una mirada inquisitiva. Entonces la miró a los ojos por encima de su taza de café y negó sutilmente con la cabeza. La señorita De Rohan volvió a fijar la atención en su futuro suegro. Entre tanto, Rance estaba solo junto a la chimenea, con la mirada perdida, el tacón de un pie apoyado en el guardafuegos de hierro y un vaso del mejor whisky de Raju en la mano. Cuando sus ojos parecieron enfocarse, se posaron de inmediato sobre ella, serios y amenazadores.

Lady Emelyn comenzó a tocar magistralmente otra melodía vertiginosa al piano. Y en cuanto el señor MacLachlan se levantó, la señorita De Rohan se deslizó hacia Anisha con una sonrisa sagaz.

—Creo, lady Anisha, que tiene un admirador despechado.

Anisha la miró con sorpresa.

—¿Cómo dice?

La señorita De Rohan señaló con la cabeza hacia la chimenea.

—Lord Lazonby apenas le ha quitado el ojo de encima en toda la velada.

—Lo cierto es que estoy en su lista negra —respondió lady Anisha—. Está enfadado, no enamorado. Quizá sea culpa mía, incluso. Le ruego nos disculpe a los dos.

—¿Enfadado? —La señorita De Rohan la miró con curiosidad—. ¿Por qué?

—Le desagrada profundamente el señor Napier y no quería que lo invitara —contestó Anisha con franqueza.

—¿De veras? Me ha parecido bastante amable... aunque eso que he dicho sobre mi padre me lo he inventado.

A esas alturas, lady Madeleine se había unido a la conversación. Anisha era consciente de que la madre de Geoff conocía a la perfección la historia de Rance. Y la futura esposa de Geoff formaba parte de la hermandad. Para los miembros de la *Fraternitas*, la vida de cada uno era para los demás, literalmente, un libro abierto.

—Lazonby culpa al padre de Napier de su detención, hace años —reconoció Anisha con voz queda—. Y cree que Napier se niega a reabrir el caso Peveril para proteger la reputación de su difunto padre.

—Puede que ambas cosas sean ciertas —añadió lady Madeleine—. ¿Es posible que Napier esté ocultando algo?

La señorita De Rohan puso los ojos como platos.

—¡Pero eso es una injusticia! —exclamó—. Hablaré con mi padre. Hay que obligar a Napier a abrir el expediente para que pueda procederse a una revisión minuciosa del caso.

Anisha puso una mano sobre la suya.

—Sé que sus intenciones son buenas —dijo—, pero no ha de parecer que la Sociedad Saint James vapulea a Scotland Yard. Además, Napier ha abierto el expediente. A mí.

—¿A usted?

Anisha cruzó una mirada cauta con lady Madeleine, consciente aún de que Rance seguía observándola.

—Sí, ayer mismo —contestó—. He tomado muchas notas.

A continuación les explicó rápidamente lo que había averiguado en el despacho de Napier. Cuando terminó, la señorita De Rohan estaba prácticamente boquiabierta.

—Es todo cierto —susurró lady Madeleine, lanzando una mirada hacia la chimenea—. Lo recuerdo porque, después del arresto, la abuela de Merrick, la señora MacGregor, vino desde Escocia... por primera vez en su vida.

—¿Por Lazonby? —preguntó Anisha—. ¿Por qué? ¿Conocía a la familia?

—Vagamente, pero recuerda que la *Fraternitas* estaba muy desorganizada en aquel entonces —explicó lady Madeleine—. El señor Sutherland convocó a todos aquellos que tuvieran lazos con la antigua orden. La señora MacGregor era una de las grandes Vateis que quedaban con vida, una especie de bruja blanca, o eso me pareció siempre. —Vaciló al llegar a ese punto, retorciéndose un poco las manos—. Sé que es un error, naturalmente. No era nada parecido, y no debería emplear ese término, pero ¿cómo, si no, se explica la existencia de los Vateis? ¿O del Don?

Los Vateis, Anisha lo sabía, eran los descendientes de los antiguos profetas celtas de la era druídica que poseían todavía el Don en alguna de sus manifestaciones. Y, de vez en cuando, si nacía en *Mesha*, uno podía al mismo tiempo ser Vateis y Guardián, obligado por juramento a proteger a los más débiles de entre los miembros de la hermandad. Tal era el caso de Raju y de lord Bessett, y también de Rance y de la señorita De Rohan, creía Anisha, aunque en ellos el Don se manifestaba de manera mucho más sutil.

—Entiendo —murmuró Anisha—. ¿Y qué hizo la señora MacGregor?

Madeleine volvió a retorcerse las manos.

—No lo sé —contestó—. ¿Dar su opinión? ¿Donar dinero? Merrick y yo no nos enteramos porque no pertenecemos a la *Fraternitas*, y Geoff era todavía un muchacho. Pero el escándalo apareció en todos los periódicos. Sir Arthur Colburne *se pegó un tiro*.

—¿Lo conocía usted? —preguntó la señorita De Rohan.

—Bueno, todas las señoritas de buena cuna lo conocíamos —explicó Madeleine—. Era un notorio cazafortunas. Al final, consiguió agenciarse una heredera. Lady Mary debutó el mismo año que yo. Pero el dinero de esa clase nunca dura, ¿no les parece? Luego Mary murió, y sir Arthur volvió a jugar... y, claro, a las andadas.

—¿A las andadas? ¿Qué quiere decir? —preguntó Anisha.

Lady Madeleine se sonrojó ligeramente.

—Pues que... en fin, que se hacía *amigo* de mujeres ricas, según creo —murmuró— y que ellas le hacían regalos para expresarle su gratitud por ser tan buen... tan buen...

—¿Tan buen amigo? —concluyó la señorita De Rohan.

Su futura suegra sonrió tímidamente.

—Algo así —repuso—. En todo caso, sir Arthur murió mucho antes del juicio, pero llamaron a testificar a varios caballeros de la aristocracia y salieron a relucir cosas de lo más sórdidas. Dos jóvenes fueron desheredados por sus padres por jugar, y todos los que declararon a favor de Lazonby fueron expulsados del White's Club. El padre de Peveril, el duque, tenía mucha influencia. Y el escándalo estuvo a punto de arruinar a sir Wilfred Leeton.

—¿*Sir* Wilfred Leeton? —preguntó Anisha.

—El empresario teatral —contestó la señorita De Rohan—. Es dueño de la mitad de los teatros de Inglaterra, diría yo.

—Sí, vi su nombre en los archivos de Napier —dijo Anisha—. Pero no tenía título.

—Fue ascendido hace poco a la nobleza por sus muchas obras caritativas —explicó lady Madeleine—. Aunque es su esposa la que se dedica principalmente a ellas. Yo misma soy una de las patronas de su orfanato.

—Qué amable por tu parte —comentó Anisha.

Lady Madeleine volvió a sonrojarse.

—Nada de eso —musitó—. La empresa de Merrick construyó varios de los teatros de Leeton. Así que yo... bien, me hice amiga de lady Leeton. ¿Suena muy calculador?

—No, si disfrutas de su compañía —le aseguró Anisha.

—Oh, Hannah es encantadora —repuso lady Madeleine—, aunque hay quien la considera una advenediza. Yo, en cambio, la encuentro refrescantemente sincera. Verán, su primer marido era un tratante de Mark Lane y al morir le dejó una enorme fortuna.

—¿De Mark Lane? —preguntó Anisha arrugando la frente.

—Un corredor de la Lonja de Grano —explicó la señorita De Rohan. Al ver la mirada curiosa de Anisha, añadió—: Vivo en Wellclose Square. En esa parte de la ciudad hay toda clase de personajes interesantes. Gente que de veras trabaja para ganarse la vida.

—Hannah es una mujer interesante —agregó lady Madeleine— y, si se trata de servir a una buena causa, no permite que nada se interponga en su camino. Dentro de poco voy a asistir a la fiesta que celebra en su jardín todos los años con el fin de reunir dinero para una de sus obras de beneficencia preferidas, una escuela para niñas pobres.

Anisha estaba dándole vueltas a algo.

—Me pregunto si podría ir a hacerle una vista a sir Wilfred Leeton —murmuró—. ¿Sería inadecuado? Verán, me encantaría enseñarle mis notas y preguntarle si hay en ellas algo que le choque.

—¿A qué se refiere? —preguntó la señorita De Rohan.

Anisha se encogió de hombros débilmente.

—No sé —dijo—. Quizás algún nombre le recuerde algo.

Pero lady Madeleine parecía poco convencida.

—Es muy posible que sir Wilfred no quiera hablar de su pasado —le advirtió—. El escándalo estalló justamente cuando estaba intentando encontrar fondos para su empresa teatral.

—Ah, entiendo —dijo Anisha.

—¡Ah, pero tengo una idea estupenda! —exclamó lady Madeleine—. Iremos juntas a la fiesta. Así podrás conocerlo discretamente.

—Pero ¿cómo? —preguntó ella—. Lady Leeton no me conoce.

Lady Madeleine la miró afectuosamente.

—Me temo que lo único que hace falta para asistir a esa fiesta es ser moderadamente rico y tener al menos la pretensión de ser de buena cuna —murmuró—. Se trataba de reunir dinero mediante suscripciones. La casa estará a rebosar de primos de provincias y comerciantes de la industria del carbón con aspiraciones sociales. Sólo tenemos que comprar cierto número de boletos.

—¿El precio de la admisión, literalmente? —dijo la señorita De Rohan con una sonrisa—. ¿Y se puede pasear una sin más por el jardín de lady Leeton?

—La verdad es que parece más bien una feria de pueblo —explicó lady Madeleine—. Habrá tenderetes con cosas para vender, encajes y bordados a montones, cosas que hacen las niñas. Habrá un escenario para la orquesta y una gitana con una bola de cristal, aunque creo que en realidad es sólo una criada de Hannah. Aun así, la verdad es que es muy divertido.

—Me encantaría ir —dijo Anisha—. Y si puedo trabar amistad con sir Wilfred, tal vez con el tiempo nos eche una mano.

—Y si no —comentó la señorita De Rohan ácidamente—, siempre está el *Chronicle*, que parece empeñado en remover ese viejo caso. Tal vez tengan una fuente secreta de información.

—Oh, sólo están desenterrando noticias viejas —dijo lady Madeleine con el ceño fruncido—. Estoy harta de ese horrible reportero. El otoño pasado, una criada de nuestra cocina lo sorprendió hurgando en nuestros cubos de basura, ¿se imaginan?

—Sutherland tiene la teoría de que es un radical —comentó Anisha—. Pero yo empiezo a pensar que se trata de algo más personal.

—¿Personal? —La señorita De Rohan parecía intrigada—. ¿Quién podría haber detrás? Esperen, ¿no había de por medio una bella prometida? Quizás haya contratado a ese reportero para volver loco a Rance.

Madeleine sacudió la cabeza.

—Elinor Colburne murió de unas fiebres —dijo—. Una pena, porque era el vivo retrato de su madre. Frágil y encantadora, con el pelo muy rubio y un lunarcito justo aquí. —Se tocó ligeramente la comisura de la boca—. Los hombres se desmayaban al verla.

Pero a la señorita De Rohan no le interesaban los muertos.

—Entonces se trata de otra persona —afirmó, aferrándose a esa idea—. ¿Es posible que lo haya contratado alguno de los Peveril? ¡No, ya lo tengo! ¡Una amante! ¿Sabe alguien si Peveril tenía una amante?

Madeleine sonrió.

—Querida mía, sale usted a su padre —dijo—. Pero no, nunca oí hablar de una amante. Peveril era, sin embargo, el favorito del duque. Pero el duque murió el año pasado, y su heredero, el nuevo duque, no lamentó mucho la muerte de su hermano menor.

Antes de que la señorita De Rohan pudiera seguir indagando, la increíble pieza que lady Emelyn estaba tocando al piano subió, subió y subió como una espiral, se sostuvo un instante en el aire y terminó brusca y triunfalmente con un tempestuoso martilleo de las teclas.

Lady Treyhern y el señor MacLachlan se levantaron de inmediato y empezaron a aplaudir. En el sofá, Anisha y sus acompañantes hicieron lo propio. No era momento de cotilleos.

—¡Otra! —exclamó Geoff, que se había colocado junto a Rance al lado de la chimenea.

—Señoras, me quito el sombrero —dijo el señor MachLachlan—. Ha sido verdaderamente extraordinario.

Frederica Rutledge se sonrojó.

—Me temo que yo no he hecho nada más que pasar las hojas —dijo al reunirse con ellos en la sala de estar—. La virtuosa es mi sobrina.

El señor MacLachlan se acercó sonriendo al sofá y se inclinó sobre el respaldo.

—Maddie, cariño, quizá sea mejor que nos vayamos —dijo, posando cariñosamente una mano sobre su brazo—. Sin duda lady Anisha estará cansada y...

Pero la señora Rutledge lo interrumpió bruscamente.

—¡Chip! —exclamó—. Chip, ¿dónde está Lucy?

Anisha miró a su alrededor y vio que el joven, que se había quedado adormilado en un sillón, a unos metros de allí, se levantaba.

—No lo sé, mamá —contestó, soñoliento—. Creo que me he quedado traspuesto con la música de Emmie.

La señora Rutledge recorrió vertiginosamente el salón con la mirada.

—Disculpe —dijo—, ¿ha visto alguien a mi hija? ¿O a lord Lucan?

Anisha se levantó de un salto, angustiada de pronto. Había estado buscando a Lucan un rato antes, cuando...

Ay, santo cielo...

—Charles Rutledge —dijo severamente la madre del joven—, ¡se suponía que tenías que cuidar de Lucy!

El muchacho se encogió de hombros.

—No la he visto desde justo después de la ce...

—Lucy ha salido —terció la señorita De Rohan en tono aburrido—. Creo que lord Lucan quería enseñarle la galería de pintura. Uno de los lacayos subió con ellos para abrirles la puerta.

Anisha recorrió la habitación con la mirada. Higgenthorpe y los dos lacayos estaban al fondo del salón. Miró inquisitiva a la señorita De Rohan.

Pero Anaïs esbozó una plácida sonrisa.

—Quizá deba usted subir a buscarlos, lady Anisha —continuó—. Seguramente el lacayo hará falta aquí abajo, con tantos platos que lavar. Geoff y yo pensamos quedarnos aquí hasta acabar con su delicioso champán. ¡Vamos, brindemos los demás una última vez por la buena suerte!

—¡Qué buena idea! —dijo lady Madeleine, acomodándose de nuevo en el sofá.

—Discúlpenme, pues —dijo Anisha mientras se dirigía al pasillo.

Rance dejó a un lado su whisky y se apartó de la chimenea, entornando los ojos.

—Necesito estirar las piernas —comentó.

La señora Rutledge salió también al pasillo con la boca crispada en una línea dura y fina.

—Bien —murmuró Rance con desconfianza—, ¿por dónde queda esa galería de cuadros?

Anisha miró a uno y a otro.

—No tenemos galería de cuadros —confesó—. Recuérdenme que nunca juegue a las cartas con la señorita De Rohan.

—¡Diablos! —exclamó Rance—. Ya me parecía.

La señora Rutledge se puso pálida.

—¿Y el lacayo?

—Sólo tenemos los dos que se han quedado en el salón —contestó Anisha, crispada—. Pero, créame, bastarán para llevar el cadáver vapuleado de mi hermano al juez de guardia cuando lo encuentre. Por favor, señora Rutledge, por el bien de Lucy, vuelva al salón y finja que no está preocupada. Si pasa algo malo, lord Lucan hará lo que es debido.

La señora Rutledge se sonrojó furiosamente.

—Quizá no deba culparlo a él —susurró—. Lucy es... Santo cielo, creo que le gusta partirme el corazón sólo por divertirse. Y Chip es aún peor. Me alegro de que se haya quedado dormido en su sillón y no en la cama de una de sus doncellas. Son muchachos encantadores, pero...

Rance agarró el brazo de Anisha y tiró de ella hacia las escaleras.

—Juro por Dios que le daré una paliza a Luc —masculló mientras subían a toda prisa—. Lo pondré sobre mis rodillas y le daré su merecido.

—No es un niño —dijo Anisha amargamente—. Tiene diecinueve años... y creo que preferirá mil veces que le des una paliza a la sentencia de por vida que está a punto de caerle.

Abrió la puerta de la biblioteca. Nada. Tampoco había nadie en el despacho de Raju, ni en las dos habitaciones siguientes. Registraron todas las estancias encargándose cada uno de un lado del pasillo y a continuación subieron al piso de arriba.

Abrieron todas las puertas, miraron bajo las camas y dentro de los armarios, y no encontraron nada, salvo un poco de polvo que las criadas habían pasado por alto. La última habitación era la de Tom y Teddy. Dentro, los niños dormían plácidamente. La jaula de *Milo*, que habían subido del invernadero, se mantenía tapada durante la noche.

Salieron del dormitorio y Rance cerró la puerta sin hacer ruido. Después levantó la mirada hacia el desván.

—¿No estarán en las habitaciones del servicio?

Anisha negó con la cabeza.

—Tienen que estar en el invernadero —dijo—. A estas horas de la noche hace mucho frío, pero... sí. Rápido, vamos por la escalera de servicio.

Una vez abajo, Anisha recorrió sigilosamente la parte trasera de la casa, rodeando la sala de estar. El invernadero se proyectaba hacia los jardines de la parte de atrás y solía estar cerrado de noche.

Vio de inmediato que la puerta no estaba cerrada con llave. La empujó con el corazón en un puño.

Al principio, el largo diván de mimbre no fue más que una sombra a la luz de la luna. Después sus ojos se acostumbraron a la penumbra y vio la cabeza inconfundible de Luc y gran parte del blanquísimo pecho de la señorita Rutledge, recostada a su lado.

Sofocando un grito, alargó el brazo para detener a Rance.

—¡Lucan!

—¡Santo Di...! —Luc levantó la cabeza del pecho casi desnudo de Lucy y se puso en pie de un salto para taparla—. ¡Por el amor de Dios, Nish, llama a la puerta!

—¿Llamar a la puerta? —Anisha se acercó a él—. ¿Llamar a la puerta? ¿*Eso* es lo único que se te ocurre? ¡Y usted, señorita Rutledge! Tápese, por favor.

—Es-estoy tapada —chilló la señorita Rutledge, tirándose del vestido—. En realidad, nunca he estado des-destapada. Del todo, no —concluyó en tono histérico al tiempo que daba un fuerte codazo en el muslo a Luc—. ¡Apártese, lord Lucan!

Luc se apartó. Lucy se levantó bruscamente y parpadeó al ver la luz de la lámpara que Rance llevaba en la mano al entrar desde el pasillo.

—¡Lord Lazonby! —murmuró, haciendo una genuflexión—. Le pido disculpas.

—No es a mí a quien debe pedírselas —contestó Rance con voz tensa—. Es a su anfitriona. A sus padres. Y a su prima, la señorita De Rohan, cuya fiesta ha estado a punto de estropear. Lucan, ven conmigo... y date prisa.

Lucy Rutledge se llevó una mano temblorosa a la boca y comenzó a sollozar.

Capítulo 8

Eran mis días de verdor, cuando inmaduro aún mi juicio estaba.

WILLIAM SHAKESPEARE, *Antonio y Cleopatra*

*R*efrenando a duras penas su enfado, Lazonby sacó a rastras a su presa del invernadero y lo empujó dentro de la primera habitación que vio, que, por suerte, era la despensa de Higgenthorpe, la cual tenía las paredes muy gruesas. Luc chocó contra la encimera, haciendo temblar las filas de cacharros de porcelana.

Rance tuvo que contenerse para no cerrar de un portazo y, cuando echó el cerrojo a la puerta, el ruido restalló como un disparo en la pequeña habitación.

—En nombre del cielo, ¿se puede saber qué estabas haciendo? —bramó al volverse hacia el joven.

Luc se encogió, pero aguantó el tipo.

—Sólo estaba... besando a Lucy —dijo—. A ella... no le ha importado.

—¿Que no le ha importado? —Lazonby cruzó el estrecho cuarto—. ¿Y eso qué tiene que ver? Lucan Forsythe, ¿tienes idea del lío en el que te acabas de meter? ¿O de la vergüenza que le has causado a tu hermana?

—Sólo nos estábamos besando —repitió Lucan, compungido—. Llevábamos... un rato besándonos, pero...

—Santo Dios, Luc, ¿es que crees que esa gente es tonta? —lo interrumpió Rance—. ¿Crees que no son más que campesinos que van a permitir que manosees a una de sus hijas como si fuera una fulana de tres al cuarto y luego se la devuelvas como si tal cosa?

—¡No ha sido... no ha sido así! —exclamó Luc, retrocediendo hasta chocar con la encimera—. Es sólo que... ella... Perdí la cabeza, Rance, eso es todo. Es tan bonita y estábamos tan aburridos que pensé que...

—¡Tú no has pensado nada, tonto de capirote! —rugió Rance—. Cuando se está empalmado, la sangre no te llega al cerebro. Santo Dios, ¿es que Ruthveyn no te ha explicado *nada*?

La rabia se pintó en la cara del joven.

—No, ha estado muy ocupado viajando por ahí, arreglando los problemas del mundo.

—Entonces es que él también es un tonto —replicó Lazonby—. Y hablando de ese apéndice que te deja seco el cerebro, confío en que en estos momentos esté lo suficientemente desinflado.

Luc se puso pálido.

—¿Lo su-suficientemente desinflado para qué?

—Para que vuelvas a esa habitación, te hinques de rodillas y cumplas con tu deber para con la señorita Rutledge.

Los ojos de Luc triplicaron su tamaño.

—¿Ca-ca-casarme? —logró preguntar—. Pe-pe-pero si sólo tengo diecinueve años.

—De eso me encargaré yo —repuso Lazonby—, legalmente y de mil amores.

—No, no, no pienso hacerlo. —Se agarró torpemente a la encimera de madera que había a su espalda—. Te has vuelto loco.

Lazonby dio un paso adelante y juntó las manos a la espalda para no darle al chico la paliza que se merecía.

—Lucan —dijo muy seriamente—, estos últimos meses has ido agotando poco a poco mi paciencia. No le has dado más que disgustos a tu hermana. Y eso se ha terminado, amigo mío. Anisha se merece que la ayudes, no que le causes problemas. Por Dios, tiene dos hijos huérfanos de padre a los que criar. Y si Ruthveyn no puede contigo, descuida, que yo no tendré tantos escrúpulos.

Luc agachó por fin la cabeza.

—Estoy harto de que todo el mundo me critique —masculló con la mirada fija en el suelo—. Ojalá viviera mi madre.

—Sí, para que pudiera seguir diciéndote que el sol se acuesta y se levanta en la raja de tu trasero, no lo dudo —dijo Lazonby agriamente—. Pero no te hizo ningún favor al consentirte tanto, hijo. Eres tan corriente como cualquiera de nosotros, y vas a hacer lo que debes con esa pobre chica. Tu hermano te dejó a mi cargo y soy yo quien ha de tomar la decisión.

Lucan levantó la cabeza y sus ojos brillaron, furiosos.

—¡Ni que tú fueras un santo! —exclamó—. No me hagas reír, Rance, por favor.

Lazonby se mordió la lengua para no contestar lo primero que se le vino a la cabeza y respiró hondo para calmarse.

—Sea yo lo que sea, Luc, nunca he deshonrado a una muchacha inocente.

—Y yo nunca he matado a nadie ni he ido a la cárcel por ello —replicó Lucan con aspereza—. Además, Lucy no querrá aceptarme. No quiere casarse. Pregúntaselo.

—Querrá, muchacho, créeme, en cuanto la fría lógica de su madre haga presa en ella —respondió Lazonby—. ¿Tienes idea de quién es esa chica?

Lucan negó con la cabeza, agitando sus rizos rubios y revueltos.

—Su tío es lord Treyhern, un hombre con el que no conviene enemistarse —prosiguió Lazonby—. Y su cuñado, el padre de la señorita De Rohan, es uno de los hombres más poderosos del Ministerio del Interior. En cuanto a su padre, es el mismísimo diablo. Los últimos dos tipos que hicieron enfadar a Bentley Rutledge, se desayunaron sendas balas y no vivieron para quejarse.

Luc tragó saliva.

—Yo... no lo sabía —susurró. Se pasó los dedos por la mata de pelo rubio como si de ese modo estimulara su cerebro—. Dios, tienes razón. No sé en qué estaba pensando. Pe-pero... ¿casarme?

—Sí, por Dios, casarte —contestó Lazonby ásperamente—. Y tú única esperanza, y lo digo en serio, tu única esperanza es que tu hermana y yo consigamos echar tierra sobre este asunto y que los padres de Lucy se den cuenta de que eres tan joven que serías una birria de marido para su hija.

Luc había empezado a temblar visiblemente.

Lazonby se acercó a él y le puso una mano en el hombro.

—Vamos, Lucan, muchacho, debes pensar con cuidado —dijo con voz dura pero más amable—. Estás un poco consentido, sí, pero en el fondo eres un caballero. En eso no dudo de ti. Y esto es lo que hace un caballero cuando comete un grave error. Da la cara. Hace lo correcto. Yo estaré a tu lado, pero hay que hacerlo. Así que acabemos de una vez.

Lucan lo siguió con la cabeza gacha.

Lucy Rutledge seguía sollozando sobre el hombro de Anisha cuando volvieron. Sin preámbulos, Luc hincó una rodilla en el suelo, más bien delante de su hermana que de Lucy.

—Se-señorita Rutledge —logró decir—, temo haber dejado que su belleza se impusiera a mi sentido del de-decoro. ¿Me hará el honor de convertirse en lady Lucan?

—¡Ay, no lo sé! —sollozó Lucy encima del sari de Anisha—. ¿Debo hacerlo? ¿Sólo por un besito? ¿No tengo elección?

Lazonby estuvo a punto de decirle que aquello había parecido mucho más que un simple besito, pero Anisha apartó suavemente a la muchacha de su hombro.

—Eso depende de sus padres, señorita Rutledge —dijo, mirando a la joven a los ojos—. Pero es usted una joven encantadora. Esta familia la acogería con los brazos abiertos.

—Lucy —dijo Lucan bajando la voz hasta un susurro—, lo siento mucho.

Pero a Lazonby no se le escapó que lo que sentía Lucan era que lo hubieran sorprendido con las manos en la masa. Aun así, se aclaró la garganta y sonrió.

—¡Bien hecho! —dijo lo más alegremente que pudo—. Ahora, basta de lloros, señorita Rutledge. Vuelva al salón y dele un beso en la mejilla a su prima. Es su noche. Luego, mañana por la mañana, Lucan irá a ver a su madre para arreglar este asunto.

Lucy se volvió al fin para mirar a Lucan.

—¿Irás? —preguntó lastimeramente.

Lucan abrió la boca, pero no le salió la voz. Su pelo parecía un halo rubio y agreste, y los faldones de la camisa se le habían salido de los pantalones.

—Irá —contestó Lazonby—. Y le sugiero, señorita Rutledge, que prepare usted a su madre.

Anisha regresó al salón con el corazón en un puño. Se sentía temblar por dentro. Procuró controlar su respiración, aquietar su mente y trasladarse a un lugar más sereno, pero por una vez no le sirvió de nada. Tuvo que cerrar los puños para no arañar a Luc. Y a decir verdad también ardía en deseos de increpar a su hermano mayor.

Había ido a Londres en gran parte por el bien de Luc, convencida de que Raju podría domeñarlo y encauzar su vida. Pero las cosas habían ido de mal en peor: juergas y partidas de cartas incesantes, facturas desorbitadas, coqueteos descarados... La conducta de Luc hacia Grace durante sus primeros días como institutriz de la casa había sido especialmente escandalosa: una vez, durante una cena, la pobre chica hasta había tenido que clavarle un tenedor por debajo de la mesa.

Y ahora esto, el posible oprobio público para todos ellos, cuando ella sólo había pretendido hacer lo correcto.

Dentro del salón, sin embargo, el oprobio público no parecía inminente. Los invitados se habían congregado alrededor de los sofás, reían y parecía a punto de desatarse el caos. La señorita De Rohan había propuesto un juego, nada menos, y se paseaba por la habitación con una mano doblada a guisa de hocico y meneando la otra a su espalda como si fuera un rabo mientras todos vociferaban sin freno.

—Santo cielo, ¿charadas? —rezongó Lucan.

—¡Un caballo! —gritó Rance al volver a ocupar tranquilamente su puesto junto a la chimenea.

—¡Un elefante! —exclamó lady Emelyn—. Lord Lazonby, ¿a que es un elefante?

—No, es un oso hormiguero —declaró Geoff.

—¿Un *oso hormiguero*? —Lady Madeleine lo miró con incredulidad—. ¿Después de todo lo que gastamos en tu educación?

—Yo diría que es un armadillo —comentó Chip Rutledge lánguidamente.

La señorita De Rohan, que seguía paseándose torpemente, gruñó.

—¡Un cerdo! —chilló lady Emelyn.

—¡Sí, un cerdo! ¡Un cerdo! —gritó alguien.

—¡Qué espanto! —declaró la señora Rutledge, con un ojo fijo en Lucy—. ¡No puedes hacer ruidos, Anaïs! Eso es trampa.

—¡Trampa! ¡Trampa! —gritó Chip—. Anaïs siempre hace trampas.

La señorita De Rohan le dio una fuerte palmada en la parte de atrás de la cabeza y luego se dejó caer en el sofá, junto a su tía Treyhern, riendo histéricamente.

—*Ça alors!* ¡Hemos caído en el absurdo! —afirmó lady Treyhern, apartándola de un empujón—. Levantaos, mamarrachos. Tenemos que irnos a casa o acabaremos poniéndonos en ridículo delante de todo el mundo, y sobre todo de lady Anisha y su hermano, que han sido tan hospitalarios con nosotros.

La generosidad de la dama hizo que Anisha se sintiera aún peor. Diez minutos después, sin embargo, sólo quedaban la señorita De Rohan, Geoff y Rance. Lucan había subido por fin a su cuarto a lamerse las heridas y Higgenthorpe se había ido a la cama por insistencia de Anisha.

Cuando los últimos invitados de Gloucestershire montaron en sus carruajes, Anisha cerró la puerta principal y se apoyó contra ella, agotada. Ansiaba ponerse ropa cómoda y disfrutar de un poco de tranquilidad; quería sentarse y concentrarse únicamente en su *pranayama*, en purificar su mente para olvidar esas últimas horas.

En el vestíbulo, Geoff miró de soslayo a su futura esposa.

—Bueno —dijo con voz queda—, ¿vais a contarme qué está pasando o es preferible que no sepa nada? Y por cierto, Nish, si hay una galería de pintura en esta casa, me gustaría saber dónde.

La señorita De Rohan puso los ojos en blanco.

—Tendrás que perdonar a mi prima Lucy —dijo—. Siempre se le olvidan los consejos de su misal acerca de «no caer en la tentación».

Geoff sonrió melancólicamente.

—Lo sospeché en cuanto empezaste a comportarte como una loca para distraer a todo el mundo —dijo.

La señorita De Rohan pestañeó.

—¿Para distraer a todo el mundo? —preguntó con candor—. Disculpa, amor mío, yo adoro las charadas. De hecho, podría jugar a eso todas las noches de la semana.

—¿Y todas esas pullas acerca de lo mal que lo hacían? —murmuró él, mirándola—. ¿Y hacer trampas? ¿Y saltarse el turno? ¿Y sacudiros unos a otros? Tampoco en eso hay nada de raro, ¿eh?

—En efecto, somos una familia feliz y bulliciosa —repuso la señorita De Rohan antes de sofocar un bostezo con una mano—. Y jugamos para ganar. Además, ahora ya es demasiado tarde para que des marcha atrás, Bessett. Te diste mucha prisa en declararte, y ya sabes lo que dicen: cásate con prisas y arrepiéntete sin pausa.

—Umm —dijo Geoff—. Ya veremos a quien le toca arrepentirse en este matrimonio.

Rance soltó una carcajada.

—Sobre eso, yo estaría dispuesto a apostar ahora mismo.

Impasible como siempre, Geoff se inclinó hacia Anisha y la besó en la mejilla.

—Muchísimas gracias, Nish, por esta velada. Ha sido encantadora.

Anisha sintió que una sonrisa se dibujaba en su boca.

—Creo que soy yo quien debería dar las gracias a la señorita De Rohan —contestó—. Ha sido un contraataque en toda regla, querida mía. Creo que casi nadie se ha dado cuenta de que mi hermano estaba ocupado intentando deshonrar a su prima.

La señorita De Rohan le dio unas palmaditas en el brazo.

—No te preocupes por Lucy —dijo—. Es como un gato, y siempre cae de pie.

—Aun así —dijo Rance—, lord Lucan irá a ver a su tía mañana para pedirle sus más humildes disculpas. Mandaré recado a Ruthveyn en cuanto esté fijada la fecha.

Pero la señorita De Rohan puso unos ojos como platos.

—¿En cuanto esté fijada la fecha? —repitió—. ¡Ah, no! Lucy sería capaz de escaparse con un circo itinerante. Y no es que lord Lucan no sea un joven encantador, desde luego.

Anisha sintió un asomo de esperanza entre las cenizas.

—¿Cree usted que los Rutledge no consentirán que se casen? —preguntó—. Por mi parte creo que son los dos demasiado jóvenes y egoístas para ser felices juntos.

—Lo más práctico es echar tierra sobre el asunto y esperar para ver si aflora el escándalo —dijo la señorita De Rohan—. Si no es así, habrá que atar en corto a Lucy o mandarla a pasar unos meses con alguna prima anciana, nada más. Ah, espere, casi se me olvidaba.

Abrió el bolsito de lentejuelas que colgaba de su muñeca, extrajo un papel doblado y lo puso en la mano de Rance.

—¿Qué es esto? —preguntó él.

—Un nombre —dijo—. De uno de los socios de más confianza de mi padre. O, mejor dicho, de los más informados.

—¿Y? —insistió Rance mientras se guardaba el papel.

—Que quizá debería ir a hacerle una visia —contestó la señorita De Rohan—. El viaje es largo, pero merece la pena. Se aburre muchísimo en el campo, así que dígale que lo mando yo. Pregúntele qué sabe.

Rance ladeó la cabeza.

—¿Y qué sabe?

—Pues de todo, más o menos —contestó ella alegremente—. Y lo que no sabe, puede sonsacárselo a alguien... con amenazas, si es preciso.

Ella también besó a Anisha en la mejilla y se marcharon. Ella se quedó en la puerta abierta hasta que el carruaje de Geoff se alejó calle abajo. El viento que soplaba del río humedecía su cara, y sentía el calor de Rance a su espalda.

—Bueno, Nish —murmuró él cuando cerró la puerta—, podría haber sido peor, supongo.

Ella se giró con una risa levemente histérica.

—¿De veras? —preguntó—. ¿Cómo?

Pero Rance no había retrocedido. La miró desde debajo de su orla de negras pestañas.

—Bueno, la ternera estaba perfectamente cocinada —dijo con sorna—, el champán estaba a la temperatura justa, Lucan no había desvirgado aún a la pobre chica cuando lo pillamos con las manos en la masa, y tú... en fin, tú podrías haber acabado yendo a cenar a casa de la madre de Napier, supongo. Eso sería mala señal.

—¿Cómo dices?

—En vez de ir al teatro —aclaró él con una mirada sombría—. Has prometido acompañarlo al teatro, según creo.

Ella levantó un dedo en señal de advertencia.

—¡No empieces, Rance!

La mandíbula de éste se puso rígida, formando una recta que Anisha conocía demasiado bien.

—No empiezo —dijo en voz baja—. He terminado, Nish. No sé qué más puedo decir.

—Nada —contestó ella al apartarse de la puerta—. Mira, ¿quieres otro whisky?

Rance se pasó una mano por el pelo.

—Debería irme, supongo —dijo—. ¿Estás cansada?

—Cansada de estar de pie en el vestíbulo, sí —contestó ella, y echó a andar por el pasillo—. Aparte de eso, ya no sé ni cómo estoy. Me siento como si estuviera metida dentro de un barril, rodando por un barranco.

Lazonby conocía aquella sensación. Resistiéndose al impulso de irse, la siguió de vuelta a la sala de estar y cogió su copa de la repisa de la chimenea. Mientras Anisha cerraba las puertas que daban al salón, volvió a llenarse la copa y sirvió otra para ella.

Se la puso en las manos tan pronto Anisha se dejó caer en el sofá.

—No bebo alcohol —dijo.

—Esta noche deberías hacerlo —contestó con cierta aspereza—. Esta noche a los dos nos hace falta una copa.

Rance se sentó a su lado y la vio beber un sorbito y arrugar encantadoramente la nariz.

—Umm —dijo ella—. Creo que podría llegar a gustarme.

Él soltó una carcajada y dejó su copa.

—Y bien —dijo Anisha, echándose hacia delante en el sofá—, ¿qué te ha dado la señorita De Rohan?

Al acordarse de la nota, Rance se la sacó del bolsillo y la leyó.

—Las señas de un tipo en Buckhurst Hill —dijo, pasándole el papel—. George Kemble. Creo que no lo conozco.

Anisha observó la nota.

—Yo tampoco —murmuró—. Aunque eso no significa gran cosa. ¿Vas a ir?

Rance se lo pensó un momento.

—Parecería una ingratitud despreciar su consejo —dijo por fin.

—¿Cuándo irás? —Anisha puso suavemente una mano sobre la suya—. ¿Puedo ir contigo?

Él miró sus manos, la suya tan pequeña y esbelta, con los dedos serenamente posados sobre los suyos, y tuvo que resistirse al impulso de llevársela a los labios. Dios, se resistía a involucrarla más en aquel asunto. Pero también a desprenderse de los pocos hilos que aún la unían a ella.

Tal vez quería creer que estaban juntos en esto.

Pero no lo estaban. Aquel embrollo era cosa suya, y nada tenía que ver con ella. Y, dejando a un lado la oferta de la señorita De Rohan, el tenue hormigueo de esperanza que había experimentado en el jardín de Ruthveyn no había sido más que una quimera, una fantasía surgida de los sueños y la desesperación. Probablemente estaba tan lejos de librarse de aquel embrollo de mentiras y maquinaciones como el día en que el juez hizo sonar su maza y lo mandó a pudrirse en la mugre de Newgate.

Pero los ojos inteligentes y bien espaciados de Anisha lo miraban con expectación: parecían, o esa sensación tenía a menudo, ver hasta el fondo de su corazón. Y él, por lo visto, era débil.

—Supongo que podríamos ir dentro de un día o dos si hace buen tiempo —contestó por fin—. Pero esta vez en un carruaje cerrado, Nish. Que seamos amigos en la intimidad es una cosa, pero que aparezcamos a menudo del brazo en público... Eso, no.

—Creo que me corresponde a mí decidir con quien quiero que me vean —replicó ella.

Rance descubrió que no podía mirarla.

—Tienes que pensar en los niños, Nish, y en tu futuro —dijo con voz queda—. Además, nadie va a ir a ninguna parte hasta que me asegure de que el joven Lucan ha cumplido con su deber para con la señorita Rutledge.

—¿Y si no lo hace? —preguntó ella.

—Entonces, como es lógico, me veré tentado a darle una buena zurra con mi fusta de montar —repuso Lazonby, muy serio—. Pero, tal y como me ha dicho alguien recientemente, poco a poco voy dándome cuenta de que no soy omnipotente. De que no puedo obligar a todo el mundo a hacer mi voluntad... aunque me haga maldita la gracia, sabiendo que tengo razón.

Anisha ni siquiera le recordó que no maldijera delante de ella. Apartó la mano y se quedó tranquilamente sentada un momento, mirando su copa como si el elixir dorado que contenía encerrara la solución a todos los enigmas de este mundo.

—Te estás tomando esto muy a pecho, ¿verdad? —dijo en voz baja—. Esto de velar por nosotros.

—Hace mucho tiempo que me conoces, Nish —contestó—, pero cabe la posibilidad de que me conozcas más de lejos de lo que crees.

Anisha se volvió hacia él con una mirada inquisitiva.

—No te entiendo.

Rance intentó sonreír y fracasó.

—Una vez dijiste que yo no era lo que fingía ser —dijo—. Creo que quizá tengas razón.

—Sé que la tengo —contestó ella suavemente.

Rance se quedó mirando las negras profundidades de la chimenea apagada.

—Intento no olvidarme de cómo me educó mi padre, del hombre que quería que fuera, Nish —dijo—. Pero algunos días me cuesta mucho encontrarlo dentro de mí. No estoy, sin embargo, tan empapado de amargura, tan obsesionado con la venganza, que haya perdido por completo el norte. Todavía queda dentro de mí algo de caballerosidad, supongo. Sí, me lo tomo muy a pecho. Le juré a tu hermano que velaría por vosotros el año que va a estar fuera. Y eso voy a hacer. Sea como sea.

Anisha respiró hondo.

—Pero se trata solamente del teatro, ¿sabes? —dijo, haciendo explícito el tema que pendía sobre ellos como un peso muerto—. Será muy público. Y Luc vendrá conmigo.

—¡Ah, estupendo, entonces! —Lazonby levantó las manos—. ¡No tengo nada de qué preocuparme! A fin de cuentas, ¿quién hay más responsable que Luc?

—Rance. —Anisha le lanzó una mirada de censura—. Luc servirá perfectamente para guardar las apariencias. Pero no te cofundas: yo soy responsable de mí misma.

Él bebió un momento en silencio. A decir verdad, Anisha no sólo era responsable de sí misma. También lo era de sus hijos. De su hermano menor. Y de llevar la casa. Más aún, incluso, en ausencia de Ruthveyn. Con todo, le daban ganas de enfadarse con ella, de decirle que *él* era responsable de ella. Que era una necia por seguir viendo a Napier y que se lo prohibía.

Pero esa estrategia no lo había llevado a ninguna parte de momento. Y ¿adónde quería que lo llevara, de todos modos? Anisha no era tonta. Era muy sensata, y sagaz, casi siempre. El problema, aquel afán de poseerla, era sólo suyo.

¡Y Napier, aquel arrogante mequetrefe! Santo Dios, esa noche le habían dado ganas de estrangularlo. Unas semanas antes, se había convencido de que podía soportar que Anisha se casara con Geoff. A fin de cuentas, Bessett era un hombre bueno y cabal. Ahora sabía, sin embargo, que se había estado engañando a sí mismo.

—Rance. —La voz suave de Anisha interrumpió sus cavilaciones—. Si sigo viendo a Napier es por un único motivo y tú lo sabes. Ahora, ¿podemos cambiar de tema? Quiero hablarte de una fiesta campestre a la que tengo pensado asistir.

—¿Una fiesta campestre?

Rance se puso en guardia de inmediato.

Ella procedió a explicarle el plan de lady Madeleine para presentarle a sir Wilfred Leeton.

Rance dejó vagar la mirada por su cara.

—No sé si es prudente, Nish —dijo—. Y no recuerdo haber oído que ascendieran a la nobleza a Leeton. Hannah estará a punto de reventar de orgullo.

Anisha se volvió un poco hacia él y posó de nuevo la mano sobre la suya.

—¿La conoces?

Él se encogió de hombros.

—Bueno, me acuerdo de ella —contestó—. En aquellos tiempos era un poco extravagante. Una ricachona amiga de Arthur, a decir verdad.

—Ah, sí —dijo Anisha—. Algo le oí contar a Madeleine sobre Arthur y sus presuntas amigas.

—Bueno, su idilio, el poco que hubo, no duró mucho. Sólo eran buenos amigos, que yo recuerde. —Con un gesto distraído y espontáneo, comenzó a acariciar la palma de su mano con el pulgar, preguntándose si estaba cansada—. Fue Arthur quien se la presentó a Leeton. La llevaba por allí con frecuencia, y comenzaron a frecuentar los tres el mismo ambiente. Era un poco ligera de cascos, o se le acercaba mucho.

—Y ahora es una señora respetable —murmuró ella.

—Sí, bueno, es lo que tiene el dinero, si uno sabe cómo repartirlo.

—¡Qué cínico suena eso! Pero, ay, es cierto.

Anisha apartó la mano, y Rance se sintió de pronto helado y un poco perdido.

Pero ¿por qué? No era más que una caricia. Simplemente su mano. Y, sin embargo, se descubrió refrenando el impulso de volver a agarrarla. De masajearle la mano hasta que la tensión de aquel día abandonara aquellos dedos pequeños y capaces. Y luego quitarle los zapatos y hacer lo mismo con sus pies.

Pero ésas, justo, se contaban entre las caricias más íntimas. Y eran precisamente el género de intimidad que tanto se esforzaba por evitar.

—Rance —continuó ella—, tienes que venir con nosotras. Leeton y tú os llevabais bien, ¿verdad?

—Cuando lo trataba, sí —contestó—. Pero ¿su fiesta campestre? Ni hablar.

—Ah. —Ella exhaló lentamente un suspiro—. Bueno, entonces...

Rance la miró de reojo y vio que había levantado los brazos y empezado a quitarse las plumas del pelo. En aquella postura, la exuberancia de sus pechos era aún más evidente. Entonces levantó la mirada, se fijó en su cuello largo y elegante, realzado por el collar de piedras preciosas y los largos pendientes colgantes; se fijó en sus labios carnosos y en sus bellos ojos cuya forma recordaba vagamente a la de una almendra, y comprendió que se habían librado guerras por mujeres mucho menos deseables que ella.

Él parecía estar librando una en aquel momento.

Maldición, tenía que irse a casa. Quedarse allí, en su presente estado de ánimo, y después de haberse bebido gran parte del whisky de Ruthveyn, equivalía a coquetear con el desastre.

Volvió a dejar el vaso y se frotó los ojos con el pulgar y el índice.

—Nish, es tarde —repitió mientras ella arrojaba la última pluma sobre la mesa de té—. Necesitas descansar.

Como siempre, ella pareció conocer intuitivamente su estado de ánimo. Volviéndose para mirarlo, dobló una pierna, sentándose sobre ella, se inclinó hacia él y le puso una mano sobre la solapa. Rance reparó en que sus pequeños escarpines, como era frecuente en ella, también estaban adornados con piedras preciosas, y en que alrededor de uno de sus finos e impecables tobillos colgaba una cadenita de oro con un dije.

Incapaz de resistirse, alargó la mano para tocarlo suavemente.

—Debería irme —musitó.

—¿De veras es eso lo que quieres, Rance? —contestó ella—. ¿Irte?

¡Ah, cuánta tentación encerraba aquella sencilla pregunta!

Dentro de él, algo se quedó perfectamente quieto. Bajó la mano y la miró. Se permitió fugazmente el placer de contemplar su rostro, al mismo tiempo tan bello y tan conocido, y aquellos inmensos ojos marrones, como pozos de conocimiento infinito, tan agudos y penetrantes cuando los clavaba en él que creía no tener apenas secretos para ella, si es que tenía alguno.

—No —dijo con voz apagada—. No, no quiero irme. ¿Te hace más feliz obligarme a decirlo?

Ella esbozó una sonrisa. Rance volvió a coger su whisky y lo apuró de un trago.

—Estás enfadado conmigo —dijo Anisha—. No quieres que Napier me haga la corte. Pero no me has preguntado si yo tengo intención de hacérsela a él.

—No —repuso, dejando el vaso con un golpe seco—, te he aconsejado que no tengas tratos de ninguna clase con ese hombre. Pero hasta ahora me he resistido a preguntar nada. No me corresponde a mí hacerlo. Como tú misma has señalado hace poco.

La mirada de Anisha se había endurecido un poco.

—Quiero tener un amante, Rance —añadió—. Todavía soy joven. Estoy cansada de dormir siempre sola.

Lazonby sintió que el cuchillo de sus palabras se hundía dentro de él y giraba, atravesándole el corazón.

—Por el amor de Dios, Anisha, no...

—No, escúchame —lo interrumpió ella—. Quiero un amante, Rance, no necesariamente un marido. Te quiero... te quiero a ti. He intentado que no fuera así. He intentado desear a otro, o quien fuera, pero no ha habido suerte. Y supongo que puedo seguir intentándolo si no me queda otro remedio. Puedo ir a la ópera del brazo de un hombre distinto cada noche, y buscar a mi alrededor una distracción pasajera. Pero a quien de verdad deseo... ¡ay!, eso no cambiará.

—Nish, no, por favor —murmuró él cerrando los ojos.

Pero ella levantó la mano para acariciar su cara y Rance sintió el calor de sus dedos sobre una piel que ansiaba su contacto.

—Así que, si te interesa aceptar ese papel, entonces sí —añadió—. Sí, tal vez tengas algo que opinar respecto a lo que hago y con quien lo hago. Sí, entonces podrás pedirme que no vea a otros hombres. Podrás pedirme que me mantenga alejada de Napier. Como el hombre que comparte mi cama, tendrías ese derecho.

—¿Y si no? —preguntó con voz ronca, mirándola.

Ella retiró la mano, se apartó un poco y apoyó la mejilla en el respaldo del sofá.

—Entonces seguiremos siendo grandes amigos —dijo en voz baja, con la mirada fija en él—. Y siempre escucharé tus consejos, porque para eso están los amigos. Pero al final haré lo que me plazca y tú no tendrás derecho a enfadarte conmigo.

Le estaba planteando una elección que no era tal.

Rance meditó largo rato cuál debía ser su respuesta. Con los codos apoyados en las rodillas y las manos colgando, intentó formular la respuesta adecuada: hablarle del respeto, las promesas y la generosidad. Pero no le salían las palabras, tal vez él también se había cansado de ellas, y cuando por fin Anisha se inclinó de nuevo hacia él, su calor y su exótica fragancia lo envolvieron como una cosa viva. Entonces se sintió temblar.

Anisha lo agarró del hombro y lo empujó contra el sofá.

—Cierra los ojos —musitó justo antes de posar los labios en su garganta.

Y Rance obedeció, que el cielo se apiadara de él.

Oyó un susurro de seda y sintió que el sofá se hundía suavemente bajo su peso cuando se sentó a horcajadas sobre él.

—Cierra los ojos —repitió, y su boca siguió moviéndose sobre su cuerpo, haciendo estremecerse su piel.

—Anisha... —susurró Rance.

Pero no abrió los ojos, sino que dejó que sus manos y su boca se deslizaran sobre su piel. Eran gestos sencillos; inocentes, en realidad. Sus dedos acariciando su pecho, su cintura, metiéndose entre su pelo. Sus labios besando sus ojos, sus mejillas, la parte de abajo de su mandíbula.

Se quedó inmóvil, paralizado. Pero, pese a la simplicidad de aquellas caricias, el poderoso hilo del deseo comenzó a atravesarlo, a girar y a tirar de él como un metal fundido, atrayéndolo más y más hacia su calor.

Ella abrió la boca, cálida sobre su mejilla, y la deslizó hasta dejar un hilillo de humedad a lo largo de su labio inferior. Tomó entre los dientes su labio carnoso, lo chupó y lo mordisqueó. Luego siguió adelante. Bajo la ceñida lana de sus pantalones, la verga de Lazonby comenzó a endurecerse y a latir, pero aquello parecía casi algo secundario; las sensaciones que estaba experimentando eran algo más profundo y primigenio que la simple lujuria.

Sintió que su boca se movía a lo largo de la cuenca de su ojo y luego por su frente, hasta que sus labios vacilaron, suaves como plumas, encima de su oreja.

—Llévame arriba, a mi cama, *meri jaan* —susurró—. Llévame arriba. Une tu cuerpo con el mío.

—Anisha...

—No —dijo con voz suave pero enérgica—. No hables. Sólo... Por una sola noche, no digas nada.

Mientras sus palabras se apagaban, Rance sintió con estupor que deslizaba la mano por sus pantalones. Con las yemas de los dedos y la palma comenzó a frotar con firmeza el bulto de su verga erecta, arriba y abajo. Entonces tomó aire entre dientes y contuvo el aliento.

Ella dejó escapar un ruidito gutural de satisfacción.

—Eso —susurró— sí es inconfundiblemente deseo.

—¿Acaso lo dudabas? —preguntó él con voz ronca.

Ella vaciló un momento.

—No mucho, pero no me gusta dar las cosas por sentadas —respondió en voz baja mientras deslizaba la boca alrededor de su garganta—. El deseo puede ser tan... complicado.

Rance comprendió de repente que estaba pensando en Jack Coldwater. En la situación comprometedora en la que lo había visto con él. Tenía que haberlo visto. Si no, no habría tenido dudas de...

No se sentía precisamente orgulloso de aquello. Y aquel recuerdo sólo sirvió para aumentar su exasperación, como el aceite de una lámpara arrojado a un fuego moribundo. Él no tenía nada que probar, maldita sea.

Y sin embargo... sin embargo...

Fue como si algo se partiera dentro de él. La levantó con un brazo, ligera como una pluma, y al mismo tiempo pasó el otro brazo bajo sus rodillas y se puso de pie. Anisha dejó escapar un gritito de sorpresa y se agarró a su cuello.

Por Dios que no quiere hablar, pensó mientras salía de la habitación.

Ni quiere un no por respuesta.

A pesar de saber todo lo que sabía de él por haberlo visto con sus propios ojos, y todo lo que sin duda le había contado Ruthveyn, Anisha parecía empeñada en seguir adelante con aquello... fuera lo que fuese, al final.

Y esa noche, sólo por esa noche, estaba harto de hacer siempre lo correcto, pues refrenarse nunca había sido su fuerte. Así pues, se daría por vencido y la deshonraría, se dijo mientras subía por las escaleras sin vacilar. Iba a darle lo que le estaba pidiendo, sólo por esa noche, y al diablo con las consecuencias.

Era una prueba, suponía, del papel que ocupaba en aquella casa y en el seno de aquella familia el hecho de que supiera cuál era la puerta de su dormitorio. Siempre lo había sabido, y aunque no lo hubiera sabido, su búsqueda frenética de Luc, esa noche, se lo habría desvelado, pues la esencia misma de Anisha, su fragancia, sus colores opulentos, sus pulcras costumbres se manifestaban a todas luces en la habitación.

Tras abrir la puerta de un empujón y cerrarla de nuevo con el talón, penetró en el dormitorio y fue a depositarla sobre la cama. A la luz tenue de la lámpara de la mesilla de noche, la vio mirarlo parpadeando, toda ella belleza e inocencia.

Luego, Anisha le abrió los brazos.

Rance esperó el tiempo justo para quitarse la chaqueta. Arrojó ésta al suelo y se tumbó en la cama al tiempo que se desabrochaba los pantalones. Su verga estaba ya dura y tiesa como la vara de un alguacil y la sangre recorría su entrepierna y su cerebro con un tamborileo apremiante.

—Anisha... —logró decir.

Se aferró a él y Rance se apretó contra ella al tiempo que le alzaba las faldas con la rodilla. Buscó su boca y la besó con ansia, hundiéndose en ella. Anisha no vaciló: correspondió a su beso arqueándose contra él y hundiendo las manos entre su pelo.

Dejando escapar un gemido, apoyó la cabeza en la blanda almohada. Rance volvió a introducir la lengua en su boca, cada vez más rítmicamente, dejándole claras sus intenciones. Confiando a medias, quizá, que ella lo rechazara.

Pero Anisha no lo rechazó. Apartó los dedos de su pelo y se agarró con cierto frenesí las faldas. Se las subió un poco más y Rance oyó saltar un punto del tejido. Ella le rodeó fuertemente la cintura con una pierna.

Rance cambió de postura, acomodándose por completo entre sus muslos, con los botones del pantalón medio desabrochados.

—Rance —musitó ella, los ojos cerrados—. Ah, Rance... *por favor*...

Él encontró la tela sedosa de sus pololos y hundió los dedos en la húmeda tersura de su sexo.

—*Sí* —dijo ella—. Ya.

¡Ah, el cuerpo de Rance también lo urgía a hacerlo *ya*! Pero su corazón pedía calma.

Ella era Anisha, la mujer bella y perfecta a la que había deseado desde lejos durante tanto tiempo que creía haber enloquecido un poco por ello. Fuera lo que fuese lo que había entre ellos, aquella pasión abrasadora que no volvería a repetirse, quería que fuese perfecto; quería extraer su deseo como un finísimo hilo de seda hilado por las manos más hábiles sobre la más delicada de las ruecas.

Cuando ella volvió a tocarlo, sin embargo, deslizando sus dedos entre los dos, Lazonby se dio cuenta de que no era la perfección lo que buscaba. Lo que necesitaba. Había estado sola mucho tiempo, decía.

Él, por su parte, había estado solo toda la vida.

Anisha lo besó de nuevo, las delicadas aletas de su nariz se hincharon. Las yemas de sus dedos acariciaron el duro abultamiento de su pene mientras deslizaba la otra mano entre su pelo. Él se desabrochó los últimos botones, asió su miembro y lo hundió entre los suaves pliegues de su sexo. Anisha dobló las rodillas, levantó las caderas y dejó escapar un gemido cuando la penetró.

Lazonby sofocó un grito de júbilo y sintió que su calor lo envolvía, atrayéndolo hacia el fondo de su ser. Era como la luna atrayendo a la marea hacia la orilla. Incondicionalmente. Sin descanso.

Incorporándose un poco, se echó hacia atrás y la penetró de nuevo. Ella contuvo la respiración y profirió un suave y primitivo gemido de placer. Lazonby la acometió una y otra vez, y después marcó un ritmo acorde con el deseo de Anisha. Todo discurrió como en un sueño. Él comprendió vagamente que aquel era un momento para el deleite; que el acto físico nunca le había parecido tan exquisitamente perfecto, ni volvería a parecérselo. Pero el frenesí ya se había apoderado de su cuerpo: una necesidad casi feroz de copular, de poseerla, de empujar.

La melena de Anisha se había deslizado hacia un lado y su hermoso vestido estaba torcido de tal modo que dejaba al desnudo uno de sus pechos. Jadeando, Lazonby se metió el pezón hinchado en la boca, lo excitó con la lengua y lo mordió luego hasta que Anisha gimió bajo él.

Fue como si aquella sensación la hiciera caer al abismo. Se levantó hacia él con un grito ansioso y Lazonby cambió de postura, dispuesto instintivamente a satisfacerla. Los jadeos de Anisha, que sonaban suaves en medio de la noche, se acompasaron con sus embestidas, intensificándose a medida que se mecía sobre ella. A medida que zozobraba en el placer de sentir su carne tensa y femenina rozando la suya.

Cuando se levantó hacia él para recibir aquellas últimas y perfectas acometidas, dejó escapar un agudo gemido de placer y clavó las uñas en su chaleco de seda, sus ojos se cerraron con fuerza y echó la cabeza hacia atrás, hundiéndola en la almohada. Entonces él se precipitó al abismo con ella, sintió contraerse sus testículos y temblar sus brazos con cada embestida, hasta que la hubo llenado con el calor de su semen.

Cayó sobre ella, consciente únicamente de su olor y de una satisfacción tan profunda que por un instante su mente fue libre y su vida perfecta. Posó suavemente la frente sobre la suya. Anisha abrió los ojos y él la miró, incapaz de pestañear, incapaz de separarse de ella ni siquiera de la forma más insignificante. Siguieron flotando así un momento, completamente unidos y perdidos el uno en el otro. Quizás incluso se durmieron. Lazonby no estaba seguro, pues era como si el tiempo hubiera dejado de existir.

Pero la perfección nunca dura mucho tiempo. Él volvió en sí y se dio cuenta de que alguien estaba llamando suavemente a la puerta y de que Anisha estaba ahora tumbada a su lado.

Al oír llamar, se despertó.

—Vete, Janet —logró decir con los ojos todavía cerrados—. Vete a la cama. *Por favor.*

Pasados unos segundos, oyeron pasos que se alejaban.

Un tenso silencio inundó la habitación a su alrededor. Como si quisiera disiparlo, Anisha lo besó otra vez. Él rodó hacia un lado, saliendo de su cuerpo, y la apretó contra sí.

—¿Pasará algo? —murmuró mientras le retiraba el pelo de la frente con una caricia.

—¿Lo dices por Janet? —le preguntó, soñolienta—. Es discreta.

Lazonby hizo una mueca.

—Entonces, lo sabe.

Ella sonrió suavemente.

—Si no, no habría llamado.

Lazonby se inquietó al pensarlo, pero era ya demasiado tarde para alarmarse. No lo era, en cambio, para pedir disculpas.

—Anisha —susurró, besando suavemente sus párpados—, me... me vuelves loco, creo. No he estado en mi mejor momento.

Ella lo miró con ojos soñolientos.

—Espero que no estés disculpándote.

Riendo un poco, Lazonby se tumbó de espaldas y la atrajo hacia sí para que se tumbara sobre su pecho. La besó de nuevo y luego dijo:

—La primera vez que un hombre le hace el amor a una mujer, debe hacerlo con ternura y suavidad. No con brusca impaciencia. Ni con frenesí.

—Ésta no ha sido mi primera vez —repuso ella.

—Umm —gruñó él, disfrutando del peso de su cuerpo sobre el suyo—. No me refería a eso.

Anisha se incorporó apoyándose sobre los codos y acercó los dedos a su chaleco. Los largos mechones de su pelo resbalaron por uno de sus hombros.

—Ese fuego que ardía entre nosotros, Rance, había que apagarlo de una vez por todas —susurró mientras desabrochaba los botones—. Los textos antiguos, como el *Kamasutra*, nos enseñan cien formas de prolongar el placer. Me gustaría compartirlas todas contigo, si quieres. Pero a veces... a veces, quizá, cuando el deseo se ha pospuesto demasiado tiempo, estalla un incendio.

Él la miró con cierta curiosidad, pero Anisha se había sentado a su lado, con el vestido completamente arrugado. La mitad de su elegante sari de brillantes colores colgaba de la cama; la otra mitad había resbalado hasta el suelo.

—No te vayas —ordenó al levantarse—. Pase lo que pase mañana, no te vayas esta noche, Rance. Eso es lo único que no podría perdonarte. Ahora, mantén mi cama caliente mientras me desvisto.

Recogió el sari y, arrastrando un extremo por la alfombra, se dirigió hacia una segunda puerta.

Fue entonces cuando Lazonby se acordó de Janet.

—Eh... ¿puedo ayudarte? —le dijo—. ¿Con el... con el corsé?

Anisha se volvió con la espalda elegantemente estirada y los pechos enhiestos entre los desordenados mechones de su pelo.

—Yo no llevo corsé —dijo con sencillez.

—Ah.

Ella sonrió ligeramente.

—No me parecen sanos —explicó—. Restringen las fuerzas vitales, el *prana*, y eso dificulta el *citta*.

—Ah —dijo Lazonby—. ¿Y eso qué es?

Anisha se detuvo a pensar.

—Pues la conciencia de la vida —dijo—. La lucidez.

—Entonces, ¿una mujer con el corsé bien apretado no puede pensar claramente?

Ella esbozó de nuevo su extraña media sonrisa.

—Hay muchas cosas que no puede hacer una mujer con un corsé bien apretado —contestó, deteniéndose el tiempo justo para quitarse los delicados zapatos. Después, desapareció.

Lazonby se relajó en la blanda cama y fijó la mirada en el dosel de seda brillante.

Dios santo. Anisha no llevaba corsé.

Y habían hecho el amor con los zapatos puestos.

Lo primero era un poco excitante. Lo segundo era sencillamente humillante.

Pero apenas le molestó. Se quedó allí tendido, saciado y soñoliento, escuchando el sonido del agua e imaginándose a Anisha en el baño. Pero pasado un rato salió de su letargo, se levantó, se enderezó un poco la ropa y cerró con llave la puerta de la habitación... como debería haber hecho al entrar. Se quitó los zapatos y pensó qué debía hacer a continuación.

Había arrastrado a Nish hasta allí, poseído por el loco afán de hacerla suya. Temiendo detenerse el tiempo suficiente para pensarlo. Había creído, supuso, que sencillamente satisfarían aquel deseo ansioso, aquella cuenta que tenían pendiente, y se acabó.

Pero estaba seguro de no haber terminado con ella... y de que, al parecer, tampoco ella había terminado con él.

Cerró los ojos y oyó cerrarse un grifo, pero en medio de la penumbra, adensada por el espeso silencio, era muy fácil que comenzara a aflorar la culpa. Había acusado a Luc de tratar a la señorita Rutledge como a una fulana de tres al cuarto, y acto seguido había hecho el amor con Anisha sin desvestirse, y se había vertido dentro de ella sin pensarlo siquiera, sin tomar la más mínima precaución.

Eso era lo que le había costado aquel frenesí, aquel deseo reprimido durante demasiado tiempo.

Lo que, potencialmente, le había costado a ella.

Una sarta de perlas blancas colgaba de una bandeja de porcelana, cerca de la cama. Las cogió distraídamente. Era un collar increíblemente largo y pesado, y resultaba extrañamente reconfortante sostenerlo en la mano. Mientras reflexionaba sobre su situación, dejó que las perlas resbalaran como una cascada de una mano a la otra, y llegó a la amarga conclusión de que en realidad nada había cambiado.

La gente seguía considerándolo un tramposo, un embustero y un asesino a sangre fría. Anisha seguía moviéndose en los tenues márgenes de la sociedad galante, seguía teniendo dos hijos impresionables a los que criar. Y él seguía debiéndole la vida a su hermano.

Y acababa de pagarle esa deuda haciendo lo único que Ruthveyn le había pedido que no hiciera: deshonrar a su hermana.

Pero sus buenas intenciones, si es que tenía alguna, se desvanecieron cuando Anisha reapareció vestida con una bata que le resultó extrañamente familiar, hecha de seda de color esmeralda y profusamente bordada en oro. Un «sari» lo había llamado ella cuando la había visto bordar la brillante camisola que solía llevar Ruthveyn.

Pero, cuando Anisha se acercó entre la penumbra, vio que la suya colgaba abierta, sin pantalones de seda, ni ninguna otra cosa debajo. Su exuberante cabellera estaba aún más desordenada, y todavía llevaba sus magníficas joyas, como si formara parte del harén de algún marajá.

Se detuvo al borde de la cama y deslizó seductoramente los dedos por los músculos de sus piernas.

—Me hallo —dijo con voz aterciopelada— en necesidad urgente...

—Entonces deberían azotarme por mi fracaso —murmuró él, cogiendo su mano y llevándosela a los labios.

—... de doncella —concluyó, y esbozó una sonrisa traviesa—, aunque antes te haya dicho que no. ¿Puedes ayudarme ahora?

Él se sentó, el chaleco todavía desabrochado.

—Por supuesto —dijo, sosteniéndole la mirada—, siempre y cuando te pongas estas perlas alrededor del cuello y vuelvas a la cama sin nada más.

Ella levantó sus cejas elegantes y perfectamente perfiladas.

—Te hago notar, querido mío, que ya estoy desnuda, o casi. Tú, en cambio... ¡Ah, sigues languideciendo en tu traje de gala!

Rance dejó caer las perlas sobre la mesilla de noche con estrépito, la atrajo entre sus piernas y la besó entre los pechos.

—Quiero verte —dijo con voz ronca, apartando la seda de sus hombros.

La bata resbaló por sus brazos y su espalda y quedó amontonada alrededor de sus pies, sobre la alfombra. Con un gemido de placer, Anisha metió los dedos entre su pelo, atrayéndolo hacia sí. Rance atrapó su areola con la boca y la chupó lentamente. Luego fijó su atención en el otro pecho, lo acarició levemente con la lengua y vio con placer que su pezón se estiraba y se endurecía.

Pasado un rato, sin embargo, ella se apartó. Había empezado a jadear.

—Suéltame el pelo —susurró—. Quítame la gargantilla. Esta vez, quiero estar completamente desnuda contigo. Quiero disfrutarte, Rance, porque estás hecho para eso.

—Los deseos de la señora son órdenes para mí —murmuró él, y ella se dio la vuelta.

Cuando Rance acabó de quitarle la última horquilla, ladeó la cabeza y posó los labios en la larga curva de su cuello al tiempo que intentaba sofocar otra punzada de mala conciencia.

Anisha se levantó el pelo para que le desabrochara la gargantilla y giró la cabeza para mirarlo.

—Esto no es asunto de nadie, sólo nuestro —afirmó con calma, como si le hubiera leído el pensamiento—. Lo divino, sea cual sea la forma en la que uno imagina el poder celestial, nos concede la capacidad de gozar el uno del otro. El medio de trascendernos y ascender al cielo aquí, en la Tierra, aunque sólo sea fugazmente.

Hablaba completamente en serio. Rance dejó a un lado la gargantilla y Anisha se volvió en sus brazos.

—Deseo mostrarte lo divino, *meri jaan* —musitó, tomando su cara entre las manos—. Y quiero que tú me lo muestres a mí. El incendio ha terminado. Ahora comienza a arder lentamente un fuego.

Pero Rance ya estaba en llamas y a punto de estallar. Sentado todavía, la atrajo hacia sí.

—Dios mío, Anisha, tú sí que sabes tentar a un hombre —susurró, y acercó el oído a su corazón. Latía despacio, con fuerza, al mismo compás que el suyo, o eso parecía.

Hizo a un lado su preocupación y procuró disfrutar de aquel instante. Anisha era tan menuda entre sus brazos, estaba tan perfectamente formada, con sus pechos redondos y erguidos, sus caderas ligeramente abultadas y el leve abultamiento de su vientre, que le hacía pensar en lánguidas tardes con la cabeza allí apoyada.

Pasado un momento, sin embargo, la impaciencia pudo con él. La apartó, se levantó y, sosteniéndole la mirada, comenzó a quitarse lo que, al principio de la velada, había sido una elegantísima corbata.

—He soñado con esto mil veces, Nish —dijo en voz baja.

Ella se mordió el labio y desvió la mirada.

—Nunca estaba segura.

—No seas boba —dijo él con excesiva aspereza—. Ningún hombre podría mirarte y sentir otra cosa. Anisha, he ardido de deseo por ti desde el momento en que me incliné para recoger aquel trozo de seda verde del suelo de tu camarote y sentí alzarse tu olor como el de las flores iluminadas por el sol. Y creo que desde entonces no he dejado de desearte un solo instante.

—Te acuerdas —murmuró ella, y esta vez le quitó el chaleco. Hecho esto, sus ágiles dedos comenzaron a tirar de los faldones de la camisa que él se había remetido apenas unos minutos antes. Como si se rindiera, Rance levantó los brazos y dejó que se la quitara. Después, el olor de ambos se mezcló y los envolvió por completo.

—Pero esto es una locura —dijo, mirándola—. Dime que me vaya, Nish. ¿Tienes fuerzas para hacerlo? Ojalá las tuvieras, porque bien sabe Dios que yo no las tengo.

—Tengo fuerzas para hacer lo que haya que hacer. —Pero su mirada se deslizaba por su pecho y sus dedos habían comenzado a juguetear con los botones de sus pantalones—. Pero ¿mandarte que te vayas? No. Si quieres irte, si te importa más el decoro que *esto*, entonces ahí tienes la puerta.

—Me importa un bledo el decoro —repuso él roncamente y, asiendo su barbilla con la mano, obligó a sus ojos marrón chocolate a mirarlo—. Pero tú me importas más que... en fin, más de lo que puedo expresar. Me importan Tom y Teddy. Y me importa lo que piense Ruthveyn de mí.

—Soy responsable de mis actos —dijo ella por segunda vez esa noche— y de mis hijos. Respeto a mi hermano, sí, y lo quiero muchísimo. Pero el día que llegué a Londres te dije que no iba a vivir bajo su dictado.

Mientras hablaba, Anisha siguió con su tarea: desabrochó los botones hasta que el pantalón quedó colgando de las caderas de Rance. Él no dijo nada, temeroso de romper el hechizo. Y cuando ella levantó la mirada, había en sus ojos una verdad seductora. Su rostro estaba despojado de impaciencia, de lujuria descarnada. En su mirada ardían, sin embargo, una promesa y una advertencia, como si se aproximaran a un abismo de deseo del que él no podría escapar jamás.

Con ella, ése había sido siempre su mayor miedo.

Se consideraba duro y estragado, creía haber probado todos los placeres del mundo hasta quedar embotado por ellos. Pero empezaba a descubrir que tal vez sólo fuera un ignorante. Un hombre que sólo había conocido la saciedad, pero no la pasión. Ni el placer. Nunca aquel anhelo profundo hasta la médula que sentía por ella.

Anisha deslizó las manos bajo el suave hilo de sus calzoncillos, haciendo que su vientre temblara de puro deseo.

—Anisha... —susurró, cogiendo una de sus manos, llevándosela a los labios y besando el pulso que palpitaba en su muñeca.

—Ven —dijo ella, apartándose del ángulo que formaban sus piernas y tomándolo de la mano—. Túmbate conmigo hasta el amanecer. Más tarde habrá tiempo de sobra para que te sientas culpable, y para que decidamos qué hacer a continuación.

Rance se quitó el resto de la ropa y la arrojó al suelo formando un montón mientras ella lo miraba con los ojos abiertos de par en par y una expresión de admiración femenina. Luego, la estrechó entre sus brazos, inclinándole la cabeza hacia atrás para hundir su lengua en las dulces profundidades de su boca en un beso tan dulce y largo que sintió que a ella le temblaban las rodillas.

Cuando terminó, sin embargo, Anisha cambió las tornas, se inclinó hacia él y deslizó los labios por la curva de su garganta y luego por encima de su hombro. Allí se demoró, acariciando con la punta rosada de la lengua la cicatriz pálida y protuberante de su brazo.

—Son tan bellas tus muchas imperfecciones... —susurró—. ¿Una amante despechada, quizá?

Él se rió suavemente.

—No, una *flissa* de acero: una espada que empuñaba un bereber medio loco —contestó en voz baja—. Pero, sí, si lo que buscas son imperfecciones, tengo muchas, Nish.

Ella, sin embargo, ya había fijado su atención, y su boca, en la marca de color negro azulado que rodeaba su bíceps, vestigio de una vieja quemadura de pólvora. Sus cicatrices de guerra sólo parecieron animarla, y Rance comenzó a sentir de nuevo un hormigueo de deseo en la entrepierna.

Anisha también lo sintió y dejó que su mano se deslizara entre los dos, asió su larga verga entre los dedos menudos y ágiles y la acarició hasta que estuvo del todo erecta.

Y cuando de los labios de Rance escapó un suave gemido, dejó de besarlo y tiró de él hacia la cama.

—Recuéstate en las almohadas para mí —musitó—. Levanta las piernas.

El colchón cedió bajo su peso cuando se recostó contra el cabecero. Luego dobló las piernas, cruzándolas como hacía Ruthveyn cuando se relajaba en la intimidad de su despacho. Anisha lo sorprendió sentándose sobre su regazo, de frente a él.

Enlazó su cintura con una pierna y sus pechos oscilaron tentadoramente cuando se acomodó entre sus piernas y apretó firmemente los cálidos pliegues de su sexo contra su verga, que se había puesto dura como una roca.

Rance apenas había empezado a asimilar la intensa sensualidad de aquella postura cuando ella se irguió y bajó hacia él, ensartándose en su miembro con un largo y profundo suspiro.

—Dios... —logró mascullar él.

Nunca se había sentido tan íntima y profundamente unido a una mujer. Enterrado dentro de Anisha, la acarició de todas las maneras posibles, corazón con corazón, vientre con vientre. Sentir el peso de sus caderas sobre los muslos era un placer exquisito.

Se había imaginado al mando de la situación, pero aquella era otra

Anisha. Una mujer que conocía su propia sensualidad. A Rance, le pareció feroz, irresistiblemente erótico. Ella pasó la otra pierna alrededor de su cadera y enlazó su cuello con un brazo. Y mientras lo besaba profundamente, deslizó la otra mano en torno a su cintura, dejando una estela de calor.

—Esta vez —dijo cuando interrumpió el beso—, creo que deberíamos ir despacio, *meri jaan*. Muy despacio.

Entonces deslizó la mano hasta sus nalgas, sobre el tatuaje negro de los Guardianes, y le urgió a penetrarla más profundamente. Rance acarició con la mano la curva de su cintura; luego la agarró por debajo de la nalga derecha y la levantó instintivamente hacia él cuando Anisha comenzó a deslizarse hacia delante y hacia atrás sobre su verga con movimientos tan leves que eran casi imperceptibles.

—Umm —dijo ella con voz muy suave.

Fue una simple vibración de la garganta y sin embargo encerraba una exquisita satisfacción. En aquella postura, era ella quien tenía casi todo el control. Había, sin embargo, poco sitio para maniobrar. Pero poco importaba. Era la unión, el calor y el roce de su piel lo que Rance pareció ansiar de pronto.

Había oído hablar de tales posturas, claro. Había aprendido uno o dos trucos en los burdeles de Francia y el Magreb, pero mientras Anisha lo miraba intensamente a los ojos sin apenas moverse, casi sin respirar, comenzó a parecerle que la intimidad de aquella postura superaba sus experiencias corrientes.

Ruthveyn hablaba a menudo casi en términos espirituales del acto sexual. Su amigo parecía creer que era o podía ser una experiencia casi mística. Pero él siempre había sospechado que aquello tenía más que ver con el hachís que fumaban que con cualquier acercamiento a lo divino.

Aun así, era indiscutible que en el Indostán se tenía una visión distinta de la intimidad. Uno de los lugartenientes de Gauthier le había hablado a menudo de una amante bengalí que había tenido y de su habilidad para lo que él llamaba «las mil maneras del amor». Pero la mujer había muerto prematuramente y la pasión del lugarteniente había fenecido con ella... y Rance había pensado que las historias que contaba no eran más que los sueños eróticos de un loco. Ahora, sin embargo, empezaba a tener dudas.

En ese instante, Anisha deslizó las caderas hacia atrás y luego hacia delante, ahondando ligeramente el contacto, y Rance se dijo que sólo le hacía falta conocer una de aquellas mil maneras, *aquélla*, porque era exquisita. El dulce olor de Anisha lo aturdió, y fue como si todos sus nervios hubieran cobrado vida. Y cuando ella dejó caer la cabeza hacia atrás, descubriendo su larga y blanca garganta, le mordisqueó el cuello y depositó besos de mariposa sobre sus pechos.

Para su sorpresa, Anisha estiró de pronto el brazo y cogió las perlas que él había dejado descuidadamente sobre la mesilla de noche. Con una sonrisa traviesa, se las puso a él alrededor del cuello, les dio dos vueltas y pasó el otro extremo alrededor de su propio cuello.

—Olvidaba —dijo con voz enronquecida por el deseo— que te había prometido ponerme las perlas.

Rance se rió y miró el extraño cuadro que componían. La sarta de perlas era larga, hecha para ser llevada con tres o cuatro vueltas. De aquel modo, sin embargo, enlazándolos a ambos, las perlas caían sobre los hombros de Anisha, acariciaban el valle entre sus pechos y allí se retorcían. El contraste de su marfil pálido e irisado sobre la cálida piel de ella era una visión estremecedoramente erótica.

Rance sintió de nuevo que perdía la noción del tiempo mientras sus cuerpos permanecían perfectamente unidos, moviéndose con un ritmo pausado y exquisito. Sus manos y sus bocas se movían una sobre la otra mientras compartían sus cuerpos. La amó durante lo que le parecieron horas, mirándola, embrujado, hasta que ella cayó en un trance sensual, semejante a un sueño, con una sonrisa tenue y una mirada al mismo tiempo lejana y enteramente ligada a la suya.

Con el tiempo, fue como si lo arrastrara consigo, llevándolo al mar en una marea de placer sensual y dejándolo a la deriva en algún lugar sobrenatural en el que se convirtió en parte de ella, y ella en parte de él; un lugar de perfecta armonía física donde sus cuerpos y su aliento fueron sólo uno. La habitación, el suave crujido de la cama, hasta el parpadeo de la luz de la lámpara, pasaron a ser no un confuso borrón sino un *continuum* lleno de sensualidad, una parte de cada una de sus caricias y sus suspiros.

Sólo su preocupación por ella seguía agitándose en el fondo de su mente como un hilo tenue y frágil que lo ataba a la realidad mientras su cuerpo permanecía ligado al de ella. Y, finalmente, un reloj dio la hora en lo profundo de la casa, y Rance cobró súbita conciencia de que el tiempo que pasara con ella, aunque durara cien años, siempre le parecería demasiado breve.

Anisha oyó también el reloj y pareció despabilarse con un esfuerzo de la voluntad y recobrar la conciencia del presente. Aquellos instantes eran robados y ambos lo sabían. Un tiempo fuera de lugar, posiblemente destinado a no repetirse. Y cuando por fin fijó la mirada en él y se puso de rodillas para empezar a moverse con firmeza, Rance pensó que iba a volverse loco con sólo ver aproximarse la culminación de su placer.

Anisha apartó los brazos de su cuello y se agarró al cabecero de la cama, detrás de él. Se levantó una y otra vez, apretándose contra su larga verga enhiesta, dura como el mármol. Echó la cabeza hacia atrás, tensando los finos tendones de su cuello. Las perlas se mecían hacia delante y hacia atrás entre sus húmedos pechos y poco después Rance la sintió a ella también húmeda y caliente sobre su sexo y tuvo que obligarse a refrenar el impulso de tumbarla sobre la cama y volver a montarla implacablemente.

Deslizó, en cambio, la mano entre sus cuerpos y encontró el duro botoncillo de su deseo justo encima de su verga. Lo rodeó con la yema del pulgar, una y otra vez, y Anisha dejó escapar un grito y a continuación comenzó a gemir.

La belleza de su pasión mientras lo cabalgaba empujó a Rance hasta el borde del abismo. Se hundió en ella una y otra vez, hasta que se precipitaron juntos en una meteórica lluvia de placer estremecedor y su energía vital brotó dentro de Anisha. Sensaciones exquisitas e inexplicables lo atravesaron como un rayo líquido, dejándolo jadeante. Estremecido hasta la médula de los huesos.

Se desplomaron juntos sobre el colchón, temblorosos todavía, enredados en las perlas, y ella se apoyó en su hombro a descansar, perfecta e ingrávida.

Respirando aún trabajosamente, Rance ladeó la cabeza para mirarla, incapaz todavía de comprender lo que había vivido esa noche. Aquélla era *Anisha*. La mujer a la que más admiraba sobre la faz de la Tierra. Su amiga y confidente.

Su amante.

Y, sin embargo, entre el estremecimiento de la pasión, entre el placer inconcebible y la luz deslumbrante, lo asaltó una nueva idea.

¿Cómo iba a renunciar a todo aquello?

¿*Podía* renunciar a ello? Y si no, ¿qué podía ofrecerle?

Muy poco, a decir verdad.

¿Era eso, quizá, por lo que la había evitado durante tanto tiempo? ¿El motivo por el que se había aferrado a su amistad a la vez que intentaba mantenerla a distancia, tanto física como emocionalmente?

Pero por una vez decidió no pensar en lo que *no* era. Mientras intentaba recuperar el aliento y la cordura, se prometió que por una noche pensaría sólo en el presente. Disfrutaría del contacto de la piel desnuda de aquella mujer maravillosa y del peso de su cabeza sobre su hombro.

Más tarde, había dicho Anisha, pensarían en los remordimientos. Y detestarse a sí mismo en ese instante, en aquel momento dulce y perfecto, sería deshonrar la perfección de Anisha.

En cuanto al futuro... Eso era otra historia bien distinta.

Cuando se calmó su respiración, se quitó la larga sarta de perlas de alrededor del cuello y se la devolvió a su dueña.

—Precioso —murmuró, volviendo la cabeza para mordisquear el lóbulo de su oreja.

Ella se rió, acercándoselas al pecho, pero las perlas resbalaron de su mano.

—Confieso que yo no las elegí —dijo—, pero de haber sabido que te excitaban, me las habría puesto todos los días este último año, sólo para atormentarte.

Rance frotó ligeramente la nariz contra su mejilla.

—Ya me has atormentado bastante este año, gracias —repuso—. Pero ¿cómo es que nunca las había visto?

Anisha se recostó en su brazo y se quedó mirando el dosel de seda de la cama. Pasados unos instantes, le habló de las perlas y de cómo solía ponérselas para quitárselas casi de inmediato. Rance recordó de nuevo cuán precariamente atrapada se hallaba entre dos mundos.

—Así que eso fue lo que hiciste anoche —dijo en voz baja, dejando vagar la mirada por su rostro—. ¿Ponértelas y luego quitártelas? ¿Y luego arrojarlas a la bandeja sin más?

Anisha se volvió hacia él con una sonrisa.

—Qué descuidada, ¿no es cierto? —murmuró—. Y qué tonta, quizá, por haberme puesto algo tan poco tradicional en lugar de las perlas. Supongo que algún día mandaré el collar a Garrard's para que lo acorten.

—Pero el collar y los pendientes de piedras preciosas eran de tu madre, ¿no? —murmuró Rance, con la mirada todavía fija en ella—. Y ese dije que llevas en el tobillo, la garra de tigre montada en oro... Lo reconozco porque Ruthveyn lleva uno alrededor del cuello, ¿sabes? También eran suyos. Todo eso es profundamente tradicional.

—Pero no para los ingleses —contestó ella, desviando la mirada—. No es lo que aquí espera la gente. Pero a veces es muy duro...

Se interrumpió bruscamente y él le dio otro beso en la mejilla.

—¿Qué? —murmuró—. Continúa.

Ella le lanzó una mirada afligida.

—Sólo es un collar de perlas.

—*Sólo*, no —respondió él—. Es un símbolo. Es... tu legado familiar.

—Sí, exacto. —Se mordisqueó un momento el labio como hacía a menudo—. A veces, Rance, es duro ser tantas cosas a la vez —dijo por fin—. Ser una buena esposa británica, como lo fui yo una vez, y una buena madre y... y seguir siendo fiel a tu verdadero yo. Mantener intacto el corazón y reconocer, aunque sea en tu fuero interno, tu diferencia. Sí, no es más que un collar de perlas, y como mi parte británica esencial, intento llevarlo bien. Pero a veces... fracaso.

Rance no supo qué responder; ninguna trivialidad conseguiría aliviar su conflicto íntimo o deshacer el dolor que sospechaba le habían infligido lentamente su padre y su esposo, ni las dudas que habían ido sembrando inadvertidamente en su corazón.

La apretó con firmeza contra sí, pegó los labios a su frente y dijo lo que le dictaba su propio corazón:

—Nish, tú no has fracasado en nada —susurró junto a su piel—. Nunca. Y te has ganado el derecho a ser tú misma, te lo has ganado siendo una hija responsable y una esposa y madre ejemplar.

En medio de la serena penumbra de la habitación, su respuesta pareció complacerla, aunque Rance sabía bien que a la luz del día probablemente le habría llevado la contraria, tachando su argumento de demasiado simplista. Esa noche, sin embargo, no lo hizo; se apretó contra él, enlazándolo por la cintura, y apoyó la cabeza en el hueco de su brazo. Y así se quedó allí tendido largo rato, simplemente oyéndola respirar.

Anisha podía convertirse tan fácilmente en la guardiana de su corazón y su alma, se dijo. Quizá ya lo fuera. Quizá le había confiado su corazón casi la primera vez que la vio. Recordaba la rabia que había sentido al ver a Jack Coldwater mirándola, el miedo frío y afilado que se había apoderado de él al pensar que el odio que envolvía su vida pudiera de algún modo afectarla.

Todavía ahora podía sentirlo como bilis quemándole la garganta. Se obligó a cerrar los ojos y a arrumbar el recuerdo de toda aquella inmundicia. Ni siquiera en sus pensamientos quería mancillar aquel momento perfecto.

Finalmente la sintió relajarse entre sus brazos, pegada a él, y vio que la mecha de la lámpara hacía amago de apagarse en el instante en que se quedaba dormida. Y aunque se quedó tumbado a su lado, apaciguado por el sonido de su respiración, apenas durmió. Su mente parecía atrapada en el giro incesante, semejante al de los engranajes de una máquina, de las preguntas que tanto temía. Los «cómos», los «porqués» y los «acasos».

Miró los largos mechones de pelo que se derramaban sobre su brazo como una cascada de seda negra, miró los pechos pequeños y perfectos apretados contra sus costillas, y sintió que las respuestas nunca le habían importado tanto como en ese instante. Y nunca le había parecido la verdad tan ilusoria, tan completamente fuera de su alcance.

Pensó de nuevo en el trozo de papel que le había dado Anaïs de Rohan y sintió que un halo de esperanza lo rozaba otra vez fugazmente, con alas tan tenues y efímeras que apenas parecían existir. Temía que la nueva Guardiana de la *Fraternitas* poseyera aún el candor de la niñez, y que aquello..., esos casi quince años de escándalo continuado, aquello no se resolvería con buenas intenciones y un trozo de papel, por bueno y generoso que fuera su empeño.

Y aunque él quedara públicamente eximido de toda culpa y se atrapara al verdadero asesino, aunque llegara a comprender su extraña obsesión por Jack Coldwater, seguiría siendo quien era. Un hombre endurecido por los años pasados en prisión y en el campo de batalla, y estragado por las muchas noches y los muchos días que había pasado en compañía de sibaritas como Ruthveyn, en una neblina de placer inducido por las drogas.

Era un mercenario y un libertino que primero había vivido gracias a su habilidad en las mesas de juego y luego gracias a su ingenio y a su espada. En realidad, no era mejor que Pinkie Ringgold o que la panda de matones que rodeaba a Quartermaine. Asesinar a lord Percy Peveril era casi lo único de lo que no se le ponía culpar.

Y, sin embargo, no era eso todo lo que le hacía cavilar. No se avergonzaba de cómo era. Había sobrevivido a una vida que habría acabado casi con cualquier otro hombre. ¡Qué demonios!, sólo la desesperación ya habría quebrantado a la mayoría. Pero la nube de sospecha que pesaba sobre su cabeza había hundido a toda su familia. Había matado a sus padres, a uno rápidamente y al otro más despacio. Había hecho escapar a su hermana de Londres para buscar refugio en las Tierras Altas. Y había hecho huir despavoridos a sus amigos, hasta el punto de que ya sólo podía contar con el respaldo de la *Fraternitas*.

Y nada había cambiado. Podía contar con los dedos de una mano a los miembros de la aristocracia que lo creían inocente de la muerte de Peveril.

En cuanto a Anisha, se hallaba ya en una situación comprometida. Los indios se estaban convirtiendo rápidamente no en los aliados de Inglaterra, sino en sus súbditos: en esclavos, prácticamente, en muchos casos. Los matrimonios angloindios, que antes se habían aceptado como una rareza, eran ahora prácticamente inconcebibles. El prejuicio y la avaricia estaban desangrando el corazón del Indostán. Anisha tenía razón al temer por el futuro de sus hijos. Un negro paño mortuorio estaba cayendo poco a poco sobre la India. Hasta él mismo podía sentirlo.

Ruthveyn había conseguido invalidar gran cantidad de prejuicios gracias a su riqueza, a su título y a los servicios que había prestado a la reina. Pero Anisha no tenía la buena fortuna de su hermano. A pesar de su elegancia y su belleza, contaba con muy pocos amigos allí. El tiempo diría si la cena de esa noche la había ayudado en ese aspecto o si, por el contrario, la había perjudicado.

Sus reflexiones se interrumpieron súbitamente cuando oyó que el reloj de abajo daba las cuatro. Sus campanadas sonaron sofocadas por la oscuridad. Lanzó una mirada a las gruesas cortinas corridas y se preguntó cuánto tiempo más podía atreverse a permanecer allí antes de marcharse a escondidas.

La respuesta fue *no mucho*.

Un instante después, llamaron suavemente a la puerta. Rance bajó la mirada, un tanto inquieto, y despertó a Anisha. Ella abrió los ojos de par en par en la penumbra y se incorporó apoyándose en un codo.

—¿Umm?

—¿Mamá? —se oyó susurrar ansiosamente a través del ojo de la cerradura—. Mamá, ¿estás despierta?

—¡Teddy! —Anisha se despabiló de inmediato—. Teddy, ¿estás bien?

Rance ya se había puesto en pie y estaba recogiendo sus cosas. Cuando Anisha se levantó de un salto y se puso su bata de seda, le dio un rápido beso en los labios y corrió a esconderse en el tocador. Por suerte las bisagras no chirriaron cuando entornó la puerta.

—Mamá, no puedo dormir —dijo el niño desde el pasillo—. ¿Puedo entrar?

Apoyando un hombro en el marco de la puerta del tocador y ladeando la cabeza, Rance oyó el chasquido de la cerradura y el crujido de la puerta del dormitorio al abrirse.

—Teddy, cariño —dijo Anisha en voz baja—, los niños grandes no duermen con sus mamás. Ya lo sabes.

—Sí, ya lo sé —gimió su hijo—. Pero no puedo dormir. En ninguna parte.

Rance oyó un susurro de seda, como si Anisha se hubiera agachado para abrazarlo.

—Ven aquí, ratón —dijo con ternura—. Si es por lo del jarrón roto...

—No —contestó el pequeño.

—¿Por los narcisos pisoteados?

—No exactamente.

—¿Por la serpiente en la pila de la cocina?

—Un poco —gimió Teddy.

—Por eso ya te he castigado, amor mío. No tienes que seguir preocupándote.

—Bueno, la verdad es que me gustaría recuperarla —dijo el niño, enfurruñado—. Pero sobre todo es que quiero hablar.

Rance sintió que Anisha vacilaba un instante, pero no había nada que hacer al respecto.

—Claro —dijo—. Ven a sentarte en la cama un momento y cuéntame por qué no puedes dormir, ¿umm? Luego te llevaré a tu habitación y te arroparé bien en tu cama.

—De acuerdo —dijo Teddy.

A través del rayo de luna que entraba por las cortinas entreabiertas del tocador, Rance comenzó a vestirse cuidadosamente, rezando por no dejarse nada. Un momento después oyó el suave crujido de la cama cuando Anisha y su hijo se sentaron en ella.

Deseó extrañamente poder verlos juntos. ¿Cuántas veces, se preguntó, había observado a los niños con la rubia cabeza inclinada hacia el elegante y negro peinado de su madre mientras leían los tres un libro o hacían alguna tarea?

¿Cuántas veces los había oído reír juntos, una pequeña familia que, pese a formar una piña, lo había acogido en su seno? Pero tal vez los niños no estuvieran tan dispuestos a aceptarlo en la cama de su madre.

Rance intentó no pensar en *eso*.

—Bueno, ¿qué es lo que ocurre, cielo? —oyó murmurar a Anisha—. ¿Has vuelto a pelearte con Tommy?

Hubo un largo silencio.

—No, pero creo que necesito jugar con niños más grandes, mamá —contestó Teddy por fin—. Creo que a lo mejor es por eso por lo que siempre estoy metiéndome en líos.

—¿Ah, sí? —preguntó ella pausadamente—. Entonces, ¿es por eso?

—Bueno, Tom no sabe batear y tiene las piernas muy cortas —contestó el niño como si eso lo explicara todo—. Y Chatterjee ahora siempre está ocupado con el tío Luc. Así que he estado pensando que quiero ir al colegio. A Eton. Frankie Fitzgerald dice que es el único sitio para un joven de buena familia.

—Umm —repuso Anisha—. No estoy segura de que ése sea un buen consejo, Teddy. Puede que Eton fuera el único colegio dispuesto a aceptar a Frankie Fitzwater. ¿Lo has pensado alguna vez?

El niño pareció meditarlo.

—Pudiera ser —dijo por fin—. El señor Fitzwater es un poco

tonto. Pero yo quiero ir a alguna parte. Todas esas lecciones en el cuarto de los niños me dan sueño, y en Eton habrá críquet. ¿Verdad?

—Bueno, yo diría que sí —contestó Anisha suavemente—. Críquet y también otros juegos.

Siguió un denso silencio, y Rance se quedó inmóvil, temeroso de que le oyeran.

De haber podido hablar, le habría dicho al chico que las molestias que causaba un hermano pequeño no eran nada comparadas con los matones de Eton, y que las lecciones serían igual de soporíferas, sólo que sus nuevos maestros irían mucho mejor armados: con largas varas de nogal que, al golpearle a uno la palma de la mano, causaban un escozor capaz de despertar hasta a un muerto.

—Pero ¿sabes, Teddy? —continuó por fin Anisha con voz apagada—, esos sitios, esas escuelas inglesas, son muy crueles en mi opinión. Y siempre me han parecido... en fin, sitios para niños a los que sus madres no echaban de menos...

Oyó que la cama crujía otra vez.

—¿Y tú me echarías de menos, mamá? —preguntó Teddy con clara intención de que su madre dijera que sí.

—¡Ay, Teddy! —Su voz sonó sofocada, como si hubiera apretado al niño contra sí—. Teddy, tú eres mi bebé. ¡Ah, sí, te echaría muchísimo de menos!

—Pero, mamá, todavía tendrías a Tom —señaló él—. El bebé es él. Además, ir a Eton es lo que hacen los niños ingleses de verdad. ¿Y no fue por eso por lo que vinimos aquí? ¿Para que aprendiera a ser un niño inglés como es debido?

—Sí, claro que sí —contestó ella, pero Rance advirtió una nota de angustia en su voz—. Pero, aun así, muchos niños ingleses tienen preceptores particulares, ¿sabes? Y Tommy... En fin, entonces él también querrá irse, ¿no crees? Y en cuanto te vayas tú, me temo.

—Seguramente —contestó Teddy, malhumorado—. Pero no importa, mamá. Yo cuidaré de él. Y tú... Bueno, tú podrías tener más bebés... ¿No? Así no nos echarías de menos.

Por un instante Rance no pudo respirar, sus dedos se paralizaron sobre los botones del chaleco. Las palabras del niño, dichas tan despreocupadamente, parecieron quedar suspendidas en el fresco aire nocturno. Y de pronto fue como si toda su vida quedara también allí suspendida, colgada del hilo de una pregunta pavorosa.

—¡Ay, Teddy, nada en el mundo me gustaría más! —dijo Anisha precipitadamente, casi sin aliento—. Claro que quiero tener más bebés. Pero una no puede así por las buenas...

Se detuvo como si se diera cuenta de lo que acababa de decir.

—¿Qué? —preguntó Teddy.

De nuevo hubo un largo y tenso silencio.

Obligándose a moverse, Rance se puso la chaqueta mientras se imaginaba la expresión de Anisha al articular su respuesta, al dar marcha atrás en su argumentación y comprender lo inevitable.

—Es igual, Teddy —logró decir por fin—, porque aunque tuviera más hijos, no podrían sustituiros a Tom y a ti. Sois irremplazables. ¿De dónde te has sacado esa idea tan disparatada?

—De Janet —respondió el niño tranquilamente—. Y no es ningún disparate. Janet lo dice todo el rato. Ayer mismo lo dijo.

—¿Ayer?

—Cuando estaba planchando tu vestido para la cena —explicó su hijo—. Le dijo a Chatterjee que ya iba siendo hora de que tuvieras más niños, antes de que fuera demasiado tarde.

—¿Cómo dices? —dijo Anisha bruscamente.

—Sólo te estoy diciendo lo que dijo Janet —repuso Teddy—. Que ibas a seguir consumiéndote por lo que no podías tener hasta que estuvieras toda marchita y arrugada. Aunque no sé lo que quiere decir.

—Ah —murmuró Anisha—. Santo cielo.

—La verdad es que no deberías esperar hasta que sea demasiado tarde, mamá —le aconsejó Teddy juiciosamente—. Me sonó fatal. Lo que dijo Janet, quiero decir, sobre marchitarte.

Pero el tenue hilo se había roto, haciendo descender sobre Rance un gélido velo que lo envolvió como una cosa muerta y se hundió luego en su pecho, sofocando su corazón como un peso. De algún modo acabó de abrocharse el chaleco y sintió, horrorizado, el escozor de las lágrimas en el fondo de los ojos.

Nunca había imaginado que un niño pequeño pudiera expresar una verdad tan pura, ni tan precisa.

—Teddy —dijo por fin Anisha, cambiando claramente de tema—, no debes ir a las habitaciones de abajo. ¿Qué estabas haciendo allí?

—Jugar a las canicas en el pasillo —contestó su hijo como si fuera evidente—. Hay un bulto muy grande en las baldosas, justo encima de la cañería de la cocina, y así las canicas saltan y brincan por todas partes.

Rance cerró la puerta con todo sigilo.

Ya se sentía un intruso allí. Y Teddy... santo Dios, ¿acaso los niños pequeños y los criados veían lo que Anisha era incapaz de ver? Que la vida seguía adelante, que pasaba de largo a su lado. Que estaba esperando algo que nunca iba a suceder. Esperando a alguien... a alguien que había degradado su vida hasta tal punto que era indigno de su espera.

¿Qué había hecho Anisha ese último año? ¿Esperar a que él solucionara aquel embrollo y enderezara su vida? Sintiendo una profunda vergüenza por lo que acababa de hacer, enturbiar las límpidas aguas de su amistad, pintar falsas esperanzas, arriesgarse a dejarla embarazada, se echó la corbata alrededor del cuello, asqueado de sí mismo.

Anisha no quería una *aventura*. Quería *una vida*. Y se la merecía.

Comprendió por el suave murmullo de voces que madre e hijo se habían puesto a discutir: probablemente, un sermón acerca de los peligros de jugar a las canicas por donde pisaban los criados. Desaparecida la dulzura de aquella noche, Rance se acercó a la ventana y abrió las cortinas sin hacer ruido. Vio un asomo de claridad rayar los tejados de Mayfair.

Más tarde, se dijo que había sido la inminencia del amanecer lo que lo había impulsado a levantar suavemente la hoja de la ventana y pasar una pierna por encima del alféizar. Eso, quizás, y el reto puramente viril de descender por una cañería en la oscuridad.

Pero tan pronto sus pies tocaron la gravilla del suelo y echó a andar por el jardín trasero de Ruthveyn con la corbata colgando flojamente alrededor de su cuello, le asaltaron las dudas.

Era muy probable que se tratara de pura y simple cobardía.

De eso, y del miedo espantoso a afrontar la verdad que temía ver reflejada en los ojos de Anisha.

Capítulo 9

Tan loco es amor que no encuentra malicia en lo
que haces, por raro que sea tu capricho.

WILLIAM SHAKESPEARE, SONETO 57

*L*os desengaños, había escrito antaño el gran William Penn, no han de medirse siempre por la pérdida de algo, sino por la excesiva estima que se le concede. Lady Anisha Stafford se había creído inmune al desengaño: había sufrido ya tantos... Había aprendido siendo aún muy joven a moderar sus expectativas, a valorar con justicia lo que tenía y a cuidarlo como un tesoro mientras lo tenía, siempre consciente de que la felicidad, igual que la desilusión, era a menudo pasajera.

Pero el señor Penn, reflexionó Anisha sombríamente, se había casado siendo ya un cincuentón con una alegre muchacha a la que le doblaba la edad y que había procedido a darle ocho hijos con la misma rapidez con que otras mujeres bordaban cojines. Anisha no tenía la impresión de que hubiera sufrido muchos desengaños en *ese* sentido.

Llevada por un súbito acceso de amargura, intentó abrir de golpe la carta por enésima vez, pero el papel se había puesto lacio.

Tras ella, Janet chasqueó la lengua.

—Arriba ese ánimo, señora. —Su voz sonó enérgica, como si estuviera hablando con una niña—. Tengo que arreglarle este lío de pelo antes de que traigan el carruaje, o llegará usted tarde.

Anisha levantó los ojos de la carta.

—¿Cómo dices?

Janet le sostuvo la mirada en el espejo, con un peine en la mano.

—Lady Anisha —dijo en tono de suave exasperación—, puede usted leer esa cosa hasta que se vayan a dormir las gallinas, que no cambiará ni una palabra, y usted lo sabe.

Los labios de Anisha se adelgazaron.

—Espero, Janet, que no hayas estado leyendo mi correspondencia.

Janet le clavó el peine.

—No hace falta, señora —contestó—. Esa carta lleva cuatro días encima de su tocador, y reconozco la letra de Lazonby porque cualquiera diría que le enseñó a escribir un mono salvaje. Y respecto a lo que dice... —Se detuvo para retorcer un mechón de pelo, enroscándolo cuidadosamente con otro, y luego suavizó la voz—. Respecto a lo que dice, señora, puedo imaginármelo perfectamente por su mirada.

Anisha dobló la carta, la alisó entre los dedos y la dejó suavemente sobre el tocador.

—¿Tanto se me nota?

—Bueno, yo la conozco desde que me fui a la India hace veintidós años, señora —respondió la doncella mientras seguía cepillando con calma su larga melena—. Era usted serena como el agua de un estanque, hasta cuando era una mocosa.

—¿Sí? —Se puso a juguetear distraídamente con la bandejita en la que Janet tenía las horquillas—. No me acuerdo.

—Pues yo nunca lo olvidaré. —Janet comenzó a retorcer su cabello hasta formar un elegante moño en forma de corona—. ¡Qué señorita india tan formal parecía usted con sus sedas de colores, la espalda recta como un palo y esa calma...! Era como una duquesa exótica. Ni siquiera el capitán Stafford, que Dios lo tenga en su gloria, ni esos dos pillastres de ahí arriba podían sacarla de sus casillas. Pero Lazonby... Ése sí que la altera, señora, siempre la ha alterado. Y es mala señal cuando un hombre es capaz de trastornar de esa forma a una mujer hecha y derecha como usted.

Anisha fingió buscar algo entre las horquillas y se mordió con fuerza el labio para no llorar.

—No me tengas lástima, Janet —le advirtió cuando se le pasaron las ganas de llorar.

—¡Santo Dios, yo no le tengo lástima! —exclamó la doncella, a pesar de que se había metido varias horquillas entre los labios—. Es usted una viuda bella y rica con una familia que la quiere..., aunque se aprovechen de su buen corazón. Y si Lazonby no la quiere, señora, otro la querrá.

—¡Pero Janet...!

Janet, sin embargo, hizo oídos sordos a su reproche.

—No, señora, es Lazonby quien me da pena, y ojo —añadió—, que nunca he conocido a un hombre más guapo y con mejor planta. ¡Ay, madre! —Colocó una horquilla en su sitio, se metió una mano en el bolsillo y comenzó a hurgar en él—. Hablando de cartas, Higgenthorpe me ha dado esto. Luego Tom se puso a perseguir a esa ardilla por el invernadero, y *Seda* y *Satén* salieron tras ella y creo que se me fue la cabeza detrás de ellos.

—¿Ha llegado en el correo de la mañana?

Anisha la miró por el espejo mientras la doncella le pasaba otra carta por encima del hombro.

—No, la trajo el lacayo de esa tal señora Rutledge —repuso Janet—. Espero que sean buenas noticias.

Anisha rezaba por que lo fueran.

Le había confiado a Janet la indiscreción cometida por su hermano. A pesar de haberla reprendido un poco a causa de la carta de Rance, sabía que Janet era de fiar. Y había necesitado que la doncella le prestara sus oídos para estar avisada en caso de que empezaran a correr rumores entre la servidumbre... lo cual no había sucedido, por suerte.

Abrió rápidamente la carta, le echó un vistazo y acto seguido la puso boca abajo sobre su tocador, embargada por una oleada de alivio.

Decía justamente lo que había esperado de Frederica Rutledge: un amable, sutil y cuidadoso rechazo a la proposición de Luc alegando que temían que su hermano fuera demasiado joven y Lucy demasiado cabezota para formar un matrimonio feliz, y expresando el ardiente deseo de toda la familia de verlos a ambos ese mismo día.

Daba la impresión de que, en efecto, la señora Rutledge había conseguido aplacar de algún modo a su marido. Lucan se había salvado de un matrimonio prematuro, aunque no gracias a su propio esfuerzo.

Y la señorita Rutledge se había salvado de Lucan.

A pesar del desánimo que sentía, Anisha se sintió agradecida.

—Sí que son buenas noticias, Janet —dijo suavemente—. Lord Lucan ha escapado de las garras del vicario. Ha tenido mucha suerte.

—Sí, y es de esperar que haya aprendido la lección —repuso Janet hoscamente. De pronto, sin embargo, su rostro se animó—. ¡Ay, hablando de suerte, señora...!

—¿Sí?

—Quería saber si... —Se puso un poco colorada cuando Anisha la miró a través del espejo—. ¿Puedo molestarla otra vez? ¿Sobre mis astros y esas cosas?

—¿El *Jyotish*? —La mirada de Anisha se endureció—. ¿Qué te traes entre manos, Janet?

—La Ensaladera, señora. Es jueves. —Al ver la mirada perpleja de Anisha, añadió—: En Epsom, la carrera de caballos...

—¡Ah! Janet, por el amor de Dios. —La miró de soslayo—. Ya sabes que no me gustan las apuestas.

Pero al ver que ponía mala cara, se apiadó de ella y se giró a medias en el taburete del tocador.

—Está bien —dijo con impaciencia—. Dame la mano.

Janet se la dio con una suave sonrisa.

Anisha la cogió, le separó los dedos y trazó las líneas de la palma mientras se esforzaba por recordar los detalles del nacimiento de Janet.

—¡Qué manos tan largas y finas! —murmuró mientras seguía la

línea del corazón—. Eres ascendente Mithuna, por tanto rige sobre ti Mercurio. Háblame de esa carrera.

—Bueno, es la carrera de la Gran Ensaladera, señora. —Al ver la mirada de desconcierto de Anisha, agregó—: Se corre todos los años. Mi hermano, el que trabaja como mayordomo de lord Sherrell, dice que su señor va a ir, así que va a apostar por los dos. Sólo tenemos que ponernos de acuerdo sobre el caballo.

—¿Y cuál vais a elegir? —preguntó Anisha con la vista fija en la palma de su mano.

—Jim, mi hermano, dice que a *Holgazán* o a *Gardenia*, pero yo he pensado que quizá sea mejor apostar por *Sansón*, el de lord Chesterfield, como una vez me dijo usted que la letra ese me traía buena suerte...

—Normalmente, sí. —Anisha siguió sin mirarla—. Pero no, no es ninguno de ésos. Y recuerda, Janet, que las estrellas nunca están quietas, como nunca lo están nuestras vidas. Estamos todos, siempre, en estado de cambio constante y fluido.

—Bueno... —dijo la doncella pensativamente—, yo de fluidos no sé nada, pero siempre está el caballo de lord Exeter... o alguno de los otros.

—¿Cómo se llama el caballo?

Anisha dobló con delicadeza los dedos de Jane hacia dentro.

—Umm, déjeme pensar cuál era el de la ese... ¡Ah, sí! Es *Sable*.

—Ah. —Apretó su puño y lo soltó—. Bueno. ¿Tienes el colgante con el rubí que te regalé?

—Sí, señora. Está en mi cuarto. Pero me dijo usted que no lo llevara siempre puesto.

—Sí, pero ahora tienes que ponértelo —repuso Anisha—. Tienes que llevarlo el resto de la semana. Luego dile a Jim que apueste por *Sable*.

—¿De veras, señora? —preguntó Janet con voz chillona—. ¿Y así ganaremos?

Anisha sonrió de soslayo.

—Bueno, creo que la vida te sonreirá en los próximos días —contestó—. Es todo lo que puedo decirte. Pero bajo ningún concepto le des a entender a Luc que hemos tenido esta conversación, porque también querrá...

En ese instante llamaron a la puerta y entró Luc en persona, sujetando un par de chalecos por el cuello. Chatterjee, que iba tras él, lanzó a Anisha una mirada elocuente.

Al parecer, su hermano se estaba poniendo difícil esa mañana.

—¿Cuál me pongo, Anisha? —preguntó con cierto nerviosismo—. No consigo decidirme. No sé por qué.

Anisha giró la cabeza para que Janet le pusiera la última peineta.

—¿No sabes por qué no puedes decidirte?

—Sí, exacto —contestó el joven, y un rizo dorado como una guinea brincó en el centro de su frente—. O casi. Quiero decir que no sé si ponerme guapísimo, o elegante, o solemne. O qué. —Le mostró sucesivamente los dos chalecos—. Con el dorado resaltan más mis ojos, pero el gris oscuro parece más serio. Estaría bien parecer más serio, ¿verdad?

—¿Ahora quieres complacer a los Rutledge? —murmuró Anisha—. Deberías haberlo pensado hace tres días y preocuparte menos por tu chaleco.

—Bueno, ya es demasiado tarde, ¿no? —replicó su hermano con una nota de su antigua amargura—. Dios mío, Nish, ¿es que vas a estar fustigándome por esto eternamente?

Pero el joven, comprendió Anisha, carecía de la noción de lo eterno.

«Eterno» se hacía vivir esperando la aprobación de tu padre; una década pasada en un matrimonio prácticamente sin amor; un año perdido esperando un beso... o una simple mirada sesgada, cargada de imposible anhelo.

Eterna se hacía su vida.

Sintió que las lágrimas volvían a agolparse y las contuvo automáticamente.

Sin embargo, algo en su mirada pareció suavizar el tono de Luc.

—Lo siento, Nish —dijo, compungido—. Ya sé que lo he liado todo, pero ahora sólo quiero causarle buena impresión al señor Rutledge. Frankie Fitzwater dice que Rutledge fue muy deportista en sus tiempos, pero que no era muy buen espadachín... bueno, al menos en cuestión de estilo.

Anisha señaló el chaleco gris oscuro.

—Bueno, si decide ensartarte —dijo—, a Chatterjee le costará menos quitarle las manchas de sangre a ése.

Luc gruñó y se arrojó sobre la cama, ahuyentando a *Seda* y *Satén*.

—¡Por Dios, Nish!

—Démelos —dijo Chatterjee con enojo, y estuvo a punto de tropezar con las gatas al agarrar los chalecos—. ¿Es que no acabo de plancharlos? No puede uno revolcarse sobre la ropa fina como si fuera un cerdo.

Anisha se giró en su taburete y los miró a ambos fijamente.

—Chatterjee, te prometo que pronto encontraremos un nuevo ayuda de cámara para Lucan —dijo—. Uno que se quede, esta vez.

—Ah, sí, sí —canturreó Chatterjee al marcharse—, y las vacas pronto saltarán por encima de la luna.

—En cuanto a ti, Luc, puedes relajarte —añadió su hermana con sorna, enseñándole la carta, cogida entre dos dedos—. Tu proposición de matrimonio ha sido cortésmente rechazada.

Luc se enderezó bruscamente, parpadeando.

—¿*Rechazada*?

Anisha agitó la carta a modo de prueba.

Pero Luc había empezado a ponerse colorado.

—¿Qué pasa? ¿Es que ahora no soy lo bastante bueno? —preguntó, y se levantó para arrebatarle la carta—. ¿Qué demonios quiere, entonces? ¿Un duque?

—No sé —murmuró Anisha—. Tal vez no quiera casarse en absoluto. ¿Tan inconcebible te parece?

—O puede que sencillamente no me quiera *a mí* —contestó Luc, indignado.

Janet cerró la tapa del estuche de las horquillas con estrépito.

—A quien no se contenta con nada —rezongó.

—Al parecer, no —añadió Anisha—. Y el caso es, Lucan, que Lucy Rutledge es demasiado joven para saber lo que quiere. Igual que tú.

—*Al parecer* —respondió él con cierta acritud—, la edad no tiene nada que ver con eso. Bessett ha tardado un montón de tiempo en decidir lo que quería, y tiene treinta años, nada menos.

—Ya basta, Lucan —repuso su hermana en tono de advertencia.

Pero el muchacho no había acabado.

—Y tú, Nish, ¿sabes tú lo que quieres? —preguntó—. Y si lo sabes, ¿por qué no luchas por ello? Quizá, si hubieras hecho manitas y te hubieras besuqueado con alguien en la oscuridad, no estarías donde estás ahora.

—¿Ah, sí? —Se levantó con un crujido de raso de color champán y añadió con frialdad—: ¿Y dónde estoy exactamente, Lucan?

—Camino de la viudedad eterna —contestó con sarcasmo—. Y de una boda que podría haber sido la tuya y no la de la señorita De Rohan si hubieras jugado tus cartas con un mínimo de atrevimiento.

Anisha se sintió temblar, presa de una rabia que no iba del todo dirigida contra su hermano.

—Lucan, tú no sabes nada de mí, ni de lo que quiero —replicó, refrenando el impulso de darle una bofetada—. No sabes nada de la vida que he llevado, ni de lo que significa ser madre, esposa o incluso viuda, si me apuras. No eres más que un mequetrefe pagado de sí mismo que no tiene ni la sensatez necesaria para darse cuenta del atolladero del que acaba de escapar. ¿Y ahora te atreves a cuestionar el criterio de los Rutledge? ¿O el mío? Pues vete al infierno.

Luc se quedó de piedra y su rostro se contrajo al instante.

Aquélla era probablemente la primera vez que Anisha profería un exabrupto, y desde luego la primera vez que le dirigía uno a su hermano. Pero, después de haber pronunciado aquellas palabras, se sintió un poco más libre. Un poco más capaz. Y muy, muy enfadada con Luc. Y con Rance.

Rayos, estaba harta de hombres presuntuosos.

Pero Lucan seguía mirándola con pasmo.

—Nis, por favor, perdóname. Yo... lo siento mucho.

Anisha agarró su chal de la cama.

—No, Luc, eres un ingenuo y tienes tan poco sentido común que ni siquiera lo sabes —replicó—. Ahora, ponte la chaqueta. Tenemos que asistir a una boda.

La boda de lord y lady Bessett se celebró en el jardín de una antigua casona de Wellclose Square, un barrio muy al Este de Mayfair. La novia, ataviada con un atrevido vestido de seda roja y blanca, resplandecía de felicidad.

Geoff, por su parte, parecía sumamente dichoso, y cuando el reverendo señor Sutherland, sonriendo con orgullo, los declaró marido y mujer, dio un largo beso en los labios a Anaïs de Rohan en medio de una lluvia de flores de manzano.

Y mientras lo observaba todo, sonriendo cuando era preciso, Anisha siguió pensando en los reproches que le había lanzado Lucan.

¿Había sido demasiado pasiva? ¿No había luchado por lo que quería?

Tenía la impresión de llevar luchando toda su vida. Pero ¿luchando contra qué? ¿Contra su padre? ¿Contra su marido? ¿O sólo contra la resignación, contra el papel servil que le había asignado la sociedad inglesa?

No era, desde luego, la osada y arrolladora Anaïs de Rohan. No: Janet la había descrito como «serena» y «formal». Y, pensándolo bien, aquellos calificativos sonaban espantosamente anodinos.

¿Tal vez, sólo tal vez, hubiera un término medio entre «formal» y «arrolladora»? ¿Un terreno intermedio que pudiera ocupar una mujer serena mientras buscaba lo que de verdad deseaba extraer de la vida? O quizá Lucan tuviera razón. Quizás era sencillamente mejor armarse de valor y *luchar*. Ese día, sin saber por qué, aquella idea le parecía la más acertada.

Más tarde, cuando los invitados abandonaban el jardín para regresar a la casa, donde iba a celebrarse el banquete de bodas, Geoff se acercó a ella y le ofreció cariñosamente su brazo.

—Gracias —dijo—. Gracias por venir, Nish. Este día no habría sido tan especial si no hubieras estado aquí para celebrarlo con nosotros.

—Ha sido todo un...

Se interrumpió al ver pasar a Rance con rostro inexpresivo.

Geoff de detuvo y se volvió para mirarla.

—¿Nish?

Ella compuso una sonrisa.

—Ha sido todo un placer —concluyó, pero la voz le salió un poco ronca—. Gracias por invitarnos.

Geoff lanzó una mirada sombría a Rance antes de que desapareciera entre las sombras de la casa.

—¿Qué ocurre ahora, Nish? —preguntó—. ¿Voy a tener que retar en duelo a ese granuja, después de todo?

Ella deslizó la mano por su brazo.

—Anda, ve, Geoff —logró decir—. Yo estoy bien. De veras. Pero tengo que vigilar a Lucan y a la señorita Rutledge.

Geoff no dijo nada, pero sus ojos se ensombrecieron. Seguía mirándola intensamente.

—A mí no puedes leerme el pensamiento, Geoff —dijo ella bajando la voz—. Tú no puedes ver mi mundo, como yo no puedo ver el tuyo. ¿Acaso no es ése el precioso don que compartimos? ¿El que nos acerca? Ve con tu bella esposa y sé feliz.

Geoff la miró, receloso, por entre sus oscuras pestañas.

—¿Y a ti? ¿Cuándo te toca a ti ser feliz, Anisha? —murmuró—. Dímelo y mi felicidad se multiplicará por diez.

Ella logró echarse a reír.

—Esta misma mañana Janet me ha recordado con cierta irritación que soy una viuda bella y rica con una familia que me quiere —repuso—. Tengo toda la felicidad que necesito. Entra y brindemos todos por vuestra felicidad, de todo corazón.

Él le dio unas palmadas en la mano, la miró con aire dubitativo y, tras inclinar enérgicamente la cabeza, se alejó. Anisha dejó escapar un suspiro de alivio. Se demoró un momento más, hasta que la señorita Rutledge entró del brazo de su padre, seguida por Luc a unos veinte pasos de distancia.

Era una distancia prudencial, se dijo. El señor Rutledge, un hombre apuesto y atlético que se movía con una especie de mortífera agilidad, distaba mucho de parecerse al típico caballero rural. Al igual que Rance, era en apariencia afable pero, si se prestaba atención, su sonrisa dejaba traslucir algo un poco menos benigno que el simple buen humor.

Anisha se preguntó qué le habría dicho su esposa. Una versión atemperada de la verdad, tal vez. Pero en cualquier caso había bastado para poner un brillo acerado en la mirada del padre de Lucy.

Cuando todos los demás hubieron entrado, el señor Sutherland agarró a Anisha suavemente de la mano y la depositó sobre su brazo.

—Vamos, hija mía —dijo—. Me temo que nos hemos quedado en la retaguardia.

Anisha se inclinó hacia él y le dio un suave beso en la mejilla.

—Estaba esperándolo a usted.

El Prioste se rió y entraron juntos. Anisha recorrió el salón del brazo del reverendo, agradecida por su compañía. Sutherland siempre le había tenido especial simpatía, y ella lo sabía. Hasta hacía poco, había pasado mucho tiempo en las salas de lectura de la Sociedad Saint James bajo la supervisión del reverendo.

Llegado el momento, se brindó por la felicidad y la salud de los novios y se sirvió un espléndido banquete en el comedor. Lucan llenó el plato de su hermana y la hizo sentarse en una mesa vacía para seis, en el salón. Casi de inmediato entraron Rance y Frederica Rutledge.

Él miró a Anisha con cierto azoramiento y luego, como no le quedaba más remedio, se acercó para poner sobre la mesa el plato de la señora Rutledge.

—Lady Anisha —dijo mientras apartaba una silla para Frederica—, ¿podemos uniros a vosotros?

—Nada me gustaría más, desde luego —respondió ella.

Rance se disculpó con una ligera inclinación de cabeza y regresó al comedor.

—Lord Lazonby es muy amable, ¿no es cierto? —preguntó la señora Rutledge, mirándolo por encima del hombro.

Anisha apartó la mirada del ojo de buey que había pintado mentalmente entre los hombros de Rance.

—Bastante, sí —respondió.

—A Lucy, sin embargo, le da un poco de miedo —confesó la señora Rutledge en voz baja—. Confío en que recibiera usted mi nota esta mañana.

—Sí, gracias. —Lanzó una mirada al señor Rutledge, que estaba sentado con los primos de la novia—. Pero su marido parece muy tenso. ¿Va todo bien?

—Ni remotamente. —Sonrió melancólicamente—. Bentley jamás se atrevería a estropearle la boda a Anaïs, pero está furioso. Lucy ha sobrevivido a su ira, pero sólo por los pelos.

—Me extraña que no culpe a mi hermano —comentó Anisha, fijando la mirada en la servilleta de hilo que tenía sobre el regazo—. Tendría todo el derecho.

—Claro que le culpa, un poco —reconoció la señora Rutledge—. Pero sobre todo se culpa a sí mismo.

—¿A sí mismo? —Anisha levantó la barbilla—. No entiendo por qué, sobre todo porque ni siquiera estaba presente.

La señora Rutledge lanzó a su marido una mirada afectuosa, pero ligeramente exasperada.

—Me temo que mi marido disfrutó de una juventud terriblemente disipada —dijo—. Sus indiscreciones eran legendarias, y su familia estuvo a punto de deshacerse de él. Teme que los gemelos se le parezcan. —Se detuvo al llegar a ese punto y exhaló un profundo suspiro—. Y, francamente, así es. Hace años que esos dos no paran de darnos problemas.

No por primera vez, Anisha dejó que su mirada vagara por los bellísimos ojos y el cabello oscuro de Frederica Rutledge.

—Tuvo usted que casarse siendo casi una niña.

—Sí. —Sus mejillas se colorearon ligeramente—. Fui una de las indiscreciones de mi marido. La *última*.

Anisha se rozó los labios con las puntas de los dedos.

—Discúlpeme —dijo—. No suelo ser tan indiscreta. Su edad, o el pasado de su marido, no son asunto mío.

La señora Rutledge se echó a reír.

—Bueno, digamos que soy unos cuantos años mayor que usted.

—No muchos —comentó Anisha en voz baja.

—No *demasiados*, quizá. —Sus ojos brillaron, llenos de buen humor—. En cuanto a Lucy, he dejado que su padre se encargue de su indiscreción.

A Anisha se le encogió el corazón.

—¿Qué le hará?

—Nada que no se merezca —contestó muy seria la señora Rutledge—. Va a entrar a servir.

—¿A *servir*?

Anisha estaba atónita.

—Por decirlo así —respondió la señora Rutledge—. Va a hacer compañía a una prima lejana pero muy querida que en estos momentos está pasando por apuros económicos. También servirá como institutriz. No se sentirá maltratada ni por un instante. Pero sí estará aislada. Y casi sin sueldo. Pero estoy convencida de que le vendrá bien. Si se quedara en Londres, o incluso en Gloucestershire, seguiría haciendo su santa voluntad hasta que cometiera un tropiezo verdaderamente serio.

—Ah —dijo Anisha, compungida—. Vaya.

La señora Rutledge alargó la mano sobre la mesa y la posó sobre la suya.

—Lucy necesita un propósito en la vida, y esto le dará uno —dijo en tono tranquilizador—. Sí, lady Anisha, yo me casé muy joven. Mucho más joven de lo que Lucy es ahora, porque ésta es su segunda Temporada y aún no se ha casado. Y sí, mi matrimonio salió a las mil maravillas. Pero, francamente, ¿qué posibilidades tenía de salir bien cuando fueron las circunstancias, y no la propia elección, lo que nos llevó a estar juntos?

—Pocas, desde luego —reconoció Anisha.

—En efecto, muy pocas —repuso la dama—. No volveré a tentar a la suerte. Y tampoco permitiré que mi familia se deshaga de Lucy.

Anisha vio por primera vez un brillo de adusta determinación, casi implacable, en los ojos de Frederica Rutledge. Era una madre que velaba por sus cachorros como una leona, lo cual la hizo ascender varios peldaños en su estima. Comprendió, además, que la resolución de su esposa había templado sin duda la reacción del señor Rutledge. Quizás ella no llevara los pantalones en la familia, pero Anisha dudaba de que su marido se hubiera atrevido a contradecir sus deseos.

En ese instante regresó Rance con un plato sólo lleno a medias y una copa de vino llena de un líquido mucho más oscuro de lo que debía ser el vino. El señor Sutherland llegó tras él y sonrió a todos los presentes al tomar asiento a la mesa. Como de costumbre, su serena presencia mitigó la tensión y los cuatro se pusieron a comer y a hablar educadamente del tiempo y de política hasta que, pasado un rato, Frederica Rutledge se disculpó para ir a ayudar a la novia, que quería cambiarse de vestido.

Sutherland murmuró que se había dejado su devocionario en la sala de estar y se marchó pisándole los talones a la señora Rutledge. Anisha miró a Rance desde el otro lado de la mesa y experimentó una perversa satisfacción al ver su mirada sombría. Las arrugas en torno a su boca también se habían hecho más visibles, y tenía en conjunto un aspecto marchito, un aire casi estragado.

Casi esperaba que él también se disculpara y siguiera al Prioste. Pero por crápula que pudiera haber sido, nadie había podido jamás tacharlo de cobarde. Miró marcharse a Sutherland y después dejó su copa vacía sobre la mesa con ademán resuelto.

—¿Recibiste mi carta? —murmuró sin mirarla a la cara.

—¿Cómo no iba a recibirla si tu lacayo la llevó directamente a mi casa? —contestó con una nota de aspereza—. La llevó, además, antes de que las sábanas de mi cama dejaran de oler a ti. No, Rance, no se perdió entre el vestíbulo y mi habitación. ¿Era eso lo que esperabas?

Él encogió sus anchos hombros como si la chaqueta del frac le quedara demasiado estrecha, y por una vez pareció embutido dentro del traje.

—Es posible que no sea lo más diplomático que he escrito en mi vida —reconoció.

—Pero ¿era sincera? —preguntó ella amargamente—. Eso es lo único que importa, ¿sabes?

Rance la miró inexpresivamente desde el otro lado de la mesa.

Anisha dejó su tenedor con un agudo tintineo.

—En otras palabras, cuando empleaste la expresión «un terrible error» —aclaró—, ¿era en efecto eso lo que querías decir?

—Anisha... —La miró lúgubremente—. Eso fue, exactamente. Sí. Un error.

—Y cuando decías que debería «buscarme un amante en otra parte» —susurró ella—, ¿era eso, en efecto, lo que deseabas?

—Creo que ya hemos hablado de esto antes —repuso Rance con voz peligrosamente suave—. De hecho, es un tema muy trillado.

—Pero eso fue antes de que me llevaras a la cama.

—Lo cual fue una equivocación —respondió con firmeza.

—De modo que estamos otra vez como hace una semana —murmuró ella—. ¿No es eso?

Rance apartó los ojos, reacio a sostenerle la mirada.

—No podemos volver atrás —dijo con calma—. Por eso fue un error imperdonable. He... mancillado las cosas entre nosotros, Nish. He dado a entender algo que...

Se interrumpió al llegar a ese punto y meneó la cabeza.

—¿Has dado a entender algo que nunca ha estado entre tus planes? —concluyó ella con cierta acritud—. Así pues, no vas a proponerme matrimonio. Tras haberte atraído a mi cama, sigo sin tener esperanzas de convertirme en la próxima condesa de Lazonby. Ay, Dios. ¡Y yo que ya estaba bordando mis nuevas siglas en las fundas de las almohadas!

El músculo de la mandíbula de Rance vibró peligrosamente.

—Necesito otro whisky —dijo, levantándose bruscamente de la silla.

—No, necesitas salir al jardín conmigo —contestó ella al tiempo que dejaba sobre la mesa su servilleta—. Lo que tengo que decirte, no puedo decírtelo aquí.

—¿Por qué parar ahora? —replicó él ásperamente—. Ya nos está mirando la mitad del salón.

Pero la condujo a través de la casa y abrió casi con violencia la puerta de atrás. Echando una última mirada por encima de su espalda para asegurarse de que nadie les seguía, Anisha salió al sol radiante y avanzó con paso decidido a su lado, hacia el fondo del jardín de la señorita De Rohan, hasta el manzano donde apenas unos minutos antes había reinado el amor y se habían pronunciado votos eternos.

Rance apoyó la espalda en el tronco y se reclinó contra él como si esperara estar allí un buen rato.

—Continúa, pues —dijo con calma, moviendo de nuevo los hombros—. Una vez dijiste que sólo podía decepcionarte, Nish. Y tenías razón. Así que, adelante. Pero no cambiará nada.

Eran las mismas palabras que le había dicho Janet, y Anisha les hizo tan poco caso como entonces. Se puso a pasear por la hierba, delante de él, intentando formular lo que iba a decirle, pero la rabia y la frustración le impedían pensar con claridad.

Por fin se detuvo y lo miró de frente.

—El problema es el siguiente —dijo—: no tienes derecho a tratarme con condescendencia, Rance. No tienes derecho a decidir qué hago con mi vida, si arriesgo mi buen nombre o con quien me acuesto cuando...

—No —la interrumpió él con frialdad—. En eso, lamentablemente, tienes razón. Pero sí puedo elegir con quien me acuesto *yo*, Anisha.

De pronto, ella se sintió temblar por dentro.

—Y no... no me eliges a mí —dijo—. ¿Es eso?

—No, no te elijo —contestó él con voz tensa—. Y tampoco tengo que darte explicaciones al respecto, Anisha. No, a no ser que estés encinta.

Anisha irguió la espalda.

—¿Ah, sí? —dijo, crispada—. Y si lo estoy, ¿entonces qué?

—Entonces, ya sabes lo que pasará —contestó Rance ásperamente—. Y que Dios nos ayude a ambos. Y a Tom y a Teddy.

—¡Vaya! —exclamó con vehemencia—. ¿Tan terrible sería, Rance, estar casado conmigo? ¿Ser el padre de mis hijos?

Su rostro se paralizó un instante. Su expresión quedó completamente en blanco.

—¿Lo sería? —preguntó ella—. Vamos, Rance. Dime que no me quieres. Ni siquiera te estoy pidiendo que te cases conmigo. De hecho, eres un presuntuoso por creer que te aceptaría por marido. Pero dime que no me deseas. Dímelo a la cara.

Pero aquella expresión vacua siguió fija en su semblante, como si estuviera labrada en pálido mármol. Dentro de él algo había cambiado, y aunque no se movió ni un ápice, Anisha percibió la ira que se agitaba en su interior como el oleaje antes de una tormenta.

—Quienquiera que se case contigo, Anisha, puede considerarse afortunado —dijo por fin—. Pero no seré yo. ¿Sería terrible? Para algunos hombres, no. En cuanto a mí, nunca he contemplado el matrimonio. Es una institución en la que no encajo.

Para su propia vergüenza, Anisha estuvo a punto de lanzarse hacia él.

—¡Dios mío, qué embustero eres!

Rance la agarró de los brazos, rígido.

—Anisha —dijo con voz rasposa, zarandeándola un poco—, ¿hay algo en mí, algo que sepas o que hayas podido ver, que te induzca a pensar que me cuadra la vida doméstica? ¿He estado alguna vez sobrio dos días seguidos? ¿O he sido alguna vez fiel a una mujer más de una semana? Pregúntate eso, por el amor de Dios, antes de entregarte a absurdas fantasías.

—Así que no quieres conformarte con acostarte con una sola mujer —dijo ella—. ¿Es eso? ¡Anda, dilo!

—Cállate, Anisha.

—¡No, no voy a callarme! —gritó ella, intentando desasirse de sus brazos—. No voy a ponértelo fácil. Y ni siquiera se trata del matrimonio. En eso te engañas. Pero adelante, Rance. Dime seriamente que no te importo...

—¡Calla, Anisha!

—O que tu cuerpo no arde de deseo por el mío —dijo, interrumpiéndolo—. Prueba a decirlo. Porque, si lo haces, estarás mintiendo. Lo he visto en tus ojos. Lo he sentido en tus caricias. Incluso ahora el deseo arde en tu piel como...

—¡Por el amor de Dios, el deseo es sólo deseo! —exclamó él—. Los hombres lo sienten por la mitad de las mujeres con las que se cruzan.

—En nuestro caso, el deseo no es sólo deseo, Rance —le advirtió ella—. Los *Upanishads* nos enseñan que toda la vida de una persona está escrita. Tú y yo estábamos destinados a encontrarnos. Y casi siempre eso me hace tan infeliz como a ti.

—No me hables de tus malditas estrellas y tus pamplinas védicas —gruñó él—. No creo en esas cosas.

—¿Ah, no? —replicó ella—. Entonces dime que no te olvidas de todas las demás cuando yo estoy cerca. Yo sé la verdad de esto, *meri jaan*. Y a veces me desespero.

Rance la interrumpió zarandeándola de nuevo, clavó los dedos en sus brazos y la rabia volvió blanca la piel de alrededor de su boca.

—Señora —dijo, crispado—, pone usted a prueba mi paciencia a riesgo suyo.

—¡Y tú, Rance, pones a prueba mi cordura! —exclamó ella—. Estoy harta de...

Rance se apoderó de su boca en un instante.

De algún modo, Anisha acabó con la espalda apoyada en el árbol mientras la besaba con una vehemencia que ella no habría podido imaginar. La fuerza de su cuerpo la mantuvo pegada al árbol, su boca se deslizó sobre ella y su barba, que empezaba apenas a asomar, le arañó la piel. Echándole la cabeza hacia atrás, contra la corteza del árbol, le hundió la lengua en la cavidad.

Aquello era deseo, deseo irrefrenable y descarnado. De un ardor peligroso. Y Anisha sólo pudo pensar, regodeándose extrañamente en ello, que Rance ardía de pasión por ella.

Pensó de nuevo en Coldwater, y en sus dudas. Pero tras acostarse con Rance, que seguía besándola sin freno, éstas se habían hecho añicos por completo. Pero también se habían hecho añicos sus reservas, llevándose consigo el pequeño jirón de sí misma que aún procuraba mantener a salvo de él.

Se hallaba perdida, entregada por completo a él. Desde hacía muchísimo tiempo.

El beso, de un ardor desesperado, siguió y siguió. Rance se apoderó de ella, la poseyó, apretándose contra su cuerpo hasta que ella comenzó a jadear y sintió que le temblaban las rodillas. Las aletas de la nariz de Rance se hincharon de rabia y de deseo y sus ojos de un azul brillante se abrieron de par en par como si la retara a mirarlos.

Anisha los miró. Y comprendió de inmediato que lo había presionado en exceso.

Apoyando las manos sobre sus hombros, le dio un empujón, pero no sirvió de nada. Entre ellos algo había cambiado; el equilibrio de poder, quizá, de modo que él lo acaparaba por entero y ella no tenía ninguno. Rance se movió, introduciendo enérgicamente el muslo entre sus piernas. Anisha sintió que su largo y grueso miembro se endurecía rápidamente al contacto con su cuerpo.

Por fin lo empujó con todas sus fuerzas y comenzó a golpearlo. Rance apartó la boca de la suya y finalmente se apartó. Respiraba trabajosamente y sus ojos seguían teniendo una expresión salvaje, a medio camino entre la pasión y la furia.

—Rance...

Debía de parecer horrorizada, porque él palideció de pronto.

—¡Maldita sea, Anisha! —exclamó, volviéndose a medias—. ¡Maldita sea!

—Ten la bondad de dejar de maldecir —dijo ella, pero le tembló la voz—. Además, yo no he hecho nada.

—No. No, he sido yo. —Se pasó una mano por el pelo rizado y demasiado largo—. Por el amor de Dios, Nish, ¿es que no lo ves? Entre nosotros había una... una raya en la arena. Y ahora ha desaparecido. Y lo lamento. Nunca he querido que pasara esto.

—Yo también lo lamento —musitó ella, recomponiéndose—. Lamento que tu vida sea un lío tan espantoso y que no confíes en que soy capaz de decidir por mí misma.

—Nish, no es...

—Sí que lo es —replicó, apartándose del árbol—. Es exactamente eso, Rance. No confías en que sea capaz de tomar ni siquiera esa decisión tan íntima y personal, la de elegir un amante. La de elegirte a ti. Pero la verdad es ésta, amor mío: después de tenerte en mi cama, ya no sé lo que quiero. Ni de ti, ni del resto de mi vida. Dejando a un lado los astros, lo único que sé es que quiero lo mejor para mis hijos.

—Si quieres lo mejor para ellos, Anisha —contestó él—, entonces sabes que esos niños necesitan un padre.

—¡Mis hijos ya tuvieron padre! —gritó ella—. Un padre al que apenas conocían y que apenas les dedicaba una mirada de pasada. Pero para bien o para mal, tuve que enterrarlo, y ahora soy yo quien ha de decidir lo que necesitan mis hijos... y hasta ahora lo he hecho bastante bien.

Rance no contestó nada a eso, pero se metió las manos en los bolsillos y echó a andar casi a ciegas hacia lo hondo del jardín.

—Rance, sé aunque tú no lo sepas que jamás te habrías acostado conmigo por simple diversión —dijo Anisha a su espalda—. En cierto modo te importo, y ése es un sentimiento que supera lo físico. Pero prefiero que me hiervan en aceite a suplicarte nada. No puedes seguir jugando a este juego, amor mío.

—¿Y qué juego es ése? —replicó él.

—Un juego en el que tú te niegas a tocarme y sin embargo sientes celos de cualquiera que pueda, quizás, hacerlo —contestó ella rápidamente—. No soy una especie de adorno de cristal que poner encima de una estantería, Rance. Soy una mujer de carne y hueso.

—Y yo no soy lo bastante bueno para ti... no tal y como estoy ahora, atrapado en esa especie de odioso limbo —masculló él—. Pero que me aspen si conozco a alguien digno de ti. Pensé que Bessett... —Señaló la casa con un ademán casi violento—. Pensé que tal vez él serviría, pero todo eso ha quedado reducido a nada. Y que me fulmine un rayo ahora mismo si no me alegro, Nish. *Me alegro.* Así que sí, tal vez sea culpable de lo que me acusas.

—¡Por el amor de Dios, Rance! —dijo ella con impaciencia—. No soy un cerdo que se sortea en una feria de pueblo. No puedes ganarte mi deseo, ni siquiera merecerlo. O es o no es. Y debes reconocerme el derecho a decidir lo que hago y no preocuparte por ello.

—¿Y tus hijos, Anisha? —le recordó él suavemente—. ¿Y las dos cosas que amas más que a tu propia vida? Nish, lo dejaste todo para venir aquí y darles una vida mejor. ¿Serías ahora capaz de hacerles cargar conmigo y mandarlo todo al garete?

—Sin dudar ni un instante. —Su voz sonó baja y resuelta—. Y no estaría mandando nada al garete, porque lo que mis hijos necesitan, Rance, es un padre que sea lo bastante fuerte como para darles un claro ejemplo de cómo ha de ser un hombre. Un padre que pueda enseñarles lo que es el honor y la fortaleza frente a la adversidad. Un padre que les enseñe a levantarse con la cabeza bien alta tras sufrir la derrota y la injusticia, seguros en su fuero interno de lo que son. ¿Conoces a alguien mejor capacitado para eso, en el supuesto caso de que quisiera aceptarte como marido? Porque ésa, Rance, permíteme decírtelo, es la gran duda. No que tú seas idóneo. Puede que seas mi destino... y que seas mejor amante incluso de lo que imaginaba. Pero nada de eso me basta.

Al oír aquello, Rance miró por encima de su hombro izquierdo y por fin fijó los ojos en ella, compungido y a regañadientes. Había perdido parte de sus energías, y sus ojos celestes ya no brillaban. Una emoción vagamente parecida, quizás, al humor tensó una comisura de su boca, y sus hombros cedieron por fin, hundiéndose visiblemente por la fatiga.

—Entonces sólo quieres utilizarme —murmuró.

Anisha se acercó un poco a él.

—Hace dos noches, me moría de ganas de utilizarte —reconoció, bajando la voz seductoramente—. En cuanto a noches futuras... bien, no puedo decirlo. —Levantó la barbilla con cierta altivez—. Dependerá, diría yo, de si vuelves a ser mi amigo en lugar de una especie de ogro al que el arrogante de mi hermano me ha impuesto como guardián.

Permanecieron un rato allí, parados sobre la hierba. Por encima de ellos, una gaviota volaba en círculos como buscando el mar, con gritos un tanto lastimeros. Del río se levantó una brisa tan fuerte que rozó la hierba combándola como una mano invisible y agitó las faldas de Anisha. Vio que Rance rumiaba algún asunto, pero no acertó a descubrir qué era.

Por fin, él le tendió la mano.

Anisha la cogió, y se sintió extrañamente reconfortada al sentir su tacto áspero y familiar.

—Paz, entonces —dijo él—. Es lo único que puedo decir de momento.

—Paz —repitió ella estrechándole la mano antes de soltarla.

Rance se meció sobre sus talones y miró hacia atrás, hacia la casa.

—Haré lo que pueda, Nish, para satisfacer los deseos de ambos —dijo, entornando los ojos para defenderlos del sol—. Intentaré no tratarte con condescendencia, ni cuestionar tus decisiones. Siempre tendrás mi amistad. Siempre te encontraré hermosa. Deseable. —Al llegar a ese punto, sus negrísimas pestañas bajaron, y cerró los ojos un instante—. Pero una aventura entre los dos... ¡Ah, Nish! Eso es imposible.

Anisha se encogió de hombros. Se sentía desanimada y un poco vacía.

—Muy bien —dijo—. Como quieras. Pero confío en que recuerdes lo que he dicho.

Él asintió con la cabeza.

—Lo recordaré.

—De acuerdo, entonces —contestó con calma—. ¿Entramos?

—Sí —dijo Rance en voz baja—. Necesito con urgencia un whisky... O cuatro o cinco, quizás.

Anisha volvió a atravesar el jardín cogida de su brazo. No dijeron nada, pero se separaron tan pronto entraron en la casa. Rance posó un momento la mano sobre la suya, que descansaba sobre su brazo, le dio unas palmaditas y a continuación dejó que se perdiera entre el gentío.

Así pues, habían vuelto al punto de partida.

Anisha lo vio alejarse, consciente de que en realidad no habían arreglado nada, de que seguía estando enamorada de Rance Welham y era probable que siempre lo estuviera. Y lo que era peor aún: dos días después, tendría que ir al teatro con Royden Napier.

Y Rance, por desgracia, no le había dado motivos para no ir.

Capítulo 10

Una escena de efecto celestial en un actor terrenal.

WILLIAM SHAKESPEARE, *Bien está lo que bien acaba*

*L*os aplausos arreciaron desde los palcos y tronaron desde la platea de la Royal Opera House cuando el Comte de Nevers se llevó en volandas a Valentine del escenario, poniendo así fin al tercer acto de *Les Huguenots*. Anisha se sumó a la ovación, maravillada, y aplaudió casi sin aliento mientras se cerraba el telón.

A su lado, Royden Napier se recostó en la butaca. Capaz por fin de relajarse, Anisha dejó vagar la mirada por el teatro, fijándose en la opulenta decoración, en los oropeles y en las filas y filas de palcos adornados con elegantes colgaduras, todos ellos dispuestos en derredor no sólo del profundísimo escenario sino también de la imponente araña de luces, que dejaba sin aliento al primer vistazo.

La belleza del lugar, sin embargo, quedaba mitigada por el ruido discordante de las sillas al arrastrarse y por la algarabía reinante en el enorme recinto del teatro a medida que los ocupantes de los palcos salían en busca de un refrigerio. Anisha se volvió para sonreír a su acompañante.

—¿Le ha gustado? —Napier se inclinó tanto hacia ella que Anisha sintió el olor de su jabón de afeitar—. Confieso que he visto a Massol en mejor forma que hoy.

Anisha era consciente de que le brillaban los ojos.

—A mí me ha parecido asombroso —dijo—. ¿Me convierte eso en una perfecta ignorante?

La mirada de Napier se deslizó sobre ella, mostrando escasa emoción.

—Si así es, se trata de una ignorante muy agradable —contestó—. ¿Le apetece algo de beber?

—No, gracias.

En ese instante, sin embargo, sintió el ardor de una mirada fija en ellos. Miró hacia el otro lado del teatro. Desde un palco a la derecha del escenario, un caballero elegantemente vestido los observaba a través de sus prismáticos.

Anisha clavó la mirada en él levantando una ceja.

El caballero bajó los prismáticos y con gesto suave volvió a prestar atención al hombre sentado a su lado como si nada hubiera ocurrido.

Y quizás así era. Temió haberse vuelto demasiado fantasiosa. Sonrió de nuevo a Napier, que se había levantado.

—Creo que voy a salir a estirar las piernas —dijo el subcomisario—, si está usted cómoda aquí sin su hermano.

—Desde luego —contestó ella.

Lucan, como era de esperar, los había abandonado entre el primer y el segundo acto para ir a reunirse con un grupo de jóvenes calaveras que deambulaba por el foso. Y quizá fuera mejor así, se dijo Anisha, pues su mal humor no se había disipado desde el día de la boda. Aun así, había servido a su propósito al escoltarla al teatro y regresaría en algún momento para acompañarla de vuelta a casa.

Pero aún quedaban dos actos. Entonces reconsideró la posibilidad de tomar un refrigerio y se volvió para llamar a Napier, pero antes de que pudiera hablar se abrió la puerta del palco y apareció un caballero de anchas espaldas y profundas entradas en las sienes.

Napier pareció sorprendido.

—Sir Wilfred —dijo un tanto rígidamente, dando un paso hacia atrás—. ¡Qué sorpresa!

—¡Vaya, vaya, pero si es el Insobornable Napier! —El recién llegado sonrió jovialmente y, entrando en el palco, le dio unas palmadas en la espalda—. ¡Qué caramba, me había parecido usted! Tomando posesión del palco familiar, ¿eh?

Con una delgada sonrisa, Napier presentó a Anisha a sir Wilfred Leeton. Al principio, el nombre le sonó sólo vagamente familiar. Anisha hizo una leve reverencia y sir Wilfred se inclinó elegantemente sobre su mano.

—Lady Anisha —repitió—, un placer.

—Lo mismo digo —murmuró ella con una sonrisa al tiempo que rebuscaba en su memoria. Y, de pronto, se acordó.

¡El señor Leeton!

Pero su salón de juego, o lo que fuese, ya no existía. Y él se había convertido en el acaudalado sir Wilfred. Era, además, amigo, o como mínimo conocido, de Napier. Qué extraño.

—Se dedica usted al negocio teatral, ¿no es así, sir Wilfred? —preguntó.

Napier la miró con desconfianza.

—¿Se conocían ya?

Anisha sintió que se sonrojaba.

—No, pero tenemos una amiga en común —respondió—. Lady Madeleine MacLachlan. Voy a acompañarla a la fiesta campestre anual de lady Leeton.

Sir Wilfred seguía sonriendo cordialmente.

—Cualquier amigo de lady Madeleine será bien recibido —afirmó—. Y nunca viene mal que se nos sume una dama tan bonita y encantadora como usted.

—Qué amable es usted —repuso ella.

—Este año, según tengo entendido, habrá toda clase de chucherías femeninas en venta. —Se inclinó hacia ella y bajó la voz con aire de complicidad—. Pañuelitos de encaje y esas cosas... ¡además de nuestra pitonisa cíngara!

Anisha intentó no echarse a reír.

—¿Una pitonisa? —murmuró—. ¡Qué divertido!

—Así que ha venido a Convent Garden en misión de reconocimiento, ¿no es así, sir Wilfred? —preguntó Napier, cambiando de tema—. Supongo que todos los medios valen para ganarle la partida a la competencia.

—En efecto. Hoy en día, el negocio teatral es un deporte sangriento —contestó éste—. Meyerbeer va a traer su nueva ópera de París dentro de un par de semanas, y he venido a averiguar si el trato está ya cerrado.

—Ignoraba que le interesara la ópera —dijo Napier con aplomo.

—No, pero me interesa enormemente su margen de beneficio —repuso sir Wilfred, riendo—. ¡Ah, pero me estoy comportando como un patán! Le pido disculpas, lady Anisha. ¿Iba usted a salir, Napier?

—Un momento, sí.

Anisha tuvo la extraña sensación de que el subcomisario no se alegraba especialmente de ver a sir Wilfred. Quizás hubiera preferido que su amistad siguiera siendo un secreto... si es que había tal amistad. Su difunto padre había conocido a Leeton, de eso no había duda. El nombre de sir Wilfred figuraba en el expediente del asesinato.

—Tal vez a sir Wilfred no le importe hacerme compañía hasta que regrese —dijo Anisha precipitadamente, y enseguida se arrepintió de haber hablado—. Es decir, si lady Leeton no lo está esperando.

Napier la miró un poco extrañado, con ojos oscuros e inescrutables.

—No, no, Hannah no soporta la ópera. —Sir Wilfred se encogió de hombros—. Ella tiene sus intereses y yo los míos. Napier, váyase a ocuparse de sus asuntos. Rara vez tengo la oportunidad de sentarme junto a una belleza a chismorrear.

Napier se inclinó de nuevo ante ella con visible renuencia y se marchó. Anisha se preguntó vagamente qué le preocupaba. Quizá temiera lo que podía descubrir.

Pero no podía, naturalmente, formular sin más las preguntas que ardía en deseos de hacerle a sir Wilfred. Todavía no. Aquélla, no obstante, era una oportunidad inesperada de trabar amistad con él.

Se situaron en las butacas más próximas al parapeto del palco y sir Wilfred se recostó en su sillita como si se encontrara a sus anchas. Lo cual, dedujo Anisha, no era de extrañar. El teatro era su reino; el mundo del juego lo había dejado para hombres a los que les pesaran menos los escrúpulos. Hombres como Ned Quartermaine.

Anisha abrió de golpe su abanico y comenzó a agitarlo perezosamente, componiendo una sonrisa benévola. Tenía la clara sensación de que Leeton era uno de esos hombres que disfrutaban hablando de sí mismos.

—Sir Wilfred, tiene usted que contarme cómo ingresó en el negocio teatral —sugirió—, y cómo se hizo amigo de lady Madeleine. Soy casi nueva en Londres.

Sir Wilfred sonrió astutamente.

—Bueno, llegué a este negocio como lo haría cualquier buen empresario, diría yo.

—¿Y cómo es eso?

—Vi una oportunidad y la aproveché.

Anisha se rió ligeramente.

—A decir verdad —añadió él, más serio—, siempre fue mi sueño. Verá, crecí alrededor de un escenario, porque mi madre, no me avergüenza decirlo, antaño pisó las tablas. Y luego, por obra de un milagro extraordinario, el Athenian del Soho se puso en venta y pude hacerme con él.

—¡Vaya! —murmuró Anisha—. El Athenian es conocido en el mundo entero. ¡Qué golpe de suerte debió de ser aquello!

Sir Wilfred se rió.

—En efecto, lo fue.

A instancias de Anisha, le habló de sus primeras adquisiciones y de cómo, tras suavizarse las leyes relativas a los teatros, había contratado a MacLachlan para que comenzara a construir nuevas salas por toda Inglaterra. En total, le explicó, era dueño de una docena. Anisha apenas tuvo que insistir para que le contara cómo le había concedido la reina el título de caballero por sus obras caritativas tras hacer sus primeros pinitos en la política municipal. Incluso, reconoció de mala gana, corría el rumor de que iba a ser ascendido a concejal, o a postularse para la Cámara de los Comunes.

Sir Wilfred, sin embargo, desdeñó todo aquello alegando que eran «desatinos».

—No soy más que un empresario, lady Anisha —concluyó jovialmente—. Y los rumores... En fin, me temo que en buena parte son obra de Hannah. Ella lo quiere, y está empeñada en conseguirlo.

—Ah, pero muchos grandes hombres tuvieron que recibir un empujoncito de una mujer para llegar a destacar —contestó Anisha, riendo—. Normalmente, de sus esposas.

Aun así, sir Wilfred Leeton parecía ser una auténtica potencia de la naturaleza.

Se refirió a su pasado una única vez, cuando ella le mencionó el nombre de su difunto marido.

—Ah, sí, los Stafford de Dorset —dijo, pesaroso—. Conocí a uno o dos de joven. Una familia estupenda, y muy antigua.

—Sí —convino ella—. Aunque confieso que no me he mantenido en contacto con ellos tanto como debía.

De hecho, tras comunicarles la muerte de su esposo, no había vuelto a ponerse en contacto con ellos. La boda del capitán Stafford con una india mestiza había enviado a su padre a la tumba prematuramente, y la suegra de Anisha seguía aún revolcándose en su amargura.

No, no tenían deseos de oír hablar de su nuera, ni siquiera para ver a sus nietos, a pesar de sus rizos rubios y sus ojos azules. Pero Anisha no le dijo nada de aquello a sir Wilfred, que, aunque un poco pomposo, parecía bastante amable.

Sir Wilfred le dio unas palmaditas en la mano con aire paternal.

—En Sobraon, dice usted —murmuró—. Entonces hace ya tiempo que enviudó. Y sin embargo nunca la había visto por Londres, lady Anisha. Venga a la fiesta del jardín y deje que le presente a unos cuantos caballeros muy convenientes.

—Es usted muy amable. —Anisha dejó ver su sonrisa al tiempo

que se abanicaba con más brío—. Pero ¿acaso el señor Napier no es conveniente?

Sir Wilfred abrió la boca y volvió a cerrarla.

—Desde luego que sí, muchísimo —dijo por fin—. Le pido disculpas. Es muy astuto, el bueno de Royden. ¿Debo darles la enhorabuena?

Al oír aquello, Anisha echó la cabeza hacia atrás y se rió. Al hacerlo, pensó en Rance.

—No, nada de eso, sir Wilfred —dijo—. Sólo estaba bromeando. Por cierto, ha dicho usted que podíamos chismorrear.

Sir Wilfred pareció reponerse.

—Pues sí. Sí, claro.

Ella le lanzó una mirada ladina.

—¿Puedo preguntarle, entonces, desde cuándo conoce a nuestro mutuo amigo?

—¿A quién, a Napier? —Hinchó los carrillos y resopló—. No estoy del todo seguro. Como le decía, estoy metido en la política municipal. Conocí un poco a su padre, pero hace mucho que murió.

—Entiendo —murmuró ella—. El señor Napier parece un hombre de buen carácter.

Sir Wilfred sonrió y se encogió de hombros.

—Bueno, es vanidoso y terco, como la mayoría de los hombres —reconoció—. Pero sí, es un tipo decente.

Anisha comprendió que no iba a dejarse sonsacar. Por la razón que fuera, no quería hablar de Napier. Y lo mismo daba, pues al bajar la mirada comprobó que el público estaba volviendo poco a poco a la platea. En ese instante oyó el suave chasquido de la puerta al abrirse y volvió a observar un destello de cristal a su derecha.

Estaba ladeando la cabeza en esa dirección cuando Napier se deslizó sin hacer ruido en su butaca.

—Sir Wilfred, ¿sabría decirme de quién es ese palco de allí enfrente? —murmuró ella, posando ligeramente la mano sobre la manga de su chaqueta—. ¡No, no, no mire, se lo ruego! Hay un caballero que no deja de observarme con sus prismáticos.

—Entonces es que tiene buen gusto. —Sir Wilfred miró a hurtadillas por encima del hombro de Anisha, y Napier hizo lo propio—. ¡Cielos, es el palco del duque de Gravenel!

—Y Gravenel es ese gigante que se está agachando para salir por la puerta —añadió Napier en voz baja—. Su estatura lo hace inconfundible.

—¿Y ese caballero tan elegante? ¿El de los prismáticos? —preguntó Anisha.

—Es el primo mayor del duque —contestó Napier con voz crispada—. No le conviene conocerlo, querida.

—Es su primo ilegítimo, y también su cuñado —explicó sir Wilfred—. A los ingleses de sangre azul les gusta que el dinero quede en familia, ¿no es cierto, Royden? De hecho, a veces cierran filas implacablemente para cortarle el paso a quien venga de fuera.

Pero Napier no respondió a eso. Pareció rechinar los dientes, sin embargo, y Anisha tuvo la impresión de que el comentario de sir Wilfred encerraba alguna leve pulla. Se preguntó de nuevo por los orígenes de Napier y por su relación con el difunto lord Heppelwood.

—¿Y ese caballero alto y apuesto sentado junto al primo del duque? —insistió, mirando de soslayo a Napier—. ¿El del cabello cano? ¿Es respetable?

Sir Wilfred sacudió la cabeza y frunció la frente.

—Me suena vagamente.

—Es su amigo particular —murmuró Napier—. Y ambos son muy poco de fiar, a pesar de su elegancia, si quieren saber mi opinión. Claro que Gravenel nunca ha sido especialmente exigente al elegir a sus amistades. ¡Ah, miren! El director ha vuelto y está entrando la orquesta.

Sir Wilfred se levantó de inmediato.

—Hora de irse, entonces.

Tras inclinarse de nuevo para besar la mano de Anisha, salió del palco tan rápidamente como había entrado en él. Cuando se hubo cerrado la puerta, ella lanzó una mirada a Napier.

—Se diría que no le ha agradado mucho esta visita.

Napier se sonrojó ligeramente.

—Me agrada bastante sir Wilfred —respondió—. Pero se considera a sí mismo una especie de Lotario, a pesar de que le cruje el corsé y su cabello abandonó hace tiempo el escenario.

—Entiendo. —Se quedó callada, sopesando lo que iba a decir—. Pero sir Wilfred no siempre ha sido sir Wilfred, ¿verdad? Ni ha sido siempre un dechado de virtudes.

Napier se volvió en su asiento y su mirada se afiló.

—¿Con quién ha estado hablando?

—Con Edward Quartermaine —contestó ella—. En el club Quartermaine.

—¿Ned Quartermaine? —El subcomisario parecía incrédulo—. Será una broma.

—En absoluto —repuso Anisha—. Después de leer su expediente, fui a verlo para hacerle una serie de preguntas perfectamente legítimas. El nombre de sir Wilfred figuraba en un papel destacado entre los documentos del caso, como sin duda recordará usted.

—Lo recuerdo, sí —respondió Napier, irritado—. Pero ¿es necesario que hablemos de Lazonby ahora?

Anisha lo miró con cierta sorpresa.

—Cielos, yo no lo he sacado a relucir —dijo—. De hecho ni siquiera he mencionado su nombre, ni he invitado a venir a sir Wilfred.

Napier se relajó y su boca se tensó de nuevo con una mezcla de exasperación y buen humor.

—No, desde luego —reconoció por fin—. Le pido disculpas. Dicho esto, le advierto que...

Pero lo que iba a decir quedó en el aire cuando se alzó el telón con una dramática sacudida y Valentine reapareció en el escenario.

En el King's Arms, apoyado en una desvencijada mesa de caballete, con los pies bien separados, Rance acunaba los restos de una cerveza que se había quedado demasiado caliente. La apuró de todos modos, y sus posos le dejaron un regusto metálico en la boca. Más allá de la ancha ventana, había caído la noche.

A su alrededor, por doquier, Hackney había quedado en silencio. Habían cerrado las tiendas y el traqueteo de los carros y los caballos se había ido desvaneciendo. A fin de cuentas, aquello no era Londres, sino una aldea de gente trabajadora. Hasta la alegre Min y sus lindos ojos azules lo habían abandonado. Se había ido a casa, con su madre, llevando bien apretado en el puño su florín recién acuñado, prendido a un cordel de seda roja.

Finalmente, la lavandera de la señora Ashton no había sido de gran ayuda. Los sirvientes de la casa blanca no parecían, en general, muy locuaces. Min había averiguado muy poca cosa, aparte de que la señora Ashton pasaba gran parte de su tiempo trabajando como voluntaria en una escuela benéfica de Bethnal Green. En cuanto a Coldwater, rara vez estaba en casa, y cuando estaba nunca dejaba su ropa sucia.

Min había logrado confirmar, sin embargo, que los hermanos procedían de Boston, donde se rumoreaba que la familia había tenido ciertos intereses en el negocio de la prensa. En Hackney, la señora Ashton era considerada una mujer educada y bien parecida que mantenía cortésmente las distancias y ahuyentaba a todos sus admiradores... o al menos a los pocos a los que podía atraer en un lugar como aquél.

Calle abajo, entre las sombras cada vez más espesas, Lazonby distinguía aún la arcada de rosas encima de la verja del jardín de la casa, rebosante ahora de pequeños capullos blancos. En la ventana del piso de abajo ardía una vela, pero arriba todo era oscuridad. Si Coldwater había encendido una lámpara al entrar en la casa, la había apagado después.

Era probable que no la hubiera necesitado. El sol estaba aún bien alto cuando Lazonby lo había seguido hasta allí. ¿Con qué fin? Lo ignoraba por completo. Quizá porque era la única pista que tenía y estaba cada vez más desesperado.

O quizá porque, de no haber ido a Hackney, se habría quedado en casa con la única compañía de *Madame la Fée* y su cucharilla de absenta, cuyos agujeros, en el momento álgido de la «hora verde», parecían dibujar el rostro de Satanás. Los tres, él, el hada y el Diablo, se habrían hecho compañía mutuamente hasta que los ojos se le hubieran puesto en blanco y hubieran empezado las pesadillas.

Porque, si se hubiera quedado sin hacer nada, no habría tenido más remedio que pensar en Anisha.

Llevado por un impulso, se levantó de la chirriante silla, dejó un puñado de monedas sobre la barra y se dirigió a la puerta haciendo resonar sus botas de montar sobre las toscas planchas del suelo. Una vez en la calle, miró a un lado y a otro y a continuación se fue derecho hacia la casa, sin saber a ciencia cierta qué se proponía hasta que empujó la verja y tocó a la puerta.

Un trémulo rayo de luz cruzó las baldosas.

—¿Sí? —preguntó con voz aguda una criada con cofia.

—Deseo ver al señor Coldwater —dijo Lazonby con amabilidad—. ¿Está en casa?

La criada parpadeó una sola vez, lentamente. Sus ojos se veían pálidos y legañosos en la penumbra, y Rance comprendió que era ciega, o casi.

—El señor Coldwater ha salido —dijo con voz cansina y maquinal—. ¿Quiere usted ver a la señora?

Lazonby observó atentamente a la anciana, pero no irradiaba ni desconfianza ni mala voluntad.

—Gracias —dijo, dándole una de sus tarjetas viejas, que a veces consideraba prudente llevar encima.

La anciana frotó indecisa el grueso papel entre sus dedos.

—Welham —dijo él suavemente—. Me llamo Welham.

Ella inclinó la cabeza, le ofreció una silla que él declinó, cruzó arrastrando los pies el pequeño vestíbulo y desapareció en la oscuridad, llevándose su vela. Lazonby oyó en lo profundo de la casa las notas cantarinas de un piano. Escuchando sólo a medias, miró a su alrededor con el sombrero todavía en la mano. La criada había olvidado llevárselo consigo.

La casa parecía muy limpia y amueblada con buen gusto. Junto a la pared había un velador flanqueado por un par de excelentes sillas Chippendale, con un alto jarrón lleno de gladiolos de cuello rojo encima. Así pues, no había allí pobreza. Estando tan poco avanzada la estación, aquellas flores sólo podían proceder de un invernadero.

Un refinado paisaje que colgaba encima del velador sirvió para corroborar esta deducción. El cuadro representaba a un niño haciendo rodar su aro por una gran pradera verde que una pequeña placa de bronce identificaba como el parque de Boston Common.

Las notas de la sonata cesaron de súbito. Unos instantes después entró una mujer cuya ancha falda de volantes apenas cabía por la estrecha puerta. Al igual que el día en que Lazonby la había visto a través de la ventana, su cabello formaba una cascada de rizos castaños perfectamente ordenados. Resultaba difícil calcular su edad; treinta, como mucho, y esa noche su boca se hallaba curvada en una media sonrisa inquisitiva.

—El señor... Welham, ¿no es así? —Su voz era grave y extrañamente seductora—. ¿En qué puedo ayudarlo?

Cuando se acercó, Rance se dio cuenta de lo esbelta que era. Su parecido con su hermano saltaba a la vista, pues tenía sus mismos ojos, rápidos y penetrantes.

—Lo cierto es, señora, que estaba buscando al señor Coldwater. —Le devolvió una mirada igual de fija y procuró calibrar sus intenciones, pero no le sirvió de nada—. Un mozo de cuadras de la taberna me ha dicho que había venido hacia aquí hará una hora o dos.

—En efecto. —Su expresión no vaciló, y no irradiaba emoción alguna—. Luego tomó un bocado para cenar, recogió un libro que quería y volvió a salir.

Lazonby lo dudaba. Llevaba dos horas vigilando la puerta.

—Ah —dijo tranquilamente—. No me explico cómo no lo he visto.

—Si no lo ha visto pasar por la taberna —contestó ella con aplomo—, entonces es que habrá salido por detrás, hacia Bethnal Green Road. Suele hacerlo, creo, si quiere coger el ómnibus.

—¿El ómnibus?

—Una carreta grande y desvencijada llena hasta la bandera de pasajeros. —Una de las comisuras de su boca se levantó sardónicamente—. ¿Es usted consciente, señor Welham, de que mi hermano no vive aquí?

—Yo... no, no lo sabía —mintió—. Alguien en el *Chronicle* me dio esta dirección.

—No entiendo por qué. —Miró de nuevo su tarjeta—. Jack tiene habitaciones cerca de Fleet Street.

—Le ruego me disculpe —dijo Lazonby tendiéndole la mano—. No nos han presentado como es debido. Desconozco su nombre.

De nuevo, la duda se esbozó casi imperceptiblemente en el rostro de la señora Ashton.

—¿No? —preguntó con ligereza, dándole la mano—. Pues soy la señora Ashton.

—Un placer, desde luego —repuso él, y apretó su mano quizás un instante más de lo que debía. Pero incluso a aquella distancia la dama siguió siendo para él como una profunda poza de aguas en calma. Tal vez, como su hermano, era lo que en la *Fraternitas* llamaban un Incognoscible: una persona a la que, por razones que no comprendían del todo, eran incapaces de intuir.

Ella apartó bruscamente la mano y pasó a su lado, lanzando una mirada por encima del hombro al pasar. Lazonby tuvo la extraña sensación de que estaba en cierto modo provocándolo.

—Entonces, ¿quiere que le dé algún recado a mi hermano? —Fingió que reordenaba los gladiolos—. Suele venir por aquí una o dos veces por semana.

—No, gracias. —Al seguirla, sintió su perfume limpio, un perfume que le resultaba familiar y que sin embargo no logró identificar—. Encontraré al señor Coldwater en la ciudad.

Ella le lanzó otra de aquellas miradas curiosas, casi ardientes, por encima del hombro, mientras sostenía un poco en alto el tallo de una flor.

—Sí —dijo con suavidad—, estoy segura de que así será.

Sus ojos eran verde azulados, y absolutamente remotos. Y, sin embargo, de pronto algo pareció tamborilear en el aire, a su alrededor: una especie de tensión que no era del todo sexual, pero sí extrañamente evocadora. Y bajo ella subyacía una suerte de desafío, como una mano de cartas sostenidas con tanto celo que uno se preguntaba si su contrincante llegaría a mostrarlas alguna vez.

O si había, de hecho, partida alguna.

Pero la había. Lazonby lo intuía. Y en eso nunca se equivocaba.

Dio un paso rápido y la agarró de la mano, deteniéndola cuando se disponía a sacar un larguísimo tallo del jarrón.

Ella no se sobresaltó; se limitó a mirar sus manos unidas.

—Estas flores son bellísimas —dijo él en voz baja—. Y muy caras.

—Algunas cosas valen lo que cuestan —replicó ella, mirándolo—. A fin de cuentas, son preciosas, con esos pétalos tan finos y pálidos. Y el cuello tan rojo... Como sangre derramada, pienso a menudo. Pero las cosas tiernas pueden ser tan frágiles, ¿no es cierto?

Lazonby soltó su mano, atravesado por una extraña repulsión.

—¿Insinúa usted algo, señora Ashton? —logró preguntar.

—No, nada —contestó ella con ligereza.

Pero aquella ligereza, comprendió de pronto Lazonby, era una suerte de engaño. Pero ¿de qué clase?

Su silencio pareció prolongarse demasiado.

—Creo, señor Welham —añadió ella con calma— que será mejor que se vaya. Mi hermano no está aquí, ni es probable que vuelva.

Lazonby bajó la mano, dio un paso atrás y sintió que volvía a revestirse de su acostumbrada indiferencia.

—Entonces le agradezco su tiempo, señora —dijo al volverse hacia la puerta para abrirla— y le deseo buenas noches.

Pero en el último instante, justo cuando salía a la fresca oscuridad, la señora Ashton habló de nuevo:

—Las flores, señor Welham —dijo bruscamente—. Los *Gladiolus undulates*. ¿Conoce usted su nombre común?

Lazonby levantó una ceja.

—Gladiolos a secas, creo.

—Del latín *gladius* —agregó ella mientras giraba el tallo entre los dedos—, que significa «espada». Como en «gladiador». Y la flor... Bien, a menudo se la llama simplemente el «lirio espada».

Lazonby logró de algún modo esbozar una de sus sonrisas coquetas.

—Vaya, eso suena casi letal, señora Ashton.

—Sí. —Ella no correspondió a su sonrisa—. ¿Verdad?

Con una última inclinación de cabeza, Lazonby se puso el sombrero y la dejó de pie en el elegante vestíbulo iluminado por la luz de una vela. Al alejarse, los tacones de sus botas resonaron sobre el sinuoso caminito de baldosas. No cerró la puerta a su espalda, sino que la soltó para que ella la detuviera al vuelo.

Pero la señora Ashton no se molestó en hacerlo. Sencillamente, se quedó con la mirada fija en él. Y desde el bajo escalón de su umbral hasta la verja, cuyas viejas bisagras de hierro chirriaron al girar, Lazonby pudo sentir aquellos ojos fríos clavados como dagas en su espalda.

Sintió que la rabia y la frustración comenzaban a agitarse dentro de él cuando la verja se cerró con estrépito a su espalda, pero sofocó implacablemente aquellas emociones. Aquella mujer estaba jugando a algo y él lo sabía, por Dios que lo sabía. Le dieron ganas de estrangularla, como había deseado estrangular a su hermano. Su ira, sin embargo, sólo le había traído complicaciones y más complicaciones.

Era hora, quizá, de irse a casa, con su absenta. Había, no obstante, una última cosa que debía hacer.

Fue a buscar su caballo a la taberna y regresó a Londres atajando por el centro de la ciudad; después recorrió a pie una calle oscura que, saliendo de Shoe Lane, se adentraba en la conejera de tiendas y casas que había detrás de las oficinas del *Chronicle*. El edificio le era ya familiar, y el pisito de la esquina de la primera planta estaba a oscuras, como casi siempre.

Lazonby había llegado a la conclusión de que Coldwater mantenía a una especie de amante... o era él mismo un mantenido. Se le venían a la cabeza uno o dos caballeros ricos y liberales con inclinación por su propio sexo. Pero fuera donde fuese donde se escondía Coldwater, él lo había visto entrar o salir del piso sólo en tres ocasiones. Una vez había visto salir a una mujer con un cesto de mimbre en el brazo: la señora Ashton, aquella espadachina, se dijo ahora, aunque en la oscuridad de la noche no había podido ver su cara con claridad.

Esa noche, sin embargo, no había nadie allí. Lo cual le venía de perlas.

Miró atentamente una última vez la cañería que había escogido y le dio un fuerte tirón para asegurarse. Ni el metal ni sus agarraderas cedieron.

Bien. Al parecer, era hora de conocer íntimamente a su viejo amigo Jack. Apoyó la bota en los ladrillos, se agarró a la cañería muy por encima de su cabeza y se impulsó suavemente hacia arriba.

Capítulo 11

Dignaos, radiante luna, y éstas también vuestras
estrellas, a brillar.

WILLIAM SHAKESPEARE, *Trabajos de amor perdidos*

A la mañana siguiente de su velada con Royden Napier, Anisha se despertó presa de una inesperada urgencia, de un desasosiego que no alcanzó a atribuir a ninguna causa tangible. Reaccionó de la manera lógica y pasó una hora con su *Jyotish*, observando metódicamente la carta astral de Rance.

Aquella sensación, sin embargo, no se mitigó; más bien al contrario. Como todos los Guardianes, Rance era *Mesha Lagna*, o ascendente Aries, proclive, por tanto, a la precipitación y la terquedad, lo cual podía acarrear muy mala suerte. Y ahora iba a producirse un gran cambio que tal vez entrañara algo espantoso.

Llevada por aquel desasosiego cada vez más difícil de sofocar, se puso su vieja ropa de luto y pidió que le llevaran el carruaje sin distintivos de su hermano. Era hora, se dijo con convicción, de tomar cartas en el asunto.

—Es improbable que vuelva para cenar —le dijo a Janet mientras se ponía el sombrero—, así que dile a lord Lucan que cene en el White's. Ah, y quiero mi manto de viaje negro.

—Pero, señora —contestó Janet, que ya estaba sacudiéndolo—, parece que va a hacer mal tiempo.

Anisha se acercó a la ventana, subió la hoja y asomó la cabeza para ver el cielo.

—Qué tontería —dijo enérgicamente—. Sólo un par de nubes algodonosas, nada más.

—Sí, bueno, pues yo noto la humedad en los huesos —le advirtió la doncella al entrar en el tocador.

—Esa sensación se llama «Inglaterra» —contestó Anisha alzando la voz mientras bajaba con cuidado la hoja de la ventana— y no puede hacerse nada al respecto.

—Umm —rezongó Janet, pero su voz sonó apagada.

Cuando Anisha acabó de ponerse sus pendientes de azabache y de empolvarse un poco la nariz, la doncella estaba otra vez en la puerta con una bolsa en la mano.

—Mudas limpias —dijo, dándole la bolsa—. Sólo por si acaso.

Anisha intentó arrugar el ceño, pero no pudo.

—Por Dios, Janet. Es Buckhurst Hill, no un pueblo remoto de Yorkshire —dijo—. No puede estar a más de dos horas de viaje.

Pero al ver que Janet fruncía los labios, cogió la bolsa de todos modos y abrió la puerta en el mismo instante en que Chatterjee, parado en el umbral, se disponía a llamar. Parecía a punto de estallar.

—¡Señora! ¡Janet! ¡Ay, Dios mío!

Entró como un ciclón, despotricando en una mezcla de inglés y bengalí que Anisha entendió a duras penas.

—¿Qué ha pasado, Chatterjee?

Anisha soltó la bolsa e intentó agarrarlo del codo.

—¡Ay, señora! —gritó él, dirigiéndose a la cama a toda prisa—. ¡Janet! ¡Miren! ¡El plato! ¡El... el plato ése! ¡Ya está!

—¡Madre mía, Chatt! —La doncella agarró la bolsa—. Cualquiera diría que te va a dar un ataque.

—Sí, sí, es maravilloso, ¿verdad? —Con los ojos desorbitados,

Chatterjee desdobló un periódico encima de la colcha—. ¡Lo tengo todo! ¡Lo tengo todo aquí!

—Bueno, bueno —dijo Janet—. A mí me parece el *Times*.

—¡Sí! —dijo él, meneando la mano con un floreo—. ¡Sí, sí, sí! ¡Así que... somos ricos, Janet!

—¡Caramba! —exclamó Janet con socarronería—. Entonces ya puedo despedirme, ¿no?

—¡Sí, sí, y puede que yo también! —Chatterjee les sonrió a ambas—. ¡Y todo gracias a tu plato!

—¿Qué? —Janet se quedó muy quieta—. Chatt... ¿La Gran Ensaladera? ¿Eso dices?

La cara de Chatterjee se iluminó más aún.

—¡Sí, eso! ¡Lord Exeter! ¡Ganó Sable por...! —Consultó el periódico—. ¡Por un cuerpo! ¡Ganó, Janet! ¡Ganamos *nosotros*!

Janet soltó la bolsa, que cayó de lado, desparramando la ropa interior de Anisha por el suelo. Pero nadie le prestó atención, porque Janet había agarrado de las manos a Chatterjee, normalmente tan circunspecto, y se había puesto a bailar con él por la habitación.

—¡Hemos ganado, señora! —gritó la doncella—. ¡Hemos ganado! ¡Hemos ganado! ¡Somos ricos!

—¿Y ahora tengo que reemplazar al mismo tiempo a mi doncella y a mi mano derecha? —bromeó Anisha mientras cogía el periódico para leerlo—. ¡Cielos, Janet! ¿Cuánto apostó tu hermano a ese caballo?

Janet dejó de bailar y tragó saliva con aire culpable.

—Pues... todo lo que teníamos, la verdad... y casi todo lo de Chatt.

—¡Janet! —Anisha estrujó el periódico, asombrada—. ¡Y tú, Chatterjee! No me esperaba eso de ti. ¿Cómo se te ocurrió?

Chatterjee hizo una reverencia y pareció recuperar su porte regio.

—No puedo expresarlo bien con palabras, señora —contestó—. Me sentí... predestinado, supongo. Y Janet llevaba puesto el colgante del rubí. Dijo que las estrellas estaban en una alineación perfecta.

—¡Ay, santo cielo!

Anisha cerró los ojos y elevó una plegaria para sus adentros.

Dejando a un lado las estrellas y las plegarias, poco a poco volvieron ambos al presente. Y después de que ella hiciera algunas cuentas en el reverso de una factura vieja de la modista, llegaron a la conclusión de que ni Chatterjee ni Janet eran *del todo* ricos.

—Pero vais a estar en una situación bastante desahogada —les aseguró Anisha.

—¡Ay, desahogadísima, ya lo creo! —exclamó Janet.

—¿Boyante, incluso? —aventuró Chatterjee.

—Esa palabra no existe, Chat —repuso Janet—. Por lo menos, en la calle.

Y juntos se echaron a reír mientras Anisha se desprendía al fin de sus temores. Por más que se preocupara por ellos y a pesar de lo tonta que se sentía por haber animado a Janet a lanzarse a una empresa tan arriesgada, todo había salido bien. Mejor que bien, en realidad.

Se marchó preguntándose por su futuro laboral y confiando en que no la abandonaran, pues había llegado a depender enormemente de ambos. Janet y Chatterjee llevaban con ella toda la vida. La habían acompañado en el camino a la edad adulta, habían permanecido a su lado durante su matrimonio y se habían aventurado con ella en aquel mundo nuevo y extraño. Eran su familia mucho más que algunos de sus parientes consanguíneos.

Pero sucedería lo que tuviera que suceder, eso Anisha lo sabía. Y bien sabía Dios que se merecían un poco de buena suerte. Sacudiéndose su egoísmo, siguió adelante con sus planes.

Tras ir a ver a los niños al cuarto de estudio y lanzar una mirada compasiva al señor Jeffers, su preceptor, dio gracias por que él no hubiera apostado a *Sable* y luego bajó las escaleras. Buscó en el escritorio de la sala las notas que había tomado en el despacho de Napier y las guardó en la bolsa que le había dado Janet.

A las diez y media su coche se hallaba aparcado en Ebury Street. Tras bajarse el velo de blonda negra, se apeó del carruaje y tocó el timbre. Respondió a la puerta un lacayo de ojos soñolientos con pelusilla anaranjada en la barbilla.

—Quiero ver a Lazonby —anunció, pasando junto al lacayo.

El muchacho parpadeó al principio y se volvió lentamente, como si no entendiera lo que acababa de oír.

—Lo siento, señora —dijo—, pero su excelencia...

—Emmit, ¿verdad? —lo interrumpió Anisha al tiempo que se quitaba los guantes—. Emmit, no se moleste en decir que no está en casa porque sé perfectamente que todavía está en la cama y que, por si eso fuera poco, tiene tan mal despertar como un oso. No hace falta que me anuncie, ya subo yo.

Y con ésas dejó al lacayo boquiabierto y se subió el velo mientras avanzaba por la casa. Era absurdo insultar a los criados de Rance fingiendo que eran tontos.

—¡Pero señora! —gritó el muchacho tras ella, siguiéndola escalera arriba—. ¡Espere! ¡Por favor!

—Me temo que no puedo —contestó tranquilamente—. Porque, si espero, Lazonby le dirá que me diga que me vaya, ¿no cree? Y usted tendrá que hacerlo. Y yo no me iré, claro está. Así que usted no podrá cumplir sus órdenes y volveremos al punto de partida, o algo peor. De modo que ¿no le parece más sensato que nos ahorremos tantas molestias?

—En efecto, señora —dijo el joven tras ella, apesadumbrado—, pero ¿qué va a...?

—Bueno, le diré que lo he apartado de un empujón, y créame, no le costará creerme. —Hizo un ademán por encima del hombro, despidiendo al muchacho, y enfiló el siguiente tramo de escaleras—. Ahora haga el favor de correr abajo a preparar el baño de su señoría. Agua abundante y bien caliente. Le aseguro que se lo agradecerá.

El joven titubeó en el descansillo.

—Pero, señora, por favor —gimió—. ¡No creo que vaya a hacerlo! Agradecérmelo, digo. De verdad, tiene usted que esperar...

El eco estridente de su voz en el hueco de la escalera la hizo detenerse. Se giró en el escalón para mirarlo. De pronto la recorrió un escalofrío y sintió que se le paraba la sangre en las venas.

—¿Qué ocurre? —logró preguntar—. ¿Es que no está... solo?

El criado se sonrojó violentamente.

—No —contestó—. Digo sí. Creo que sí. Su excelencia no trae... quiero decir que él nunca...

Anisha sintió que una absurda oleada de alivio recorría su cuerpo.

—Gracias, Emmit —dijo con amabilidad—. Le agradezco su preocupación, pero estoy acostumbrada al mal genio de Lazonby... y a su espantoso lenguaje. Ahora tenga la bondad de ir a traer el agua. Ah, y haga subir al ayuda de cámara del señor. Lazonby tiene una cita urgente que parece haber olvidado.

—Sí, señora. —Para su sorpresa, el muchacho giró sobre sus talones y bajó corriendo las escaleras mientras gritaba—: ¡Horsham! ¡Horsham!

Tras abrirse paso en la casa, Anisha se puso a buscar las habitaciones de Rance. Estaban en la primera planta, casi con toda seguridad. La casa no era especialmente grande, y las habitaciones del señor darían probablemente a la calle, puesto que aquel edificio no tenía un jardín digno de tal nombre.

Dio en el clavo. Abrió la puerta del final del pasillo y vio una pequeña sala de estar de caballero, con un escritorio, un sillón de cuero tachonado con botones y una ancha librería ennegrecida por el tiempo. Había otra puerta que daba a la sala: su alcoba, sin duda, pues incluso allí, en aquel limpio y ordenado bastión de virilidad, el aire estaba impregnado del olor a madera de la colonia de Rance y de la fragancia a lima de su jabón.

Haciendo caso omiso de los recuerdos que le trajeron aquellos olores, Anisha dejó su chal y su bolsa, se quitó el dichoso sombrero y lo puso con cuidado sobre el escritorio. Tras tocar a la puerta interior, preguntó con voz cantarina a Rance si estaba presentable. No hubo respuesta, como esperaba.

Empujó la puerta y entró.

La habitación estaba en penumbra, pero cuando sus ojos se acostumbraron a la falta de luz pudo ver una cama grande en el centro y tres borrosas ventanas que daban a Ebury Street. Allí, el olor superaba con creces los de la colonia y el jabón. La esencia masculina de Rance impregnaba el aire; un aroma casi sensual, como el olor íntimo de su sombrero cuando se lo quitaba y lo arrojaba a un lado, o el de su chaqueta cuando se la echaba sobre los hombros a ella... lo cual sólo sirvió para recordarle cuántas veces él había hecho eso mismo durante sus primeros meses en Inglaterra.

¿Cuántas veces, se preguntó mientras observaba su figura dormida y difusa, había cruzado la casa para encontrarla acurrucada en el invernadero soleado, tiritando y envuelta en su chal de cachemira hasta la barbilla? Y siempre se reía con un brillo alegre en los ojos azules, y se quitaba la chaqueta para envolverla suavemente con ella.

Una o dos veces había vuelto al vestíbulo en busca de su sombrero y se lo había puesto en la cabeza... y se había reído aún más fuerte al verla así cubierta. Luego, ella también se reía. Y de pronto la vida en Inglaterra ya no le parecía tan lúgubre.

Más a menudo, sin embargo, se limitaba a llevarla casi por la fuerza al saloncito y a encender el fuego para ella, a pesar de que la casa estaba llena de sirvientes que podrían haberlo hecho. Rance había sabido siempre de manera instintiva que ella no se lo pediría; que detestaba ser la extranjera que no acababa de acostumbrarse a las costumbres inglesas. Después, a veces pasaban un rato jugando a las cartas y bebiendo una copa de vino. Una vez habían armado un rompecabezas con los niños. Él siempre había entrado y salido de la casa como un miembro más de la familia, porque eso era lo que quería Raju.

Era lo que quería *ella*.

Y había sido en esos momentos agridulces, sospechaba, cuando había comenzado a enamorarse de él. O quizá todo hubiera empezado aquel día, en el trayecto a casa desde los muelles de Londres. Quizás había sido amor a primera vista.

Con la mirada fija aún en la penumbra, sintió que los ojos empezaban a escocerle.

¡Ah, qué idiotez!

¿Por qué pensar en eso ahora, mientras escudriñaba su dormitorio, aguijoneada por la urgencia de su viaje? ¿Tan voluble y fantasiosa era que el simple olor de un hombre era capaz de aturdirla? Irritada, se acercó a las ventanas y comenzó a correr las gruesas cortinas, cuyas anillas chirriaron al roce con las barras. Por evocador que pudiera ser aquel olor, también era señal segura de que la habitación llevaba demasiado tiempo cerrada y, como sabía por experiencia, tras vivir con sus hermanos, un indicio casi infalible de que Rance había pasado una larga y dura noche pegado a la botella. En eso no había nada de fantasioso.

Apartándose de la ventana, paseó la mirada por la habitación y la encontró en completo desorden. Había ropa tirada aquí y allá, una lata de tabaco volcada junto al escritorio, y la corbata colgada del espejo de cuerpo entero.

Se movió y un rayo de sol dio en la cama de Rance. Él gruñó y se apartó de la luz, llevándose la sábana consigo.

En cierto modo, al menos. Porque en realidad la sábana estaba enrollada alrededor de su cintura. El resto de su cuerpo, hasta donde Anisha podía ver, estaba desnudo. Una de sus largas y musculosas piernas se hallaba al descubierto y dejaba ver el suave vello moreno de la pantorrilla, que podría haber estado labrada en mármol de Carrara. En cuanto al pelo de su cabeza, parecía un nido de ratas.

Pese a su impaciencia, Anisha se acercó a la cama con cautela. Sobre la mesilla de noche había dos botellas vacías, además de una copa que contenía aún las heces de una sustancia de aspecto viscoso. Cogió la copa y aspiró. Su nariz, afinada por la práctica del ayurveda, detectó al instante la fragancia del anís y el hinojo. Además de otra cosa. Algo que conocía, pero de lo que no se acordaba.

Dejó la copa con un golpe seco y cogió la botella.

Absenta.

Aquel raro licor se destilaba a partir de una variedad de artemisa semejante al *nagadamni*, una hierba ayurvédica con propiedades mágicas. Los europeos la conocían como ajenjo y la creían venenosa. Y, a juzgar por el aspecto que presentaba su víctima, parecía serlo.

—¿Rance? —susurró, poniendo la mano sobre su hombro desnudo.

Se agitó casi febrilmente, farfullando algo que Anisha no llegó a entender. Le dio unas palmaditas ligeras y lo llamó en voz baja. Él se sacudió de nuevo, volviéndose hacia ella esta vez. Anisha vio que tenía los ojos entreabiertos, pero vidriosos y con la mirada perdida, y que su cara se crispaba como si padeciera algún dolor. Posó la mano sobre su mejilla, rasposa por la barba negra sin afeitar. No parecía tener fiebre; al contrario, estaba frío como un muerto.

—No, no —dijo, apartándose bruscamente de su mano, y luego murmuró algo en francés.

—¿Qué dices? —Le dio una palmadita en la cara—. Vamos, ¿puedes despertarte?

—*Non.* —Abrió los ojos de repente, de par en par, pero siguió aturdido, con las pupilas del tamaño de monedas de medio penique. Agarró violentamente el brazo de Anisha—. *C'est toi!* —dijo con voz ronca y acusadora—. *La sirène...*

—Rance, soy Anish...

—Toda la *puta* noche... —Con un súbito tirón, la tumbó sobre su ancho pecho, tan bruscamente que ella levantó los pies del suelo—. ¡Para, maldita seas! ¡Para! ¿Me oyes?

Ella intentó apartarse, pero tenía el brazo retorcido.

—Despierta, Rance —ordenó.

Él se limitó a apretarla aún más, subiéndola por su pecho con una fuerza sobrehumana. A Anisha se le aceleró el corazón, presa de algo semejante al miedo. Estaban cara a cara, sus pechos se apretaban contra el torso de Rance, tan cerca que el aliento de él agitaba su pelo.

—Despierta, Rance —repitió con firmeza—. Has bebido demasiado.

Él respondió obligándole a bajar la cabeza y besándola al tiempo que su mano se hundía casi brutalmente en su pelo. Anisha sofocó un gritó e intentó apartarse. Pero fue imposible. Aquel beso no era una simple caricia, era un beso de pasión desatada; un ansia descarnada y violenta que no dejaba otra posibilidad que la rendición. Abriendo su boca sobre la de ella, Rance la invadió, introduciéndole la lengua en largas y sinuosas pasadas que la dejaron temblorosa.

Con un grito sofocado, Anisha apoyó las manos en sus hombros como si se dispusiera a empujarlo. Pero no lo hizo. Rance la rodeó por completo con el brazo y comenzó a acariciar su cadera izquierda, arrugando sus faldas y apretándola contra sí. Se separó de su boca un instante y luego volvió a invadirla, cada pasada de su lengua más sensual que la anterior. La barba que empezaba a asomar en su cara le arañó la piel.

Ella se acordó confusamente de los criados. Estarían a punto de llegar. Intentó apartarse, ponerse en pie. Pero no sirvió de nada. Los brazos de Rance eran como de hierro, su fuerza era la de un loco. Se movió y entonces se encontró de pronto tumbada boca arriba, con Rance casi encima de ella.

Asiéndola de las muñecas, las hundió en el blando almohadón mientras la sujetaba con el peso de su cuerpo. Su erección era ya inconfundible. Sus miradas se encontraron fugazmente. Los ojos de Rance tenían una expresión salvaje.

—*La sirène* —gruñó, jadeante—. ¡No me atormentarás más!

Anisha luchó por recuperar el aliento.

—¡No hay ninguna sirena! —gritó, golpeándole los hombros—. ¡Nadie te está atormentando! ¡Despierta, en nombre del cielo!

De pronto se oyeron pasos entrando en la habitación.

—¡Por Dios, señor! —bramó una voz grave—. ¡Suelte a esa mujer! ¡Emmit, agárrelo!

Se oyó el tintineo de un cubo y en un abrir y cerrar de ojos Anisha se vio libre de aquel peso. Un hombre de anchas espaldas, vestido con traje oscuro, apartó a Rance por la fuerza, ayudado por el pálido lacayo.

—¡Madre mía, Horsham! —graznó el muchacho—. ¡Se ha vuelto loco!

Pero el tal Horsham no se inmutó.

—¡Señor, tiene usted que despertarse! —gritó, arrastrándolo hasta la almohada—. ¡Esto no puede ser!

—No, maldito seas.

Rance volvió a caer sobre la cama, cerró los ojos y se llevó las manos a las sienes.

Horsham subió las sábanas de un tirón, tapándolo hasta el pecho.

—Está teniendo una pesadilla. —Anisha se había levantado y se estaba enderezando las faldas—. ¿Es posible que haya sido drogado?

—Es más probable que se haya drogado él solo. —Horsham lo zarandeó enérgicamente—. ¡Vamos, señor! ¡Abra los ojos!

Anisha retrocedió tambaleándose. Emmit se apartó de un salto y estuvo a punto de tropezar con los cubos que había subido. Horsham miró a Anisha muy serio desde el otro lado de la cama.

—Le pido disculpas, señora —dijo—, pero éste no es lugar para una dama. Si tiene la amabilidad de esperar en el despacho... Emmit, ayúdame a levantarlo.

Anisha comprendió que la estaba reprendiendo.

—Lazonby tiene que acudir a una cita y yo sabía que se negaría —dijo, un poco a la defensiva—. ¿Está enfermo? ¿Debemos llamar a un médico? Parece muy trastornado.

—Nada... de... médico... maldita sea —dijo Rance con un hilo de voz.

Anisha vio que pestañeaba.

—Está perfectamente, señora, o lo estará dentro de poco —contestó Horsham con voz crispada—. Ha pasado una mala noche. Le sucede a menudo. Ahora, si tiene la bondad de salir, lo meteremos en la bañera y le echaremos un poco de agua por la cabeza. Eso y un poco de café bien fuerte bastará para reanimarlo.

Con la cara sofocada, Anisha entró en el despacho sin cerrar la puerta. Horsham no volvió a mirarla.

Los criados llevaron a Rance más o menos en volandas. Entre tanto, no paró de refunfuñar.

—Márchate, diablo... Márchate con... —mascullaba, pero el resto de lo que dijo no se entendió.

Por lo menos se estaba despertando.

Así que exhaló un suspiro de alivio y se dejó caer en el sillón de piel. El joven lacayo, cuya cara se había puesto del todo colorada, fue a recoger los cubos. Un instante después, se oyó su estrépito metálico al chocar con la porcelana y el ruido inconfundible de un buen chapuzón.

—¡Santo Dios! —Rance comenzó a toser entre el chapoteo—. ¡Así os parta un rayo!

—Maldiga usted a la absenta, señor —contestó Horsham con firmeza—. Todo esto es culpa suya. Emmit, ve a ayudar con el resto del agua para el baño.

—¡Horsham, está despedido! —vociferó Rance, que ya parecía más despierto—. ¿Por qué demonios lo contraté? ¡Dios todopoderoso! ¡Alguien me ha metido una vía de tren por el cráneo!

—Me temo que ha sido usted mismo —repuso con calma su criado—. Y no debería despedirme.

Se oyó una respuesta ininteligible.

—Porque, siendo como he sido militar, tengo experiencia con armas de fuego. —Esta declaración fue seguida de otra gran catarata de agua—. Y puesto que ha... maltratado usted a lady Anisha Stafford, no me cabe duda de que su hermano pronto lo retará en duelo.

Siguió un largo momento de silencio.

—¿Qué? —preguntó por fin Rance con voz rasposa.

Siguió una conversación en voz baja. Anisha se inclinó hacia delante, intentando oír lo que decían.

—Santo Dios —oyó mascullar a Rance—. ¿Dónde?

—En su despacho, milord —contestó Horsham con voz tajante—. Desea verlo. Aunque no en toda su extensión, como parecía usted dispuesto a mostrarse ante ella.

Rance gruñó otra vez, aunque Anisha no supo si de vergüenza o de dolor.

Justo en ese momento entró otro lacayo llevando café. Los siguientes veinte minutos pasaron en relativa tranquilidad. Rance dejó de maldecir. Horsham siguió rezongando. La puerta del pasillo volvió a abrirse y entraron varios sirvientes cargados con cubos de agua humeante.

Entre tanto, Anisha permaneció sentada, jugueteando con los pulgares y maldiciendo su propia impaciencia. Hasta unos minutos antes, Rance no se había despertado... ni había vuelto en sí. Y aunque no se había asustado mucho, ella había hecho pasar un mal trago a sus sirvientes y lo lamentaba profundamente.

Había hecho, además, que pusiera en duda su sentido común. Su decencia, incluso, quizá. Sí, era una buena amiga, una viuda de cierta edad. Pero la sociedad inglesa era mucho más rígida de lo que ella habría deseado. No debería haber ido a su casa. No así. Pero era ya demasiado tarde, y estaba más segura que nunca de que no tenían tiempo que perder.

Así pues, procuró refrenar su impaciencia hasta que por fin oyó que Rance replicaba de nuevo al vituperado Horsham, declarando entre exabruptos que podía afeitarse solo perfectamente.

Al poco rato, maldijo de nuevo a Horsham, volvió a despedirlo y le mandó salir. Esta vez, el ayuda de cámara obedeció y lanzó a Anisha una última mirada de reproche al cruzar el despacho. Luego, cerró de un portazo. Cinco minutos después, Rance apareció en el umbral, desnudo de cintura para arriba, con un largo brazo apoyado en lo alto del marco de la puerta mientras sostenía con la otra mano los pliegues de una toalla blanca que no escondía casi nada. Tenía un aspecto demacrado y una expresión amarga. Aun así, su áspera barba había desaparecido y parecía más o menos despierto.

Anisha lo miró con calma, preguntándose qué le decía una dama de buena cuna a un hombre que acababa de vapulearla. Pero Rance habló primero:

—Bueno, Nish —dijo roncamente—, parece que te debo una disculpa colosal.

—Has pasado mala noche, deduzco.

Bajó el brazo con una mirada desganada y se pasó la mano por los rizos húmedos.

—Sí.

—¿Estás... estás ya mejor? —preguntó ella—. ¿Podemos pasar a un asunto más urgente?

Rance la miró fijamente.

—¿Más urgente que el hecho de que al parecer haya intentado...? ¿Qué? ¿Forzarte?

—Me has besado. —Permaneció perfectamente quieta en el sillón de piel—. Con bastante ímpetu, sí. Pero estoy bien.

Una sonrisa amarga se dibujó en su boca.

—Sí, bueno, si algún hombre no te besa así, es porque no es digno de ese nombre.

—Gracias, supongo. —Ella bajó la mirada—. Pero no sabías a quien estabas besando. Estabas... delirando, creo.

—Sí, es posible. Algo recuerdo. Me he pasado toda la noche soñando. Cosas horribles. En parte era...

Se detuvo y sacudió la cabeza, incrédulo. Sus espesos rizos oscuros empezaban a brincar suavemente a medida que se secaban.

—Bueno, estoy perfectamente —añadió ella—. Y Horsham tiene razón. Deberías dejar la absenta. Me han dicho que es una mala costumbre. Ahora, ¿podemos dar por zanjada esta conversación?

Él dejó caer el brazo.

—Sí, por ahora —contestó cansinamente—. Pero pasemos a un tema relacionado. Has armado todo un revuelo viniendo aquí, Nish. Pero no te importa, ¿verdad? Eres demasiado terca para darte cuenta del riesgo que...

—Gracias —lo interrumpió ella, crispada—, pero tu ayuda de cámara ya me ha echado un buen sermón.

Rance apoyó el hombro en la puerta y la miró con ojos inyectados en sangre.

—No te importa que lo nuestro se haga público, ¿eh? —preguntó.

—¿Acaso existe «lo nuestro»? —repuso ella con aspereza.

Rance sacudió la cabeza.

—A pesar de lo que te dije el otro día en el jardín, vas a... vas a seguir adelante hasta que el daño sea irreparable. Y yo... En fin, yo sólo soy un hombre, Nish. No soy de piedra. Temo dejar que te salgas con la tuya.

—Dijiste que no querías que se supiera que sientes algún afecto por mí. —Procuró modular su voz, respiró hondo y cruzó las manos—. Y estás en tu derecho. No puedo obligarte a hacer nada. No puedo forzarte a declarar lo que sientes por mí. Quizá... —Notó avergonzada que le temblaba la voz—. Quizá no sientas nada.

—¡Nish! —Cruzó la habitación y se puso de rodillas, posando una mano sobre su mejilla—. ¡Anisha, amor mío! ¡Eso es injusto!

—¿Lo es? —Logró encogerse un poco de hombros—. En todo caso, no puedo obligarte. Pero estoy harta de intentar encajar en una casilla, Rance. Y tú no puedes obligarme a cambiar lo que siento, o a comportarme como crees que he de hacerlo.

—No —contestó con sorna al levantarse—. Por lo visto, no puedo.

—Somos amantes... o lo hemos sido —añadió ella, levantando la cara para mirarlo—. Porque tú querías, Rance. No puedes culparme del todo a mí.

Él respiró hondo.

—Sí, tienes razón —dijo con calma.

Anisha se levantó suavemente y pasó las manos por sus faldas para alisarlas.

—¿Seguimos siendo amigos, entonces? —preguntó en voz baja—. ¿Todavía te parezco bella? ¿Deseable? Porque eso fue lo que me prometiste aquel día en el jardín. Y son las únicas cosas que puedo, o que me atrevería a exigir que cumplas.

Rance la sorprendió agarrándola de la barbilla entre el índice y el pulgar y acercando sus labios a los de ella. Anisha no tembló, ni se apartó, pues fue un beso de exquisita ternura. Durante un instante aparentemente infinito, los labios de Rance se demoraron sobre los suyos, se amoldaron cálidamente a su boca, hasta que ella tuvo que cerrar los ojos y casi morderse la lengua para no suplicarle que le diera algo más.

—Dios, Anisha —susurró Rance un rato después—. Sí, eres todas esas cosas para mí. Y mucho más en las que no me atrevo a pensar.

—¿Pero...?

—Pero te has propuesto declararnos amantes por tu cuenta y riesgo. —Su mirada se endureció un poco—. Sacar a la luz lo que hay entre nosotros, sea lo que sea. Mis criados no son en absoluto indiscretos, pero venir sola a mi casa en pleno día, amor mío, es coquetear con el desastre...

—Basta. —Puso un dedo sobre sus labios—. He venido en un carruaje cerrado y sin distintivos, con el velo bajado. Por el amor de Dios, hasta me he puesto sombrero... y no por gusto, sino por tranquilizarte. No empeores más aún las cosas.

Rance le sostuvo la mirada un rato, con el cansancio y la preocupación grabados en el semblante.

—Está bien, entonces —dijo—. Pero, dime, ¿qué haces aquí? ¿Voy a ir a alguna parte?

—Sí —contestó ella con firmeza—. A un pueblecito llamado Buckhurst Hill.

Él la miró con sorpresa.

—¿Para qué, si puede saberse?

—Para ver al caballero cuyo nombre te dio Anaïs de Rohan, perdón, lady Bessett. Y yo voy a acompañarte. He traído el coche de viaje de Raju, ya que insististe en que fuéramos en un carruaje cerrado. Ahora date prisa y vístete.

Rance puso cara de profunda desgana.

—No pienso ir a ninguna parte en ese viejo armatoste —dijo—. Además, mi ayuda de cámara me ha abandonado.

Anisha levantó los ojos al cielo, lo agarró del brazo y lo empujó con fuerza hacia la leonera.

—¡Caramba! —exclamó él.

—No, escúchame, Rance —dijo con más aspereza—. Tenemos prisa y vas a vestirte. Y no necesitas a Horsham para que te ayude.

—¿No? —Tensó la boca—. ¿Y cómo lo sabes?

Ella lo miró con enojo.

—Eres un militar —dijo—, no un lechuguino al que le importe cómo atarse la corbata. No finjas ahora que te importa un bledo tu apariencia.

—¡Uf! —Esbozó una sonrisa—. Hoy apuntas derecho al corazón, ¿eh?

—Vamos, dame la toalla —dijo ella enérgicamente—. ¿Dónde guardas las camisas y los calzoncillos?

—¿Lo dices de veras, Nish? —Levantó las cejas—. ¿Te parece apropiado?

—Hace mucho que no me preocupan esas cosas —repuso ella, arrancándole la toalla.

De algún modo se las arregló para no mirar con deseo su cuerpo esbelto y musculoso, ni su miembro, que colgaba, endurecido a medias, de los rizos de su pubis. Pasó a su lado rápidamente para arrojar la toalla mojada al cuarto de baño. Cayó hecha un guiñapo junto a la bañera. Luego, acercándose a la cómoda que había junto a las ventanas, abrió un cajón y comenzó a rebuscar en él.

—Encontraré lo que necesitas, si tan consentido estás que ni siquiera...

—Nish... —Posó la manaza sobre la mano más pequeña y morena de Anisha, encima de un montón de pañuelos—. Para. No hay razón para apresurarse y...

Anisha perdió de pronto la paciencia y se volvió hacia él.

—¡Claro que la hay! —gritó, levantando las manos—. ¿Es que no lo ves, Rance? Esta... esta cosa negra que pende sobre ti, que nubla tu vida... Estoy harta de ella. Debemos hacer algo. Y ese hombre... Anaïs cree que podría...

—¡Ah, sí, la sabelotodo de Anaïs y el socorrido «podría»! —la interrumpió Rance, levantando también las manos—. ¡Esos «podría» han regido la mitad de mi vida, Anisha! Y yo también estoy harto de ellos. Nadie fuera de la *Fraternitas* va a ayudarme y tú lo sabes. Así que lo único que me queda es sacarle a golpes la verdad sobre este asunto a Jack Coldwater.

Anisha lo agarró del brazo.

—¡Eso no lo sabes! —gritó—. ¡Deja de decirlo! No te está llevando a ninguna parte. Y deja en paz de una vez a Jack Coldwater, ¿me oyes? No puede ayudarte. Y tu obsesión con él es... sencillamente *anormal*.

Rance se quedó de piedra.

—¿*Anormal*? —Bajó la voz hasta un susurro—. ¿Te importaría aclararme eso, Anisha?

Ella no contestó, pero sacó unos calzoncillos de la cómoda.

—Ponte esto —dijo, arrojándoselos.

—No. —Cogió los calzoncillos al vuelo y se acercó a ella—. No, Anisha, creo que no. No hasta que aclaremos este asunto. Te estás refiriendo, supongo, a aquella tarde en la Sociedad Saint James, cuando me viste con Jack en la biblioteca.

—Sí —murmuró ella, y se dio cuenta de que se le habían saltado las lágrimas—. Sí, a eso exactamente.

—¿Y qué pensaste *exactamente* que ocurría? —preguntó él roncamente.

Anisha lo miró con reproche.

—Estabas... Estabais los dos... —Se detuvo y sacudió la cabeza—. No sé qué estabais haciendo. Pero desde ese día, tu obsesión por él ha ido de mal en peor, Rance, y esto tiene que parar. No por mí. Por ti.

Rance tiró violentamente al suelo los calzoncillos.

—No pienso quedarme aquí con el culo al aire mientras nos gritamos como verduleras —dijo mientras se los ponía casi con furia—. Tira del maldito timbre, dado que te encuentras a tus anchas en esta casa. Dile a Emmit que preparen mi calesa.

—Entonces, ¿no hace falta un carruaje cerrado? —replicó Anisha.

—Lo que hace falta es que nos demos prisa y volvamos antes de que se haga de noche —respondió mientras abría un gran armario de caoba—. Se está haciendo tarde.

—¿Y de quién es la culpa?

—¡Mía! —gritó él. Sacó una camisa limpia y la arrojó sobre la cama—. Ahí lo tienes, Nish, ¿satisfecha? Todo esto es culpa mía. ¡Qué demonios! ¡Seguramente todos los males del mundo son culpa mía!

—Muy propio de ti, exagerar —replicó ella—. Como mucho, lo serán la mitad.

Una hora después, rechinando todavía los dientes, Rance observaba cómo las afueras del gran Londres pasaban volando junto al carruaje. Anisha permanecía rígidamente sentada a su lado, con los hombros tiesos como palos, el velo bajado y la sombrilla en alto. Nadia podría haberla identificado. Y de todos modos, se recordó Rance, no había nada de indecoroso en que una respetable viuda pasara la tarde a solas con un caballero, disfrutando del campo.

Al menos, si dicho caballero era, a su vez, respetable.

Pero últimamente habían pasado mucho tiempo juntos. Demasiado. Rance se obligó a olvidarse de aquello y procuró hacer caso omiso del dolor sordo que notaba aún en la base del cráneo. Al menos tenía la cabeza despejada. El día, sin embargo, se había vuelto brumoso y el aire parecía sospechosamente en calma. Miró hacia el cielo y no le gustó lo que vio.

—Va a llover.

—¿Y qué? —respondió ella.

—Que quizá deberíamos haber traído el carruaje de Ruthveyn —masculló él.

Con gesto impaciente, Anisha levantó el brazo y cerró la sombrilla.

—Querías que tardáramos menos —dijo con aspereza—. Así que sigue conduciendo. Yo correré el riesgo de volver a Londres hecha una sopa.

—De eso, ni hablar —contestó él—. Podrías ponerte enferma.

Anisha se volvió hacia él con expresión burlonamente dulce.

—¿De veras tenemos que discutirlo por anticipado? —preguntó—. Hay temas de conversación mucho más pertinentes. ¿Quieres que elija uno?

—Si tanto te molesta mi compañía, no sé por qué te has empeñado en venir conmigo —rezongó Rance.

—Bueno, no estoy «viniendo contigo» —respondió ella—. Te he obligado a venir. Y créeme, Rance, hay una gran diferencia.

Él la miró de reojo con dureza, pero sintió que sus labios se tensaban elocuentemente.

—El diccionario según Anisha, ¿eh? —comentó, y deseó con todas sus fuerzas ser capaz de seguir enfadado con ella.

De haber sido capaz, tal vez hubiera podido sacudirse la sensación de peligro inminente que empezaba a atormentarlo. Aquella horrible y lóbrega sensación que lo perseguía como un sabueso y que perturbaba sus horas de sueño. La amarga lucidez que lo aguijoneaba en mitad de la cena, que hacía que sus manos de detuvieran sobre el vaso de whisky y que se agitaba vagamente al fondo de su mente cada segundo que pasaba despierto.

De peligro inminente no para él, sino para *ella*.

Anisha iba a acabar teniendo que cargar con él si no se andaba con mucho ojo.

Tom, Teddy y ella acabarían llevándolo a cuestas a él y a su mala reputación el resto de sus vidas. Y, pese a lo que dijera ella, sí que importaba. Importaba muchísimo. El baldón que pesaba sobre su nombre se convertiría en un oprobio para la familia de Anisha. Ella había sacrificado su hogar, su país y su vida para ofrecer un futuro mejor a sus hijos, y ahora iba a mandarlo todo al garete... ¿para qué? ¿Por *él*?

Era un disparate.

Desanimado, miró a su alrededor y se dio cuenta de que habían entrado en Hackney. No había un camino más corto para llegar a Buckhurst Hill. Iban a pasar justo por delante de la casa de Coldwater. Como apenas había tráfico, arreó a los caballos. Pero no estaba en su poder hacer invisible la casa.

Cuando pasaron a toda prisa por delante de la taberna, ladeó la cabeza hacia la gran casa blanca que había un poco más allá.

—La casa de Coldwater —dijo—. O de su hermana, mejor dicho. Lo he seguido hasta aquí una o dos veces.

Anisha se volvió para mirar la casa.

—Qué bonita —dijo en tono neutro—. La familia debe de estar en buena situación.

—Sí, su fortuna procede de la prensa americana —dijo él—. Son de Boston.

—Ah.

El silencio se hizo pesado.

—Estuve allí anoche —dijo por fin Rance—. La hermana... La conocí. Llamé a la puerta y dije que quería ver a Jack. La verdad es que no sé qué esperaba averiguar.

—¿Cómo es ella?

—Es... rara. —Intentó expresarlo con palabras—. Provocativa, como Jack, sólo que más sutil. No sé qué se trae él entre manos, pero está claro que ella está metida hasta el cuello.

No supo qué más decir. Aquella mujer *era* como Jack. Embotaba sus sentidos, normalmente tan agudos, de un modo que no alcanzaba a explicarse.

—¿Y cómo acabó? —insistió Anisha—. ¿Te... fuiste sin más?

—No exactamente. —Le lanzó una mirada compungida—. Entré en el piso de Coldwater y eché un vistazo. Pero no encontré nada. Se diría que apenas para por allí.

Los ojos de Anisha brillaron, llenos de reproche.

—Umm.

El silencio volvió a descender sobre ellos, y Hackney se desvaneció poco después en la distancia. Pasado un rato, llegaron a un tramo del camino salpicado sólo de vez en cuando por alguna granja, con desiertos campos verdes ondulando a ambos lados y sin tráfico alguno en las dos direcciones.

Rance sopesó cuidadosamente sus siguientes palabras.

—Querías saber lo de Jack —dijo por fin—. Lo de aquel día en la biblioteca.

—No. —Anisha no lo miró—. No quiero.

Él resistió el impulso de hacer restallar el látigo por encima de las cabezas de los caballos, pues nada de aquello era culpa de los animales.

—Permíteme plantearlo de otra manera —dijo en tono crispado—. Has sido víctima de un error de juicio... del que insisto en liberarte.

Anisha, cuyo rostro había perdido buena parte de su color, mantuvo la mirada fija en la carretera.

—Preferiría que te guardaras para ti lo que piensas de Coldwater.

—No —dijo él—. No pienso hacerlo. Verás, eso es lo que significa el verbo «insistir». Tú *insistes* en acompañarme a Essex. Y yo, a mi vez, *insisto* en que me escuches... dado que eres, por voluntad propia, mi público cautivo.

Anisha se puso furiosamente colorada y se agarró con más fuerza al asiento.

—Muy bien, tienes una extraña obsesión con Coldwater —afirmó—. Yo no te juzgo. Hasta las escrituras antiguas son muy vagas respecto a ese tema. De hecho, el *Kamasutra* dice que los hombres pueden...

—Anisha, *cállate* —la atajó él con energía.

Ella se calló, pero le lanzó una sombría mirada de reojo.

Y entonces, para su propio espanto, Rance no supo qué decir.

—Nish, yo no...

Al llegar a ese punto, aprovechó que tenía que guiar a los caballos para sortear un bache especialmente profundo.

Pero el bache no era lo bastante profundo para tener que estar atento durante mucho tiempo.

—No deseo sexualmente a Jack Coldwater —explicó por fin—. Detesto a ese granuja. He intentado darle una paliza en numerosas ocasiones, pero siempre hay alguien que me lo impide.

—Sí, pero eso que describes es pasión —repuso Anisha con calma.

—¿*Pasión*? ¿Estás loca...?

Ella se encogió ligeramente de hombros bajo su vestido de bombasí negro.

—La pasión es una emoción que toma muchas formas. Es engañosa. Puede transformarse en otra cosa completamente distinta antes de que uno se dé cuenta.

Rance se volvió para mirarla con enfado.

—Ya, y en estos momentos la pasión que siento por ti se está transformando en un ardiente deseo de darte una azotaina.

Ella le lanzó una sonrisa sesgada.

—Lo cual demuestra que estoy en lo cierto.

Rance volvió a fijar la mirada en la carretera y sintió que rechinaba los dientes.

—Estaba intentando estrangular a Coldwater, nada más —dijo con aspereza—. Dijo algo sobre Geoff, sobre cómo había engañado a un hombre honrado para que cayera presa de mis mentiras. Dijo que iba a hundirnos a los dos. Que sabía que Geoff tenía un secreto. Algo que pensaba sacar a la luz... y ya puedes imaginarte cuál es.

—¡Ah! —Anisha se llevó la mano al corazón—. *No.*

Rance hizo una mueca, aunque el sol no le daba en los ojos.

—Empecé a sentir que todas las personas a las que quería iban a pagar por mis pecados, Nish —añadió—. Mi madre y mi padre, los dos muertos. La vida de Sutherland patas arriba. El viejo sir Greville perdió la mitad de su negocio por presentar mis apelaciones, y Ruthveyn echó mano de todos los favores diplomáticos que le debía la reina para...

—Raju quería hacerlo —lo interrumpió ella—. Era su deber.

—Aun así, pensar que Geoff también iba a sufrir... En fin, perdí los nervios. Me lancé sobre Jack, en el sofá, supongo, y esa maldita cosa de porcelana... el busto de Aristóteles o de quien sea... lo volqué y se hizo añicos, y recuerdo que sólo pensé que Ruthveyn iba a matarme. Que había roto su dichosa escultura y que se pondría furioso, y que era todo culpa de Jack... lo cual me dio dos razones para estrangularlo... Entonces lo agarré y... y... y...

Anisha le puso una mano sobre el brazo.

—*Respira* —dijo—. Profundamente.

—¡Maldita seas! ¡Respirar no es la solución para todo, Nish! —replicó él—. Sólo estoy intentando decirte cómo fue. Lo empujé contra la pared y lo agarré del cuello y entonces entrasteis tú y Ruthveyn. Y eso fue todo.

Anisha le lanzó una mirada extraña.

—Raju pensó que le estabas forzando a algo mucho más íntimo —dijo con calma—. Y yo también, francamente. Eso... eso es lo que parecía. Como si estuvieras apropiándote de un botín de guerra. Jack estaba aterrorizado. Pasó a mi lado, despavorido.

—Hizo bien —masculló Rance.

Ella vaciló un instante.

—Pero Rance, Coldwater nunca antes te había tenido miedo —puntualizó con suavidad—. Nunca antes había huido... ni siquiera cuando debía hacerlo.

Rance se limitó a sacudir la cabeza y a apretar los labios hasta que formaron una línea delgada. Las palabras de Anisha le hicieron sentirse vagamente enfermo, pues había parte de verdad en lo que decía.

Había pasado en el ejército casi un tercio de su vida; había visto violencia a mansalva; había visto a hombres violar y saquear sin freno. Pero nunca lo había hecho, ni siquiera había sentido esa tentación. Y sin embargo lo que había sentido aquel día en la biblioteca le había espantado. Había deseado fugazmente darle una lección a Jack Coldwater; una lección que tenía muy poco que ver con sus ofensas, y mucho, en cambio, con un deseo puro de dominación y poder.

Había querido escarmentar a Jack de una vez por todas.

Pero ¿por qué de *ese* modo?

¿Por qué no matarlo, sencillamente? De eso podría haber escapado indemne. Un asesinato cometido bajo el techo de la Sociedad Saint James, rodeado por toda la hermandad... ¡Qué demonios! Podrían haber sepultado a aquel canalla en la capilla secreta del sótano y nadie se habría enterado.

Resultaba escalofriante darse cuenta de lo cerca que estaba Anisha de la verdad.

Nunca lo reconocería, sin embargo.

—Me estás pidiendo que explique los motivos de Jack Coldwater —respondió, sorteando el tema como otro bache del camino—, y nunca he podido hacerlo. ¿No es precisamente por eso por lo que vamos a Essex?

Anisha le lanzó una mirada rápida e inquisitiva.

—No, vamos a ver a ese tal señor Kemble, que hace tiempo tuvo contactos con los bajos fondos —dijo—. Vamos a ver si puede decirnos lo que no pudo Ned Quartermaine: el nombre de la persona que ardía en deseos de que te ahorcaran hace años. Y no cabe duda de que esa persona *no* es Coldwater. Él no puede tener más de veinticinco años.

La casa del señor George Jacob Kemble era una elegante mansión georgiana muy al noroeste del pueblo, situada en un recodo de bosque que parecía envolverla en un frondoso abrazo. Era la casa más bonita que Anisha había visto nunca... es decir, cuando por fin la encontraron, pues se alzaba al final de un camino para carruajes de media milla de largo y tuvieron que parar a pedir indicaciones en una posada, una taberna y una vaquería, donde un lacónico granjero se limitó a apoyarse en su rastrillo y a señalar hacia una abertura en el seto.

Después, todo fue quizá *demasiado* fácil. Al final de la avenida, un lacayo se apresuró a bajar la escalinata para llevarse los caballos de Rance mucho antes de que pararan. Al llegar a lo alto de la escalinata, otro hombre, una especie de mayordomo, recogió sus tarjetas y les indicó con un ademán el pasillo de mármol bruñido que partía en dos, de delante a atrás, la opulenta casona.

—*Pog* aquí, *s'il vous plaît* —dijo—. *Monsieur* Kemble está en su *gosaleda*.

Anisha vaciló.

—¿No quiere preguntarle primero?

—No es *nesesaguio, madame.* —El mayordomo sonrió casi con condescendencia—. *Monsieur* Kamble estaba *espegándoles.*

Rance y Anisha se miraron extrañados y siguieron al mayordomo hasta una hilera de seis ventanas francesas que daban a una terraza. Allí, un segundo tramo de escaleras de unos diez metros de ancho descendía hasta un exuberante y bien cuidado jardín. Al fondo, junto a la tapia trasera, Anisha divisó a un hombre de chaqueta oscura subido a una estrecha escalera, podando un rosal trepador que casi había superado la tapia. Un hombre más alto y de cabello cano iba recogiendo cuidadosamente los restos de la poda y echándolos en un cesto de mimbre.

—*Monsieur* Kemble está allí, *madame* —dijo el mayordomo, señalando la escalera.

Pero el hombre ya les había visto acercarse y bajado para recibirlos. Después, el caballero más alto le hizo darse la vuelta y le sacudió la chaqueta con ademanes breves e impacientes.

—Nunca piensas en el esfuerzo que cuesta... —La brisa les llevó sus reproches entrecortados—. ¡Sólo en esa manga hay quinientos puntos!

Pero el hombre moreno pasó a su lado y miró fijamente a Anisha al salir de la rosaleda al camino de piedra. Ella le sostuvo la mirada, y él sonrió casi ferozmente.

—¡Santo Dios! —murmuró ella—. ¿Es el hombre del teatro?

Rance bajó la mirada.

—¿Qué hombre?

Pero era demasiado tarde. El señor Kemble había pasado flotando como un espectro por el último parterre.

—¡Lady Anisha Stafford! —murmuró al inclinarse grácilmente sobre su mano—. ¡Qué placer tan inesperado!

—Pe-pero su mayordomo —balbució ella— ha dicho que estaba esperándonos.

—Lazonby —terció Rance, tendiéndole la mano—. A su servicio, señor.

El señor Kemble lo miró de arriba abajo y sus labios se tensaron ligeramente.

—Bien, por fin nos conocemos —murmuró—. ¿O quizá deba decir que por fin nos presentan?

Rance arrugó la frente.

—¿Nos hemos visto antes, señor?

Kemble hizo un ademán desdeñoso.

—Bueno, solía verlo por la ciudad —contestó—, mucho antes de que lo ahorcaran.

En ese instante, el hombre más alto carraspeó.

—George, *por favor*.

El señor Kemble le indicó que se acercara y le presentó como su amigo Maurice Giroux. Anisha lo reconoció de inmediato: era el otro hombre al que había visto sentado en el palco del duque de Gravenel, en la Royal Opera House.

Giroux se inclinó sobre su mano.

—Debería preparar el té —dijo con cierto deje extranjero—. George, llévalos al invernadero. Es más íntimo.

—Qué idea tan maravillosa —murmuró Kemble, y les indicó que lo siguieran a lo largo de la tapia del jardín.

Anisha lo siguió mientras intentaba calibrarlo con la mirada. Era un hombre ligero y esbelto... y rico, al parecer, pues su vestimenta parecía cara, clásica y muy *à la mode*. Moviéndose con agilidad sedosa y felina, los condujo a través del jardín mientras les explicaba cortésmente diversas características del jardín y gesticulaba airosamente señalando aquí y allá.

Jacintos. Eléboros. Majuelos. Un trío de raros lirios asiáticos cuyo nombre Anisha fue incapaz de pronunciar. Allí todo era hermoso y exuberante, pero en lugar de concentrarse en el jardín, se descubrió preguntándose por el *udaya lagna* del señor Kemble. Era un signo de agua, casi con toda seguridad. *Karkata*, Cáncer, probablemente, pues o mucho se equivocaba o el señor Kemble tenía un gusto exquisito y talento para el drama.

Había, además, dejado atrás su juventud hacía décadas, pues aunque su piel tenía escasas arrugas, sus sienes estaban profusamente plateadas, y lo envolvía cierto aire de *ennui*.

Unos metros más adelante, la tapia del jardín torcía a la izquierda y daba paso a un soleado huerto en cuyas espalderas crecían perales y ciruelos. En el centro se alzaba un invernadero que comunicaba con la casa a través de una larga pérgola cubierta de enredaderas. Su anfitrión abrió la puerta y se hallaron en una estancia llena de macetas con naranjos y limoneros y arbustos en flor, en medio de la cual había una fuente cantarina rodeada por varios sillones de ratán colocados en torno a un círculo de baldosas.

Notando el peso de la mano de Rance sobre sus riñones, Anisha entró en el frondoso invernadero y al instante se sintió como en casa en aquel ambiente cálido, húmedo y delicioso.

—Qué maravilla —murmuró.

El señor Kemble les ofreció asiento en el pequeño sofá de mimbre. En cuanto se hubieron acomodado, se sentó y fijó en ella toda su atención.

—Bien, lady Anisha, dígame —dijo con un garboso ademán—, ¿qué le pareció *Les Huguenots*? ¿Cumplió sus expectativas?

—Me pareció maravillosa. ¿Y a usted?

El señor Kemble resopló.

—Bueno, yo ya había visto el estreno en París hace doce años, pero Maurice es muy amigo de *madame* Dorus-Grass... —Bajó la voz—. Quien, francamente, no sé qué hace aún en el papel de Marguerite. ¡Dios mío, la pobre Julie tiene al menos *cuarenta* años! ¡Y le está saliendo papada!

—Ah —dijo Anisha—. Creo que eso no se veía desde mi asiento.

—A mí, por mi parte —prosiguió Kemble levantando una ceja—, me habría interesado más pasarme por *su* palco.

—¿Sabía quién era yo?

—Mi querida niña, yo sé quien es todo el mundo. —Se detuvo para quitarse una espinita verde de la manga de la chaqueta—. Además, Anaïs me había insinuado que tal vez se pasaran ustedes por aquí... lo cual me dejó de lo más intrigado, cosa que por desgracia me ocurre muy pocas veces últimamente. Pero justo cuando empezaba a paladear el placer de su compañía, animado como estaba por la inminente partida de ése al que seguramente no debería mencionar... —Llegado a ese punto, le guiñó un ojo sagazmente —... apareció ese bufón de sir Wilfred.

—¿Sir Wilfred? —preguntó Rance—. ¿Sir Wilfred Leeton?

—El mismo, milord —repuso Kemble con excesiva alegría—. Tengo entendido que lo conoció usted fugazmente.

Pero Rance no estaba mirando a Kemble. Se había vuelto hacia Anisha y la miraba con enfado.

—No me gusta cómo suena esto —dijo adustamente—. ¿Qué has estado tramando exactamente?

Anisha levantó las manos, mostrando las palmas.

—Sólo fui al teatro.

—Con ése al que seguramente no deberíamos mencionar —añadió Kemble, inclinándose hacia ellos con actitud conspirativa.

Rance también lo miró a él con enojo.

—Sé muy bien, señor, con quien fue al teatro lady Anisha —le espetó—. Lo que no entiendo es qué pintaba Leeton allí. Y, repito, no me gusta cómo suena esto.

—¡Por Dios, milord! —El señor Kemble juntó las yemas de los dedos—. Sir Wilfred es un pilar de nuestra sociedad. ¿No dudará usted de su buen talante?

Rance dejó pasar un segundo; luego se reclinó en el sofá y relajó los anchos hombros.

—No tengo nada en contra de él —respondió—. Pero sé perfectamente lo que es.

Kemble se rió al oírle, y Anisha no supo muy bien por qué. Además, Rance no parecía del todo apaciguado.

—Y dime, ¿qué podía hacer? —Puso una mano sobre su manga y sintió tensarse sus músculos—. ¿Decirle que se marchara? El hombre parecía conocer bien a Napier y...

—¡Uy! —exclamó Kemble—. ¡Ahí está ese nombre indecible!

Rance lo miró con enfado.

—¿Qué quiere decir exactamente, señor?

Kemble tenía una expresión a todas luces burlona.

—¡Pues... nada en absoluto! —Después adoptó un tono más serio—. Pero creo que no han venido ustedes hasta aquí sólo para cotillear.

El invernadero quedó en silencio.

—¿Sabe, pues, para qué hemos venido? —dijo por fin Rance con una nota de reticencia.

—¡Oh, sí! —Kemble separó las manos enérgicamente—. Y me alegra ser de utilidad al Ministerio del Interior.

—¿Y eso por qué? —preguntó Rance con desconfianza.

Kemble hizo un vago ademán.

—Bueno, he de confesar que le he tomado cierto cariño a De Vendenheim con el paso de los años —dijo—. Además, en lo tocante a mis negocios el Ministerio del Interior lleva tanto tiempo haciendo la vista gorda que tienen todos tortícolis.

—Royden Napier trabaja para el Ministerio del Interior —señaló Rance.

—Ni la mitad que ustedes —replicó Kemble.

—Yo ni la mitad, ni un poco —refunfuñó Rance.

Kemble se rió.

—Bien, sin duda no soy el más indicado para explicarle a *usted* hasta dónde alcanza la influencia de la *Fraternitas* —gorjeó—. Ahora tienen prácticamente a Napier cogido por... la correa.

Anisa lo miró con sorpresa. ¿La *Fraternitas*? Fuera de la hermandad, nunca había oído mencionar el nombre con tanta naturalidad. Rance, sin embargo, no se inmutó.

—¿Porque el padre de lady Bessett es el vizconde de Vendenheim?

—Sí, lord Lazonby —contestó Kemble sardónicamente—. A eso se le llama «política», a lo que juegan los reyes, un juego al que yo también soy muy aficionado. Así que ¿jugamos?

Anisha se inclinó hacia delante con vehemencia.

—Sólo necesitamos información...

—De la que soy una fuente fiable —añadió Kemble separando las manos.

—Muy bien, entonces —dijo Rance, muy serio—. Dígamos cuál era su papel en el submundo de Londres.

Kemble se echó hacia atrás, llevándose las manos al pecho.

—Pero «submundo» es una expresión tan fea... —dijo—. Le hace pensar a uno en... en trolls. O en lombrices. Yo prefiero describirlo como una suerte de sector terciario. El soborno político sería, naturalmente, el secundario.

—De acuerdo —dijo Rance, tenso—. ¿Y su papel?

El señor Kemble admiró un momento su propia manicura.

—Bien, yo solía ganarme la vida bastante bien dedicándome al... en fin, llamémoslo el comercio de exquisiteces —dijo finalmente—. Arte, joyas, antigüedades... Esa clase de cosas.

—¿Tenía una tienda?

—A veces —contestó evasivamente.

—¿Era un ladrón?

—¡Lazonby! —exclamó Anisha escandalizada.

—¡Santo cielo, no! —El señor Kemble se puso una mano sobre el corazón—. ¡Nada tan grosero! Yo era un perista.

—¿Un perista? —preguntó Anisha y miró a Rance.

—Un receptor —explicó él con calma—. De mercancía robada.

—No toda era robada —puntualizó Kemble—. Algunas cosas eran entregadas voluntariamente. Mis proveedores solían ser jóvenes caballeros desesperados.

—Cuando dice «desesperados», ¿se refiere a jugadores con mala suerte? —preguntó Rance suavemente.

—Bueno, yo estaba en tratos con los encargados de todos los salones de juego de la ciudad, y con algunos de los clubes más selectos —contestó—. Acudían a mí jugadores que se habían quedado en la ruina, y a veces yo acudía a ellos. Verán, de vez en cuando era prudente, digámoslo así, que un empresario astuto exigiera el pago de su deuda cuando el jugador en cuestión estaba todavía dentro del establecimiento, en especial si el sujeto en cuestión no era *del todo* un caballero y no tenía que proteger su buen nombre.

—Quiere decir que se arriesgaban a sufrir grandes pérdidas y que temían no poder cobrar los pagarés —dijo Rance.

—Veo que lo entiende perfectamente.

Kemble sonrió como si hubiera descubierto un prodigio.

—Hombres desesperados, en efecto —añadió Rance—. Y los hombres desesperados pueden ser peligrosos.

La sonrisa de Kemble se tornó levemente maliciosa.

—Bueno, yo nunca me preocupaba demasiado —dijo—. Tengo una intuición muy fina para saber cómo... *motivar* a la gente, digamos. Así que a veces me llamaban de los salones de juego para que ayudara a alguno de sus clientes a librarse de su alfiler de esmeraldas, o de la leontina de su reloj, o de su caja de rapé chapada en oro. En el calor de la discusión, era preferible recurrir a alguien imparcial.

Rance lo miró inexpresivamente.

—Y ése era usted.

—Bien, si algo soy, es honrado —repuso Kemble.

En ese instante, como enviado por Dios, el horrible fogonazo de un relámpago hendió el aire, seguido por el eco lúgubre de un trueno.

—¡Maldita sea! —masculló Rance, levantando la mirada.

—¡Estupendo! —Kemble dio unas palmadas—. Va a llover sobre mis rosas. ¡Y miren! ¡Aquí llega el té!

Monsieur Giroux no volvió a aparecer, pero había enviado a un sirviente con la bandeja. Kemble lo despidió de inmediato y comenzó a servir el té él mismo, lo que extrañó un poco a Anisha.

—Esto es *Shui Xian*, lady Anisha, de los montes Wuyi —explicó Kemble mientras vertía un chorro de color rojo sangre.

El té giró suavemente dentro de un cuenco japonés tan fino que se le transparentaban los dedos.

—Y de la mejor calidad —añadió—, porque está tostado y luego envejecido durante diez años. Lo encontrará usted muy distinto a sus *assams* y sus *darjeelings*.

—¿Diez *años*? —preguntó ella cuando le pasó el delicado cuenco.

—Sí, y le recomiendo encarecidamente que no adopte la costumbre inglesa de mancillarlo —dijo, agitando la mano encima de la leche y el azúcar—. Pero, si no puede evitarlo, me limitaré a mirar para otro lado para no ver la masacre.

—Jamás se me ocurriría —murmuró ella.

Mientras Kemble seguía sirviendo el té, Anisha levantó los ojos y vio que el cielo se estaba oscureciendo peligrosamente. El frío parecía haberse aposentado sobre el invernadero, acompañado por una vaga sensación de inquietud. Y lo que era peor aún: sentía que el tiempo apremiaba... y notaba el calor del muslo de Rance pegado al suyo. Ambas cosas eran desconcertantes. Janet tenía razón: si se quedaban mucho más, o si estallaba la tormenta, no llegarían a casa esa noche.

Intentó hacer avanzar la conversación.

—Señor Kemble, da la impresión de que tenía usted un conocimiento muy profundo de los salones de juego —dijo—. Y por culpa de esos salones, lord Lazonby fue falsamente acusado de un horrendo crimen, de modo que...

—De modo que, yendo al grano, ¿desea saber quién se cargó al bueno de Percy? —preguntó él, dejando la tetera sobre la mesa con *clonc*.

Anisha y Rance cruzaron una mirada.

—Dios mío, ¿es que tiene usted alguna idea al respecto? —preguntó ella.

Kemble se relajó en su asiento.

—Mi querida niña, todo en este mundo obedece a un motivo de dos —dijo, y desplegó los dedos como un mago a punto de sacarse un pañuelo de la manga de la chaqueta—. Sólo hay que deducir a *cuál* para saber el *quién*.

Anisha sacudió un poco la cabeza, intentando entenderlo.

—¿Y esos dos motivos son...?

—En primer lugar, el dinero, que equivale a poder —contestó él— y, en segundo lugar, el trato carnal, ese placer antiquísimo.

—¡Por Dios, hombre! —Rance miró a Anisha con preocupación—. Los caballeros no hablan de...

—De dinero, sí, lo sé. —Kemble tuvo la audacia de guiñar de nuevo un ojo—. Pero hay quien opina que yo sólo soy un caballero a medias. La otra mitad es... bien, *francesa.*

Anisha puso una mano sobre el brazo de Rance para tranquilizarlo.

—Pero ese asesinato —dijo con voz chillona— y la falsa acusación contra Lazonby... no pudieron llevarse a cabo sin la participación de varias personas. ¿Verdad?

—Bueno, los muertos no hablan —contestó Kemble, y cogió su té con el dedo elegantemente estirado—, pero me pregunto si alguien se ha molestado alguna vez en observar atentamente a Nick Napier el Horca. Ése sí que vivía bien. Un poco *demasiado* bien, si quieren saber mi opinión.

—Por fin algo en lo que podemos estar de acuerdo —rezongó Rance.

Anisha no le hizo caso.

—He tenido la impresión de que la familia tenía algún dinero —comentó, acordándose del palco de Napier en el teatro y de los extraños comentarios de sir Wilfred Leeton.

—El viejo Nick, sin embargo, no lo cató —dijo Kemble—. Fue desheredado por casarse con una mujer de inferior categoría. Napier era el apellido de su esposa.

—Pero los ingleses toman a veces el apellido de sus esposas —repuso Anisha.

—¡Sólo por dinero, querida! —dijo Kemble sagazmente—. Y la difunta señora Napier descendía de una larga línea de simples chupatintas del gobierno. Aun así, al señor Napier le fue muy bien. Vivía en Eaton Square, nada menos, en una casa que compró justo después de nacer Royden.

—Sí —dijo Rance pensativamente—, y no la compró con su sueldo de funcionario, ¿verdad?

—Bien, yo diría que no. —Kemble bebió delicadamente su té—. Y ahora sabemos que Royden es amigo de sir Wilfred Leeton, la clase de hombre que debería haber sido la cruz de la vida de su padre.

—Pero Leeton ahora es un personaje importante —dijo Rance—. Y la Corona lo obligó a declarar en mi juicio... aunque no tenía gran cosa que decir.

—No, apuesto a que no —comentó Kemble—. Seguramente cuando Leeton acabó de contar su historia, el juez creía que dirigía un asilo benéfico desde esa casa de Berwick Street y que simplemente les encontró a usted y al pobre Peveril escondidos en su despensa, con una baraja de cartas en la mano.

—Bueno, ni siquiera era un salón de juego, ¿verdad?

Anisha miró a Rance.

—¡Santo cielo, no! —gorjeó Kemble—. Era mucho más refinado. Los caballeros dejaban sus tarjetas en una bandejita de plata, como si estuvieran visitando a la duquesa de Devonshire. Y Leeton jamás tocaba el dinero. Si uno le debía a la banca, era «invitado» a depositar el dinero en un platillo que había sobre el aparador o alguna tontería semejante. Francamente, los veteranos del negocio se reían de él.

—Dios mío —murmuró Anisha.

—Con todo, había que tener nervios de acero para jugar en casa de Leeton —añadió Kemble casi con admiración—. Cartas, únicamente, y las apuestas eran colosales. Pero a pesar de las ínfulas aristocráticas del establecimiento de Leeton, todos los salones de juego de la ciudad tenían que pagar a alguien, aunque fuera sólo un par de chelines al alguacil local.

—Sí, en eso tiene razón —reconoció Rance de mala gana.

—Así pues, volvemos al sexo y el dinero —prosiguió Kemble—. Porque les aseguro que son la causa de cada respiración de la humanidad, aunque se disfracen de otra cosa. De venganza y de celos, casi siempre.

—Muy bien, entonces —dijo Rance con aspereza—. ¿Cuál de esas causas puede atribuírsele a lord Percy Peveril?

—¡Santo cielo, el dinero, por supuesto! —exclamó Kemble, estremeciéndose—. Nadie quería acostarse con Percy. ¿Alguna vez lo miró usted atentamente?

—No bajo esa luz —repuso Rance.

—Pues tenía un curioso hueco entre los dientes —agregó Kemble frívolamente—. Y lo que es peor: se reía con la nariz. Dios mío, una vez lo vi vomitar un *eau de vie* añejo en medio de una mesa de ruleta.

—Nunca me fijé en esas cosas —dijo Rance desdeñosamente—. ¿Qué me dice de la muerte de sir Arthur Colburne?

El señor Kemble titubeó.

—Fue incidental, diría yo —contestó por fin—. De hecho, antes de que el pobre Percy cayera rendido a los encantos de la señorita Colburne, un asunto en el que lo utilizaron a usted, lord Lazonby, por si acaso no se había enterado, corría el rumor de que Arthur iba a intentar casarse con una mujer rica o a huir de sus acreedores marchándose a Francia, o quizás a vivir con su hermana, a Canadá.

—¿A *Canadá*? —preguntó Anisha.

—Bueno, quizá fuera a Connecticut. —Kemble hizo un gesto desdeñoso—. En todo caso, la señorita Colburne estaba horrorizada y el pobre Percy se convirtió muy pronto en el menor de tres males: el primero, tener una madrastra, el segundo llevar una vida de estrecheces en Pawcatuck o Manitoba, o algún lugar remoto y de nombre igualmente impronunciable. Pero, como mucho, alguien podía querer que se marchara, no que muriera. Artie quizá fuera fatuo, cobarde y avaricioso, pero también era inofensivo, y todo el mundo lo sabía.

Anisha se inclinó hacia él.

—Entonces, señor Kemble, ¿quién salía ganando si Rance era acusado de asesinato?

Kemble estiró un brazo y le palmeó paternalmente la mano.

—Sería mejor preguntar, querida niña, *quién dejaba de perder dinero*. Y la respuesta es todos los salones y tugurios de juego desde Westminster hasta Wapping. Aquí su amigo los estaba desangrando como un frasco entero de sanguijuelas. Poco a poco pero mortalmente si las cosas seguían así el tiempo suficiente.

—Pero he investigado minuciosamente a cada uno de esos hombres —protestó Rance, dejando su té con estrépito sobre la mesa—. La mayoría han muerto, sí, o se han esfumado. Pero no soy tonto, señor Kemble.

Kemble se encogió de hombros.

—Ha investigado a *cada uno* de ellos, ¿eh? Pero ¿los ha investigado a *todos* ellos?

Anisha abrió los ojos de par en par, agarró su bolso y sacó un manojo de papeles. Encima estaban las notas dobladas que había sacado del expediente de Napier.

—Estas notas se las robé a Royden Napier —dijo.

—¡Bravo! —Kemble se animó de pronto—. ¿Qué tenemos aquí?

—¿Es posible que sir Wilfred Leeton no quisiera pagarle su deuda a Rance? —sugirió ella mientras Kemble echaba un vistazo a las notas—. ¿Pudo ser él quien mató a Peveril?

—¿Por esta suma? —murmuró Kemble—. Lo dudo. El bueno de Will podría haber reunido el doble de ese dinero con sólo vender sus establos.

A Anisha, la suma no le parecía tan desdeñable.

—Lady Madeleine MacLachlan va a llevarme a la fiesta campestre de los Leeton el lunes —murmuró—. ¿Cree que él sabrá algo?

—Haría mejor en preguntar a la esposa —le recomendó Kemble mientras acariciaba con un dedo el círculo hecho a lápiz—. Es una cotilla de mil demonios.

—Yo también me he fijado en esa anotación —dijo ella, casi sin aliento—. ¿Qué supone usted que significa?

Kemble volvió a guardar los papeles y empujó la carpeta.

—Bueno, no necesito suponer nada, niña —contestó—. Es una referencia al sindicato del Caballo Negro. Verá, Nick el Horca se estaba preguntando si Leeton formaba parte de él. Y suponiendo que hiciera las debidas averiguaciones, descubriría que no, que no lo era. No era un veterano, y aunque su casa era tan peligrosa como un nido de serpientes, Leeton no sólo pretendía ganar dinero, sino también, en la misma medida, codearse con la nobleza. Y en el mundo del juego serio, no domina esa ambición.

—¿El sindicato del Caballo Negro? —Rance se irguió en su silla—. ¿Qué demonios es eso?

Kemble hizo un aspaviento con la mano.

—Bueno, creo que era una especie de gremio londinense —contestó—. Parecido a la Honorable Cofradía de Pescaderos, sólo que para establecimientos de juego. Pero, ojo, sólo pueden ingresar en él los más veteranos. Pertenecer a él era toda una aspiración. Se reunían para cenar dos veces al mes en un salón privado, encima de la posada del Caballo Negro, en Cripplegate. Eran una panda de bribones, pero yo conocía a alguno de ellos.

—¿Qué hacían, exactamente? —preguntó Anisha.

Kemble se encogió de hombros.

—Bueno, se cubrían las espaldas unos a otros, se prestaban entre sí a sus matones, llevaban un listado de los fulleros y jugadores profesionales a los que convenía vigilar y, en raras ocasiones, se cubrían unos a otros las pérdidas mediante un fondo de ayuda mutua.

—Santo cielo, ¿cómo... una compañía de seguros contra incendios? —dijo Rance—. Nunca había oído hablar de eso.

—Curiosamente, no se hacían publicidad —repuso Kemble en tono ladino—. Y menos aún ante alguien como usted. Es más que probable que fuera usted el primero de su lista.

—Pero yo...

Anisha se interrumpió de pronto.

Ambos se volvieron para mirarla.

—¿Sí? —murmuró Kemble—. ¿Qué ocurre, querida?

Anisha miró a Rance de soslayo.

—Es sólo que le enseñé esos papeles a Edward Quartermaine —dijo en voz baja—. Dirige uno de los salones de juego más boyantes de Londres. Y sin embargo me dijo que esas siglas no significaban nada.

—¿*Quartermaine*?

Rance la miró con enfado.

Kemble se limitó a reír con un gorjeo.

—¡Oh, apuesto a que sí! El joven Ned siempre ha sido muy astuto.

Pero tiene razón, en cierto modo. Las cuevas de ladrones suelen dar mal resultado, sus miembros se devoran entre sí, y la banda del Caballo Negro se extinguió. Algunos huyeron al Continente como granujas que eran y otros pasaron a mejor vida, y es de suponer que allí seguirán jugando al faraón. Bueno, todos menos el inventor del sindicato.

—¿Y quién fue? —preguntó Rance.

—Pues un tal Alfred Hedge, que actualmente está purificando sus pulmones con el saludable aire marino de Brighton tras una larga vida de desenfreno londinense —dijo el señor Kemble—. Se le puede considerar el preboste mayor de esa alegre cofradía. En cuanto a Ned Quartermaine... Creo que lo llama sencillamente «papá».

Capítulo 12

Hay tormentas y tempestades más grandes de las
que recuerdan los almanaques.

WILLIAM SHAKESPEARE, *Antonio y Cleopatra*

Media hora después, tanto el cielo como el estado de ánimo de Anisha y Rance se habían vuelto aún más lúgubres.

—Dios mío —dijo Rance con acritud cuando cruzaron la verja del señor Kemble—. ¿Recuerdas lo que dijiste una vez acerca de que te sentías encerrada dentro de un barril?

—¿A ti te pasa lo mismo, amigo mío? —Anisha le lanzó una mirada curiosa a través de su velo negro—. Creo que Quartermaine ha estado jugando con nosotros.

Rance sacudió la cabeza.

—Sé que anda escaso de caridad cristiana, pero jamás lo habría creído un mentiroso —dijo mientras guiaba a los caballos hacia la carretera principal. Su mandíbula se endureció y miró a Anisha con reproche—. Ni te habría creído a ti tan necia como para volver sola a verlo.

Anisha refrenó su enfado mientras los caballos aceleraron el paso para atravesar una serie de profundos surcos abiertos en el recodo del camino. En aquel tramo la tierra estaba tan desnuda y blanda que, Anisha lo sabía, podía convertirse en barro en un abrir y cerrar de ojos, embadurnando por completo las ruedas del carruaje. Se agarró con fuerza a un lado de la capota mientras pasaban zarandeándose por los baches. Rance había cubierto el carruaje antes de ponerse en camino, pero la capota no bastaría para protegerlos de la lluvia si estallaba la tormenta.

Y ahora seguía esperando a que dijera algo.

—No fui sola —contestó por fin—. ¿Satisfecho?

Él cerró los ojos un instante, al pasar a toda prisa por la vaquería.

—Por favor, Nish, no me digas que fuiste con Napier.

—¿De veras me crees tan necia? —replicó ella—. Le pedí al señor Ringgold que mandara a Quartermaine a la biblioteca de la Sociedad, aunque lo cierto es que no le hizo ninguna gracia. Le ofrecí té, le enseñé las notas y luego me quedé allí sentada mientras me mentía a la cara y luego me reprendía como si fuera una niña. Una tendencia que tenéis en común, dicho sea de paso.

Rance hizo restallar su látigo y los caballos apretaron el paso.

—Lo siento, Nish —dijo cuando hubieron recorrido un cuarto de milla más—. Siento haberme asustado. Siento haberte traído aquí. Sé que sólo querías ayudarme, y no estoy seguro de que lo merezca. Y encima ahora nos vamos a calar hasta los huesos.

Había, en efecto, pocas esperanzas de que la tormenta los esquivara.

—Quizá deberíamos habernos quedado en casa del señor Kemble y *monsieur* Giroux —comentó ella—. Nos lo han ofrecido.

—Quizá —reconoció él—. Pero me ha parecido... poco prudente. Kemble nos ha ayudado, sí. Pero conozco a los de su clase. Puede procurar información al Ministerio del Interior, o a nosotros, cuando le conviene, pero sólo piensa en sí mismo.

Anisha se sujetó el sombrero cuando una súbita ráfaga de aire los sacudió.

—¿Has notado algo en él? —preguntó con calma.

Rance asintió enérgicamente.

—Ese tipo es como un libro abierto —respondió—. Bajo todo ese encanto tan zalamero, es absolutamente implacable. Casi parece... un duende, a veces. Pero no lo es. Es *peligroso*... y tan inmoral como un gato callejero.

—Pero ¿nos ha mentido?

—No. —Rance apartó la mirada de la carretera. Sus ojos tenían una expresión de completa convicción—. Hoy, no, al menos, y a eso me refiero precisamente, Nish. Todo lo que ha dicho es la verdad tal y como él la conocía. De eso estoy seguro. Y sin embargo no nos ha dicho todo lo que podía.

—Bien, yo no lo querría por enemigo —comentó Anisha en el instante en que un relámpago brillaba a lo lejos.

El ruido bronco del trueno se oyó poco después, rodando por el cielo como un tonel de proporciones colosales. Pero los caballos siguieron avanzando a buen paso y los setos pasaban a toda velocidad junto al carruaje. Guardaron un cómodo silencio mientras Anisha reflexionaba sobre lo que les había contado el señor Kemble.

Curiosamente, Kemble no parecía haber dudado ni por un instante de la inocencia de Rance. Por el contrario, había formulado por su cuenta y riesgo la misma teoría que ella: que había habido una conspiración contra él. Aun así, parecía extraño que en tales circunstancias se intentara inculpar a un hombre de asesinato. Anisha deseó fugazmente regresar a la mansión para preguntarle al señor Kemble cómo se lo explicaba.

En Londres había cientos de callejones oscuros, y un río profundo y mortífero cruzaba el centro de la ciudad. Si una banda de delincuentes quería librarse de alguien, ¿por qué no partirle el cráneo y arrojarlo por el puente de Waterloo? ¿Por qué tomarse la molestia de matar a un tercero y cargarle el muerto?

Se sentía, además, sumamente decepcionada con Edward Quartermaine, aunque no alcanzaba a explicarse por qué. Aquel hombre era un bribón y nunca se había hecho pasar por otra cosa. Y, con el tiempo, Rance se cobraría venganza. La próxima vez que se encontraran, posiblemente le propinaría un puñetazo, pues carecía de la paciencia necesaria para retarlo en duelo como haría un caballero.

Eso, sin embargo, tardaría en suceder. En cuanto le fuera posible, Rance partiría hacia Brighton y no regresaría hasta haberle sacado toda la información posible al padre de Quartermaine.

De momento, no obstante, parecía más preocupado por ella que por Quartermaine o su progenitor. El enfado de Anisha dio paso a la ternura, y deslizando la mano bajo su codo, lo agarró del brazo.

Tras vacilar un instante, Rance movió el brazo, apretando la mano de Anisha contra sus costillas.

—Maldita sea —dijo—. ¿Ves lo negro que está el cielo por el Sur? En Londres está lloviendo a mares... y vienen más nubarrones.

—Vuelve a esa posada —dijo ella con firmeza—. La de los manzanos, en la que pedimos indicaciones.

—Nish... —comenzó a decir él.

—Rance, no pienso recorrer veinte millas bajo un chaparrón sólo para salvar lo que tú imaginas que es mi reputación —agregó Anisha en el instante en que la lluvia comenzaba a tamborilear sobre la capota—. Tú puedes hacer lo que te plazca, pero a mí déjame en el patio de la posada. Y bien, ¿a qué distancia está?

—A tres millas —refunfuñó él—. Espero que no me eches de menos.

Pero hasta Anisha se dio cuenta de que había vencido.

Y supo, aunque él no lo supiera, que Rance jamás la abandonaría.

Cuando llegaron a la vieja casa de postas, arreciaba la lluvia. Con las calzas empapadas a la altura de las rodillas, Rance condujo a los caballos por la puerta de carruajes y detuvo el coche bajo el techo de la planta de arriba de la posada. Cesó el ruido sobre la capota, pero más allá el aguacero seguía siendo ensordecedor. La lluvia caía tan fuerte que apenas pudo distinguir el huerto de retorcidos frutales que antes habían visto con toda claridad.

Un joven mozo salió del establo donde había buscado refugio y sus gruesas botas chapalearon entre los charcos cuando avanzó. Aunque, a decir verdad, no había tales «charcos»: el patio entero se había convertido en un estanque poco profundo que desaguaba bajo la verja.

Con el sombrero chorreando, se apeó de un salto y lanzó dos chelines al muchacho.

—Coge tu bolsa, Nish —gritó para hacerse oír entre el ruido de la lluvia—. Y agárrate a mi cuello.

Anisha soltó un gritito cuando la levantó en brazos y la sacó del carruaje. Pero él sabía que sus zapatos y los bajos de su vestido no saldrían indemnes si se mojaban. Apretándola contra su pecho y maldiciéndose a sí mismo por haberla metido en aquel lío, avanzó hasta la puerta lateral que había bajo la entrada de carruajes.

Tras empujarla con el hombro, se halló en una taberna vacía que olía a perro mojado y a cerveza agria y en la que un fuego chisporroteaba en la chimenea, intentando en vano mantener a raya la humedad. Recorrió el establecimiento con la mirada y decidió que tendrían que conformarse con aquello.

—Ve a sentarte junto al fuego —murmuró al dejarla suavemente en pie—. Y no te subas el velo.

Dos ventanas arqueadas, situadas en un corto pasillo, daban a lo que pasaba por ser la calle mayor del pueblo. Un hombre calvo y con lentes levantó la mirada del mostrador y cerró su libro de cuentas.

—¿Tiene un par de habitaciones? —preguntó Rance, sacudiendo su sombrero mojado—. Voy de vuelta a Londres, pero mi esposa se ha puesto enferma. Y ahora las carreteras...

—Vaya, qué lástima —dijo el hombre, lanzando a Anisha y a su velo una mirada curiosa.

—Una jaqueca —explicó Rance, y se llevó un dedo a los labios—. Le convendría una habitación tranquila y a oscuras.

El hombre puso cara de pena.

—A mi difunta madre le pasaba lo mismo, pobrecilla —murmuró—. Será mejor que les ponga en la parte de atrás.

Unos minutos después, Rance hizo pasar a Anisha a una salita de estar que, según les informó con orgullo el posadero, comunicaba los dos dormitorios. Rance, cuyas buenas intenciones sufrieron un duro revés, suspiró, pidió agua caliente, dos cubos de carbón y una cena temprana. El posadero asintió con la cabeza y volvió a salir.

—¡Ah, gracias a Dios!

Anisha ya se estaba quitando los alfileres del sombrero. Lo dejó a un lado y volvió a arrebujarse en su manto negro de viaje. Rance comprendió que estaba helada y tuvo que hacer un esfuerzo para no acercarse a ella y estrecharla entre sus brazos.

Así que fue hasta la ventana y fingió interesarse por los establos.

—¿Tienes algo seco en esa bolsa? —preguntó, esperanzado.

—Lo suficiente, espero. Janet es muy eficiente.

Rance apoyó una mano en el profundo marco de la ventana y se quedó mirando la oscuridad.

—Póntelo, entonces, cuando traigan el agua —dijo mientras veía correr las gotas de lluvia por el cristal— y cuelga la ropa mojada aquí. Dentro de un rato tendré listo un buen fuego.

Media hora después, resplandecía el fuego y una cena fría esperaba sobre una mesita con patas de hierro que él y el posadero habían arrastrado hasta la chimenea, colocándola entre un viejo sillón de roble ennegrecido por el tiempo y la única silla de la sala.

Unos minutos después de que se cerrara la puerta, Anisha se asomó a la sala.

—Bañada y seca —declaró—. Mmm, ¿a qué huele?

Rance había regresado junto a la ventana, como si mantener las distancias pudiera servirle de algo.

—A capón asado relleno de cebollas, me han dicho —contestó con una sonrisa—. Conserva todavía un poco de calor del almuerzo.

Ella entró en la habitación. Rance vio con inquietud que llevaba la bata de seda verde que tan dolorosamente familiar le resultaba ya, y que bajo ella se había puesto un camisón igualmente bordado. Para empeorar las cosas, había dejado suelta su espesa cabellera morena, que relucía como satén cuando se movía.

Anisha se detuvo junto al fuego y se estiró.

—Umm, siempre haces unos fuegos maravillosos —dijo, cerrando los ojos un instante.

Con la cadera apoyada en el ancho poyete de la ventana, Rance se quedó paralizado por dentro.

Le sucedía a menudo cuando estaba con ella. De pronto, cuando menos se lo esperaba, se descubría sencillamente maravillado por el perfil de su rostro o por su modo de levantar los brazos. En esas ocasiones, tenía que hacer acopio de fuerzas para que el anhelo no se apoderara de él. Y en ese instante, mientras Anisha parecía tan menuda y tan bella, con la cara encendida por el reflejo del fuego y la seda verde de la bata y el cabello negro brillando con un calor que procedía tanto de dentro como de fuera, supo con claridad cristalina cómo acabaría aquello.

Podía quedarse sentado junto a la ventana hasta que se helara el infierno, pero al final acabaría haciéndole al amor.

No tenía sentido engañarse o decirse que sus intenciones eran buenas. No lo eran. Ya fuera por una esperanza recién descubierta o porque su antigua desesperación lo había vuelto loco, sabía lo que iba a hacer, y poco habría importado que el posadero hubiera encerrado a Anisha bajo llave en el desván y a él en el sótano. Pasar la noche bajo el mismo techo era una tentación excesiva... sobre todo para un hombre al que nunca se le había dado bien renegar de sus propios apetitos.

¡Y, Dios, cómo le apetecía Anisha!

Cuando ella se apartó por fin de la chimenea y se acercó a él, Rance la enlazó por la cintura y vio brillar sus ojos con sorpresa al atraerla hacia sí, entre sus piernas.

—Es absurdo fingir que voy a hacer lo correcto, ¿verdad? —murmuró, posando la mano sobre su cara—. Y tú no vas a negarte, ¿verdad, Nish? No vas a darme una bofetada, como me merezco.

Anisha se reclinó contra él y su pelo se deslizó sobre su hombro como una sedosa cortina.

—Pero ¿qué es lo correcto? —musitó—. Dímelo.

Se quedó inmóvil entre sus muslos, obligándolo a dar el primer paso.

Y Rance lo dio: agarrando la cortina de su pelo, la enrolló dos veces en torno a su mano y atrajo lentamente su cara hacia él. Cuando sus labios se encontraron, la besó con calma al principio, amoldando su boca a la de ella. Después la saboreó, hundiendo la lengua en los dulces recovecos de su boca hasta que ella se rindió y, apretándose contra él, deslizó su suave vientre en el ángulo que formaban sus muslos.

Él dejó escapar un gemido, bajó la mano para posarla sobre su trasero y hundió más aún la lengua en su boca. Sintiendo crecer su deseo, la apretó contra su miembro erecto, levantándola. Anisha respondió apoyando una rodilla sobre el poyete de la ventana, junto a su cadera. Se subió el camisón de seda verde y se sentó a horcajadas sobre él. Recostándose contra el fresco cristal, Rance dejó que se inclinara sobre su cuerpo y siguió besándola hasta que estuvo sin aliento.

Con el camisón arrollado alrededor de los muslos, Anisha acercó a él su sexo caliente en una franca invitación. El olor a jabón, a calor y a mujer inundó los sentidos de Rance. La tentación se apoderó de él. Con movimientos tan torpes como frenéticos, metió la mano entre los dos y comenzó a desabrocharse los pantalones. Ella apartó la tela con tirones impacientes hasta que su verga, que tensaba los calzoncillos de linón, se apretó contra los suaves rizos de entre sus piernas.

Dejando escapar un gemido de deseo, Anisha enganchó la fina tela con el pulgar y la bajó ansiosamente. Fue aquello, quizá, lo que finalmente consiguió traspasar la neblina del deseo. Rance agarró su mano y la apartó suavemente.

—Espera —susurró.

—No —murmuró ella junto a sus labios.

Pero, situados como estaban junto a la ventana, la oscuridad de fuera, cada vez más espesa, recortaría pronto una escandalosa silueta a ojos de cualquiera que pasara por la calle. Rance siguió besándola mientras procuraba recobrar la cordura. Besó sus ojos, besó su mejilla y, finalmente, su cuello.

Con un gemido de frustración, Anisha se apartó de él y posó de nuevo los pies en el suelo.

Él la miró, burlón.

—*Así*, amiga mía, has probado de tu propia medicina —dijo.

—¿De mi propia...?

Lo miró con incredulidad.

Él sonrió, remolón.

—Sí, porque puedes atormentarme con sólo entrar en la habitación.

Las mejillas de Anisha se sonrojaron a la luz grisácea del anochecer.

—Lo disimulas muy bien.

—Como ha de hacer un caballero.

Todavía con los pantalones aflojados, se volvió para cerrar los postigos.

—Un caballero debe terminar lo que empieza —dijo ella cortante.

Él acabó de echar los postigos y los cerró con el pestillo. La oscuridad se hizo más densa.

—Sí, bueno, siéntate y come algo —dijo al volverse hacia ella—. Ya habrá tiempo de sobra para arruinarte la vida.

Ella suspiró, y luego lo sorprendió poniéndose de rodillas.

—Entonces dame tu pie —dijo—. Tienes las botas empapadas.

—Puedo quitármelas yo solo —repuso él—, creo.

—Dame la maldita bota —ordenó ella, chasqueando los dedos—. Ya está, ¿satisfecho? Me has obligado a hablar mal. Pero aun así no me apetece acostarme con un patán con las botas mojadas.

—¿Y con un patán todo seco sí?

Ella le lanzó una mirada irónica.

—Ya veremos —respondió—. Le daré la oportunidad de lucirse, a ver si me satisface.

—*Bruja* —dijo él y, tirando de ella, la besó de nuevo, esta vez sin refrenarse.

Cuando acabó, Anisha había dejado de reír, en sus ojos había una mirada de puro deseo y sus rodillas temblaban ligeramente.

—Ahora ve a sentarte junto al fuego —ordenó Rance más suavemente, y la hizo darse la vuelta para que quedara de frente a la mesa—. Llena los platos y sirve el vino. Yo me encargo de las botas.

Anisha lo miró malhumorada, pero obedeció, se acercó a la mesita y destapó las fuentes. Rance logró quitarse las botas mojadas y las puso junto al hogar. Dejó luego allí su chaleco, sus pantalones y sus medias, que colgó de un par de ganchos clavados en la gruesa repisa de madera de la chimenea, probablemente con ese fin.

En camisa y calzoncillos, se sentó frente a ella en el sillón.

—Así que mi patán va a cenar en paños menores —bromeó Anisha mientras dejaba en su plato una gruesa rebanada de pan—. Umm.

—Me temo que Horsham no ha sido tan previsor como Janet —repuso él, y levantó su copa en un brindis burlón—. O quizás abrigaba la secreta esperanza de que cogiera una neumonía y me muriera discretamente en alguna zanja de la carretera.

—En fin, por el pobre Horsham. —Anisha hizo entrechocar el borde de sus copas con un fuerte tintineo—. Porque va a llevarse una gran desilusión. Si pasar años en la Legión Extranjera y estar dos veces en prisión no ha acabado contigo, dudo mucho que lo consiga la humedad de Essex.

Rance se rió y comenzó a comer mientras la observaba tranquilo.

Como de costumbre, Anisha sólo picoteó su comida. Era temprano y la verdadera cena no estaba preparada aún, pero se las arreglaron bastante bien con el pollo tibio y el vino, que era sorprendentemente bueno. Rance, al que se le habían pasado los efectos de la absenta, y que conservaba algunas costumbres de sus tiempos de soldado, estaba hambriento, de modo que apenas reparó en la calidad de la comida, pero mientras comían, casi en silencio, se preguntó si no debería pedir algo especial para ella.

—Dejando a un lado las bromas sobre el pobre Horsham —comentó ella por fin, atajando sus cavilaciones—, das la impresión de ser invencible.

Rance acabó de masticar.

—Conque invencible, ¿eh?

Anisha apoyó la barbilla en la mano y lo observó atentamente.

—No es que no me preocupe por ti, ojo —dijo—. Me preocupo

constantemente, Rance. Pero, de todos, tú eres el que siempre me ha parecido más sólido, más indestructible.

—¡Ay, Nish! —repuso él—. Nadie lo es.

Sabía que se estaba refiriendo a la *Fraternitas*, y principalmente a Geoff y a su hermano mayor. Durante mucho años, ellos tres habían sido casi inseparables.

Y sin embargo Anisha había estado a punto de hacerle perder su amistad con Geoff, con el que prácticamente había llegado a las manos. Era muy probable, además, que también fuera a apartarlo de Ruthveyn antes de que acabara todo aquello, aunque no por culpa suya. Seguramente su hermano regresaría de la India sabiendo ya la verdad: que su mejor amigo había incumplido lo que prácticamente era un juramento de sangre. Ruthveyn habría tolerado su unión, quizá, si él hubiera limpiado su nombre... pero no lo había hecho.

Geoff, al menos, era feliz.

Rance dejó su copa.

—Le provoqué, ¿sabes? —dijo, mirando fijamente la superficie arañada de la mesa—. Como un jovenzuelo de tres al cuarto, ...lo *empujé*.

Anisha, que tenía en la mano un tenedor lleno de guisantes, levantó la vista.

—¿Cómo dices?

—A Geoff. —Alzó los ojos, pero se sintió incapaz de sostenerle la mirada—. Esa noche en el templo, la noche en que se suponía que íbamos a iniciar a la señorita De Rohan... lo desafié a que te cortejara. Dijo que, si yo no tenía agallas para hacerlo, él sí las tenía. ¿Eso te parece... invencible? Porque es cierto que no tenía agallas. Le dije...

Vaciló.

—¿Qué? —le instó ella suavemente.

Rance meneó la cabeza.

—Nish, le dije que eras como una hermana para mí —prosiguió al cabo de un momento—. Y no es verdad. Nunca lo ha sido. Pero pensé... pensé que Geoff cuidaría de ti y de los niños como merecéis, Nish. Que era mejor hombre de lo que yo nunca sería, y que Ruthveyn se alegraría. Pero no te merecías tener que cargar con Geoff. Porque tenías razón. No sentía ninguna pasión por ti.

Ella se quedó mirándolo un rato desde el otro lado de la mesa.

—¿Y tú sí, Rance? —preguntó finalmente—. ¿Tú sí sientes pasión por mí?

—Sí —musitó él con voz extrañamente trémula.

Mil veces más.

La clase de pasión que no se extinguía nunca, cada vez estaba más convencido de ello.

Pero no hizo intento de acercarse a ella, ni Anisha pareció esperarlo. Sólo la tormenta que rugía más allá de las ventanas rompió el silencio.

—Bueno —dijo ella pasado un rato—, tengo la sensación de que respecto a eso pronto llegaremos a un acuerdo.

—¿Sí? —La observó, muy serio—. ¿Y eso?

Anisha levantó su copa y meció el vino dentro de ella.

—Creo que el señor Kemble nos ha señalado el camino hacia un oasis después de una larga caminata por el desierto —respondió en tono pensativo—. No vas a creerme, claro, pero veo acercarse una especie de... llámalo «punto final».

—¿Punto final?

Anisha parecía ensimismada.

—Tus estrellas —dijo—. Se aproxima un gran cambio. Y viene acompañado de no pocos peligros.

—Anisha... —dijo él en tono de advertencia.

Ella se encogió de hombros y dejó su copa.

—Estamos en un momento de grandes riesgos y grandes oportunidades —dijo con más convicción—. El *Jyotish* nos enseña el camino, Rance, y en esto las estrellas son claras. No debes moverte con tu precipitación de costumbre. Prométeme... —Se le quebró un poco la voz, traicionando su nerviosismo—. Prométeme, Rance, que vas a mirar atentamente dónde pisas en cada trecho del camino. Que no te dejarás dominar por tu mal genio o tu impaciencia cuando las cosas que el señor Kemble ha puesto en marcha lleguen a su fin.

Rance percibió su desasosiego.

—Anisha, cariño —dijo, tendiéndole los brazos—, ven aquí.

Ella se levantó y rodeó la desvencijada mesa. Rance se volvió de lado en el sillón y se apoyó en su brazo. Anisha se sentó y, pesar de que sabía que no debía hacerlo, la apretó contra su pecho.

—Te prometo —dijo, dándole un beso en la coronilla— que tendré mucho cuidado de dónde piso.

Ella apoyó la cabeza sobre su hombro.

—Gracias —dijo en voz baja.

Rance besó de nuevo su pelo y posó una mano sobre su corazón, como había hecho la primera noche que habían pasado juntos. Era tan extrañamente delicioso abrazarla... Le hacía sentir una serena y conmovedora alegría que no alcanzaba a explicar con palabras. Y era ese anhelo, esa mitad que buscaba un todo perfecto y puro, lo que lo había atraído a él, solitario y estoico, a su órbita desde el mismo día en que había irrumpido en aquel minúsculo camarote para llevarla a casa de su hermano entre bromas y coqueteos.

Eso, sin embargo, había sido antes de que comprendiera por entero el riesgo que corrían. Antes de llegar a una conclusión diáfana y cortante como el filo de una espada recién forjada: que había mujeres con las que un hombre no debía atreverse a flirtear.

O, en su caso, *una* mujer.

Respiró hondo y echó el aire.

—Dime, Anisha —dijo con calma—, respecto a... esa cosa... esa idea sobre la que discutís a veces Ruthveyn y tú. El *karma*, ¿no es eso?

Ella levantó la cabeza y lo miró un instante como si quisiera ver si hablaba en serio. A lo lejos retumbó otro trueno, y la lluvia se estrelló súbitamente contra las ventanas como un puñado de perdigones. Haciendo caso omiso de la tentación que podían suponer sus piernas desnudas, se irguió en la silla, las cruzó y, doblándolas, se sentó sobre ellas.

—El karma es un concepto bastante corriente —respondió por fin—. Pueden encontrarse similitudes en el pasaje de *Gálatas* que dice...

—Sí, «No os engañéis, pues Dios no se deja burlar», ¿verdad? —citó—. Recuerdo que una vez se lo espetaste a tu hermano en plena discusión.

—Sí, porque continúa explicando que «Lo que un hombre siembre, eso será también lo que coseche» —añadió—. «Aquel que siembre en la carne, recogerá la corrupción de la carne; pero aquel que siembre en el Espíritu, del Espíritu cosechará vida eterna.» Los *Upanishads*, las antiguas escrituras védicas, contienen un pasaje similar.

—Entonces, ¿el *karma* es el camino hacia la vida eterna? —murmuró él—. Yo pensaba que era algo así como que las malas acciones que has cometido te persiguen eternamente.

—Es ambas cosas, en cierto modo. —Por un momento pareció costarle encontrar las palabras justas—. En el mundo de mi madre, el karma es la creencia en que los actos de uno determinan en quién podemos convertirnos en nuestra próxima vida. Hay que esforzarse en hacer el bien, en ser buenos, no sólo de obra, sino también de pensamiento. De ese modo, entre una vida y la siguiente, se va pasando a planos de la existencia cada vez más elevados o *samsaras*, hasta que uno alcanza el *moksha*, la unión con Dios, y el final del ciclo de la reencarnación.

Rance profirió un gruñido de asentimiento.

—Así que voy a estar atrapado en este bucle mortal para toda la eternidad.

Ella estiró un brazo y puso una mano sobre la suya.

—No es así —dijo—. Nadie está atrapado, salvo por elección propia o por su propia obstinación. Hasta la persona más malvada puede cambiar, puede esforzarse por conseguir el *dharma*, el camino de la rectitud, y puede encontrar la gracia a través de la devoción. Y, Rance, tú estás muy lejos de ser malvado... —Se detuvo y sacudió la cabeza—. Pero ¿por qué estamos teniendo esta extraña discusión? ¿Tiene algo que ver con lo que dijo el señor Kemble sobre sir Arthur y lord Percy?

Rance se encogió de hombros, rozando el respaldo del sillón.

—Creo que no puedo sacudirme la sensación de que, en cierto modo, fui el causante de la muerte de Percy.

—Y como Percy está muerto, ¿tú no mereces ser feliz? —sugirió ella—. Eso son tonterías.

—Pero no era mal tipo. —Le sostuvo la mirada, muy serio—. Y reconócelo, Anisha: yo era un tramposo. Sutherland siempre ha dicho, y con razón, que no podía sentarme a una mesa de juego. Tenía ventaja sobre esos tipos, sobre muchos de ellos. Porque con mucha frecuencia percibía sus emociones: su miedo, su euforia, hasta su propensión a correr riesgos...

—Lo que no equivale a ver sus cartas, Rance.

—Pero se le parece mucho —respondió—, sobre todo cuando llevas bastante tiempo jugando con la misma persona, como yo con Percy. Pero tenía tanto... miedo.

—¿Miedo? ¿De qué?

—Miedo de acabar como mi madre, creo —reconoció en voz baja—. Miedo de la locura.

Anisha pareció abstraerse.

—Recuerdo que, cuando Raju era joven, mi padre le advirtió una vez a mi madre que, faltando una voluntad fuerte, un Don muy poderoso podía hacer enloquecer a una persona —dijo—. Creo que por eso era tan duro con él: para fortalecer su voluntad. Para *protegerlo*.

—Pero, cuando eres joven, ¿cómo sabes si eres lo bastante fuerte? ¿O si el destino te hará caer de rodillas? —Abrió una mano con gesto suplicante—. Para mí era preferible no pensar en ello. Negar cualquier don que poseyera... incluso ante mí mismo.

—Y eras muy joven —murmuró Anisha.

Él asintió.

—De lo que no me daba cuenta entonces era de que, las facultades que tenía, ya fueran el Don o simple instinto, no se parecían a las de mi madre, ni se parecerían nunca —susurró—. Las suyas la fueron consumiendo poco a poco, de pena. El hecho de que me encarcelaran... ah, eso acabó con ella.

—Sí, Raju me dijo que... —Con una mirada compasiva, Anisha le puso un rizo detrás de la oreja—. Me dijo que lady Lazonby se quitó la vida.

Rance sintió que cerraba el puño involuntariamente.

—No es de dominio público —dijo—. Pero sí, estaba en un pozo muy profundo, y lo mío fue la gota que colmó el vaso. En cuanto a mí... Bien, yo engañaba a esos hombres. Engañé a *Percy*. No lo maté, pero ¿cómo no voy a sentir que lo hice y que lo que estoy cosechando ahora es mi *karma*?

Anisha no contestó. Se quedó pensativa un rato, con una mano apoyada sobre la de él. Su calor le resultaba extrañamente reconfortante. Pasados unos instantes, se desperezó lánguidamente y fue a servir más vino. Dio una copa a Rance y se acercó al estrecho ventanuco que daba al huerto.

Fuera el agua seguía repiqueteando en los canalones y chorreando por el cristal. Arreciaba la tormenta y los relámpagos hendían el cielo a medida que se acercaba. Rance contempló a Anisha allí de pie, bella y etérea a la luz del fuego, y se preguntó en qué estaba pensando.

Seguramente deseaba no haberlo acompañado en aquel odioso viaje; haberse ahorrado el calvario de escuchar sus lamentos. Maldición, él *nunca* se lamentaba. Siempre había sobrellevado sus faltas y su dolor en silencio. Y, sin embargo, Anisha tenía desde siempre algo que lo impulsaba a soltar la lengua... y el corazón.

Debería haberlo imaginado, suponía. No se podía mantener una amistad tan estrecha como la suya sin verse arrastrado con el tiempo a la más honda intimidad, a una intimidad que nada tenía que ver con la alcoba y sí mucho con el espíritu.

Acostarse con una mujer era fácil. Confesar las propias inseguridades, las amargas certezas que lo asaltaban a uno de madrugada, cuando no llegaba el sueño y las circunstancias te obligan a contemplar lo que has hecho con tu vida, eso sí era difícil.

Sólo que con Anisha no se lo parecía.

Y ésa, suponía, era la verdad más reveladora de todas.

Anisha apuró su vino lentamente, con la mirada fija aún en el cielo, como si viera más allá de la violenta tempestad. Y quizás así era. Rance había aprendido a no dudar de ella. Anisha dejó su copa vacía sobre el poyete de la ventana. De pronto se oyó un terrible *bum*. Ensordecedor como un cañonazo, el rayo iluminó la habitación, bañando a Anisha en un resplandor fantasmal que alumbró también el huerto, mucho más allá.

—Apártate de la ventana, amor mío —dijo Rance tendiéndole la mano.

Pero ella no pareció oírle. Apoyó ligeramente la mano sobre uno de los rombos del cristal emplomado como si pudiera atravesarlo y tocar algo que estaba muy lejos.

—¿Nish? ¿Qué ocurre?

Pensó por un momento que no iba a contestar.

—Estaba pensando en mi madre —dijo ella por fin, con voz extrañamente inexpresiva—. Era lo que más le gustaba, una tormenta purificadora al anochecer. Siempre decía que era la Tierra, purgándose para respirar libremente de nuevo.

Rance sonrió.

—Von Althausen dice que sólo es ozono liberado —dijo—, sea eso lo que sea.

—Bueno, tu hermano el Sabio no podrá explicar esta tormenta con sus redomas y sus libros —dijo Anisha con certidumbre—. Ésta tiene que ver con el movimiento de los astros. Su oportunidad, la lucidez que trae consigo la tormenta, las formaciones astrales que la precipitan... Todo eso junto tiene un significado para ti, Rance. La claridad que buscas se acerca. Estoy cada vez más segura.

Rance sintió que el vello de su cuello se erizaba.

—¿Y de qué me servirá esa claridad si te fulmina un rayo? —preguntó, y se levantó de un salto del sillón.

Cruzó la habitación en tres zancadas, apartó a Anisha del cristal y la arrojó al suelo. El relámpago rasgó el cielo como la mano de Dios: un estruendo espantoso que hizo temblar las vigas. Más allá de la ventana se oyó el crujido ensordecedor de un árbol partido por la mitad. El trueno siguió resonando, aparentemente infinito, hasta que de nuevo se hizo el silencio, roto únicamente por el tamborileo de la lluvia sobre el cristal.

—¡Dios mío! —Echado sobre ella en el suelo, Rance no pudo moverse durante un instante—. Santo cielo, ha faltado muy poco —dijo al apartarse—. ¿Estás bien, Nish?

—S-sí. —Anisha se incorporó apoyándose en un codo—. ¿Ha caído cerca?

—Sí, demasiado cerca para mi gusto —respondió él—. Creo que el canalón lo ha desviado... a ese manzano de ahí, por el ruido.

—Gracias —dijo ella.

Rance cogió su cara con una mano, pero a pesar del susto vio que tenía aquella vaga mirada en los ojos, la que veía a menudo en Ruthveyn cuando éste bajaba la guardia y el cansancio comenzaba a minar su dominio de sí mismo. Una parte de ella seguía aún en el cielo, meditando sobre lo que iba a suceder. Aquello no tenía nada que ver con el Don, al menos tal y como Rance lo conocía. Era su parte mística, esa parte materna a la que Ruthveyn y ella daban voz en contadas ocasiones.

Se puso en pie, trémulo todavía, y la ayudó a levantarse.

—No estás herida, ¿verdad?

—No, no —contestó—. Pero tenía la mano en la ventana emplomada, ¿verdad? El metal... ¡Qué tonta he sido! Pero estaba pensando en mi madre. En lo que nos aconsejaría si estuviera aquí.

Rance seguía impresionado. El rayo había caído demasiado cerca. No dijo nada, pero la besó suavemente en la nariz y luego la llevó de vuelta al sillón. Anisha, sin embargo, no se sentó.

Comenzó a pasearse de un lado a otro junto a la mesa.

—Lo que nos aconsejaría mi madre, Rance, es esto —dijo por fin—: si de veras crees que engañaste a Percy, así es. El corazón conoce las intenciones de la razón, por sutiles o involuntarias que puedan ser. Así pues, tienes que empezar a buscar el *dharma*. Debes neutralizar tus malas acciones con otras buenas.

Rance pensó que estaba hablando de algo concreto. La siguió hasta la chimenea.

—Puedo intentarlo —respondió—. Continúa.

Anisha se detuvo y puso una mano sobre la repisa.

—Creo que debes vengar su muerte para arreglar esto —dijo—. Debes encontrar al hombre que lo mató, no sólo por tu bien, sino por todas las personas a las que ha afectado ese acto de maldad. Pero has de buscar *justicia*. No una venganza sangrienta.

Rance la miró con incredulidad.

—Entonces debería... ¿qué, Nish? —preguntó—. ¿Refrenar el impulso de estrangular a ese tipo y llevarlo a rastras ante el juez para que tenga un juicio justo? Eso es mucho más de lo que tuve yo.

—Pero, verás, eso es el *dharma* —repuso ella—. El camino de la rectitud no es el camino fácil, ni siquiera el camino que marca algún mohoso libro de religión. Es el camino que marcan las leyes universales, a veces incluso las leyes de la humanidad, las cosas que traen paz y felicidad al mundo de los mortales.

Rance estiró el brazo y le pasó una mano por el pelo.

—Nish —dijo en voz baja—, llevo viviendo así tanto tiempo que no reconocería el camino recto aunque diera un brinco y me mordiera en el culo.

—Sí, claro que lo reconocerías. —Con una sonrisa tenue, Anisha apoyó la mejilla en su hombro y puso una mano sobre su corazón—. Lo reconocerías aquí dentro. Vas a descubrir algo importante cuando vayas a Brighton. Ése es el primer tramo de tu camino.

Él se rió.

—Conque me mandas a Brighton, ¿eh?

—Los dos sabemos que has estado pensando en ir desde que salimos de casa del señor Kemble. —No había, sin embargo, reproche alguno en su voz—. Y ahora el destino está contigo. Cuando vayas, encontrarás a ese hombre, el señor Hedge. Descubrirás la verdad, o algo que se le aproxima mucho. Y entonces harás lo más honorable. Estoy segura de ello.

—Tienes mucha fe en mí —dijo él, vacilante.

Anisha levantó la cabeza, se puso de puntillas y lo besó. Sus ojos tenían una expresión más soñolienta que abstraída, y parecía haber vuelto por completo en sí.

—Sí, tengo fe —dijo con voz queda—. Irás y harás lo correcto. —Se apartó un poco de él y su mirada se suavizó hasta volverse casi seductora—. Pero, si no recuerdo mal, has dicho que esta noche no íbamos a hacer lo correcto. Confío en que no vayas a renegar de esa promesa.

Él se rió, acordándose de sus palabras. Aunque había pasado poco más de una hora, aquel instante parecía muy lejano. De pronto, sin embargo, con Anisha dulcemente pegada a su pecho y el corazón quizás un poco aliviado, ya no le parecía tan malo. Por el contrario, le parecía, de hecho, de lo más natural.

Logró sonreírle.

—Sí, bueno, ya basta de hablar de la redención —dijo—. Puede que sea un pecador, pero cumplo mis promesas.

La levantó de nuevo en brazos sin apenas esfuerzo, igual que la había sacado del carruaje, esta vez para rodear con ella la mesa. Anisha se rió y le echó los brazos al cuello.

La habitación de su minúsculo dormitorio estaba entornada para dejar entrar el calor del fuego. Una lámpara ardía, baja, junto a la cama, cuyas sábanas ya estaban apartadas. Rance abrió la puerta con el codo y la apoyó en el borde del colchón, increíblemente alto. Los ojos castaños de Anisha escudriñaron un momento los suyos, muy serios, y pensó que nunca la había visto tan feliz.

Y era gracias a él.

Él, de algún modo, había puesto aquella luz en su mirada.

Y se esforzaría por mantenerla allí. La besó en la punta de la nariz y dio un paso atrás.

—Bueno, Nish, esto, por hacer lo que no es debido —dijo, y se quitó la camisa por la cabeza, volviéndola del revés.

Ella dejó escapar un gemido de admiración y sus ojos se encendieron a la luz de la lámpara cuando lo recorrió con la mirada hasta los calzoncillos, que colgaban ahora flojamente de sus caderas, y un poco más abajo, pues su erección era ya muy visible.

—¿No empiezas a preguntarte, Rance —murmuró con la mirada fija en su verga— si hacer lo correcto no estará enormemente sobrevalorado?

Rance soltó una carcajada.

—Sí, bueno, recuerda, amor, que si algún día Ruthveyn arranca esa vieja carabina suya de la pared y me mata de un tiro, para mí habrá valido la pena.

Anisha siguió sin levantar la mirada.

—En serio, eres *magnífico* —dijo con voz ronca—. Recuerdo que hace meses me preguntaba... bueno, digamos, *meri jaan*, que nada que tenga que ver contigo escapa a las fantasías de una dama. Y eres, además, muy bello.

Rance arrojó a un lado la camisa, convencido de que algo había nublado la mirada de Anisha. El deseo femenino, quizá. De joven sí había sido muy bello. Apenas cumplidos los dieciocho años, cuando había ido por primera vez a Londres, solo y buscando diversión, la diversión lo había encontrado *a él*, y de muy diversas formas. Al principio, las señoras de la alta sociedad se habían limitado a guiñarse el ojo las unas a las otras detrás de sus abanicos. Pero con el tiempo, más de una le había puesto con descaro un dedo bajo la barbilla y lo había llamado «guapo» en un tono que era una pura invitación.

Y Rance había dicho «sí». A muchas de ellas.

Pero ya no era un chico guapo. Ahora era sólo un hombre curtido y con mala fama que había llevado una vida fea, una vida que le había dejado cicatrices por dentro y por fuera, y que lo había reducido a lo que, pensaba a menudo, era la pura esencia de un hombre: nervios y hueso. Músculo y adusta determinación. Eso era todo.

Pero, al parecer, era lo que deseaba Anisha. Ella regresó a la cama, y sus ojos refulgieron con un ardor que ni siquiera la más experta de las cortesanas podría haber fingido. Y cuando dobló un dedo y lo llamó, el último jirón de las buenas intenciones de Rance se desvaneció.

Se acercó y los dedos pequeños y ágiles de Anisha se dirigieron de inmediato al lazo de sus calzoncillos, desatando el nudo. Un instante después éstos resbalaron por sus piernas y cayeron sobre los viejos tablones del suelo. Luego, agarrándola de la mano, Rance la hizo levantarse y desató los lazos recamados en oro de su bata. Deslizando las manos por sus hombros esbeltos, se la quitó. La prenda resbaló por su espalda y cayó al suelo, junto a su camisa y sus calzoncillos.

La besó otra vez, ardientemente, con dureza, levantándole el camisón mientras le hundía la lengua en la boca. Interrumpió el beso el tiempo justo para quitarle el camisón de seda verde por la cabeza. Al verla, al sentir su olor, su verga se movió, rozando la tersa piel de su vientre.

La apartó un poco e intentó saciar su mirada mientras ella permanecía tímidamente ante él. Pero sabía que nunca se saciaría; que, con Anisha, jamás se daría por satisfecho. Durante el año anterior, su deseo se había convertido en un pozo que manaba en todas direcciones, rebosando y rellenándose eternamente.

Dios santo, era tan pequeña y perfecta... como una pequeña joya, exquisita en su oscura belleza. Deslizó los ojos por su cara, por sus pechos menudos y redondos, fijándose en la dulce curva de sus caderas y en su tierno vientre, que su verga acababa de rozar. Incapaz de refrenarse, dejó que su mano resbalara hasta posarse allí, sus anchos dedos se desplegaron sobre su vientre y pensó en los milagros que habían sucedido.

En los milagros que aún podían suceder.

Deseaba más que nada en el mundo tener más hijos, le había dicho Anisha a Teddy.

Aquella idea hizo brotar dentro de él una oleada de deseo, un afán de protegerla. Y la mala conciencia que solía acompañar a su deseo por ella... en fin, seguía allí.

Pero el deseo y la ilusión la habían sofocado. El anhelo que sentía por ella estaba empezando a liberar dentro de él un torrente de esperanzas: la sensación de que ciertas cosas estaban destinadas a ser, y de que le correspondía a él hacer que ocurrieran. Soportar lo que hubiera que soportar y asegurarse de que ella no sufría ningún daño.

La atrajo hacia sí y la abrazó, escondiendo la cara junto a su cuello.

—Te quiero, Nish —musitó—. Siempre te he querido. Dime que lo sabes.

—Lo sé —dijo ella con sencillez—. Sólo estaba esperando a que lo supieras tú.

Rance se rió roncamente y besó la cálida vena que palpitaba bajo su oreja.

—Siempre lo he sabido —repuso—. Casi desde el momento en que te vi en aquel barco, tan pequeña y perdida y sin embargo tan valiente...

Ella lo interrumpió dándole un suave codazo en las costillas.

—¡Ay! —exclamó Rance, y mordisqueó su cuello—. ¿Qué pasa?

—Haces que parezca un gato abandonado —contestó.

Él se rió, la hizo tumbarse en la cama y la siguió.

—No, abandonada no estás —dijo al avanzar casi vorazmente hacia ella—. Mucho me temo que eres mía... al menos por esta noche. Y después, bien, que el cielo se apiade de ti.

Apoyada en los codos, Anisha lo miró entre un mechón de pelo sedoso y desordenado.

—Umm —dijo. Pero Rance pensó que no parecía descontenta.

Alzándose sobre ella, le apartó el pelo de la cara y luego inclinó la cabeza y la besó, esta vez lentamente. Con los ojos abiertos, literal y metafóricamente, enlazó su lengua con la suya y comenzó a acariciarla sinuosamente, hacia delante y hacia atrás. Quería que ella *supiera*. Estaba reclamándola para sí, hasta donde se atrevía, y ansiaba que Anisha ardiera de deseo tanto como él.

La acometió de nuevo mientras sopesaba uno de sus pechos con la cálida palma de la mano y rozaba su pezón con el pulgar, convirtiéndolo en un dulce y duro botoncillo de deseo, hasta que al fin ella se arqueó bajo él y dejó escapar un suave gemido. Su sangre se agitó, caliente y presurosa, y comprendió que no tenía fuerzas para detenerse, aunque hubiera querido hacerlo.

Y no quería. Estaba harto de hacer lo correcto.

Pellizcó suavemente el botoncillo rosado con los dedos y un temblor recorrió a Anisha. Besó su mejilla, se detuvo un instante para susurrarle dulcemente al oído, lo justo para provocarla, y luego dejó que su boca se apoderara de su pecho y alisara el pezón con la lengua.

Lo chupó despacio, extrayendo su deseo como el hilo de oro de su sari y regodeándose en sus suspiros y sus gemidos. Anisha arqueó de nuevo las caderas y musitó su nombre al tiempo que metía los dedos entre el cabello de sus sienes. Rance respondió besando su vientre hasta el ombligo, luego pasó levemente la lengua por encima de la curva de su vientre y más abajo, hasta rozar la mata de rizos oscuros de su pubis.

Entonces echó la cabeza hacia atrás sobre la almohada.

—¡Ah! —gimió suavemente.

Rance aspiró su olor y sintió un puro estremecimiento de lujuria bajo la piel. Anisha era capaz de enloquecer al hombre más cuerdo. El deseo lo recorría por entero, palpitando con el latido de su sangre. Deslizó una mano bajo ella para agarrarla por la cadera y volvió a tocarla, esta vez más íntimamente. Ella respondió con un gemido dulce y quebradizo. Su lengua se hundió en su cuerpo, implacable, y Anisha comenzó a temblar. Cerró la mano sobre su pelo y uno de sus delicados pies se deslizó hacia arriba sobre la sábana. El dije con la garra de tigre que llevaba en el tobillo rozó, fresco, la piel de Rance.

Una y otra vez, pasó la lengua entre sus pliegues sedosos, hasta que la oyó rasgar la sábana con las uñas.

—¡Ah! —gimió ella.

Deslizó con cuidado un dedo y luego otro dentro de su cálido terciopelo. Anisha, que había agarrado la sábana con el puño y la retorcía, le suplicó, le juró que era demasiado. Demasiada intensidad. Pero sus gemidos se habían vuelto suaves y elocuentemente rítmicos. Rance la acarició otra vez, excitando suavemente su dulce y erecto botoncillo con breves pasadas de la lengua mientras ella gemía.

Por fin gritó bajo él y la descarga de placer la hizo convulsionarse, bella hasta lo indecible.

Entonces besó con ternura la suave cara interna de su muslo y cambió de postura para apoyar la cabeza sobre su vientre, acurrucándose a su alrededor como si quisiera protegerla.

La mano de Anisha acariciaba desmayadamente su pelo.

—¡Ah! —exclamó con un largo suspiro—. Ha sido... ¡Ah! Absolutamente subyugante.

—Umm. —Rance rodeó su ombligo con la punta de la lengua y luego pasó un brazo alrededor de sus caderas—. Entonces, ¿ahora eres mi esclava, amor mío?

Ella tragó saliva.

—Puede que sí —contestó—. ¿Podrías hacerlo otra vez? ¿Para que esté del todo segura?

Rance se rió, rozando su vientre con los labios.

—¿Es nuevo para ti? —murmuró.

A Anisha se le quebró un poco la voz al decir:

—No del todo. Sólo lo había visto.

—¿Lo habías *visto*?

—En dibujos y grabados —dijo, un poco a la defensiva—. Y el *Kamasutra* lo enseña como un modo legítimo de alcanzar la dicha con tu amante.

Rance se rió suavemente y frotó su vientre con la nariz.

—Y ha sido delicioso —reconoció—. Pero, Nish... estuviste casada...

—Sí, mucho tiempo —contestó ella en voz baja—, con un inglés sin imaginación y con aún menos deseos de complacerme. Pero eso ya acabó. Tú y yo, en cambio... —Cerró el puño con cierto ímpetu sobre su pelo—. Lo nuestro no ha acabado, *meri jaan*. Te he avisado de que iba a darte la oportunidad de lucirte, ¿verdad?

Su verga ya palpitaba y estaba tan dura como el poste de roble de la vieja cama. Rance levantó la cabeza para mirarla y Anisha se apoyo en un codo y sus pechos duros y firmes se mecieron tentadoramente.

—¿Quieres que te enseñe otro placer ligeramente más escandaloso del *Kamasutra*? —sugirió con voz baja y seductora.

Rance deslizó la mirada por su cuerpo desnudo.

—Soy tu alumno y estoy ansioso por aprender.

Con la cara deliciosamente sonrosada, Anisha le hizo apartarse y tumbarse de espaldas. Luego se subió sobre sus piernas, apoyando las rodillas a los lados.

—Umm —dijo mientras pasaba las manos por los músculos de sus piernas—. Como mármol macizo. Ah, y por todas partes, por lo que veo.

Él se rió mientras la miraba, un poco inquieto.

—Nish, estás tramando una travesura.

Para su sorpresa, ella deslizó la mano hábilmente y con firmeza alrededor de la base de su verga erecta.

—Sí, algo perverso —contestó—. Algo que una dama no debería hacer... y eso dicen las enseñanzas.

—Entonces no lo hagas —le aconsejó él, doblando el dedo para llamarla.

Ella esbozó una sonrisa traviesa y sesgada.

—¿No tienes la impresión, *meri jaan*, de que las reglas que rigen en la cama las han escrito hombres que quieren imaginarse a sus esposas aburridamente perfectas? Lo que tal vez explique su propensión a tener amantes, ahora que lo pienso.

—Ningún hombre de carne y hueso —contestó él con firmeza— podría desear a otra más que a ti.

Ella agarró su miembro y comenzó a acariciarlo arriba y abajo. Rance no pudo sofocar un gemido de placer y cuando ella comenzó a acariciarlo más abajo de la manera más erótica, sintió que sus testículos se hinchaban de placer en la palma de su mano.

—Nish... —dijo en tono de advertencia.

Pero no era un santo y ella... ella era muy obstinada. Por despacio que avanzara un incendio por los ribazos, seguía siendo, al igual que Anisha, una fuerza de la naturaleza. Así pues, Rance se rindió. Cerró los ojos al sentir que su cabello suave rozaba su vientre cuando se inclinó sobre él.

—¡Ah, maldita! —gimió.

Ella dejó oír otra vez su risa ligera y musical.

—Esto se llama *auparishtaka* —dijo justo antes de que su lengua se deslizara sobre el glande hinchado de Rance.

—Umm, no es así... —jadeó él entre dientes al sentir otra larga pasada— como lo llamaría yo.

—El *Kamasutra* enseña que son los eunucos, o las prostitutas, quienes mejor dominan esta habilidad —comentó ella en tono burlón.

—¡Nish! —gruñó él.

Pero era demasiado tarde. Apretó con más fuerza la base de su miembro y lo introdujo profundamente en el calor de su boca. Rance sintió que todos los músculos de su vientre se tensaban cuando su glande rozó su paladar. Después, sólo pudo gemir.

Sus gestos eran ahora un poco desmañados, quizás incluso torpes, pero poco importaba. Durante un rato, Rance zozobró en un caleidoscopio de placer. El cálido sexo de Anisha rozaba sus rodillas, sus pezones acariciaban sus muslos cuando se inclinaba hacia él, su verga hinchada se deslizaba sedosamente entre sus labios, y la cálida palma de su mano acariciaba el peso de sus testículos... hasta que el placer estuvo a punto de alcanzar su cenit y él comprendió que aquello tenía que acabar.

Abrió los ojos de golpe y detuvo su mano.

—Anisha —dijo con voz ronca—, *para*.

Ella le escuchó por fin, se sentó obedientemente y se echó hacia atrás, apoyada sobre sus rodillas. Rance se incorporó de inmediato y la rodeó con los brazos.

—Nish... —murmuró al esconder la cara en la curva de su cuello—. ¡Ah, amor mío! Esto es muy hondo y peligroso... y no lo digo en sentido literal. Lo sabes, ¿verdad?

Ella metió los dedos entre su pelo.

—Sí —contestó—. Pero siempre lo ha sido. Y tú lo sabes.

—Sí, lo sé —susurró. Después volvió a besarla, tomando su cara entre las manos. El cabello de Anisha cayó sobre sus manos y resbaló sobre sus propios hombros.

—Túmbate —ordenó cuando dejaron de besarse.

Ella obedeció, tendió su esbelto cuerpo sobre las sábanas y apoyó la cabeza en la fina almohada. Arrastrándose sobre ella, Rance le separó las piernas con la rodilla y refrenó el impulso de penetrarla rápidamente. La besó con calma. El olor mezclado de ambos excitaba su olfato, sus dedos se hundieron en la negra seda de su pelo y su verga palpitó, apretada contra la mata de rizos de Anisha.

La saboreó minuciosamente, hundiéndose en su boca y entrelazando sus lenguas. Ella se entregó por completo, clavó las uñas en sus nalgas y se retorció bajo él, inquieta.

Cuando Rance se apartó, Anisha estaba jadeando y tenía los ojos vidriosos por el deseo. Sentándose sobre sus talones, se permitió el placer de contemplar su cuerpo menudo, pero voluptuoso.

—Rance —susurró ella—, *ahora*.

Sus pequeños pechos subían y bajaban cuando respiraba, sus areolas eran de un rosa oscuro en contraste con su piel del color de la miel, sus pezones se habían erizado, formando dulces y tentadoras yemas. Rance sintió el ardor que despedía su cuerpo en oleadas y se maravilló de poseer semejante poder sobre una criatura tan mágica y hermosa.

Y sin embargo no la penetró. Cerró los ojos un instante, intentando dominarse. Deseó poder detener el tiempo; atesorar aquel instante de puro anhelo como si fuera el último, pues sabía que al día siguiente ella podía recuperar la cordura.

—*Rance...*

Él abrió los ojos de par en par y vio que sus manos se movían, nerviosas, sobre sus pechos.

—*Por favor...*

Se inclinó sobre ella y chupó su areola, apretando la punta rosada entre los dientes. Ella gimió al sentir su leve mordisco y arañó ligeramente su espalda con las uñas. Rance la chupó una y otra vez, moviéndose entre sus pechos, depositando besos ligeros como plumas sobre su clavícula y otros menos suaves allí donde debía.

Anisha comenzó a jadear y a sacudir las caderas.

—*Vamos* —dijo.

Rance levantó la cabeza y vio que su mano izquierda retorcía la sábana y que tenía la cabeza echada hacia atrás, hundida en la blanda almohada como si el éxtasis hubiera empezado ya.

—Anisha... —susurró—. Qué hermosa eres.

Ella comenzó a temer volverse loca. ¿Pretendía él atormentarla toda la noche? Por fin sintió el calor de su mano sobre la cara.

—¿Me quieres dentro de ti, amor mío? —La voz de Rance sonó ronca y densa—. ¿Estás dispuesta a arriesgarte?

—*Sí* —murmuró ella—. Estoy dispuesta a arriesgarlo todo, pero por favor...

En ese instante, un dique de deseo pareció estallar dentro de él. Le separó con cierta brusquedad las piernas y la penetró con una embestida profunda y triunfal, estirando casi hasta lo imposible su vagina con el grosor y la longitud de su verga.

—¡Ah! —gimió—. Nish... Dios... mío...

Ella levantó los ojos y vio su rostro crispado y vuelto hacia un lado y sus negros rizos cayendo sobre su cuello. Se dio cuenta vagamente de que tenía el pelo demasiado largo, pero aquella idea se esfumó tan rápidamente como había llegado cuando levantó las caderas involuntariamente.

Rance se echó hacia atrás, se le marcaron los tendones del cuello y volvió a penetrarla. Una y otra vez. La penetró profundamente, abriéndose paso dentro de ella de un modo que debería haber sido imposible. *Poseyéndola* en el pleno sentido carnal de la palabra. Uniendo su cuerpo al de ella con un ritmo irrefrenable que la hizo estremecerse bajo su peso y ansiar aún más.

Con fuerza infatigable, Rance apoyó una de sus grandes manos sobre el colchón, justo encima del hombro de Anisha, y deslizó la otra bajo sus caderas, agarrándola de las nalgas para levantarla hacia él. El ruido que hacían sus cuerpos calientes y ligeramente resbaladizos era de un erotismo casi primitivo, mientras de fondo se oía caer la lluvia.

Piel con piel, un ansia ciega fue hundiéndolos en ese abismo sensual que sólo conocen los amantes.

Rance respiraba agitadamente.

—Anisha, amor mío —murmuró—. ¡Ah, bruja! *Ma sirène...*

Sus acometidas eran profundas y poderosas. Ella sintió que su aliento y su pasión, su esencia pura y sensual, giraban a su alrededor, llamándola. Aferrándose a sus fuertes hombros, se tensó para levantarse hacia él, para acogerlo más profundamente dentro de sí. Para fundirse con su cuerpo. Para unirse a él indisolublemente.

De pronto Rance agarró sus manos, hundiéndolas en la cama al tiempo que su cuerpo la aplastaba contra el mullido colchón. Anisha levantó las piernas y las enlazó alrededor de su cintura. Había comenzado a sollozar suavemente. Su deseo era como un dolor físico, su sangre palpitaba al mismo ritmo que la de él.

Y en ese instante perfecto, con su deseo tenso como la cuerda de un sitar, alcanzaron juntos un clímax cegador, cuyo brillo eclipsó el de los relámpagos y los fundió, aunque fuera fugazmente, en una sola alma.

Capítulo 13

Habláis con justicia. Es cierto.
La rueda ha completado su vuelta. Heme aquí.

WILLIAM SHAKESPEARE, *El rey Lear*

A la mañana siguiente, Rance se despertó no una, sino dos veces, la segunda cuando un brillante rayo de sol entraba por la ventana del dormitorio de Anisha. Acurrucado alrededor de su cuerpo, se apartó un poco, levantó un brazo para defenderse del sol y dejó caer de nuevo la cabeza sobre la almohada, junto a la suya.

A su lado, ella profirió un gemido tierno y susurrante, acercó las nalgas a su cadera y una extraña sensación de calor comenzó a embargarlo a él, empezando por los dedos de los pies y difundiéndose agradablemente hacia arriba para abrirse luego como una flor.

Tardó un rato en reconocer aquella sensación.

Felicidad.

Una felicidad pura e inalterada, no la alegría falsa y pasajera que podía comprarse con coñac o algo peor. Allí, al comienzo de un nuevo día, pasada la tormenta y con el calor de Anisha a su lado, se sintió feliz y maravillosamente normal. Casi en paz, olvidada por un rato el hacha que pendía sobre su cabeza.

Sólo las desagradables tareas que lo aguardaban empañaban la serenidad de aquella nueva mañana. Pero durante media hora logró permanecer perfectamente quieto y saborear aquella sensación, reacio a romper el hechizo, mientras el patio de cuadras comenzaba a cobrar vida y los pasos de los sirvientes hacían crujir la vieja escalera de la posada.

Pero ¿cuánto tiempo podía permanecer uno encerrado en un ensueño?

Aquello no era la vida real, aquella posada pequeña y rústica casi en medio de ninguna parte. Quizá prefiriera no pensar en ello, pero muy pronto estarían de vuelta en Londres, de vuelta a las tareas que lo aguardaban, una de las cuales era aquel viaje, sin duda desagradable, a Brighton. De regreso a su vida de siempre, con Jack Coldwater siguiendo cada uno de sus pasos, recordándole a cada momento las promesas que había incumplido y el daño que podían hacer las habladurías.

De regreso a Tom y a Teddy, que necesitaban a su madre... y también un buen padre.

¿Podía ser él? ¿Daba la talla?

Tendría que darla. La daría. Se giró para apretar a Anisha contra su pecho, seguro ahora de que jamás podría dejarla en brazos de otro. Ahora no. No, después de aquello. No podría hacerlo nunca, con toda probabilidad.

Tenía suerte, se dijo de repente, de que Geoff la hubiera rechazado y le hubiera ahorrado la ingrata tarea de hundir dos de sus amistades más queridas en lugar de sólo una. Porque, ahora se daba cuenta, habría sido muy capaz de hacerlo. Al final, en realidad, no le habría quedado otro remedio. Porque se trataba de Anisha, y estaban predestinados. Porque cada vez estaba más seguro, egoístamente quizá, de que no podía vivir sin ella.

Hundió la cara entre su pelo, aspiró su raro aroma y se preguntó si alguna vez se saciaría de ella. ¿Cuánto podía durar un deseo como aquél?

Eternamente. Sabía que ésa era la respuesta. Sentiría eternamente que le habían arrancado un trozo de su ser si nunca volvía a hacer el amor con Anisha.

Ella se había despertado y se volvió en sus brazos, sonriente.

—Umm —dijo, estirándose como un gato—. Pareces un pirata malvado, *meri jaan*, con la barba áspera y los rizos tan largos. Y sin embargo estás más guapo por la mañana que por la noche.

Rance le devolvió su sonrisa somnolienta y besó su sien.

—¿Qué quiere decir eso, Nish? —preguntó en voz baja—. ¿*Meri jaan*?

Ella lo miró lánguidamente a los ojos.

—¿Literalmente? Significa «mi vida» —contestó, y metió los dedos entre su pelo—. Como si dijera «eres mi vida». Mi amor. Eso es lo que significa, en realidad. «Mi amor.»

Rance se incorporó en la cama y se apoyó en el codo para mirarla.

—¿Y eso es lo que significa de verdad cuando lo dices, Nish? —preguntó mientras pasaba suavemente el pulgar por su mejilla—. ¿Estás segura?

Anisha le sostuvo la mirada sin pestañear.

—Tú sabes que sí —respondió—. Te he querido siempre, como tú a mí. Tú eres *meri jaan*, Rance. Eres mi vida. Siempre lo has sido.

—Pero mi vida... sigue siendo un lío —reconoció él—. ¿Y si nunca se arregla?

Ella se encogió de hombros sobre la almohada.

—Entonces seguiré a tu lado —dijo—. Pero se arreglará, Rance. Mañana irás a Brighton, ¿verdad?

—Sí —contestó—. La *Fraternitas* tiene un contacto allí. Escribí un mensaje a Belkadi mientras dormías y lo llevé a los establos. Iban a mandarlo al rayar el alba, con un jinete. Belkadi irá a hacer salir de su escondite a ese tal Hedge.

Anisha lo miró con sorpresa.

—¿Crees que hay que darse prisa?

—Podría ser. —Desplegó de nuevo la mano sobre su vientre—. No podemos estar seguros. Y tú eres lo que más me importa en el mundo, Nish. Casi desearía que no lo fueras. Casi desearía...

Ella lo interrumpió poniendo un dedo sobre sus labios y chasqueando la lengua.

—Ahora no —ordenó—. Hoy no, teniendo este sol espléndido y un par de horas aún para estar juntos.

—Sí, tienes razón. —Se pasó una mano por el pelo—. Pero pronto tendré que escribir a Ruthveyn. Voy a tener que decirle a tu hermano... *algo*.

—Dile que me quieres y que vas a cuidar de mí, es lo único que necesita oír —repuso ella. Rodeó su cintura con el brazo y apoyó la cabeza sobre su muslo—. Pero hoy no. Hoy nos pertenece, al menos en parte. Y creo que deberíamos emplear nuestro tiempo sabiamente. Creo, *meri jaan*, que deberías hacerme el amor otra vez.

Rance se rió y sintió que la felicidad comenzaba a brotar otra vez, ahora un poco por debajo de su corazón. Así pues, la tumbó de espaldas y la montó despacio mientras devoraba su boca. Esta vez fue un acto de exquisita ternura, sin prisas ni ansia descarnada: simplemente, la unión de dos cuerpos y dos almas. Anisha se levantó hacia él con la misma naturalidad que el viento, y Rance fluyó de nuevo hacia ella como la marea. Y esta vez, cuando hallaron la dicha, fue un momento de serena y estremecedora alegría, teñido por la esperanza de algo aún por llegar.

Pero la esperanza y la felicidad son cosas tenues y delicadas cuando la vida de un hombre está cargada de incertidumbre y la perfección queda fuera de su alcance. Partieron de la posada justo cuando dos mozos de cuadras salieron con sendas hachas en la mano, las hojas recién afiladas reluciendo al sol. Los mozos se encaminaron hacia el manzano destrozado, que se inclinaba precariamente contra el muro de la posada.

Anisha se volvió a medias cuando pasaron bajo la verja.

—No pueden salvarlo —dijo con tristeza—. Está astillado y partido en dos.

Rance hizo restallar su látigo y condujo a los caballos hacia la carretera del pueblo, temiendo mirar atrás. Temiendo, en realidad, que el hacha y el árbol fueran metáforas de su verdadera existencia.

Que su vida estuviera rota y astillada. Que no tuviera salvación.

Y que el hacha siguiera estando destinada a caer.

Anisha llegó sola a casa a primera hora de la tarde, después de insistir en que Rance la dejara en la avenida y siguiera adelante. Al día siguiente él tenía que coger un tren, y ambos tenían una nueva vida a la que dar comienzo, o en eso confiaba cada vez más.

Sin embargo, antes incluso de sacar su llave, oyó un gran alboroto que parecía proceder del fondo de la casa. Entró con sigilo y se quitó el sombrero y el chal. El griterío procedía del invernadero.

Cruzó la casa a toda prisa y al salir encontró a Lucan recostado en su diván, con las gatas encima y *Milo* posado en el respaldo de ratán. Parecía una escena apacible hasta que el pájaro vio a Anisha.

—*¡Paukkk!* —chilló el enorme periquito, desplegando sus grandes alas verdes—. ¡Bonita, bonita! ¡Bonita, bonita!

—Santo cielo, ¿podría alguien desplumar a ese bicho y asarlo?

Lucan se giró lánguidamente para apoyarse en un codo, sujetándose sobre la frente un hatillo de hielo que Chatterjee debía de haberle hecho con gutapercha.

—¡Ay, vaya! ¡No hay reposo para los malvados! —repuso Anisha cuando *Milo* voló hasta su hombro con un suave susurro de alas.

En cambio, *Seda* y *Satén*, a las que su llegada había sacado de su sopor, saltaron al suelo y miraron desdeñosamente hacia atrás.

Luc entornó los párpados.

—¿Dónde has estado, por cierto?

—Eso no importa. —Anisha se acercó, mirándolo con reproche—. Veo que tienes otra vez dolor de cabeza. Discúlpame si no me das mucha pena.

—*¡Pauuuk!* —chilló *Milo*, que se había desplazado de lado por su hombro para picotear sus largos pendientes—. ¡Bonita, bonita!

—Uf —respondió Luc, dejándose caer otra vez sobre el diván.

Pero otro grito hizo levantar el vuelo a *Milo*, y Anisha salió corriendo hacia el jardín.

—¡Ay, cielos! ¿Se ha roto Tom otro hueso?

—No, tienes visita —logró decir Luc—. Deduzco que se lo están pasando en grande.

Pero se oyó otra vez aquel alboroto, pero ahora acompañado de grandes carcajadas, y Anisha se quedó parada con una mano en la puerta del jardín.

—¿Visita?

—Esa tunantuela de Bessett —masculló su hermano con los ojos cerrados—. Chatterjee la ha dejado pasar.

—¿Lady Bessett? —Anisha se volvió lentamente—. Pero si cuando he entrado parecía por los gritos que estaban matando a alguien.

—Podría ser. —El joven se tumbó de lado con otro gruñido de dolor—. La última vez que miré, ella estaba haciendo de rey Eduardo y los niños eran los secuaces de Mortimer y estaban encerrándola en el castillo de Berkeley.

—Uy —dijo Anisha, dando un respingo—. Eso no acabó bien.

—Ni esto tampoco, diría yo. —Luc agitó una mano desmayadamente señalando más o menos hacia la puerta—. Más vale que vayas a salvarla. Y te lo advierto: los niños tienen espadas.

Anisha cruzó la puerta abierta en la pared de cristal del invernadero y salió al verde radiante del jardín. Situado en la parte de atrás y envuelto en profundas sombras a aquella hora del día, el cenador había sido rodeado cinco o seis veces con una cuerda cuyos extremos yacían ahora sueltos y olvidados.

Tom y Teddy estaban de espaldas a ella, con los brazos en jarras, mirando hacia el cielo.

—¡Vamos! ¡Vamos! —oyó gritar a Tom—. ¡Hazlo!

—¡Deprisa! —añadió Teddy.

Anisha miró hacia arriba.

—¡Santo cielo! —gritó, poniéndose en marcha de inmediato—. ¡Señorita De Rohan, por favor! ¡*No* lo haga!

Pero sus piernas no la llevaron lo bastante deprisa. Encaramada a lo alto del cenador, lady Bessett levantó los brazos, o algo parecido, se lanzó al suelo entre una nube de muselina azul y enaguas, y aterrizó con estrépito sobre un lecho de narcisos.

—¡Hurra! —gritaron Tom y Teddy, poniéndose a brincar mientras agitaban frenéticamente los brazos.

—¡Nueve metros, por lo menos! —exclamó Teddy.

Anisha pasó corriendo a su lado y se arrodilló entre los narcisos, al lado de lady Bessett.

—¡Mi querida niña! —exclamó—. ¡Por favor, diga algo!

Lady Bessett se incorporó torpemente, apoyándose en los codos, y Anisha se dio cuenta de que tenía dos bandejas de mimbre atadas a los brazos.

—¿Lo he conseguido? —preguntó, mirando a Teddy entre un mechón de pelo negro.

—¡Sí! —gritó el niño—. ¡Menudo vuelo!

Anisha se dejó caer sobre sus posaderas, entre las flores.

—Dios mío, ¡me habéis dado un susto de muerte! —gritó—. ¿Se puede saber qué...? Lady Bessett, ¿qué es eso que lleva en los brazos?

—Bateas —contestó Tom con orgullo—. Las hemos encontrado yo y Teddy. En el cobertizo de ahí arriba, en el prado. Brogden dice que podemos quedárnoslas.

—«Teddy *y yo*» —puntualizó Anisha mecánicamente mientras su corazón iba perdiendo velocidad—. Y, dime, ¿qué es una batea?

—Una cesta para el grano —respondió Tom—. Hecha de mimbre.

—Y de castaño —añadió Teddy—. Les hemos quitado parte del marco con una sierra. Hemos pensado que podíamos volar.

—¿Habéis pensado que podíais volar? —Anisha se sintió mareada de pronto—. ¿Y... habéis usado una sierra?

—Y algunas otras herramientas —añadió Tom alegremente.

Anisha se obligó a respirar hondo y a exhalar despacio. A veces no estaba del todo segura de que su *prana* estuviera preparado para el desafío de ser madre.

Con los brazos incómodamente atados y en cruz, lady Bessett se levantó tambaleándose.

—Anda, Teddy, desátame —dijo, sacudiéndose de forma muy poco propia de una dama para bajarse las faldas—. Tengo que hablar un momento con vuestra madre.

Anisha seguía mirando a Teddy con enfado, aunque se sentía violenta, dada la implicación de lady Bessett.

—Bien, tenemos suerte de que nadie haya perdido un dedo o algo peor —dijo cuando logró levantarse—. Y nuestra invitada podría haberse matado.

Lady Bessett la miró compungida.

—Estaban empeñados en intentarlo —le dijo en un aparte—. Pensé que mejor yo que ellos, ¿comprende?

—Sí, bueno... supongo —logró decir Anisha—. Pero lady Bessett, ahora es usted una mujer casada.

Ella sonrió.

—Bah, Bessett sabe como soy —afirmó.

Anisha abrió los ojos de par en par con mucha intención y se llevó una mano al vientre.

—No me refería a eso —dijo con vehemencia—. Está usted *casada*...

Lady Bessett palideció al tiempo que le quitaban el último trozo de mimbre de los brazos.

—Ah —murmuró débilmente—. Ay, cielos. Ya la entiendo. —Se volvió para sonreír a los niños de oreja a oreja—. Bueno, ha sido muy divertido, ¿verdad, chicos? Pero más vale que le llevéis los cestos a Brogden, ¿eh? Para que os los guarde.

Tras recoger sus espadas de madera, los niños cruzaron de mala gana la verja de atrás, camino del prado. Las señoras echaron a andar por el jardín, cogidas del brazo. A pesar del susto, Anisha se alegraba mucho de ver a su nueva amiga.

En el invernadero, Luc seguía revolcándose en su miseria.

—¡Fuera! —le dijo Anisha cuando se levantó, mareado—. Vete arriba, a la cama.

Su hermano hizo una reverencia, besó la mano de lady Bessett y se marchó con la bolsita de gutapercha escondida tras la espalda. Al menos tenía el buen sentido de avergonzarse de su estado.

Entonces pidió que les llevaran el té y se acomodaron en los hondos sillones de ratán, entre helechos y palmas. Aquel escenario le recordó su extraña visita al señor Kemble, y de nuevo sintió agitarse la esperanza dentro de su pecho. Abrió la boca para contárselo todo a lady Bessett, pero su invitada se le adelantó:

—Siento mucho haberla asustado —dijo en el instante en que *Milo* se posaba de nuevo en el hombro de Anisha y retomaba su pelea con los pendientes—. ¡Santo cielo! ¡Qué loro tan grande!

—La verdad es que es sólo un periquito —dijo Anisha—. Lo encontré en mi jardín, junto al río Hugli. No era más grande que una taza de té.

Lady Bessett se echó un poco hacia atrás.

—¿Y... habla?

—¡Bonita, bonita! —respondió *Milo*—. ¡Socorro, socorro! ¡Prisionero británico! ¡Déjenme salir!

—¡Vaya! —Lady Bessett se llevó la mano a la boca y sus ojos brillaron alegremente—. ¿Los gatos no lo molestan?

—Ya no —respondió Anisha—. Pero hablemos de usted. ¿Qué le está pareciendo la vida de casada, querida?

Lady Bessett sonrió impúdicamente.

—Uy, la encuentro agradabilísima —dijo con una leve insinuación—. De hecho, creo que está enormemente infravalorada, usted ya me entiende.

—Creo que sí —dijo Anisha, riendo—. Enhorabuena, entonces. Ha elegido bien.

Lady Bessett sonrió aún más intensamente y se inclinó hacia ella con aire conspirador.

—¿Y qué me dice de usted? —preguntó—. ¿Ya ha hecho entrar por el aro al apuesto lord Lazonby?

Anisha se quedó un momento sin habla.

—No estoy segura de que eso sea posible —respondió por fin—. Me temo que se resiste a que lo domen.

Lady Bessett se rió al oírla... y de un modo muy poco propio de una dama, además. Anisha se preguntó por un instante cómo se llevaría con lady Madeleine MacLachlan, que era la elegancia y la cortesía personificadas. Pero no tuvo que preguntárselo mucho tiempo. Al parecer, todo iba a pedir de boca.

—Mamá me ha pedido que las acompañe a la fiesta de lady Leeton el lunes —dijo lady Bessett cuando les llevaron el té—. Pero me gustaría pasar más tiempo con mis padres antes de que vuelvan a marcharse.

—Así que le ha pedido que la llame «mamá» —comentó Anisha, a la que su suegra nunca le había pedido que la llamara de ninguna manera, ni siquiera «señora Stafford»—. Debe considerarse afortunada por haber tenido ese recibimiento.

—¡Claro que sí! —contestó lady Bessett, muy seria—. Creo que Bessett tiene cierta esperanza de que su madre ejerza una influencia civilizadora sobre mí. Y yo también comienzo a tenerla, francamente. —Se detuvo para mordisquearse el labio un momento—. El gesto que ha hecho hace un momento en el jardín... ¡Ay, ha hecho que me dé cuenta de pronto de que mi vida ha cambiado!

—En efecto, ha cambiado —convino Anisha al pasarle una taza de té—. Lamento que no pueda ir con nosotras a la fiesta.

—Pero he conseguido conocer a Hannah Leeton —confesó lady Bessett—. Mamá y yo fuimos ayer con ella a Regent Street a elegir las colgaduras para el estrado. —Bajó un poco los hombros—. La combinación de color es amarillo y blanco. Intenté fingir que me interesaba, pero me temo que no tengo muchas virtudes femeninas.

Anisha dejó su té y dio unas palmaditas en la mano a la joven.

—Tiene todas las que necesita su marido —dijo— o no se habría casado con usted tan rápidamente. Bessett tiene mucho ojo para juzgar el carácter de las personas.

La joven la miró con los ojos un poco empañados.

—¡Y la aprecia a usted muchísimo! —exclamó—. ¡Además, ha sido usted tan buena conmigo...!

Anisha tuvo de pronto el horrible presentimiento de que la joven iba por fin a disculparse por haberle robado a su prometido.

—Bien, basta ya de eso —se apresuró a decir—. ¿Quiere que le compre algo en los tenderetes, el lunes? Pienso comprar una pañoleta de encaje nueva y algunas otras chucherías para Janet. Puede que pronto me deje para emprender una nueva vida.

—¡Vaya! —Lady Bessett dejó bruscamente su taza sobre la mesa—. Por eso precisamente he venido.

Anisha sintió que arrugaba la frente.

—¿Por Janet?

—No, no, por la doncella de los Leeton. Su madre se ha puesto enferma, y ayer la mandaron a Chester en el coche correo. —Al ver la cara de desconcierto de Anisha, añadió—: La doncella que hace de pitonisa gitana.

—¡Ah, sí! Para recaudar fondos para obras de caridad.

—Pues sí. Lleva años haciendo ese papel. Hannah hasta hace levantar para ella una tiendita roja. La gente ya cuenta con ello. —Lady Bessett se retorció un poco las manos—. Hannah estaba al borde del llanto. Y entonces Madeleine propuso...

—¿Sí?

El extraño presentimiento de Anisha cambió de repente.

Lady Bessett se mordió el labio otra vez.

—Puede que esto no le guste —añadió—, pero Madeleine, bien, mamá, le dijo que tal vez pudiéramos persuadirla a usted para que lo haga... con las palmas de las manos, quiero decir, no con la bola de cristal.

—¡Santo cielo! —Anisha dejó su taza con estrépito—. ¿No será verdad?

Lady Bessett hizo una mueca.

—Geoff ha debido de decirle que ha estudiado quiromancia —respondió—. Creo, francamente, que a pesar de los años que ha pasado esforzándose por criar a su hijo, Madeleine sigue sin entender el Don. Sabe que no es un truco de salón, claro, pero no acaba de entender...

Anisha levantó una mano.

—Yo no tengo ningún *Don* —aclaró rápidamente—. Mi madre dominaba ciertas artes, sí, y mi tía y ella me enseñaron muchas cosas. Pero hasta la *samudrika shastra* tiene fundamentos científicos y se emplea, teóricamente, sólo en relación con el *Jyotish*. Ninguna de ambas cosas es una frivolidad. Y, bien hechas, requieren horas.

—Lo sé —gimió lady Bessett—, pero a Hannah se le iluminó la cara. Y no se me ocurrió qué decirle a mamá. Así que, ya ve, pensé que lo mejor era pasarme por aquí para avisarla, antes de que se lo suelte mañana. —Se detuvo y suspiró profundamente—. Puede decir simplemente que tiene jaqueca —le aconsejó—. O quizá podría fingir que lee las palmas de las manos.

Anisha suspiró.

—No estoy segura de que eso sea muy ético —dijo casi para sí misma.

Aun así, era por una buena causa. Además, siempre había algunas cosas básicas que podía decirle a una persona sin engañarla y sin dedicarle un análisis profundo. Algunas cosillas, como había hecho en el jardín aquella tarde para lady Bessett.

La idea, sin embargo, la puso un poco nerviosa. Lo cierto era que no había vuelto a estudiar seriamente la mano de nadie desde aquel día aciago, muchos meses atrás, cuando había visto la de Grace. Grace no era entonces su cuñada, sino la institutriz de Tom y Teddy... y, si no se equivocaba, la amante de Raju. Pero también era una amiga muy querida para ella. Y se hallaba metida en un problema muy serio.

Con Grace había sido muy minuciosa. Había empezado por hacerle una carta astral detallada. Luego, un día que Luc se había llevado a los niños a jugar al críquet, se había encontrado con ella en el cuarto de estudio. Había pedido té y casi la había obligado, de hecho, a mostrarle las manos.

Ella, siempre tan bondadosa, había accedido.

Todo había empezado de forma bastante inocente. Anisha tenía curiosidad acerca de sus perspectivas de casarse y tener hijos; confiaba en que su hermano y ella pudieran disfrutar de ambas cosas juntos. Pero a pesar de sus buenas intenciones, había sucedido algo extraño y horrible: ella había tenido una visión. Se había sentido casi como si su alma abandonara su cuerpo y lo contemplara todo desde fuera. Como si la sangre abandonara sus extremidades y su mente viajara a otro lugar. Y había visto con pavorosa claridad el peligro que corría Grace.

Y, sin embargo, como sucedía a menudo, había sido más bien una imagen simbólica, una imagen que se había esforzado enormemente por interpretar.

Su madre no habría tenido que esforzarse. Ella no había tenido nunca miedo a los trances, ni a la meditación profunda, ni siquiera a las visiones. Conocía su valor, sus significados y cómo emplearlos como lo que eran, herramientas, con enorme aplomo y habilidad.

Ella, en cambio, no había conservado la serenidad. Se había aterrorizado. Y al salir de aquello, lo que fuese, se había descubierto sujetando aún las manos de Grace sobre la mesa del cuarto de estudio de los niños. Le había parecido que sólo pasaban unos segundos, pero en realidad había pasado Dios sabía cuánto tiempo. El té se había quedado helado y ni ella ni Grace habían sentido pasar las horas.

Y, después, había hecho lo peor que podía hacer. Al malinterpretar las señales, estuvo a punto de enviar a Grace a la muerte.

Más tarde, después de que Raju y el señor Napier la salvaran y resolvieran el asunto, había cobrado conciencia rápidamente de que jamás sería lo que había sido su madre: una *rishika* con grandes facultades. Pero su madre había muerto y ella estaba allí, abandonada como una especie de cocinera en prácticas con demasiados cuchillos afilados en la tabla de la cocina y muy pocos conocimientos reales. Había estudiado lo justo para ser peligrosa.

—Va a hacerlo, ¿verdad?

La voz de lady Bessett interrumpió sus cavilaciones.

Anisha miró los ojos serios de su invitada y pensó en todo lo que había hecho por ella la madre de Geoff... y en todo lo que había estado dispuesta a hacer. Aceptarla con los brazos abiertos en la familia MachLachlan como novia de Geoff, ayudarla a abrirse paso entre la sociedad elegante, cosa que seguía haciendo a pesar de que su hijo se había casado con otra...

Posó las manos sobre el regazo, aplastando sus faldas.

—¿Cómo voy a desilusionar a lady Madeleine? —dijo por fin—. Dar algunos consejos no hará ningún daño, diría yo. Pero no puedo extraer verdaderas conclusiones. Puede que mis predicciones no sean muy precisas.

Pero su advertencia cayó en saco roto, pues lady Bessett ya se había levantado de un salto y se había abalanzado sobre ella para abrazarla.

—¡Ay, gracias, Anisha! —exclamó.

—De nada —respondió ella, sofocada por una nube de muselina azul.

Como última parada de la línea férrea Londres-Brighton-Costa Sur, la estación de Brighton era un ancho y elevado templo a la modernidad, provisto de todas las comodidades posibles. Estaba a punto de caer la noche y las luces de gas, encendidas ya, bañaban el espacioso recinto en un resplandor fantasmagórico cuando el último tren procedente de London Bridge apareció acompañado por un estrépito de chirridos metálicos y una neblina de humo.

Rance bajó al andén. Alrededor de las columnas de hierro fundido, los pasajeros y los mozos de estación se agitaban como la espuma de las olas, pasando a su lado y dividiéndose luego en arroyos y riachuelos, rumbo a las salidas, los puestos callejeros y las ventanillas de venta de billetes. Con su pequeña maleta en la mano, avanzó con paso decidido mientras escudriñaba al gentío delante de sí.

Al pasar él, la locomotora del andén de enfrente soltó un agudo silbido y lanzó un chorro de humo al aire. En respuesta, unos cuantos hombres de negocios vestidos con traje negro tiraron sus periódicos y se dirigieron hacia el andén, dispuestos a montar en el último tren de regreso a Londres. Delante de él avanzaba brincando hacia la salida un grupo de chiquillos seguidos por su niñera. Ésta hizo señas a un mozo para que llevara sus baúles, probablemente calle abajo, a alguna de las muchas casas de huéspedes que bordeaban la playa.

Al no ver a nadie conocido, Rance se abrió paso hacia una ancha salida que indicaba «Trafalgar Street». Tras pasar bajo la elegante columnata, salió a una calle espaciosa y llena de carruajes, limitada en uno de sus lados por un ancho muro. Para ello tuvo que pasar entre dos muchachos que vendían prensa.

—¡El *Herald*! ¡Compre aquí el *Herald*! —vociferaba uno de ellos.

El otro, más avispado, le ganó la partida gritando:

—¡Se hunde un clíper en Ivory Coast! *¡La Gaceta de Brighton!* ¡Hablan los supervivientes!

En ese instante, un coche tirado por un caballo gris se apartó del bordillo y Rance vio más allá del primer vendedor de periódicos que Samir Belkadi descruzaba los brazos y se apartaba de una farola parpadeante. Con paso largo y decidido, el joven pasó entre carretas y carruajes y al reunirse con él en la acera le puso en la mano un trozo de papel.

—¿Has encontrado a Blevins? —preguntó Rance en voz baja.

—*Oui*, estaba en casa —respondió Belkadi—. El buen doctor conocía todos los hoteles y, lo que es más importante, todas las casas de huéspedes. Sólo tardamos un día en encontrar a ese tal Hedge.

Rance desdobló el papel. Era una dirección en George Street.

—Es una residencia que atiende sobre todo a inválidos —explicó Belkadi—. Capitanes de barco retirados y gente así. La regenta una mujer llamada Ford. La calle está nada más pasar el Royal York, no muy lejos de aquí. Te he reservado una suite y les he dicho que irías a cenar.

Rance negó con la cabeza.

—No tengo apetito —dijo—. Prefiero ir directamente a ver a ese tipo.

—*Non.* —Belkadi le puso una mano en la manga—. Blevins conoce a la propietaria y ha hecho averiguaciones. Hedge es viejo, está delicado y necesita mucho láudano para dormir por las noches. No te servirá de nada hasta mañana... si es que entonces te sirve de algo.

Rance sacó su reloj de bolsillo para echarle un último vistazo y suspiró.

—Sí, tienes razón, Sam —dijo—. Mira, date prisa. Ése es el último tren.

—¿No me necesitas?

Rance logró esbozar una tenue sonrisa.

—¿Para vérmelas con un viejo atontado por el láudano? —dijo—. Dios mío, espero que no.

Belkadi dejó ver sus dientes blancos y brillantes, inclinó enérgicamente la cabeza y desapareció por la ancha entrada de la terminal.

Tras encontrar el hotel sin apenas dificultad, Rance pidió un bistec poco hecho y una botella de su mejor vino; luego se fue a la cama temprano con la esperanza de acelerar la llegada del día. Tal vez debido a la noche exquisita que había pasado en los brazos de Anisha, o a aquella nueva sensación de esperanza que lo impulsaba a seguir adelante a toda prisa, no conseguía sacudirse la impresión de que el tiempo era de vital importancia. Y ahora descubría que aquel tal Hedge estaba al borde de la muerte.

Se levantó al amanecer tras haber dormido poco y pasó las primeras horas de la mañana caminando por el largo paseo que se extendía entre Kin's Road y el malecón. El aire procedente del Canal soplaba con fuerza, el cielo era un reflejo del agua gris azulada del mar y las gaviotas, que volaban en círculos, dejaban oír su chillido. Rance respiró hondo para llenar sus pulmones de brisa marina, de aquel olor a libertad, o eso le parecía, pues todo inglés añoraba amargamente el mar cuando se veía atrapado en las tinieblas de una prisión, o entre la arena y el calor del desierto.

Vestido como iba con traje oscuro de finísimo estambre, sombrero de copa y bastón con empuñadura de bronce, parecía un acaudalado y respetable aristócrata tomando el aire, pues allí, a diferencia de lo que sucedía en casi todo Londres, la mayoría de los caballeros con los que se cruzaba se tocaban el sombrero y le daban los buenos días, y algunas damas lo miraron de soslayo, detenidamente, al pasar a su lado.

Nada de aquello bastó, sin embargo, para hacerle olvidar que apremiaba el tiempo, y la impaciencia había comenzado a apoderarse de él cuando se sacó el reloj del bolsillo quizá por tercera vez en otras tantas horas. En ese preciso instante, las campanas de Saint Nicholas dieron las diez. Era una hora suficientemente decente. Así pues, dio media vuelta, regresó sobre sus pasos, pasó por delante de su hotel y se adentró en el laberinto de calles que quedaba más al Este.

No tardó en encontrar la dirección. Era una casa de huéspedes grande, con ventanas salientes en la fachada, alrededor de las cuales había empezado a descascarillarse la pintura. Quizá se debiera a la proximidad al mar, o, más probablemente, a simple dejadez. Los escalones de entrada también estaban sin barrer.

Tocó el timbre y le abrió la puerta una criada vestida de gris a la que no pareció importarle quien fuera.

—Las visitas, solamente de doce a tres, señor —dijo la muchacha—. Vuelva luego y todos los huéspedes estarán ya vestidos y abajo.

Rechinando los dientes para refrenar la impaciencia, asintió escuetamente con la cabeza y volvió a bajar los escalones. El retraso era comprensible, supuso. Saltaba a la vista que la casa era un establecimiento comercial, una de esas patéticas y mezquinas residencias a sólo un paso de ser un asilo, reservadas para los últimos días de inválidos y moribundos, personas sin familia que las acogiera, pero con dinero suficiente para ir tirando. A decir verdad, no envidiaba ni a los huéspedes ni a la señora Ford.

A la una en punto la chica volvió a aparecer en la puerta, esta vez con un tiznón en la nariz y una mirada inquisitiva.

—¿El señor Alfred Hedge? —preguntó Rance.

—¡Ah, sí! Lo hemos puesto en el jardín para pasar la tarde —dijo—. Pero ha venido a verlo otro caballero antes que usted. Si tiene la amabilidad de esperar en la salita de atrás...

Rance aceptó de mala gana y dio a la chica su bastón.

Al cruzar el edificio, vio a menos de una docena de ancianos dispersos por las salas de recepción, la mayoría adormilados en sus sillones. Había, sin embargo, dos hombres sentados frente a un tablero de ajedrez, y otro al que atendía solícitamente una señora corpulenta, vestida de negro. La propietaria, sin duda.

La salita de atrás era un cuartucho rebosante de algodón estampado que daba a un espacioso y descuidado jardín. A través de la nube de motas de polvo que bailaban al sol de la mañana, Rance distinguió a un hombre pálido y de nariz ganchuda, arrellanado en una especie de tumbona provista de ruedas, con una manta echada sobre las rodillas. Sentado en un banco de piedra, a su lado, había un individuo de cabello blanco con alzacuellos y chaqueta negra. Se inclinaba hacia delante con un libro negro cogido flojamente entre las manos.

Aunque Rance estaba demasiado lejos para percibir emoción alguna, la intención del sacerdote saltaba a la vista. A juzgar por sus ademanes, la conversación fue haciéndose cada vez más acalorada, hasta que al fin el anciano levantó el puño y lo blandió con gesto amenazador.

El sacerdote se puso en pie de un brinco y echó a andar por el sendero del jardín, entró en el edificio y cerró de un portazo a su espalda. Rance esperó un minuto. Después, concluyó que la doncella no pensaba volver a hacer acto de aparición, dobló la esquina y salió al jardín. Notó que el cielo se había oscurecido de pronto... lo que quizá fuera un mal augurio.

El anciano hizo caso omiso de su llegada, o quizá no lo oyera acercarse.

—¿Alfred Hedge? —dijo, deteniéndose ante él.

El viejo ladeó la cabeza para mirar hacia arriba. Tenía un perfil afilado y los ojos pequeños y penetrantes como los de un cuervo, pero aún se entreveían mechones rubios en su cabello y su cara conservaba algún vestigio de su antigua distinción. De allí procedía, quizá, la rubicunda belleza de Ned Quartermaine.

—¿Es usted Alfred Hedge? —preguntó de nuevo.

—¿Quién quiere saberlo? —respondió Hedge desdeñosamente—. Si es otro de esos santurrones pedantes y cargados de buenas intenciones, ya puede largarse con viento fresco, como el anterior.

—Puedo asegurarle sin ningún género de dudas que jamás han podido aplicárseme semejantes adjetivos —repuso Rance—. Pero quizá pueda preguntarle a su hijo. Soy un conocido de Quartermaine.

Al oír aquello, el viejo soltó una sibilante carcajada.

—El pequeño Ned, ¿eh? —rió—. Me sorprende que ese granuja se acuerde de dónde encontrar a su querido y viejo papá.

—Oh, claro que se acordaba —contestó Rance—. Y, con el debido incentivo, se avino a decírmelo.

El hombre tardó un momento en contestar.

—Bueno, transmítale mis mejores deseos al muchacho, ¿quiere? —dijo con voz ronca—. Mis mejores deseos, o sea, que se pudra en el infierno. Debe de costarle... ¿cuánto? ¿Dos chelines el trimestre?... mantenerme en este ambiente de lujo y comodidades.

Rance lanzó otra mirada al cielo; después, se sentó sin previa invitación.

—Me atrevería a decir que el sentimiento es mutuo —dijo, dejando a un lado su sombrero—. Verá, me llamo Welham. Sospecho que mi nombre le suena.

El viejo reaccionó por fin: dio un respingo, como si hubiera recibido un golpe. Pero como cualquier jugador experto, se recobró rápidamente.

—Rance Welham, ¿eh? —dijo con desdén—. ¿Conque sigue vivo, viejo fullero?

—Vivito y coleando, sí. —Rance estiró un brazo sobre el respaldo del banco—. Y deseando saborear la venganza, dado que, según me han dicho fuentes bien informadas, sabe mejor cuanto más fría... y la mía va a estar helada.

El viejo soltó una áspera carcajada y se pasó una mano bajo la nariz.

—Bueno, si eso es lo que anda buscando, se ha equivocado de sitio —dijo—. No puedo hacer nada por usted, Welham. Y en caso de que decida pegarme un tiro por ello, le aseguro que me haría un favor.

Rance lo observó con calma imperturbable; llevaba media vida esperando aquel momento.

—Matarlo sería un acto demasiado piadoso, señor —dijo con aplomo—. Además, voy completamente desarmado... y con razón, puesto que he venido aquí convencido de que iba a sentir tentaciones de matarlo.

Esta vez, Hedge no se rió.

—Lárguese —le espetó—. Soy un viejo. No tengo nada que decirle.

—¿No? —Rance lo miró con calma—. Quizá crea, Hedge, que voy a sentir cierta lástima por usted: viejo, enfermo y desvalido como está. Pero le aseguro que no es el caso. Soy tan cruel e implacable como se dice de mí.

—Fue siempre un hijo de perra con la sangre muy fría —replicó el anciano, recostándose en su silla—. Adelante, pues. Desahóguese a gusto. Me importa un bledo lo que diga.

—No voy a malgastar saliva —repuso Rance—. Hábleme del sindicato del Caballo Negro.

Hedge entornó un ojo, pero su respiración se hizo más agitada.

—Eso es una fantasía —dijo casi sin aliento—. ¿Quién le ha contado ese cuento?

—El primo del duque de Gravenel —respondió Rance—, George Kemble. Tengo entendido que en tiempos hicieron ustedes negocios juntos.

—¡Bah!

Pero Rance vio que lo recorría un estremecimiento de temor.

—¿Y qué me importa a mí lo que diga ese demonio astuto y vicioso? ¿Eh? ¿Qué va a hacerme ahora?

Rance dio vueltas a su sombrero por el ala mientras sopesaba su respuesta, confiando en no haberse equivocado al juzgar a Kemble.

—No sabría decirle. Parece un tipo de cuidado —contestó despreocupadamente—. He oído decir que una vez le arrancó las uñas a un tipo con unas pinzas oxidadas.

El viejo se encogió de hombros.

—No habrá sido en los últimos diez años, porque Kemble se ha vuelto honrado —dijo—. Tenía que hacerlo, ¿no?, después de la boda de postín que hizo su hermana.

—¿Y qué hay del pequeño Ned? —preguntó Rance, componiendo una agria sonrisa—. ¿Es capaz de arrancar uñas? ¿O de abandonar por completo a su querido papá?

—No me da miedo Ned —respondió enérgicamente el anciano—. Pero ¿a mí qué? Creo que puedo decirle lo que quiere saber. Poco daño va a hacerme. No puede demostrar nada. Ya, no.

—Excelente. —Rance se recostó en el banco y se preparó para marcarse el mayor farol de toda su vida—. Empiece por el principio, ¿quiere? El sindicato. Quiero nombres.

Hedge pareció enderezarse, lleno de orgullo.

—Éramos once, una pandilla de tipos muy emprendedores —dijo—. Pero ahora están todos muertos o desaparecidos. Y no se trataba sólo del juego: teníamos prostíbulos, fumaderos... A Billy Boyton le prometieron una vez una remesa del mejor opio de Herat. Me pregunto qué habrían pensado los chicos de Londres de eso, ¿eh? —Su rostro se crispó de pronto—. Pero se hundió el maldito barco.

—Un duro revés, ciertamente —dijo Rance con sorna—. Y dígame, ¿cuál de esos once ordenó que me colgaran el asesinato de Peveril? ¿O fueron todos a la vez?

El viejo comenzó a pellizcar casi distraídamente los hilillos de su manta.

—Es inútil que intente ganar tiempo, señor —dijo Rance—. Más le valdría preocuparse por lo que pueda hacer Ned si me miente.

—Ned no tiene agallas para hacer nada. —El viejo hizo una mueca desdeñosa—. Lo mejor de ese chico se escurrió por mi pierna cuando me tiré a su madre.

—Parece habérselas arreglado bastante bien. —Rance levantó una mano y señaló la casa y el jardín—. Y usted, señor, es insolvente o poco menos. Si no, no estaría viviendo de la caridad de su hijo.

Hedge se encogió de hombros desmayadamente.

—¿Y qué?

—¿Qué pasaría si Ned le echara a la calle? —amenazó Rance—. Yo se lo diré: al final, si viviera usted el tiempo suficiente, acabaría en el asilo de la parroquia...

El viejo dejó escapar un gemido estrangulado.

—Eso suponiendo, naturalmente, que no termine sus días en la prisión de Coldbath Fields, deshaciendo sogas de estopa desde su preciosa... —Hizo un ademán para señalar la tumbona— *silla de ruedas*.

Al oír aquello, a Hedge pareció faltarle el aire. Con una mano trémula y pecosa, sacó un pañuelo salpicado de sangre y se lo llevó a la boca mientras tosía violentamente.

—Váyase al diablo, Welham —dijo.

Rance hizo oídos sordos, se inclinó hacia él y apoyó los codos en las rodillas.

—Tal vez recuerde que soy un excelente jugador de cartas —dijo muy suavemente— y su hijo regenta un salón de juego. Nos hemos conocido y se da la circunstancia de que el señor Quartermaine me debe una suma de dinero... casi trágica, por llamarla de algún modo.

—Estupendo. —Hedge guardó su pañuelo, respirando trabajosamente—. Espero que le pague.

—Bueno, hemos llegado a un acuerdo de lo más equitativo —explicó Rance—. Como en cierto modo somos amigos, se ha ofrecido a venderme lo que busco, es decir, venganza, en forma de ciertos documentos que conservó al dejar de trabajar para usted. Verá, el señor Kemble me ha explicado dónde aprendió Ned su increíble habilidad con los números. Y Ned... En fin, lo anota *todo*.

El viejo se agarró a los brazos de la silla.

—Es usted un fullero y un mentiroso —dijo con voz sibilante—. Ned provocó un incendio y me robó hasta el último penique. La casa ardió hasta los cimientos.

Rance puso cara de pena.

—Me temo que eso último no es *del todo* cierto —murmuró—. Su hijo tuvo la maravillosa precaución de guardar un par de cosas, por si acaso algún día las necesitaba.

Hedge jugaba sus cartas como un profesional, con mucha bravuconería y pocos triunfos, y el olor del miedo se desprendía de él como el hedor de la carroña bajo un sol ardiente.

—Le obligaba a ganarse el pan, sí —contestó—. Ninguna ley lo prohíbe.

—Hay, en cambio, leyes que prohíben el juego —dijo Rance—. Y la prostitución, la extorsión y el asesinato. Leyes que prohíben inculpar con engaños a personas inocentes de cometer un asesinato...

—¡Ah, no, eso no fue cosa mía! —estalló Hedge, pero su voz sonó estrangulada—. Si me hubieran hecho caso... lo habríamos... lo habríamos...

—¿Qué? —gruñó Rance.

—Lo habríamos... liquidado —contestó con un hilo de voz. Su piel se había vuelto gris—. Lo habríamos dejado... en un... en un callejón para que... se muriera... en su propia... sangre.

—Gracias por su franqueza —dijo Rance mientras el viejo tosía—. Aun así, Ned afirma que hay pruebas suficientes para condenarlo por algunas cosas. Está dispuesto a venderme esa información para mantener abierto su club, si es preciso. De modo que algo aprendió de usted, después de todo, diría yo.

Pero los ojos de Hedge parecían a punto de salirse de sus órbitas. No tenía buen aspecto.

Rance le puso una mano en el brazo sin ninguna emoción y se inclinó hacia él.

—Y si yo no consigo que hable, Hedge, la cárcel se encargará de ello, no me cabe duda —continuó—. Sólo tengo que esperar el momento propicio. Nick Napier está en la tumba y ya no hay nadie en la Policía Metropolitana que pueda ayudarlo. Además, no tiene dinero para sobornarlos. Dígame, ¿quién fue por mí?

Hedge respiraba cada vez con mayor dificultad, sus ojos se movían frenéticamente, escudriñando el jardín como si los fantasmas de su pasado hubieran salido de sus tumbas para acosarlo. Luego su cara comenzó a contraerse como si se encogiera sobre sí mismo y dejó escapar un gemido suave, semejante a un maullido.

El cielo estaba cada vez más oscuro y había empezado a soplar el viento. Rance apretó con más fuerza su brazo y de pronto un extraño escalofrío recorrió su cuerpo. Sintió el roce de la maldad como una cosa tangible: un temblor helado recorrió su columna y notó en las entrañas el repentino impulso de luchar o huir.

Pero no se trataba de Hedge. Era algo mucho más siniestro. Sintió que su frente empezaba a sudar y pensó, extrañamente, en Anisha.

Anisha, a la que amaba más que a la vida misma.

Anisha, que tal vez ya llevara un hijo suyo en su vientre.

Los ojos del anciano habían empezado a apagarse, su brillo de pájaro había desaparecido. Rance se levantó, agarró el brazo de la silla y la sacudió con fuerza mientras una ráfaga de viento abría la verja del jardín con un chirrido de goznes.

—Maldita sea, ya tiene un pie en la tumba, Hedge —dijo, inclinándose sobre él—. ¿Quién fue por mí? ¿Quién me tendió la trampa?

Hedge buscó a tientas el pañuelo, y hasta Rance pudo ver que estaba acabado.

—Vino a vernos... Dijo que necesitaba... dinero —dijo con un gorgoteo gutural—. Matar... dos pájaros... de un tiro.

—¿Quién? —Rance lo agarró del cuello—. ¡Hable, maldita sea!

—Necesitaba dinero... para financiar... —Una espuma rosa apareció en la comisura de su boca, y su cabeza cayó hacia un lado—. Frío masculló—. Tengo... frío.

A su espalda, Rance oyó cerrar la puerta trasera.

—¿Señor Hedge? —dijo una voz enérgica de mujer—. ¡Vamos, tesoro, se acerca una tormenta!

De pronto, aquella sensación volvió a embargar a Rance, como si un fantasma caminara sobre tu tumba. Esta vez, fue una sensación repugnante, enfermiza y arrolladora, como si por sus venas corriera agua helada.

Soltó el brazo de Hedge bruscamente, pero aquella sensación no remitió del todo.

Dos pájaros de un tiro.

Y de pronto lo entendió.

Capítulo 14

Vaya, si una palma aceitosa no augura fecundidad,
no soy yo capaz de rascarme una oreja.

WILLIAM SHAKESPEARE, *Antonio y Cleopatra*

Se levantó un viento ligero que hizo ondear la puerta de la tienda de Anisha, doblada hacia atrás y sujeta con llamativas cintas amarillas que amenazaban con desatarse. Hannah Leeton aseguraba que el rojo y el amarillo eran los colores predilectos de las pitonisas gitanas, y hasta el mantel sobre el que trabajaba Anisha tenía rayas de esos mismos colores.

Ella miró a su cliente, sonrió, cerró suavemente el puño de la joven y lo apretó una última vez para tranquilizarla.

—Ha sido un placer conocerte, Jane —dijo—. Y sí, querida, creo que pronto encontrarás el amor. Muy pronto, de hecho.

El grupo de muchachas que aguardaba tras la silla de Jane comenzó a reírse por lo bajo.

—Pero ¿será esta Temporada? —preguntó en tono suplicante una rubia menudita y adornada con cintas—. ¡Tiene que ser esta Temporada, señora! Si no, Frederick se irá a hacer su gran *tour* por Italia.

—O puede que se vaya a hacer un gran viaje de novios —terció otra muchacha, dando un codazo a la primera.

—El destino no sabe de obligaciones —les advirtió Anisha—. No puede alterarse a conveniencia de nadie.

—¿Lo ves, Maud? —Jane la última de las muchachas a la que había leído la palma de la mano miró por encima del hombro con sus ojos pardos—. ¡No me gafes! Además, sólo quieres que me case para que mamá deje que tú seas la siguiente.

En ese instante, su anfitriona, Hannah Leeton, apareció silueteada en la puerta de la tienda y le hizo una seña.

Anisha la miró a los ojos y volvió a mirar a las muchachas.

—Bueno, queridas, ha sido un honor para la Grande y Misteriosa Karishma estudiar vuestras palmas. —Se levantó, juntó las manos e inclinó la cabeza—. *Namasté.*

—¡Madre mía! ¡Una pitonisa hindú este año! —oyó que murmuraba la rubia cuando salieron por la puerta de la tienda—. ¿Cómo puede hacerlo sin la bola de cristal?

Hannah Leeton entró y miró a las muchachas con indulgencia.

—¡Oh, Grande y Misteriosa Karishma, te mereces un vaso de limonada! —declaró—. Venga, por fin se ha acabado la cola y la tienda de los refrescos la reclama.

Anisha se rió.

—Gracias, estoy muerta de sed.

Se despojó rápidamente del sari de tonos brillantes en el que se había envuelto y se quitó el turbante con plumas y piedras de colores. Ninguna de aquellas prendas era realista, ni siquiera remotamente, pero había decidido que era preferible tomarse su papel en serio. Y lady Leeton había gorjeado de alegría al verla.

Fuera, al sol radiante, la buena mujer le dio el brazo y miró el cielo con el ceño fruncido.

—Viene lluvia por el Canal —afirmó—. Espero no nos estropee lo que queda de tarde.

—No se atrevería —le aseguró Anisha cuando echaron a andar por la inmensa pradera de césped—. Y menos aún por una causa tan noble.

Mientras pasaban entre los tenderetes ahora vacíos que habían formado el bazar, los violinistas comenzaron a tocar una alegre tonada en la tarima que había al otro lado del prado. El baile y la merienda campestre habían dado comienzo y el gentío se dirigía lentamente hacia allí.

Lady Leeton sonrió afectuosamente.

—Le estoy profundamente agradecida por salvar mi fiesta, lady Anisha —dijo—. Soy consciente de que este asunto de la pitonisa debe de parecerle absurdo y estereotipado, lo cual sólo demuestra su generosidad. Sobre todo teniendo en cuenta que acabamos de conocernos.

—Ha sido un placer —repuso Anisha, cuyas faldas se enganchaban ligeramente en la hierba bien cortada mientras caminaban—. Además, conozco a sir Wilfred. De hecho, ha sido de lo más amable.

—¿De veras? —La voz de lady Leeton tenía un deje de curiosidad—. Bueno, querida, si alguna vez podemos hacer algo para devolverle el favor, sólo tiene que decírnoslo.

Anisha se lo pensó y aflojó un poco el paso. Hasta cierto punto era cierto que había salvado la fiesta. El bazar y la música habían entretenido a los invitados, sí, pero la cola de delante de su tienda no había mermado en toda la tarde, y los lacayos de lady Leeton habían tenido que cambiar de sitio dos tenderetes y vaciar el bote de donativos en tres ocasiones.

Lady Leeton ladeó la cabeza. Morena y exuberante, había sido a todas luces una auténtica belleza en su juventud.

—Dígame, querida, ¿por qué no ha vuelto a casarse? —preguntó con curiosidad—. Ahora que su hermano mayor lo ha hecho, tal vez Madeleine deba echarle una mano en ese aspecto.

Anisha tenía la mirada fija en la tienda de los refrescos.

—Bueno, algunos días me gusta bastante mi vida de viuda —dijo vagamente.

Hannah Leeton se echó a reír.

—A mí también me gustaba —dijo—. De hecho, me gustaba *demasiado*. Y no es que no echara de menos a mi marido, ojo. Lo echaba de menos. Era un hombre muy bueno, me adoraba y además me hizo rica.

Ahora, cuando a veces echo la vista atrás, creo que... Pero, en fin, ¿qué importa eso? Las viejas historias son muy aburridas.

Anisha se paró bruscamente sobre la hierba y puso una mano sobre la suya.

—No estoy de acuerdo —dijo—. Me gustaría escuchar su historia. La vida de viuda puede ser muy difícil, y, sin embargo, en cierto sentido, también liberadora.

Hannah pareció vagamente avergonzada.

—Y seguramente habrá oído decir que fui un tanto indiscreta durante esa época de mi vida —dijo—. Usted ha sido más lista que yo, amiga mía. Me junté con una banda de sinvergüenzas y cuando miro atrás me pregunto si no me vi arrastrada a eso por la pena, y también un poco por la rabia.

—¿La rabia? —murmuró Anisha.

Hannah Leeton frunció los labios un momento.

—Me casé con mi primer marido por su dinero —dijo por fin—, esto todo el mundo lo sabía, hasta él. Era mucho mayor que yo, un empresario rico y respetado, y yo sólo era la hija de un boticario de Cheapside. Más de uno pensó que me había elevado muy por encima del sitio que me correspondía. Después de morir Isaac, en fin, me solté un poco la melena. Podríamos atribuirlo benévolamente al impulso rebelde de la juventud, pues sólo tenía veinticinco años.

Anisha desvió suavemente la cuestión.

—Lady Leeton, he oído que en aquella época sir Wilfred y usted conocían al mejor amigo de mi hermano —sugirió—. El señor Welham, que ahora es lord Lazonby. ¿Se acuerda de él?

Los ojos de Hannah Leeton se iluminaron.

—¡Cielos, Rance Welham! —exclamó—. En efecto, nos tratamos brevemente. Lo sentí mucho por él cuando estalló el escándalo. Solía jugar a las cartas con mi pretendiente de aquella época. Eran auténticos tahúres, los dos.

—¿Su pretendiente? —inquirió Anisha.

La dama se sonrojó de nuevo.

—Sir Arthur Colburne —contestó—. Ahora a nadie se le ocurre mirarme, querida, pero en mis tiempos fui muy codiciada... como él.

—Estoy segura de que era usted una belleza. Y sigue siéndolo.

Lady Leeton se rió.

—No hace falta que se ponga compasiva —dijo, no sin amabilidad.

Anisha sopesó cuidadosamente sus siguientes palabras.

—Lady Leeton, me hallo en una situación difícil —dijo—. Me ha preguntado si hay algo que puedan hacer por mí. Y, en efecto, lo hay. Quizá pueda ayudarme a entender mejor lo que ocurrió entonces, hace años.

—¿De veras? —Su anfitriona levantó las cejas—. ¿Puedo preguntar por qué?

Anisha sintió que se sonrojaba.

—¿Puedo hablar con toda confianza?

—Desde luego —dijo, pero aun así parecía recelosa.

Anisha siguió adelante.

—Tengo motivos para creer que Lazonby va a pedir mi mano —dijo—. Aunque puede que me equivoque. No obstante, Madeleine cuenta maravillas de su buen criterio y me gustaría muchísimo saber si cree que...

—¿Sí?

Lady Leeton estaba a todas luces intrigada.

—Bien, si es cierto que...

Anisha se detuvo y se mordió el labio.

—¡Continúe, querida! —dijo, riendo—. Seguramente es cierto, si se trata de un rumor relacionado con nuestra pandilla de calaveras.

—Sé que murieron trágicamente —dijo Anisha—, pero no dejo de preguntarme si es cierto que lord Percy Peveril era un necio y sir Arthur un cazafortunas.

—¡Ay, el pobre Percy era un idiota! —Los ojos de la dama se entristecieron de pronto—. Y Arthur tenía agujeros en lugar de bolsillos. Aun así, era imposible no enamorarse de ese granuja, ni aun sabiendo perfectamente lo que buscaba. A fin de cuentas, era tan, tan... bien, tan *encantador*, digamos.

—También he oído decir eso —dijo Anisha, recordando el cortés eufemismo que había empleado Madeleine—. Entonces, ¿le tenía usted mucho cariño?

La dama rió de nuevo, pero su risa encerraba algo más turbio.

—¡Santo cielo! Hacía muchísimo tiempo que Arthur y yo no éramos objeto de murmuraciones —comentó—. Pero Arthur era un buen hombre. Simplemente, era débil, lady Anisha. La mayoría de los hombres lo son, ¿sabe? Aunque sospecho que lord Lazonby no lo es. Resultó estar hecho de una pasta mucho más dura de lo que podíamos imaginar.

—Creo que tiene razón —repuso Anisha, lanzando a su anfitriona una mirada desganada—. Lady Leeton, ¿puedo hacerle una pregunta espantosa?

Esta vez, lady Leeton titubeó.

—Puede —dijo—, pero quizá no le conteste.

Anisha se armó de valor.

—¿Es posible que sir Arthur matara a Percy en una pelea? —sugirió—. ¿Y que luego se suicidara llevado por los remordimientos? Quizá Percy quiso... no sé, romper su compromiso con la hija de Arthur.

Lady Leeton negó con la cabeza.

—No creo que Arthur fuera capaz de eso, querida —respondió—. Pero puede preguntárselo a Wilfred. Arthur y él eran amigos íntimos. ¡Santo cielo, fue Arthur quien nos presentó! No, creo que Arthur no podría haberles hecho eso a sus niñas.

—¿A sus niñas?

—Elinor y Elizabeth —dijo lady Leeton—. Arthur era un sinvergüenza muy guapo, pero nunca contradecía a sus niñas. Créame, lo sé mejor que nadie.

Anisha advirtió su tono de amargura.

—Eso parece —murmuró.

Lady Leeton le lanzó otra extraña mirada.

—La verdad es, lady Anisha, que estaba dispuesta a sacar a Arthur de la ruina con mis propias manos —dijo—. En un momento de debilidad, le insinué que podíamos casarnos. Sí, aun sabiendo que no era más que un granuja con buena planta cuya única habilidad era... En fin, eso no viene al caso. Estaba un poco enamorada de él, aunque lo disimulara bastante bien.

—Entiendo —dijo Anisha en voz baja—. ¿Sabe?, he oído decir que sir Arthur pensaba salvarse de la bancarrota huyendo a Francia. O a América, quizá.

—Sí, pero eso me habría roto el corazón —confesó—. Y, francamente, las niñas se negaron a irse. Así que me declaré a Arthur. Parecía una buena solución. Pero sus hijas se mostraron aún más horrorizadas ante aquella perspectiva.

—¿Horrorizadas? ¿Por qué?

La extraña sonrisa de lady Leeton se torció.

—Bueno, yo no tenía la clase de su querida y santa madre —contestó—. Y para colmo mi difunto marido era judío. Su dinero y su bondad no significaban nada para ellas. Y sí, su engreimiento y su ingratitud me llenaron de indignación. Pero aun así no debería haberme sorprendido.

—Pero... pero eso es horrible —dijo Anisha, y de pronto se preguntó si lady Leeton estaba tan resentida como parecía.

—Creo que sabe que así es como funciona el mundo, querida—. Un caballero hace la vista gorda si la mujer es lo bastante bonita o lo bastante rica, y yo era ambas cosas. Pero para las engreídas de sus hijas, especialmente para Elinor, eso poco importaba. Se negaron en redondo. Así pues, Elinor tomó una decisión difícil y provocó a Percy hasta que el pobre bruto comenzó prácticamente a babear con ella. Yo diría que Arthur se mató porque estaba borracho y desesperado.

—¡Pero eso es trágico! —exclamó Anisha—. ¡Qué triste para usted! ¡Y también para las necias de sus hijas!

Lady Leeton se encogió de hombros.

—Yo ya era inmune a la pena y los prejuicios —dijo con sencillez—. Y tenía el hombro de Wilfred para llorar. En aquella época éramos ya buenos amigos, y los dos queríamos a Arthur. Pero esas niñas. Ah, ellas sí lo pasaron mal.

—Santo cielo —murmuró Anisha—. ¿Qué fue de ellas?

—Tuvieron lo que se merecían —respondió lady Leeton tranquilamente—. Las mandaron a América, pobres como un par de ratones de iglesia. Luego Elinor murió de unas fiebres.

—¿Y la otra? —preguntó Anisha—. ¿Era la más joven?

—Demasiado joven para debutar —dijo lady Leeton—. Pero poco importaba, porque hasta Arthur decía que nunca sería una belleza, como la mayor. La vi sólo una vez. Larguirucha, con un pelo horroroso, rizado y rojo, y una obstinación que me resultaba imposible de soportar.

—¿Qué fue de ella?

Lady Leeton se encogió de hombros nuevamente.

—No tengo ni idea —dijo—. ¡Ay, mire! Ahí está Wilfred con lady Madeleine. Quizás él pueda decírnoslo.

Anisha habría preferido no sacar a relucir el tema, pero sir Wilfred había dejado de escuchar a Madeleine y las miraba con expectación.

—¿Deciros qué, querida? —preguntó cuando se acercaron.

—Lady Anisha y yo estábamos cotilleando —confesó su mujer tranquilamente—. De hecho, acabo de descubrir que lord Ruthveyn es un gran amigo de aquel joven al que tratamos hace tiempo, Rance Welham, el que tuvo aquel problema.

—¿De veras?

Sir Wilfred sonrió con indulgencia.

—Rance es muy amigo de mi hijo —terció lady Madeleine—. Yo misma le tengo mucho afecto.

—Sí, siempre me pareció un tipo estupendo —comentó sir Wilfred moviendo las cejas—. Pero un hombre con el que convenía no sentarse a una mesa, ustedes ya me entienden.

—Sí, pero no estábamos hablando de eso —respondió su esposa—. He terminado hablando de las hijas de Arthur y me estaba preguntando, Wilfred... ¿qué fue de ella, de la pequeña? ¿Esa que era tan terca?

Sir Wilfred pareció ensimismarse.

—Umm, bueno —dijo—, la hermana de Arthur y yo nos carteamos una o dos veces. Fueron ellos quienes acogieron a la muchacha. Después, no le seguí la pista. Supongo que debería haberlo hecho.

En ese momento se les acercó una mujer vestida de negro con un juego de llaves colgado de la cintura. La seguían tres señoras de rostro agradable, con ropajes casi tan oscuros como los suyos. Anisha las había visto pasear por el jardín durante la fiesta. Dos de ellas, de hecho, habían estado en su tienda para que les leyera la palma de la mano. La tercera, en cambio, con mucho, la más joven, no se había pasado por allí.

—Señora, si hace el favor, la necesitan en el estrado dentro de un cuarto de hora —dijo la mujer de negro—. Vamos a repartir los premios a la Mejor Chica y esas cosas.

—¡Ah, sí! Las presentaciones de nuestra escuela benéfica. —Lady Leeton juntó las manos con orgullo y sonrió—. Lady Madeleine, lady Anisha, permítanme el honor de presentarles a la directora de nuestra escuela, la señora Day, y a nuestras maravillosas voluntarias. Ésta es la señora Drummond, que ayuda con el protocolo. Y la señora Howe, que supervisa la costura. Y, por último, la señora Ashton, que ayuda con la gramática. No sé qué haríamos sin ellas.

Las señoras hicieron una genuflexión por turnos mientras lady Madeleine las saludaba con entusiasmo. Anisha se quedó algo rezagada, sin quitar ojo a sir Wilfred, pues había tenido una idea repentina.

Por fin, las cuatro mujeres se alejaron.

—Bien, si me disculpan —dijo lady Leeton—. Ah, y Wilfred... Quiero que supervises la retirada de los tenderetes cuando empiece el té de la tarde. Tiene que ir todo en los carros, de vuelta al establo. Ocúpate de vigilar a Potter y a los lacayos y no les dejes holgazanear.

Sir Wilfred hizo un gesto de sometimiento llevándose la mano a la frente.

—¡Sí, señora! —dijo—. A su servicio. Por lo menos los donativos casi han doblado los del año pasado, en gran parte gracias a la tienda de la pitonisa.

Lady Leeton miró a Anisha y, acercándose impulsivamente, le dio un pequeño abrazo.

—¡Ay, querida, cómo puedo darle las gracias! —exclamó—. Los ha dejado a todos boquiabiertos. ¡Qué talento para la actuación tiene usted!

—Gracias —murmuró Anisha.

—Anisha tiene muchos talentos. —Lady Madeleine la cogió del brazo con aire casi protector—. Nunca deja de asombrarme. Conoce el movimiento de los astros mejor que la mitad de los miembros de la Real Sociedad Astronómica, y es una experta en hierbas medicinales.

—¿De veras? —preguntó entusiasmada lady Leeton—. ¿Sabe usted, lady Anisha?, a mi padre le fascinaba el tema de las plantas medicinales. Como era boticario, reunió una famosa colección de... Ay, cielos, ¿cómo se llaman, Wilfred?

Leeton sonrió cansinamente.

—Farmacopeas, querida.

—¡Sí, eso! —dijo alegremente su esposa—. Mi padre tenía algunas que databan del siglo xv. Tiene que entrar a ver esos viejos armatostes. Quizá pueda hacer algo con ellos, porque bien sabe Dios que yo no puedo. —Su mirada cambió bruscamente—. ¡Ay, miren! Ahí está el señor Hundley, que este año todavía no ha hecho ningún donativo. Discúlpenme, señoras.

Leeton la miró alejarse con una vaga sonrisa.

—Hannah es implacable —dijo pensativamente—. El pobre Hundley volverá a Mayfair en calzoncillos cuando acabe con él.

Pero Madeleine se había vuelto hacia una dama ataviada con un vestido verde que estaba preguntando por uno de los cuellos de encaje que había comprado. Anisha aprovechó la oportunidad.

—Me pregunto, sir Wilfred, si podríamos dar un paseo alrededor del escenario —dijo suavemente—. Hay algo... bien, algo un tanto peliagudo sobre lo que deseo que me aconseje.

Leeton puso cara de pena y le ofreció su brazo.

—Querida, llevo todo el día pensando que hay algo que le preocupa.

—Sí, aunque me he resistido a hablar de ello —dijo—. Pero recuerdo lo amable que fue usted en la ópera, y, verá, este asunto concierne a dos caballeros cuyo carácter usted conoce.

—Bien, mis amigos suelen afirmar que tengo la cabeza bien amueblada —dijo con cierta pomposidad—. ¿En qué puedo serle de ayuda?

Anisha se fingió avergonzada y posó ligeramente el brazo sobre el de Leeton cuando echaron a andar.

—Creo, sir Wilfred, que me están haciendo la corte —confesó cuando se hubieron alejado del gentío.

—¡Cielos! —Le sonrió—. ¿Y eso le preocupa?

—No, es sólo que no consigo saber por quien he de decidirme —contestó—. El primer caballero, como habrá adivinado, es nuestro mutuo amigo.

—¡Ajá! —Leeton le dio unas palmaditas en la mano—. ¡Sabía que el bueno de Royden se había enamorado!

—Pero el segundo... —Bajó las pestañas y tensó los labios un instante—. Al segundo también lo conoce. Es el amigo de mi hermano, el conde de Lazonby.

Notó que Leeton cambiaba ligeramente el paso.

—Ah —contestó él—. Conque Lazonby, ¿eh? Vaya, vaya. Un tipo con buena planta, de eso no cabe duda. Y rico como el propio Craso, ahora.

Anisha miró hacia atrás como si quisiera comprobar si alguien les oía.

—Pero su *carácter*, señor —dijo bajando la voz—. Me han dicho, si me perdona que se lo diga, que hace años se conocieron bien.

Ahora fue Leeton quien se sonrojó ligeramente.

—A Hannah no suele gustarle que hable del pasado —refunfuñó—. Pero ha sido ella quien ha empezado, ¿no es cierto? Verá, antes de que nos casáramos, senté la cabeza y dejé mis... mis actividades menos saludables.

—Me alegro por usted.

—En fin, ese horrible asunto de sir Percy atrajo en exceso la atención de la policía, y para entonces yo ya había empezado a abrirme camino en el mundo del teatro. —Se encogió de hombros—. De hecho, ya había firmado el contrato para comprar el Athenian. Pero en mis tiempos de correrías, sí, conocía a Lazonby. Un joven irresistible, desde luego.

—Puede ser de lo más encantador, desde luego —convino Anisha—. Y he de decirle que, a pesar del afecto que le tengo al señor Napier, creo que me inclino por Lazonby. Pero ¿tal vez estoy siendo una ingenua? ¿Cree usted, sir Wilfred, que de veras hizo algo malo? Este último año han aparecido unas historias espantosas en el *Chronicle*.

—Bah, tonterías y nada más, espero —dijo sir Wilfred—. Tienen en nómina a un joven que ha empuñado el hacha de los liberales. Ha intentado arremeter contra mí una o dos veces, pero le aseguro que le puse en su sitio.

—Entonces, ¿Lazonby no mató a nadie?

Sir Wilfred vaciló.

—En aquel momento pensé que no —respondió— y lo poco que sabía lo conté en el estrado de los testigos. Aun así, me extrañó que el asunto llegara a juicio. Pensé que Lazonby huiría... que se largaría a París tan pronto recibiera mi mensaje.

—¿Su mensaje?

—Sí —dijo sir Wilfred—. En cuanto vino a verme la policía, comprendí por dónde soplaba el viento.

—¿Debido a su disputa con lord Percy?

—Fue más bien un sermón —contestó—, porque para discutir hacen falta dos. Lazonby era un jugador empedernido, de eso no hay duda. Y a pesar de su juventud, era increíblemente bueno. Pero nunca lo vi perder los nervios en la mesa. Al contrario, se tomaba la vida demasiado a la ligera.

—Pero lord Percy lo tachó de tramposo.

—Sí, estaba furioso —convino sir Wilfred—. Y también celoso de Lazonby. Habían tenido algún problemilla con una dama que sólo tenía ojos para Lazonby y... ¡Ah, pero no debería hablarle de esas cosas!

—Bueno, sé que lord Lazonby era un poco mujeriego —le aseguró—. Mi hermano me lo advirtió. Y no lo aceptaré como marido si no consigo domarlo en ese aspecto.

—Pues le deseo buena suerte —dijo sir Wilfred en tono dubitativo—. En cualquier caso, no era la primera vez que alguien llamaba tramposo a Rance Welham. Si los hubiera matado a todos, podría haber rodeado con sus cadáveres Trafalgar Square.

Anisha se detuvo a cierta distancia del escenario.

—Sir Wilfred, me tranquiliza usted muchísimo —dijo—, y me estaba preguntando...

—¿Sí? —preguntó él, solícito.

Anisha sopesó sus palabras, cuestionándose hasta dónde podía presionarlo. Y si lady Leeton le había contado toda la verdad.

—¿Qué ocurre, querida? —insistió él suavemente—. ¿Sigue preocupada?

—Un poco. —Desvió la mirada un instante—. Me estaba preguntando, sir Wilfred, si ha oído hablar alguna vez de algo llamado el sindicato del Caballo Negro.

Se quedó callado un instante.

—Bueno —dijo por fin—, si hubiera oído hablar de eso, no lo admitiría, querida. ¿Me entiende? Y he de preguntarle dónde ha oído contar tal cosa.

Anisha se mordió el labio.

—Lady Bessett me dio el nombre de una persona... un contacto de su padre. Ahora está retirado, según creo, pero antaño estuvo metido en el mundillo de la delincuencia.

Sir Wilfred la miró con el ceño fruncido.

—¿Y fueron lady Bessett y usted a ver a ese individuo? —dijo en tono de reproche—. Dios mío, querida, temo que se esté metiendo usted en asuntos muy feos, posiblemente hasta peligrosos. Desearía que no lo hiciera.

—Bueno, lady Bessett no me acompañó —contestó Anisha—. Pero llevé conmigo unos documentos para enseñárselos a ese hombre.

—¿Qué clase de documentos?

Sir Wilfred seguía con el ceño fruncido.

Llevada por un impulso, Anisha sacó de su bolso los papeles que se había llevado del despacho de Napier.

—Encontré esto metido en un libro, en el salón de Lazonby, un día que mi hermano y yo cenamos en su casa —dijo, sin que se le ocurriera otra forma de explicar cómo habían llegado a sus manos—. Verá, tengo curiosidad por estas marcas hechas a lápiz.

Sir Wilfred cogió los papeles y una extraña sonrisa cruzó su rostro.

—Cielos —dijo—. Pensaba que aún los tenía la policía. Parece que fue hace una eternidad. Así que todavía le debo a Lazonby novecientas libras, ¿eh?

Anisha se rió.

—Estoy segura de que lo ha olvidado —dijo—. Pero pensé que tal vez esas anotaciones significaran algo. Así que se las enseñé al señor Kemble.

—¿Al señor *Kemble*? —dijo sir Wilfred—. Estuvo mirándola en el teatro.

—Y ahora ya sabemos por qué. —Anisha se encogió de hombros—. Pero poco importa, porque el señor Kemble me dijo que no tenían ningún valor. Mencionó, en cambio, al sindicato del Caballo Negro, aunque no estaba seguro de quien formaba parte de él.

—Los recuerdos se borran —dijo sir Wilfred compasivamente—. ¡En fin! Creo que debería saldar mi deuda con Lazonby.

—Estoy segura de que no es necesario. —Luego, para ceñirse a su mentira, añadió bruscamente—: No quiero que se entere de que hemos hablado de esto, ni de que me llevé estos papeles.

—En efecto, no es bueno hurgar en las viejas heridas, querida mía —convino él—. De hecho, sería conveniente que me dejara destruir esos papeles ahora mismo.

Anisha soltó un largo suspiro.

—Será mejor que vuelva a guardarlos donde los encontré en cuanto tenga oportunidad —dijo mientras volvía a meterlos en su bolso—. Las mujeres nos empeñamos en ser las criaturas más fisgonas de la Tierra, ¿no cree?

Leeton se rió y siguió paseando tranquilamente.

—Bien, si soy un hombre felizmente casado es por algo, querida —dijo—. ¡No pienso decir nada que me incrimine!

Habían dado una vuelta completa alrededor de la tarima. Madeleine seguía hablando con la señora de verde y lady Bessett se había reunido con ellas. Todos los invitados fijaron la mirada en el escenario, donde lady Leeton estaban pidiendo que le prestaran atención.

Durante los minutos siguientes, se repartieron diversos premios a las alumnas de la escuela benéfica. No menos de una veintena de señoritas de rostro lozano cruzaron la tarima para hacer una genuflexión ante Hannah Leeton, que estaba a todas luces en su elemento jugando a ser la gran benefactora y entregando premios de costura, aritmética, buenos modales, escritura y muchas otras materias.

Cuando acabó la entrega de premios y después de que el público aplaudiera un buen rato a las niñas, Anisha regresó con sus compañeras y se dio cuenta con sorpresa de que no había llegado a tomarse la limonada.

—En fin, la Misteriosa Karishma ha de volver sin dilación a sus quehaceres —declaró.

—La Grande y Misteriosa Karishma —puntualizó lady Madeleine—. Nunca te minusvalores. Pero, espera, no has tomado ni un refresco. ¿Quieres que te mande algo?

—¡Gracias! —exclamó Anisha—. Cualquier cosa que quite la sed.

De vuelta en la abigarrada tienda de lady Leeton, apenas se había envuelto en su sari cuando una sombra apareció en la puerta.

—¿Lady Anisha? —Una de las voluntarias de la escuela asomó la cabeza—. Venía para acá y lady Madeleine me ha pedido que le traiga una limonada.

—¡Ah, gracias! —Sonrió y le hizo señas de que pasara—. La señora

Drummond, ¿verdad? Es usted tan amable como da a entender la palma de su mano.

—Santo cielo, no es nada.

La señora entró con una sonrisa y dejó el vaso sobre la mesa, pero las otras dos voluntarias se quedaron fuera.

Anisha señaló con la cabeza hacia la entrada de la tienda.

—Veo que a la Grande y Misteriosa Karishma le queda aún una víctima entre ustedes —dijo en broma—. ¿No le gustaría entrar para que le lea las rayas de la mano?

La señora Drummond sonrió astutamente.

—¡Señora Ashton, la han descubierto! —exclamó mirando hacia atrás—. Tiene que entrar y pagar su chelín a la Grande y Misteriosa Karishma o puede que le eche una maldición.

Riendo, la otra señora, la señora Howe, arrastró a la señora Ashton al interior de la tienda.

—Vamos, querida —dijo—. Miriam y yo ya lo hemos hecho. Tiene que leerte la mano.

La mujer, más joven que las otras dos, titubeó.

—Me encantaría hacer un pequeño donativo, claro —dijo, intentando ganar tiempo.

—¡Oh, no nos conformaremos con eso! —bromeó la señora Howe—. ¡Fuera esa mano!

La señora Drummond siguió insistiendo, y poco después la señora Ashton estaba sentada frente a Anisha con la espalda rígida. Ella se sintió responsable y afligida por el malestar de la dama.

La señora Ashton era una mujer esbelta y guapa, pero no elegante, pues encorvaba los hombros como si se disculpara por ser tan alta: una costumbre preocupante, pues Anisha creía firmemente que limitaba el *pranayama* y era causa de enfermedades. Su rostro, enmarcado por completo por gruesos tirabuzones castaños, le resultaba vagamente familiar. Tal vez, se dijo, la conocía de la iglesia. Sus ojos, en cambio... ¡Ah, eran del color verde de un estanque helado, e igual de acogedores!

Anisha dejó a un lado su ridículo turbante, nerviosa de pronto.

—*Namasté*, señora Ashton —dijo, inclinando la cabeza—. ¿Desea tener público o quiere que le lea la mano en privado?

Su respuesta le sorprendió.

—En privado —dijo con voz extrañamente crispada.

Las otras damas asintieron con la cabeza, visiblemente decepcionadas, y salieron de la tienda.

Anisha se sentó, pero la señora Ashton seguía pareciendo incómoda. Entonces la observó un momento desde el otro lado de la mesa, presa de un extraño desasosiego. No iba a gustarle lo que iba a ver, lo supo sin necesidad de desdoblar los dedos de la mujer.

Y sospechaba que ella también lo sabía.

Suspiró.

—No tenemos por qué hacer esto, ¿sabe? —dijo con calma—. Podemos quedarnos aquí, tranquilamente sentadas, hasta que sus amigas se convenzan de que se ha plegado usted a seguirles la corriente.

Una emoción misteriosa y pasajera se dibujó en el rostro de la mujer, que extendió la mano derecha con la palma hacia arriba.

—Ninguna persona sensata teme estas tonterías —dijo altivamente—. Adelante, misteriosa Karishma. ¿Qué ve aquí? ¿Seis hijos y un matrimonio feliz? ¿O riquezas más allá de lo imaginable?

Anisha se rindió a lo inevitable.

—Yo diría que cualquiera de las dos cosas es posible —dijo, acercándose su mano.

Y sin embargo sabía que, en el caso de aquella mujer, ambas cosas eran improbables.

Durante un rato pospuso la verdad y se limitó a trazar las líneas del corazón y la vida, junto con sus muchas bifurcaciones. Después pasó metódicamente el pulgar por encima del duro Venus, la áspera Luna, el dilatado Sol, extrañada por la tristeza que dejaban entrever.

Pasado un tiempo sacudió la cabeza.

—Ésta no es su mano dominante.

La mujer titubeó.

—¿Qué quiere decir?

—La mano que más usa —dijo Anisha—. ¿Cuál es?

—Yo... uso las dos —contestó—. Soy ambidiestra. ¿Por qué?

—¿Puede escribir con las dos manos? —insistió Anisha—. ¿Coser con las dos manos? Cuando camina, ¿qué pie adelanta primero? Verá, una parte de nuestra naturaleza siempre ha de guiar a la otra.

La señora Ashton se limitó a mirarla fijamente, pestañeando.

—Camino adelantando primero el pie que está mejor colocado —dijo—. Sí, puedo escribir y coser con las dos manos. Un poco mejor, quizá, con la izquierda.

Anisha asintió con la cabeza.

—Deme también la izquierda, entonces, si es tan amable.

Esperaba que se negara, pero no lo hizo.

—Cómo no —dijo, abriendo la mano izquierda junto a la derecha—. No tengo nada que esconder.

Pero mucho se temía Anisha que sí tuviera algo que esconder. Inspeccionó cuidadosamente la mano abierta. Nunca había visto un conjunto de montes y líneas tan confuso y contradictorio, una incoherencia emocional y una dualidad de carácter tan evidentes.

Por fin se echó hacia atrás en su taburete.

—Es usted Géminis de nacimiento, ¿verdad? —dijo con calma—. ¿Nació a principios de junio?

La señora Ahston contuvo bruscamente la respiración.

—Sí.

Anisha hizo un gesto de asentimiento.

—Y como muchas personas de su signo, tiene dos naturalezas —añadió—. Dos naturalezas que a menudo están enfrentadas. Está partida por la mitad, su ser superior dominado por su ser inferior. De hecho, me temo que podría usted verse impulsada a la destrucción si no tiene cuidado.

La señora Ashton sonrió desdeñosamente y retiró las manos.

—Qué bobada.

—Creo que usted sabe que no lo es —repuso Anisha suavemente—. Estoy segura que por eso ha hecho salir a sus amigas. Aunque lo disimula muy bien, se siente usted confusa y llena de dudas buena parte del tiempo. Pero se niega a reconocer su incertidumbre incluso ante sí misma. Percibo que es usted una mujer profundamente desgraciada, señora Ashton, a pesar de su generosidad y de su trabajo como voluntaria.

Ella la sorprendió enseñándole de nuevo las manos.

—Muéstreme cómo ha llegado a esa absurda conclusión —dijo en tono desafiante.

Anisha lo hizo: siguió con el dedo las rayas de su mano y señaló las que estaban atrofiadas, los montes más alto o más bajo de lo que debían y las señales de conflicto grabadas profundamente en ambas manos.

—Y quizá lo más importante —explicó—: aquí, su monte del Sol es desproporcionadamente grande. Revela su devoción. Su *pasión*, si lo prefiere.

—¿Y desde cuándo es mala la devoción? —preguntó la señora Ashton con acritud.

—Lo es cuando uno se consagra a algo destructivo —repuso Anisha—. Posee usted el coraje de sus convicciones, señora Ashton, y la están devorando viva. Y esto, el *ketu*, está hipertrofiado. Traducido vendría a ser algo así como «la cola del dragón», y en *Mithuna rashi*, el signo de Géminis, tan desarrollado como lo tiene usted, es extremadamente dañino.

La mujer soltó una áspera carcajada.

—¿Dañino en qué sentido?

—No tiene usted libertad de espíritu —dijo Anisha—. Posee, además, una notable capacidad para renunciar al placer. Su mente, además, ha pasado por momentos de enajenación, y usted lo sabe.

—¡Cómo se atreve! —La mujer dio un respingo—. ¿Insinúa que estoy loca?

—No, no —contestó Anisha y hundió los hombros.

Era lo que había esperado. Demasiado difícil de explicar. Demasiado difícil incluso para que ella lo entendiera. ¿Cómo se convertía alguien en un ser tan atormentado e infeliz?

—No está loca —añadió por fin—. Nada de eso. Pero ha permitido que la ira, la obstinación y la negación de la alegría la empujen hacia lo irracional. Y si sigue así, señora Ashton, podría perder por completo el norte. ¿Es eso lo que desea?

—Creo que la loca es *usted*.

La mujer temblaba de rabia.

Anisha permaneció tranquilamente sentada.

—Todo el mundo puede cambiar, señora Ahston —dijo con aplomo—. ¿Quiere que le diga cómo? En su casa, puede hacerlo centrándose en la línea del corazón y...

—No, soy yo quien va a decirle algo a *usted* —la interrumpió, poniéndose en pie con un susurro de enaguas y muselina—. Váyase al infierno.

Una fría oleada de fatalismo embargó a Anisha.

—Sé por experiencia que a menudo construimos nuestro propio infierno aquí, en la Tierra —contestó—. Todo se reduce a esto, señora Ashton: ha de elegir usted una mano. ¿La derecha o la izquierda? Debe elegir un bando. ¿La oscuridad o la luz? No puede seguir sufriendo, ansiando por un lado el bien de su ser superior, y atrapada por otro en su amargura. Se lo aconsejo por preocupación sincera, nada más.

—Marcharme de aquí, eso es lo que elijo. —Ya había retirado la cortina de la tienda—. Sé lo que me traigo entre manos. Y en cuanto a sus consejos, permítame que le dé yo uno: un buen refrán cristiano y no un disparate hindú, soñado entre una nube de humo y hierbas.

—Adelante —dijo Anisha ecuánimemente—. Intento mantener una mente abierta.

—Muy bien, entonces —dijo por encima del hombro al pasar junto a sus sorprendidas amigas—. *Quien con perros se acuesta, con pulgas se levanta.* Ahora póngalo en su pipa y fúmeselo, *lady* Anisha Stafford.

La señora Drummond entró en la tienda, boquiabierta. La señora Howe, por su parte, se había tapado la boca con la mano. Durante unos instantes se quedaron allí paradas, mirando a su compañera, que se alejaba tiesa como un palo, con los puños cerrados, caminando cada vez más aprisa mientras sus faldas susurraban sobre la hierba.

—¡Santo cielo! —exclamó por fin la señora Howe—. ¿Qué mosca le ha picado a la señora Ashton?

Anisha la miró.

—Imagino —dijo con calma— que, a fin de cuentas, no quería que le dijera la buenaventura.

Recostado en el mullido asiento de su compartimento de primera clase, Rance sostenía el periódico sin leer que había comprado, mientras se paseaba inquieto por la estación de Brighton. Tenía la mirada fija en la campiña de Surrey, más allá de la lluvia que salpicaba la ventanilla del tren, pero su mente, o al menos su mitad, seguía estando en el frondoso jardín de la señora Ford.

Al pensarlo, su mano derecha se crispó involuntariamente sobre la gruesa tapicería, como si pudiera aún sacarle la verdad por la fuerza a Alfred Hedge. Sabía, sin embargo, que no obtendría nada más de aquel viejo canalla. Y Hedge iba a llevarse a la tumba sus secretos, si no ese mismo día, dentro de muy poco. No obtendría venganza en aquella vida, y en eso Rance no podía evitar sentirse estafado.

Aun así, había prometido a Anisha que buscaría justicia, no venganza, y era ella quien más le preocupaba. Anisha y las extrañas sensaciones, la extraña *certeza*, que incluso en ese instante parecían conectarlo con ella. Mientras regresaba a Londres a toda velocidad, tras partir con tanta precipitación que ni siquiera se había parado a recoger sus pertenencias, no podía sacudirse aquella sensación de urgencia, aquella especie de pánico que lo impulsaba a regresar a su lado.

Justo en ese momento, sin embargo, el tren se sacudió y aminoró bruscamente la velocidad con un chirrido de frenos. Rance, al que la inercia casi arrojó de su asiento, se agarró a la puerta hasta que el vagón dejó de zarandearse. Cada vez más alarmado, se levantó y estiró el cuello para mirar a lo largo de las vías.

El elevado arco de ladrillo del túnel de Merstham lo miraba desde su afloramiento de roca caliza, pero no pudo distinguir la negra entrada de más abajo por la que desaparecían las vías.

Detrás de él, al fondo del vagón, oyó abrirse una puerta y un momento después un mozo de estación pasó renqueando entre la neblina, aplastando al andar la grava suelta del suelo.

Regresó segundos después, encorvado.

Rance abrió su puerta y lo miró.

—¿Por qué diablos nos hemos parado? —preguntó.

El mozo lo miró parpadeando entre la niebla.

—Vacas —contestó.

—¿Vacas? —dijo él—. ¿Cómo demonios se meten por un pasillo tan estrecho?

—Vaya usted a saber —contestó el mozo con cierta impertinencia—. Pero son vacas, y hay que hacerlas retroceder, porque por aquí no pueden pasar, ¿no cree?

—¡Por el amor de Dios! —exclamó Rance—. ¡Vaya a echarlas de ahí! No podemos quedarnos aquí parados.

—Bueno, primero tengo que ponerme las botas, ¿no le parece? —contestó el mozo.

—¡Vaya, sí que es melindroso para ser un mozo de estación! —exclamó Rance, abriendo del todo la puerta—. Que Dios se apiade de nosotros. Iré yo mismo a ocuparme de esas vacas.

—Bueno, señor —dijo el mozo, sacudiendo una mano—. Yo que usted no lo haría.

Pero era demasiado tarde. Rance había saltado a la grava y había aterrizado en medio de un montón de estiércol caliente.

—¡Santo Dios! —gritó.

El mozo soltó un chillido y dio un salto hacia atrás para esquivar las salpicaduras, pero no fue lo bastante rápido.

—¡Narices! —exclamó mientras buscaba algo en su enorme bolsillo—. ¡Otro lunes de mala suerte!

Rance levantó la vista de sus botas manchadas y vio que el pobre muchacho se limpiaba el estiércol de la mejilla.

—¿Lunes?

El mozo lo miró con reproche.

—Siempre que se tuerce algo, es lunes —refunfuñó mientras se limpiaba la manga de la chaqueta—. El mes pasado, una traviesa suelta. Hace quince días, un desprendimiento de rocas. Y el lunes pasado, una mujer estuvo a punto de dar a luz cuando entrábamos en la estación de Brighton. Y si cree que el estiércol es un engorro... En fin, en todo caso, parece que los lunes no debería levantarme de la cama.

Pero Rance se quedó paralizado al borde de la vía.

El mozo tenía razón. Entre su neblina de esperanzas, frustración y pasiones refrenadas, había perdido la cuenta de los días. Pero era, en efecto, *lunes*.

Y de pronto el ímpetu que sentía tras aquella espantosa sensación de urgencia se le hizo evidente. Santo cielo. Era lunes. Tenía que llegar a Londres. *Enseguida*.

—Venga —dijo entre dientes, agarrando al mozo del brazo—. Vamos a mover a esas vacas... y por Dios que vamos a hacerlo ahora mismo, y al diablo las malditas botas.

Anisha se sintió sumamente aliviada cuando por fin los lacayos de lady Leeton fueron a desmontar la llamativa tienda y a llevarse los muebles. A lo largo de la explanada cubierta de hierba, los demás tenderetes también habían sido desmontados y los invitados que quedaban habían vuelto a desplazarse hacia la tienda de los refrigerios para tomar el té de la tarde.

—Ya está, el último —declaró sir Wilfred mientras recogía los palos.

Anisha se volvió hacia el joven criado que estaba cargando los bultos.

—Gracias —dijo mientras el muchacho amontonaba las sillas encima de una carretilla—. ¿Tienen el establo lleno de tiendas y maderos?

—Sólo el ala este —contestó sir Wilfred, malhumorado—. Hasta el escenario se desmonta. Hannah vendió la mitad de mi cuadra para hacer sitio.

Anisha sonrió.

—Como usted mismo ha dicho, es muy decidida.

Él se rió mientras el criado se alejaba empujando la carretilla. Anisha se llevó una mano a los ojos. El cielo estaba gris por el Sur, pero por el Norte seguía brillando el sol. A lo lejos, en el otro extremo del prado, vio a lady Leeton dirigirse hacia los establos junto con su mayordomo y señalar varios puestos y tenderetes con gesto imperioso, como si estuviera ordenando cuál desmontar primero.

—Discúlpeme —dijo Leeton—, creo que será mejor que vaya a reunirme con Hannah y haga mi parte.

Anisha se alegró de pronto por tener un momento de tranquilidad. Miró hacia atrás y pensó en reunirse con Madeleine y lady Bessett en la tienda de los refrigerios, pero la eficiente señora Day estaba presidiendo el té, y no le apetecía volver a encontrarse cara a cara con la señora Ashton.

No tuvo mucho tiempo de pensarlo, pues sir Wilfred asintió a algo que le decía su esposa, dio media vuelta y regresó rápidamente sobre sus pasos por el camino, resoplando y con las mejillas muy coloradas.

—Hannah quiere llevarla a la despensa a ver la colección de plantas medicinales de su padre —dijo al detenerse a su lado—. ¿Puede reunirse con ella en la casa, dentro de diez minutos? Yo he de ayudar a Potter a descargar.

—Sí, claro —dijo Anisha—. Qué amable.

Leeton miró hacia la casa.

—Vaya mejor por detrás, hasta el huerto de la cocina —dijo—. La casa está cerrada y todo el servicio está fuera.

Tras recoger su bolso, Anisha avanzó por un sendero en sombras que discurría junto a la tapia del jardín, con la esperanza de que nadie la viera. La larga tarde que había pasado en la tienda sofocante, rodeada de gente y de ruido, la había dejado agotada.

No le costó encontrar el camino entre los pulcros parterres que flanqueaban la casa, hasta pasar bajo el arco de piedra que daba a la parte de atrás. El jardín amurallado se prolongaba por aquel lado en un huerto situado a un nivel más bajo, con una parcela dedicada a los tubérculos, que empezaban a florecer, otra a las verduras y una última, más pequeña, a las hierbas aromáticas.

Alguien había dejado, apoyado contra la pared del huerto, un montón de herramientas cubiertas de barro, pero Anisha no les prestó atención, distraída como estaba por la doble hilera de frutales que se alejaba de la casa y al final de la cual se divisaba un chato edificio de piedra, casi enterrado y rematado por una cúpula: la quesería, quizás, o una fresquera de gran tamaño. Completaba la bucólica estampa un pinzón que, posado en el árbol más cercano, trinaba como si se alegrara de tener visita.

Intentando olvidarse de la señora Ashton y su amargura, Anisha se quedó muy quieta, respiró despacio y profundamente durante un rato y deseó que desaparecieran las frustraciones del día. Perdió durante unos instantes la noción del tiempo, consciente sólo de la suave hierba bajo sus pies, del canto del pájaro y del olor a tierra recién arada del suelo. Consciente de la fuerza eterna y perfecta de Dios, que extraía de la tierra una dulzura tan verde y fecunda.

Pensar en el poder divino, sin embargo, le recordó de nuevo a Rance, a la perfecta felicidad que parecía casi al alcance de su mano. En momentos como aquél, era para ella una serena alegría detenerse a recordar la noche de pasión que habían pasado juntos y la promesa que aún faltaba por cumplirse.

Rance la quería. *Siempre la había querido.* Y ella lo había sabido desde el principio, lo había sabido como sólo podían saberlo dos almas destinadas a estar juntas. Es más, al fin estaban a punto de aceptar ese destino. Casi se arrepentía de haber ido a la fiesta. ¡Cuánto más dulce habría sido quedarse sola con sus recuerdos en la serenidad de su propio jardín!

Pasado un rato, sin embargo, sintiéndose un poco más en paz, exhaló despacio, abrió los ojos y entró en el jardín de hierbas aromáticas.

Comenzó a examinar metódicamente las plantas elegidas por lady Leeton, ringlera por ringlera. Como la mayoría de las que podían encontrarse en los jardines de Inglaterra, no eran especialmente interesantes, ni útiles. Y tampoco estaban tan bien cuidadas como el jardín delantero, pensó al inclinarse para expulsar a un escarabajo de una hoja de mejorana dulce.

En ese instante, el pinzón se calló de pronto.

Anisha se detuvo con la mano en el aire. Sintió una extraña brisa: un sonido levísimo, como si el pájaro hubiera pasado volando muy cerca de su sien. Una luz blanca y cegadora atravesó su cabeza y luego desapareció, efímera como el sonido. Estiró la mano para detener la oscuridad y sintió que la blanda tierra se alzaba para salir a su encuentro.

Al despertar, se encontró flotando. Flotando, tumbada sobre una plancha de hielo que yacía bajo su cuerpo, mientras a su alrededor, por todas partes, resonaba un goteo de agua.

¿Una cueva? Una cueva helada. Un dolor agudo y frío la había calado hasta la médula.

Se agitaron jirones de recuerdos, girando a su alrededor como una bandada de jilgueros asustados. Alargó mentalmente el brazo para coger uno. El pájaro se alejó volando y desapareció. Anisha gruñó, su conciencia se fundió en el hielo.

La siguiente vez que despertó, oyó un roce de madera y piedra. Sintió un frío espantoso bajo la mejilla y las palmas de las manos, y un regusto a sangre en la boca.

Abrió un ojo con esfuerzo y vio borrosamente unas estacas.

No, no eran estacas. Eran patas de madera. Una docena, al parecer. Sus ojos se enfocaron por fin, y las patas se convirtieron en tres. *Un taburete.* Y, junto a él, dos grandes pies bien calzados. Anisha abrió el otro ojo y al pasarse la lengua por los dientes notó de nuevo un sabor a sangre.

Por encima de ella, alguien chasqueó la lengua.

—Conque va a despertar, ¿eh?

Intentó hablar, pero no pudo. Oyó el horrible estrépito del metal golpeando la roca. Una pala cayó delante de su cara. La parte de atrás estaba manchada de sangre.

—Quizás hubiera sido más fácil para los dos que no hubiera despertado —añadió aquella voz.

Ella intentó incorporarse, pero no pudo. Empezaba a recobrar la lucidez, y con ella una espantosa sensación de miedo. La habían golpeado. Aquella voz suave no lo era tanto. Comprendió vagamente que debía huir, y sin embargo sus miembros no se movieron.

Era mejor fingirse aturdida y pensar qué hacer.

Dejó que sus párpados se cerraran y miró a través de las pestañas. No yacía sobre hielo, sino sobre un suelo de baldosas blancas. Creyó reconocer el lugar. *La pequeña quesería, detrás de los árboles.* Sintió en el aire el olor agrio de la leche. Y oyó un gorgoteo de agua. Un riachuelo, quizá.

—Lazonby no podía dejar las cosas como estaban, ¿eh? —Aquella voz melancólica resonó en el recinto de piedra—. Santo cielo, está libre. ¿Qué más quiere?

A mí, pensó ella vagamente. *Me quiere a mí.*

Había querido ser lo bastante bueno para ella; devolver el honor a su familia. Sin duda semejante devoción no podía quedar reducida a aquello. Anisha respiró hondo, trémula, y se dijo que no lo permitiría.

Consiguió tumbarse ligeramente de lado y miró los ojos sombríos y azules de sir Wilfred Leeton.

—Usted... usted mató... —susurró— a lord Percy...

Estaba sentado en un taburete de ordeño de tres patas, con los codos sobre las rodillas y las manos colgando, lastimeramente inclinado sobre su cuerpo. Sólo la pala ensangrentada que yacía a sus pies delataba su crueldad.

—Yo no quería hacerlo —dijo, gimiendo un poco por la nariz—. Pero tenía que librarme de Arthur. No podía matarlo, éramos amigos, en cierto modo. Sin embargo, Arthur tenía que desaparecer. ¿Qué otra cosa podía hacer?

—¿Arthur? —Anisha se esforzó por comprenderlo—. ¿Qué... qué...?

Sir Wilfred suspiró y se pasó las manos por el poco pelo que aún le quedaba.

—Si no, ella ni siquiera se habría dignado a mirarme —dijo—. Todo aquel dinero esperando a que alguien lo recogiera... ¡Y las hijas de Arthur preocupadas por su pureza de sangre! Usted mejor que nadie comprenderá lo absurdo que es eso. Oro judío, oro hindú... todo tintinea igual en el bolsillo, ¿eh? Aunque reconozco que le mina a uno la moral hacer de amante esposo de una verdulera.

Anisha consiguió apoyarse en un codo.

—Usted... usted le odiaba —susurró.

Los ojos azules de sir Wilfred se agrandaron con expresión inocente.

—¿A Arthur? ¡No! Sólo quería que huyera a Francia. Dijo que pensaba hacerlo. En realidad, me lo *prometió*.

—No, a Ra... a Ra...

Anisha se dio por vencida y dejó caer de nuevo la cabeza.

—Ah, ¿a Lazonby? No, no. —Su voz se volvió reflexiva de repente—. Me atacaba los nervios ver a las mujeres tras él, jadeando como perras en celo —dijo—. Y es cierto que en aquel momento no podía permitirme pagarle las novecientas libras que le debía. Pero eran los chicos del Caballo Negro quienes querían librarse de Lazonby.

Anisha comprendió vagamente que tenía que procurar que siguiera hablando.

—¿Por qué? —preguntó, escupiendo sangre.

Leeton se encogió de hombros.

—Estaban convencidos de que hacía trampas, aunque no sabían cómo —contestó—. Les tenía preocupados. Así que me ofrecieron justo lo que necesitaba: financiación para comprar el teatro. A cambio, yo me aseguraría de que Lazonby no les molestara más.

Anisha intentó hacer acopio de fuerzas y apoyó las dos manos sobre el suelo helado.

—¿Por eso... por eso mató? —preguntó con voz rasposa.

—¡Sólo a Percy! —contestó él, como si fuera algo lógico—. Porque, ¿quién iba a imaginar que Arthur se acobardaría de ese modo? ¿Y quién iba a suponer que Lazonby intentaría defenderse? Incluso le avisé, le dije que huyera, al muy necio —Bajó la mirada casi lastimosamente y sacudió la cabeza—. Y ahora voy a tener que matarla a usted también, lady Anisha, por más que me duela.

Al principio, pensó que los remordimientos se habían apoderado de él. Pero entonces levantó la mano y señaló con evidente desagrado algo que había más allá, hacia el lugar donde borboteaba el agua.

Se humedeció los labios, indeciso.

—Todo el mundo se preguntará por qué vino aquí sola, desde luego, pero nadie pondrá en duda que ha sido mala suerte —dijo cada vez más atropelladamente—. El suelo estaba mojado, pisó mal y estaba demasiado cerca del pilón. No es mi plan más brillante, lo reconozco, pero me ha dado tan poco tiempo, querida... Esos papeles... Santo Dios, si permito que se quede con ellos... Si Lazonby lo descubriera... habría una avalancha de sospechas. Y ese maldito George Kemble... ah, ese entrometido descubriría mi estratagema en menos que canta un gallo... o le diría a Lazonby cómo hacerlo.

Es demasiado tarde, quiso decirle ella. *Estás acabado, maldito canalla.*

Tal vez así se salvaría.

—Los... los han visto —murmuró ella, resistiéndose al deseo de cerrar los ojos y dormir—. Lo saben.

—No, no lo saben. —Su voz había adquirido una nota extraña—. No pueden saberlo aún o no estaría usted aquí.

Anisha cerró los ojos y luchó por recordar quién sabía qué. Pero sólo vio a Durga, la diosa guerrera de múltiples brazos, empuñando sus espadas, su trueno y su arrolladora venganza. *Leeton había matado por dinero. Había dejado que Rance fuera al patíbulo por ello como un vul-*

gar criminal. Se imaginó a Durga levantando su rayo y dirigiéndolo directamente hacia el rostro de Leeton. Aquella imagen le dio valor... y una terrible sed de venganza.

La pala. Vio que el mango estaba a su alcance, si tenía fuerzas para empuñarla. Respiró hondo despacio e intentó bloquear el dolor.

—Lady Anisha, una persona puede ahogarse en un palmo de agua cuando está incapacitada —murmuró sir Wilfred—. O cuando alguien la sujeta. ¿Lo sabía?

—Sí... —susurró mientras se acercaba levemente a la pala.

Y un traidor puede morir de mil maneras.

—¿Comprende por qué no quería que despertara? No tengo nada contra usted... ¡ni siquiera contra los de su raza! Dios mío, entiendo perfectamente que Lazonby la desee. Incluso ahora, lo reconozco, es un bocado muy tentador. —Chasqueó los labios y se pasó una mano por la cara—. Pero yo no soy un depravado, desde luego. Aun así, ¿por qué tenía que sacar a relucir esas viejas anotaciones, querida? ¿Y hacer esas horribles preguntas?

Anisha se retorció como si sintiera dolor, acercando la mano a la pala.

—¿Cómo... cómo pudo...? —dijo con voz ahogada—. Sus... *amigos...*

—No eran más que dos granujas. —Su voz sonó suplicante, casi ahogada—. Me dije a mí mismo: «Will, muchacho, haz las cosas bien y matarás dos pájaros de un tiro. Arthur huirá... y Lazonby también. El sindicato quedará contento. Y esas mocosas de Arthur, que se ahoguen en su maldito orgullo».

En ese momento, todo cambió. Como por voluntad divina, Anisha agarró la pala justo en el momento en que se abría violentamente la puerta.

Leeton saltó de su taburete y tropezó con el mango de la pala. La señora Ashton bajó de un salto el corto tramo de escalones, envuelta en una nube de muselina gris, su cara convertida en una máscara de rabia salvaje.

—¡Canalla! —siseó.

Leeton soltó un grito espantoso y se encogió.

Anisha vio que la mujer sostenía con las dos manos una pequeña pistola.

—¡Tú! ¡Eras tú desde el principio! —La señora Ashton temblaba casi incontrolablemente, pero sus brazos permanecían firmes, el dedo en el gatillo—. Fuera. Esto ya no te concierne.

Sujetando todavía la pala, Anisha intentó levantarse, pero le falló el equilibrio. Se tambaleó, torciéndose el tobillo. De algún modo logró arrastrarse hacia atrás, hasta el borde del pesebre de cemento.

La señora Ashton hizo una seña con la cabeza a Leeton.

—Agáchate —ordenó—. Ponte de rodillas, Wilfred Leeton y reza a tu dios, si es que tienes alguno, porque estoy a punto de matarte como a un cobarde, como te mereces.

Leeton tenía los ojos como platos.

—¿Quién...? —gritó al chocar contra la pared—. ¿Quién eres tú?

La señora Ashton dio dos pasos hacia él. Anisha no dudó ni un instante de sus intenciones. Tenía una mirada colérica, los ojos inyectados en sangre. Entonces miró a su alrededor, asustada. La habitación era completamente de piedra. Los suelos, las paredes, los escalones, el pilón de cemento de Pórtland. Una encimera de mármol que abarcaba toda una pared. Un disparo podía rebotar incontrolablemente. Podía morir cualquiera de ellos, incluida la señora Ashton.

Intentó por un momento levantarse. Su tobillo cedió. La pala cayó con estrépito al suelo. La señora Ashton se volvió bruscamente hacia ella.

—¡Salga de aquí o agáchese! —le advirtió. La pistola temblaba en sus manos—. Si no, le pegaré a usted también un tiro y que Dios se apiade de mí. ¡Tú, Leeton, de rodillas!

Anisha se apretó contra la pared. En ese instante, una sombra pasó junto a la puerta. Un movimiento tan leve que ella podría haberlo imaginado.

—¿Qué quieres? —farfulló Leeton, que había caído de rodillas—. ¿Qué es lo que quieres, por el amor de Dios? Ni siquiera te conozco.

La señora Ashton apuntó directamente a su calva cabeza.

—Oh, nos vimos una vez —dijo con voz tan hueca como la muerte—. Yo iba paseando por el parque, de la mano de mi padre.

—No... no me acuerdo —dijo él—. Lo siento. ¿Quieres dinero? Tengo una caja fuerte en la casa.

—Sí, para ti todo se reduce a dinero —bufó ella con desdén—. No, Leeton, de aquí no podrás salir con dinero. Soy Elizabeth Colburne... y lo único que quiero es ver tu sangre derramada por este suelo. Y no me marcharé hasta que haya visto la última gota abandonar tu cuerpo.

La sombra volvió a aparecer, llenando esta vez la puerta.

Elizabeth Colburne miró un instante hacia los peldaños y un expresión de pánico se pintó en su rostro.

Rance se agachó con calma y le tendió la mano. Tenía una expresión serena y se movía suavemente.

—Deme la pistola, señorita Colburne —dijo con voz queda—. Usted no quiere que esto pase.

La ira brilló en los ojos de la mujer.

—Lárguese, Lazonby —le espetó—. Esto ya no le concierne.

Allí agachado, con sus altas botas negras, Rance tenía una mano apoyada casi con despreocupación sobre el marco de la puerta y la otra extendida.

—Sí que me concierne —dijo—. Siempre ha sido así. Y aunque no hubiera sido asunto mío, me vi arrastrado a él. Así que, ¿deduzco que fue Wilfred quien mató a Percy?

—Es una pena que no lo haya deducido antes —replicó la señora Ashton.

Seguía apuntando a la calva de Leeton, pero temblaba de los pies a la cabeza.

—Deme la pistola, señorita Colburne —repitió Rance, su voz suave como la seda—. Créame, no hay mayor infierno que la prisión de Newgate. Y Leeton se pudrirá en él.

—*No* —gruñó ella—. Ah, no. Leeton va a desangrarse como un

cerdo sobre sus propias baldosas. Cuando murió mi padre, los médicos dijeron que se había desangrado. Suena mejor, supongo, que decir que fue asesinado por su presunto amigo.

—¡No, no! ¡Yo no lo maté! —Todavía de rodillas, Leeton agitó las manos en un gesto de rendición—. Yo no toqué a Arthur. ¡Sólo apuñalé a Percy! Y sí, soborné a Nick Napier y a ese portero. Y supongo que lo arreglé todo para que culparan a Lazonby. ¡Pero nada más! Arthur me caía bien. De veras. Yo... Caramba, tenía previsto que fuéramos a visitarlo cuando persuadiera a Hannah de que se casara conmigo. A Francia. O adonde fuese.

Rance esbozó una sonrisa de desdén y bajó el brazo.

—¿Sabe lo que creo, señorita Colburne?

—No —replicó ella con aspereza—, ni me importa.

—Creo —prosiguió Rance suavemente— que tal vez deba pegarle un tiro.

—¡Lazonby! —gritó Leeton—. ¡Por Dios, hombre! ¿Es que se ha vuelto loco?

—De hecho —añadió Rance con voz densa como la crema—, creo que voy a permitir que le dispare. Pero, señorita Colburne, me ha acosado usted sin descanso, y es muy probable que de ese modo haya impedido que descubriera antes la perfidia de Leeton. En resumidas cuentas, me ha hecho la vida imposible.

—¿Y qué? —replicó ella—. Ahora usted ya no me interesa.

—Voy a explicárselo —dijo Rance—. Está usted en deuda conmigo, señorita Colburne. Y no se equivoque: le estoy *permitiendo* que siga empuñando esa pistola. Soy muy rápido, mucho más rápido que usted, querida, y lo sabe. Sólo el miedo a que rebote la bala me hace dudar.

—¡Dispararé! —afirmó ella—. Lo haré.

—No lo dudo ni por un instante —dijo Rance con suavidad—. Sé perfectamente quien es. ¿Quiere quitarse esa peluca de rizos castaños? No, ya me parecía. Bien, esto es lo que le pido como pequeña recompensa por haberme perseguido casi hasta la tumba: deje que entre y saque de ahí a lady Anisha... porque, cuando esa pistola se dispare, a menos que tenga usted buena puntería, la bala se volverá loca, y si la mata, si le toca un solo pelo, entonces sabrá usted lo que es el verdadero infierno.

Ella miró compungida hacia la puerta.

—Muy... muy bien —dijo, apartándose un poco para dejarle paso—. Baje aquí. Pero dese prisa.

Mirando fijamente a Anisha, Rance se levantó y bajó lentamente los escalones. Anisha notó que ella también estaba temblando, le castañeteaban los dientes. Rance pasó sin vacilar, con cuidado, por delante de la línea de fuego, cruzó el suelo de baldosas y se agachó para levantarla en brazos. Anisha se avergonzó al oírse estallar en lágrimas.

—Shh, amor mío, ya te tengo —dijo Rance, apretándola contra sí.

Sin embargo, en esa fracción de segundo, justo cuando Anisha le rodeaba el cuello con los brazos, Leeton saltó. Se arrojó sobre la señora Ashton, haciéndola caer hacia atrás. Ella se estrelló contra la encimera de mármol. Se oyó un disparo. Rance se abalanzó instintivamente sobre Anisha, intentando cubrir su cuerpo con el suyo. Ensordecida por la explosión, ella vio, más que oírlo, el agudo gemido de la señora Ashton.

—¡Maldita sea!

Rance miró hacia atrás, levantó a Anisha en brazos y giró sobre sus talones.

Wilfred Leeton yacía muerto a los pies de la señora Ashton, con los ojos fijos en las vigas del techo y un agujero negro en medio de la frente.

—¡Dios mío! —La señora Ashton levantó las manos temblorosas. La pistola se estrelló contra el suelo—. ¡Oh, Dios mío!

De pronto, Samir Belkadi cruzó de un salto la estrecha puerta y aterrizó como un gato.

—*Mon dieu! Qu'est-ce qui s'est passé?*

La señora Ashton se llevó las manos a la boca.

—Coldwater ha pegado un tiro a ese cerdo —explicó Rance tranquilamente—. Ten, coge a Anisha. Está malherida.

—¿*Coldwater*?

Pero Belkadi cogió a Anisha y subió con ella los tres escalones.

—Para —ordenó ella mientras se enjugaba las lágrimas—. Déjame en el suelo.

—*Non, madame* —repuso él con firmeza—. Está sangrando. Vamos a la tienda.

—¡Belkadi! —De algún modo logró golpear sus hombros—. ¡Bájame! Tenemos que aclarar esto.

Él arqueó una de sus cejas oscuras y la depositó suavemente sobre un viejo mojón que había junto a la puerta, rodeado de flores silvestres. Anisha dejó escapar una risa histérica al ver aquel contraste.

Más allá de la casa se había desatado un tumulto. Rance parecía tembloroso y la miraba constantemente, como si quisiera asegurarse de que estaba bien.

Elizabeth Colburne, en cambio, se paseaba de un lado a otro.

—¡Lo he matado! —sollozó, tirándose del pelo como enloquecida—. Lo he *matado*.

Rance la agarró del brazo. Ella intentó desasirse y su peluca castaña se movió y dejó al descubierto los rizos rojos que había debajo.

—¡No me toque! —gritó. Luego su rostro se contrajo—. ¡Oh, Dios mío, lo he hecho! ¡Le he disparado!

La pena se pintó en el rostro de Rance. La agarró y tiró de ella atrás.

—No, le ha matado Jack Coldwater —dijo—. Leeton se abalanzó hacia él, Jack disparó. Fue en defensa propia.

Ella tenía una mirada frenética.

—¡Pero yo quería matarlo! —chilló—. Quería que muriera. No en ese preciso instante, pero quería que muriera. *¿Es que no lo ve?*

Rance la zarandeó con tal fuerza que le crujió el cuello.

—Cálmese, señorita Colburne —ordenó—. ¿Oye a toda esa gente que se acerca? Escúcheme. Jack Coldwater, su hermano, ha matado a Leeton. Ha habido una pelea. Lady Anisha intentó intervenir y recibió un golpe en la cabeza. Jack disparó a Leeton y huyó.

—¡Pe-pero yo no tengo ningún hermano! —gritó ella.

Anisha vio que Rance le clavaba los dedos en el brazo, vio que su mente funcionaba a marchas forzadas por un instante.

—Su misterioso hermano *ilegítimo* —dijo—. *Jack Coldwater.* Disparó a Leeton tras descubrir la verdad y ha huido. No volveremos a verlo. ¿Me entiende?

—Yo... sí —susurró ella—. Pero... ¿por qué?

—¿Por qué qué? —preguntó Rance con aspereza.

—¿Por qué hace esto *por mí*?

Sus ojos tenían una mirada suplicante.

Rance miró un instante a Anisha.

—Porque alguien me dijo una vez que era preferible la justicia a la venganza —dijo con calma—, y para mí esto es justicia.

—Está... está bien. —La señorita Colburne se alisó las faldas con las manos como si intentara calmarse—. Sé... sé qué debo decir.

Rance miró a Anisha y a Belkadi.

—Sam, ¿has entendido? —preguntó.

—*Oui*, perfectamente —contestó Belkadi tranquilamente—. Está bien claro.

—Pero yo... yo no entiendo nada —dijo Anisha, a la que le seguía doliendo la sien.

—Porque has recibido un fuerte golpe en la cabeza —dijo Rance con suavidad— y no volverás a acordarte de nada. No debes implicarte más. Samir ya ha mandado a buscar a Napier. Él se ocupará del resto de este asunto. *Le pondrá punto final.*

—¿Tú crees? —preguntó Belkadi taimadamente.

Rance se encogió de hombros.

—O puede abrir una investigación —dijo— y explicar la deslealtad de su padre. Es la alternativa que pienso ofrecerle. Y tú, Nish... tú no recuerdas *nada*. No dirás ni una palabra.

—Bueno —logró decir Anisha débilmente—, creo que eso puedo conseguirlo.

Pero Rance se había acercado a la puerta. Su rostro se contrajo un poco de dolor cuando puso la mano sobre su mejilla, manchada de pelos y sangre reseca.

Sus ojos decían que nunca se perdonaría a sí mismo.

Pero el corazón de Anisha afirmaba que ella se encargaría de que lo hiciera.

Epílogo

*Te bañaré en una lluvia de oro y
verteré sobre ti ricas perlas.*

WILLIAM SHAKESPEARE,
Antonio y Cleopatra

*D*iez días después de que Jack Coldwater desapareciera de la vorágine de Londres, lord Lazonby se preparó para cerrar su casa de Ebury Street y mandar a todos sus criados de vacaciones. Bueno, a todos menos a Horsham y al joven Emmit. Poco importaba, de todas formas. Se mudaría de inmediato a la suite de invitados de Ruthveyn y no tenía intención de marcharse de allí en mucho tiempo. Al menos, hasta que estuviera seguro de que Tom y Teddy estaban listos para emprender una nueva vida y lord Lucan en condiciones de quedarse solo sin supervisión.

Calculaba que pasaría algún tiempo.

Estaba sentado ante su escritorio, durante una de sus breves visitas a su casa, contando los salarios de dos semanas por adelantado, cuando entró Horsham dispuesto a quejarse de todo.

—No entiendo —dijo amargamente su ayuda de cámara— por qué nosotros no podemos irnos también de vacaciones.

Rance abrió su chequera y lo miró con el ceño fruncido.

—Porque estáis siendo castigados —dijo al coger su pluma—. Por dejar entrar a lady Anisha Stafford en mi casa.

—¿Por dejarla entrar en su casa? —dijo Horsham, indignado—. ¡Pero, milord, ha estado usted viviendo en la suya! De hecho, no ha dormido una sola noche en su propia cama en casi dos semanas.

Rance arqueó una ceja en señal de advertencia.

—Ni tampoco en la suya —dijo enérgicamente—. Le ruego que recuerde que lady Anisha es una dama. Una dama con hijos pequeños. Y con un hermano que defiende su virtud.

Horsham resopló y sacudió un hilillo del escritorio.

—¡Para lo que le va a servir!

—Le servirá lo suficiente para mi propósito —repuso Rance, echándose hacia atrás para abrir el cajón de arriba. Observó su contenido—. Maldita sea, Horsham, ¿dónde está ese estuche?

—¿Estuche? —preguntó el ayuda de cámara—. ¿Qué estuche?

—El que le mandé llevar a Garrard's —replicó Rance—. El que trajo de nuevo ayer.

Horsham resopló otra vez, rodeó la mesa y abrió el cajón de abajo, que albergaba la caja de caudales de Lazonby.

—Lo he guardado bajo llave —explicó—. Imagino que no querrá verlo tirado por ahí.

—Sí, tiene razón. Gracias. —Lazonby abrió la caja en el instante en que el mayordomo se volvía para marcharse—. Y Horsham...

—¿Qué?

Rance suspiró y sacó el estuche de terciopelo guateado.

—No le voy a dar vacaciones porque lo necesito. Tengo planes.

El ayuda de cámara se irguió.

—Entonces, ¿soy indispensable?

—Sí, y también arrogante —repuso Lazonby—. No tiente a la suerte. Lo necesito en Upper Grosvenor Street. Y una vez allí, va a convertir al joven Emmit en todo un ayuda de cámara. Chatterjee, el criado de lord Lucan, se ha despedido de la noche a la mañana y se ha comprado una casita en el campo y una yegua de cría.

—¡Santo Dios! —exclamó Horsham.

—No siga usted su ejemplo —dijo Lazonby—. Y ahora pida que traigan mi cabriolé.

Media hora después, encontró a Anisha en su dormitorio, acurrucada sobre un montón de almohadones con un grueso libro, y Tom y Teddy tumbados a su lado. Entró tras llamar suavemente al marco de la puerta y les sonrió.

—¡Ah! —dijo—. ¿Cuál es el tema de hoy?

Anisha se incorporó con una sonrisa.

—Astronomía —dijo, cerrando el libro con cuidado—. Una de las pocas cosas que estoy preparada para enseñar.

Rance sonrió con el estuche discretamente guardado a su espalda.

—No sé, cariño —dijo, muy serio—. A mí me has enseñado muchas cosas.

Ella se rió y dio el libro a Tom.

—Está bien, niños, volved arriba —ordenó—. Es hora de la clase de latín del señor Jeffers.

—¡Ah, *veni, vidi, vici!* —dijo Teddy, dejándose caer sobre el colchón con un soplido—. Eso es latín, Lazonby. ¡Creo que voy a morirme de aburrimiento!

—Bueno, creo que sobrevivirás. —Rance le ofreció una mano para ayudarlo a levantarse—. Yo sobreviví. Ahora vamos, muchachos. Haced lo que dice vuestra madre, y sin rechistar.

Pero Teddy se limitó a mirarlo con el ceño fruncido y dejó caer los brazos sobre el mullido colchón.

—En realidad se supone que no puedes estar aquí —se quejó, pero no había verdadero rencor en su voz—. A no ser que estéis *casados*.

Rance hizo una mueca.

—Vaya, y yo que pensaba que podía salirme con la mía... Quizá si dejo la puerta abierta...

Teddy negó con la cabeza y sus rizos rubios rozaron la colcha.

Rance suspiró y se tocó el bolsillo.

—Está bien, entonces —dijo—. Me estáis exigiendo que haga lo más honorable, ¿no es así?

—Supongo que sí —respondió Teddy, mirándolo con inocencia.

—Pues no me dejáis elección —dijo Rance, y sacó una hojita de papel—. Aquí tienes, Teddy. Una licencia especial, y con la tinta todavía fresca.

Teddy sonrió y se incorporó para mirar el papel.

—¿Es una licencia para casarse?

—Está visto que de otro modo no podré seguir visitando el dormitorio de vuestra madre —dijo Rance.

Tom dejó el libro y lo miró solemnemente.

—¿Vas a ser nuestro padre? —preguntó.

Rance revolvió los rizos rubios del niño y miró a los ojos a Anisha, que parecía conmovida.

—Voy a ser el marido de vuestra madre —contestó—, si ella me acepta. Y me encantaría ser vuestro padre, pero debéis elegir, puesto que ya tuvisteis uno. Tal vez no queráis un sustituto.

Tom pareció extrañamente tímido.

—La verdad es que no me acuerdo de él —dijo—. Creo que me gustaría bastante tener un padre nuevo.

Teddy, en cambio, siguió en sus trece.

—Por mi parte —se quejó—, preferiría un padre que no me obligue a estudiar latín.

—Sí, puede ser, pero no vas a tener esa suerte —repuso Rance, muy serio—. Lo siento, muchacho.

Teddy sacó el labio y se animó de repente.

—¿Se te da bien el críquet?

Rance sonrió de nuevo a Anisha, cada vez más intensamente. Directo a su corazón, o eso ansiaba.

—Se me da de maravilla —respondió—. En serio. Hijo mío, puedo jugar al críquet hasta que tengas los pulmones a punto de estallar, te fallen las piernas y desees dormir una semana entera... todo lo cual te estará bien empleado, francamente, y hará que dejes de meterte en un montón de líos.

—Umm. —Teddy cogió por fin su mano y se levantó de la alta cama—. Voy a arriba, a meditarlo.

—Excelente —dijo Rance—. Confío en que podamos llegar a un acuerdo respecto al futuro de vuestra madre. Ahora, marchaos enseguida. Yo tengo que ponerme de rodillas y rogarle que se convierta en lady Lazonby, y ningún hombre quiere que haya testigos de semejante indignidad.

—¿Qué es «indignidad»?

—Algún día conocerás a la mujer perfecta, Teddy —dijo Rance— y entonces lo sabrás. Mientras tanto, vete y sigue feliz en tu ignorancia.

—¡Vaya!, ¿tan duro es estar enamorado? —preguntó Anisha con una sonrisa cuando los niños se hubieron marchado.

Rance apoyó una rodilla en la cama y se inclinó hacia ella.

—Es humillante —dijo, y le dio un suave beso—. Completamente indigno. —Besó su cuello—. Soy tu esclavo, amor mío, y carezco por completo de voluntad. Por favor, di que me aceptas o acaba con este tormento.

Anisha pasó una mano por su mata de agrestes rizos.

—Muy bien, te acepto —dijo tranquilamente—, si te cortas el pelo.

—¡Dios mío, qué facilona eres! —exclamó él, y se acomodó en la cama a su lado—. Muy bien, entonces. Un corte de pelo. Espera, mi niña, te he traído una cosa.

Dejó el estuche de terciopelo verde sobre su regazo y ella sofocó un gemido de placer.

—¡Un regalo de compromiso! —exclamó.

Rance sacudió la cabeza.

—No, la verdad es que ya era tuyo —dijo—. Janet me ayudó a robarlo... y me alegro de que no se vaya, por cierto.

—Bueno, le he doblado el sueldo —dijo Anisha—, y a Chatterjee también, más o menos. Va a trabajar sólo medio día... pero al menos ha vuelto.

Rance sonrió.

—Igual que lo que hay en este estuche, amor mío —dijo, tocándolo con un dedo—. Desapareció un rato y luego volvió a casa.

Ella juntó las cejas perfectamente arqueadas.

—Qué extraño —dijo—. ¿Puedo abrirlo?

Apoyado en un codo, Rance levantó la otra mano con la palma hacia arriba.

—Como te decía, querida, es tuyo.

Anisha abrió el cierre de latón, levantó la tapa y ahogó un grito de sorpresa. La ancha gargantilla *kundan* de su madre relucía dentro del estuche, recién bruñida... y un poco cambiada.

—¡Dios mío! —exclamó al sacarla con todo cuidado—. Está... está distinta.

—Levanta la siguiente bandeja —sugirió Rance.

—¿En serio? —Volvió a dejar la gargantilla y sacó del todo el compartimento. En el fondo de la caja había una larga sarta de perlas.

—¿Más perlas? —dijo, desconcertada—. No, espera... El broche de rubí... ¡Pero si son las perlas de la abuela Forsythe!

—Sí —dijo él—, pero distintas. Mucho más cortas, de hecho.

Anisha miró la gargantilla de colores brillantes, de la que ahora colgaban gruesas y cremosas perlas. Tres perlas por hilera, todas ellas colgadas de la última fila de piedras preciosas y colocadas de tal modo que reflejaban los intensos colores de las gemas, formando un hermoso arcoíris de color rubí, esmeralda y zafiro.

Anisha comprendió al fin.

—¡Dios mío! —exclamó—. ¿Has... has colgado las perlas de la abuela Forsythe en la gargantilla de mi madre?

Rance tocó ligeramente una perla con la punta del dedo, haciéndola brillar a la luz de la mañana.

—He pensado que Saraswati estaría de acuerdo —dijo en voz baja—, porque tú no eres una cosa sencilla, mi niña. Eres profundamente compleja, como las joyas finas, una preciosa amalgama de cosas. Y amo todo lo que eres. Es sólo que... En fin, quería que estuvieras completamente segura de ello.

—¡Oh, Rance! —musitó con un brillo en la mirada—. ¡Es maravilloso!

—Ahora tus joyas están a tu altura —dijo él—. Porque tú eres absolutamente maravillosa, con tus virtudes y tus defectos, lo cual te hace aún más hermosa.

Al oír aquello, Anisha prácticamente arrojó a un lado las joyas y lo besó con vehemencia.

—¡Ah! —susurró un rato después—. ¡Rance! Cuando me has pedido que me casara contigo, ¿me he acordado de decir que sí?

—Sí. —La besó otra vez, tomando su cara entre las manos—. Sí, has dicho «sí»... lo cual es una suerte, porque Sutherland estará aquí mañana por la mañana.

Ella se rió y lo besó de nuevo.

—Pero —logró decir Rance entre besos—, *si* yo fuera un caballero, escribiría a tu hermano, le expondría humildemente mi caso, le pediría permiso y disculpas y esperaría respetuosamente su respuesta.

Anisha levantó la mirada. Sus ojos tenían un brillo alegre, pero también había en ellos una pizca de malicia.

—Rance Welham —dijo con firmeza—, tú no te has comportado respetuosamente en toda tu vida. Y si empiezas ahora, si tardas más de un día en darme lo que quiero que me des por culpa de no sé qué absurdo sentido del honor, ¡te pondré lo que queda de las perlas de la abuela Forsythe alrededor del cuello *y te estrangularé con ellas*!